조선총독부 3

빼앗긴 들에도 봄은 오는가

나남
nanam

류주현 (柳周鉉, 1921~1982)

호는 묵사默史. 경기 여주에서 태어났다.
1939년 일본 동경으로 건너가 와세다대 문과에서 수학한 후 귀국,
1948년 단편 〈번요의 거리〉로 등단했다.
여러 잡지에서 편집을 맡았으며, 꾸준한 연재와 다작으로
한국 현대 문학사에 대하역사소설이라는 새로운 경지를 개척하였다.
작품으로는 〈남한산성〉, 〈장씨일가〉 등을 비롯한 중·단편소설 100여 편과
〈조선총독부〉, 〈대원군〉, 〈대한제국〉 등의 장편소설 30여 편을 남겼다.
아시아 자유문학상, 대한민국 문화예술상, 한국출판문화상 등을 수상했으며,
한국 소설가협회 창립 초대회장을 지냈고, 중앙대학교 예술대학 문예창작학
과 교수로 후진양성에도 이바지했다.
1982년 타계하여 경기 여주에 묻혔다.

나남창작선 121

조선총독부 3 - 3
빼앗긴 들에도 봄은 오는가

2014년 8월 15일 발행
2014년 8월 15일 1쇄

지은이	柳周鉉
발행자	趙相浩
발행처	(주) 나남
주소	413-120 경기도 파주시 회동길 193
전화	(031) 955-4601 (代)
FAX	(031) 955-4555
등록	제 1-71호 (1979. 5. 12)
홈페이지	http://www.nanam.net
전자우편	post@nanam.net

ISBN 978-89-300-0621-7
ISBN 978-89-300-0572-2 (세트)

류주현 실록대하소설

조선총독부 3

빼앗긴 들에도 봄은 오는가

나남
nanam

류주현 실록대하소설

조선총독부 3
빼앗긴 들에도 봄은 오는가

차 례

예비 검속

박 씨 부인은 최석현의 지시대로 장의환의 부인을 찾아가서 천연덕스럽게 혓바닥을 놀렸다.

"실은 대구에서 왔는데 이 근처에 싸구려 집을 한 채 사고 싶어서요."

박 씨 부인은 능청을 떨었다. 집주인은 이 동족 여인을 친절하게 응대했다. 그리고는 고향을 멀리 떠나 온 유랑인의 신세를 함께 한탄하다가 저녁때가 되자 식사나 대접하려고 부엌으로 나갔다. 방 안에는 그 집의 일곱 살짜리 어린애만 남게 됐다.

"학교에 다니니?"

"내년에 학교 가요."

"할머니와 할아버지는 어디 계시니?"

"멀리 계시대요."

여인은 어린이의 머리를 쓰다듬었다.

"큰아버지는 조선으로 돌아가셨어?"

큰아버지란 문제의 폭탄사건 주인공인 장진홍을 말한다.

"큰아버지는 2층 공장에 계세요."

"언제 여기에 오셨니?"

"지난 명절 때 조선에서 왔대요."

여인은 됐구나 싶었다. 5전짜리 동전을 그 철부지에게 들려주고는 다시 추궁해 갔다.

"큰아버지는 참 좋은 사람이지?"

"네, 허지만 언제나 술을 마셔요. 그런데 우린 큰아버지라 안 하고 선생님이라 부르는걸요."

"선생님이라 불러?"

"아버지와 어머니가 그렇게 부르라구 해요. 큰아버지라구 부르면 막 야단이거든요. 그래 선생님이라구 불러요."

소년의 무심한 말에 여자 밀정은 속으로 쾌재를 불렀다. 형사들이 찾는 사람은 2층 안경 공장에 잠복하고 있음을 확인한 것이다.

이튿날 최석현 경부는 구보다와 남 형사, 그리고 오사카 경찰에서 응원차 나온 경찰대의 힘을 빌려 그 안경점을 기습, 1년 만에 장진홍을 체포하는 데 성공했다는 것이다. 최석현은 여기까지 설명하고는 더욱 신바람이 나서 총독을 비롯한 정무총감과 윤정덕에게까지 번갈아 웃음을 흘리고는 다음 말을 계속하려 했다.

"이것은 제1막이옵고, 제2막이 또 있습지요."

그러자 미와 경부가 나섰다.

"그런 일은 비일비재입니다. 지난번에 ML당 사건에서 김준연金俊淵을 비롯한 사회 유지를 잡아들일 때나, 협동조합 운동 사건으로 전진한 錢鎭漢을 잡을 때도 역시 그랬습니다."

결국 조선인 독립운동가들을 체포하는 데는 조선사람을 매수해서 앞장세우는 것이 가장 빠른 길이라는 것이었다.

이때 총독이 불쑥 물었다.

"김준연이라면 언론인 아닌가? 〈동아일보〉 편집국장 말이겠지?"

"그렇습니다. 지금 서대문 형무소에 투옥되어 있는데 그 사람 잡아넣는 데는 무척 애를 먹었습니다. 김성수, 송진우가 신임하고 편집국장 자리에 앉혔는데 그가 공산주의자일 수 없다는 것이었죠. 압력도 많이 받았습니다. 야마나시 총독 각하나 정무총감께선 증거가 희박하다고 석방하라 하셨죠. 결국은 우리 서대문 경찰서의 고등계가 승리한 셈입니다만."

이것은 ML당 사건을 끈덕지게 추적해서 공로를 세운 요시노 경부의 말이었다.

"여운형呂運亨도 아직 투옥중인가?"

총독은 도쿄에 있을 때부터 여운형 체포 사건의 소식을 듣고 있었다.

"각하, 그렇습니다. 지금 우리가 잡아넣은 독립운동가의 최고 두목은 아무래도 여운형일 겁니다."

요시노 경부가 말하자 지금까지 침묵을 지키던 스에나가 경부가 거침없이 이의를 제기했다.

"여운형도 큰 인물이죠만 지금 신의주에 묶여 있는 오동진吳東振도 만만찮은 존재입니다. 오동진은 만주 벌판에서 직접 무장 비적을 지휘하던 사령관이니까요. 뭐 그 오동진을 제가 체포했다 해서 그러는 것은 아닙니다만."

스에나가의 말에 최석현 경부도 동의했다.

"말하자면 정치적 인물로는 여운형, 군사적 위험인물로는 오동진을 꼽아야 되겠습죠."

"여운형은 아직도 구슬려지지 않는가? 내가 도쿄를 떠날 때 우가키 육군대신이 그런 말을 하더군. 여운형은 뱃심도 크고 사내다운 기상도 있고 또 감격파라서 잘만 포섭하면 이용가치가 클 거라고!"

미와가 대답했다.

"아마도 그건 어려울 것입니다. 그는 상해에서 잡혔을 때나 최근에 경성으로 압송돼서나 한결같이 도도한 자세로 굽히질 않는걸요."

미와 경부의 여운형에 대한 평가는 옳았다. 미와는 여운형의 체포담을 털어 놓았다. 윤정덕은 미와가 말하는 여운형 체포 일화를 누구보다도 열심히 귀담아 듣고 있었다.

그 해 7월이었다. 중국의 국제항구 상해 공설운동장에서는 마침 야구경기가 벌어지고 있었다. 운동을 좋아하는 여운형은 그날 야구구경을 갔다. 공설운동장은 영국과 미국의 공동 조계共同租界 안에 있었으므로 일본 관헌이 외국인을 건드리지 못하는 치외법권 지대였다.

그러나 독립운동가 체포에 혈안이 된 일본군 상해 헌병대장인 시게후치 소좌는 부하들로 하여금 여운형의 동태를 늘 미행케 했다.

여운형은 그날 단신으로 스탠드에 앉아서 야구경기를 구경하고 있었는데 그를 잘 아는 한국인 청년이 황급히 달려와서 귀띔했다.

"몽양 선생님, 수상한 놈들이 선생님의 동태를 아까부터 감시하고 있습니다. 신변이 위험하시니 빨리 피하시지요!"

그러나 여운형은 껄껄 웃었다.

"걱정 없네. 여기는 엄연히 미국과 영국의 공동조계共同租界야. 일본 경찰이 단독으로 까불지 못하도록 돼 있어. 내 걱정은 그만하고 구경이나 하게."

여운형은 젊은이의 어깨를 툭 치면서 호탕하게 웃었다. 그로부터 약 한 시간 후였다. 경기구경에 열중하고 있는 여운형의 등을 털썩 치는 손길이 있었다.

"코라! 소노 보오시오 누케. 키사마다케 겐부츠오 스루노카?"

(이놈아, 그 모자 벗어라. 너 혼자만 구경하는 게냐.)

마흔세 살의 장년 신사인 여운형은 까닭 없는 시비를 당하자 몸을 뒤로 돌렸다. 그는 이미 짐작한 바가 있어서 태연자약했다.

"아이 엠 소리."(미안하오.)

여운형은 영어로 사과했다.

그러자 시비꾼들은 다시 삿대질을 하면서 대들었다.

"키사마 조센진다로? 나마이키다."(너는 조선놈이지? 건방지다.)

'조선놈'이 영어를 쓰는 게 건방지다는 것이었다. 시비꾼의 패거리는 10여 명이나 됐다.

여운형은 사태가 위급함을 간파하고 벌떡 일어나서 야구장 마당으로 뛰어내렸다. 비좁은 스탠드에서 10여 명의 적과 육탄전을 하다간 불리하겠기 때문이었다. 그는 본시 축구를 위시한 운동선수였을 뿐 아니라 타고 난 장력이 있어서 왜소한 일본인 4, 5명쯤은 능히 해치울 수 있는 자신을 갖고 있었다. 시비꾼들도 뒤따라 뛰어내렸다.

여운형은 재빨리 전투태세를 갖추고는 접근한 싸움패들을 때려눕히기 시작했다. 그러나 이쪽은 단신이고 상대방은 10여 명.

그는 위험을 느끼고 스탠드의 군중 속으로 재빨리 몸을 피했다.

단순한 구경꾼들의 승강이라면 이것으로 싸움은 일단 그칠 수 있는 일이었다. 그러나 그 패거리는 시게후치 헌병 소좌의 지시에 따라 움직이는 일본 관헌들이었다. 그들은 일제히 고함을 질렀다.

"강도 잡아라! 저놈 강도 잡아라!"

상해에서도 알려진 조선 독립운동의 거물이고 몇해 전엔 일본정부의 비공식 초청을 받아 도쿄에 건너가서 일본정부의 고관들과 동양의 평화를 위한 당당한 논전을 벌인 여운형을 가리켜서 그들은 '강도 잡아라'라고 소리 지르는 것이었다.

영국 영사관의 경찰이 황급히 달려와서 여운형을 붙잡았다. 여운형은 오히려 안심했다. 공동조계에서 영국 경찰이 연행한다면 간단히 일본 관헌에게 넘겨주지 않는 게 상식이었기 때문이다. 그러나 그들의 태도는 석연치가 않았다.

"나는 조선의 독립운동가 여운형이외다. 저놈들은 일본의 경찰입니다. 나를 보호해 주시오. 이것은 국제법이 보장하는 일이오!"

여운형은 자신의 신분을 떳떳이 밝히고 보호를 요청했다.

영국 영사는 기어이 여운형을 일본 경찰에 내주고야 말았다.

여운형은 일찍이 상해에 있는 대학의 축구단을 인솔하고 싱가포르와 필리핀의 마닐라에 친선경기 여행을 한 일이 있었다. 거기에서 여운형은 기자회견을 하게 되자 일본 제국주의를 맹렬히 비난하면서 동양의 인도나 버마를 착취하는 영국까지도 비난했다. 때마침 인도에서는 간디를 지도자로 하는 국민회의파라는 독립운동가들이 영국 침략자들에 대한 끈덕진 투쟁을 벌여 영국의 입장이 국제적으로 곤경에 빠져 있었다.

그런 때에 여운형의 영국 비난은 그들에게 매우 쇼킹한 사건이었다. 인도를 강점하고 착취하는 영국이나 조선반도를 강탈한 일본은 다함께 국제적인 강도행위를 저질렀다고 비난했던 것이다. 따라서 영국과 일본은 동일한 입장에 있었다. 그러한 영국이었으므로 그 국적이 어디든 간에 독립운동을 전개하는 식민지 투사들을 그들은 미워했다.

여운형은 일본 헌병대에 인도된 그 해 여름에 조선으로 압송되었다.

"여기 와서도 그는 도도합니다."

여운형의 체포 비화를 듣고 난 총독은 둘러앉은 사람들에게 물었다.

"그럼 지금 조선 안팎의 불온단체와 괴수들은?"

독립운동가들의 계보를 파악해 보자는 것이었다.

"먼저 국내를 말해 보시오!"

정무총감이 대답을 촉구하자 미와 경부가 나섰다.

"첫째는 신간회新幹會, 둘째는 〈동아일보〉, 〈조선일보〉를 중심으로 한 언론계이죠."

"신간회에는 누가 있소?"

"이상재는 이미 죽었고, 권동진權東鎭, 김병로金炳魯, 이승복, 이관호, 신석우, 이관구, 안재홍安在鴻, 허헌, 홍명희洪命憙, 황상규, 이원혁, 조병옥趙炳玉 등이 있습니다. 그중에서도 얼마 전에 미국 컬럼비아 대학에서 학위를 받고 귀국한 조병옥이란 청년이 특히 불온하고 저돌적입니다."

"조병옥이라, 처음 듣는 이름이군."

총독은 그 낯선 이름을 특히 기억해 두려는 눈치였다.

"그리고 변호사들의 움직임도 무시할 순 없습니다. 이인李仁이란 자가 변호사회 회장으로 있는데 그자들은 법률 공부를 했다 해서 아주 합법적으로 불온한 움직임을 보이고 있습니다."

"참 이광수李光洙란 문사는 요새 뭘 하고 있나?"

총독은 이광수의 이름을 똑똑히 기억하고 있었다.

이번에는 요시노 경부가 대답했다.

"그 사람은 아주 알쏭달쏭합니다. 최근에는 역사소설을 쓰기 시작한 모양입니다. 이광수보다는 '카프'라는 좌익계 문학인들이 더 극성을 부립니다. 김기진金基鎭, 박영희朴英熙, 임화林和, 송영, 박팔양, 이기영李箕永, 한설야韓雪野 등이 계급혁명과 조선 독립운동을 병행시켜 나가자는 구호를 부르짖습니다. 그래서 민족주의 계열의 문학가들은 수세에 몰려 있는 형편입니다."

요시노 경부는 ML당 사건을 직접 담당한 경력도 있고 해서 카프계의 동향에 대해서도 자세한 지식을 갖고 있었다.

"그래? 그러나 정치가가 가장 경계해야 하고 환심을 사야 하고 이용할 가치가 있는 것은 문학가야. 그들의 영향력은 폭이 넓고 시간을 초월하니까 함부로 다뤄선 안 되네."

총독은 연신 고개를 끄덕이며 계속 묻고 지시했다.

"만주나 중국에선 어떤가?"

"만주에는 아직도 말썽꾸러기들이 많습니다. 우선 김좌진金佐鎭이 있고, 이청천李靑天, 김동삼金東三 등이 대표적 인물입지요. 그렇지만 거기서도 공산주의자들과의 내부 분열이 혹심한 모양입니다."

스에나가 경부는 국경지대인 신의주 담당이라서 만주지방의 정보가 아주 소상했다.

며칠 후였다. 정확히 말해서 1929년 8월 28일께였다. 조선반도 전역에는 갑자기 까닭 모를 검거선풍이 불었다.

이름 있는 지식인들과 독립운동의 전력을 가진 사람들과 그밖에 저들 총독부 정책에 기꺼이 호응하지 않는 지도층 인사들이 일제히 검속돼서 각 경찰서의 유치장은 입추의 여지가 없는 '성황'을 이루었다.

반도 전역에서 이유 없이 검속된 사람의 수효는 실로 3천을 넘었다. 해괴한 것은 그 검속자들은 누구 하나 취조를 받지 않은 사실이다. 그저 유치장에 가둬만 두고 세끼 밥을 먹여 줄 뿐 일절 건드리지 않았다.

가족들이 면회 가면 순순히 면회도 허락하고 사식을 차입하겠다면 그것도 허락하면서 어디서나 검속 이유는 도통 밝히지 않았다.

그 달이 다 갔다. 9월이 다 가도록 검속은 풀리지 않았다. 검속된 사람들은 3·1 운동 이후 해마다 몇 번씩 당하는 일이라서 그 이유를 다 알고 있었다. 9월 1일은 여러 가지가 겹친 날이었다. 특히 관동 대지진이 일어난 날이었다. 그들은 그런 이름 있는 날을 당하면 신경을 곤두세우곤 했다.

9월 1일은 조선사람들에겐 원한이 사무친 날이었다. 그날을 기해서 무슨 불온한 사건이라도 일어날까 두려워 미리 위험인물들을 검속하는 것이다. 이른바 예비검속이라는 것이었다.

일본의 민법은 영국 것을 모법母法으로 삼고 있다. 그러나 형법만은 독일의 것이 모법이다. 그들은 예심제像審制라는 모호한 법률을 이용해서 일방적으로 필요하다고 인정하면 이유도 설명도 없이 사람을 마구

가둘 수 있었다. 1년이고 3년이고 유치장에다 미결수로 처박아 둘 수가 있었다. '미운 놈'에게는 안성맞춤의 무서운 악법이었다.

거기다가 또 치안유지법이 있어서 그 예심제도와 어울려 작용한다. 치안유지상 필요하다고 생각하면 일개 순사의 권한으로라도 사람을 마구 잡아다가 유치장에 가두고 3일간을 단위로 유치기간을 멋대로 연장하는 것이다.

이 방법에 맛을 들인 경무국은 1년에도 수없이 예비검속을 단행했다. 천황의 생일인 천장절天長節, 나라를 만들었다는 기원절紀元節 같은 저들의 국경일은 물론, 3·1운동이 일어난 3월 1일을 기해서도 그런 예비검속을 했다. 대개는 2, 3일 전에 검속을 해서 당해 일을 지낸지 하루 이틀 뒤엔 풀어주지만, 때로는 이왕 잡아들인 기회를 이용해서 엉뚱한 죄목을 씌워 저들의 미운 인물들을 철저히 괴롭혔다.

그러나 이번 9월 1일의 예비검속은 또 두 가지 이유가 겹쳤다. 그날은 총독부의 시정 기념일인 동시에 '다시 온 총독'을 환영하는 뜻으로 경복궁에서 대대적인 박람회博覽會가 열리는 날이었다. 그래서 그들은 더욱 신경을 곤두세웠다.

박람회가 열리면 서울로 사람들이 많이 모여들게 마련, 사람이 많이 모이면 불온한 사건이 일어날는지도 모른다는 생각에서 전례 없는 대규모의 예비검속을 단행했다. 이런 대규모의 박람회는 언젠가 데라우치 총독이 물산공진회物産共進會라는 대대적인 공진회를 열어 푸짐한 잔치를 베풀었던 기억을 정무총감이 되살려서 적극 추진한 것이었다.

겉으로는 전례 없는 푸짐한 행사였다. 그러나 일본의 하마구치 내각이 내건 재정긴축 정책과 세계를 휩쓰는 경제공황을 생각하면 너무나 어처구니없는 행사이기도 했다. 설의식薛義植은 〈동아일보〉의 편집국 장, 그는 〈횡설수설〉난에서 이 무렵의 경제사회 동향을 다음과 같이 날카롭게 꼬집었다.

농촌 피폐의 일인一因은 금비정책金肥政策의 폐폐弊. 산미증식産米增殖은 어쨌든 빛 좋은 개살구. (10월 4일)

최근 상경객上京客은 대체로 새 옷. 누십만累十萬 아내와 며느리의 손끝이 어떤고? 도성고처擣聲高處 서성고恕聲高! (10월 11일)

협잡당하는 향객鄕客을 위하여 조협매점朝協賣店에 경찰이 철퇴. 울리고 달래고… 기특한 정치政治. (10월 11일)

박람회 건물에 까닭이 붙어서 경성협찬회京城協贊會에 추문이 자자. 똥통에 왕파리는 만대불변萬代不變. (10월 11일)

삼남옥야三南沃野에는 인군人群유리流離. 총독부 관보엔 '행려시行旅屍' 만재滿載. (10월 14일)

영남嶺南에 기근飢饉! 쌀밥이 없소, 조밥을 먹어라. 조밥도 없소, 풀뿌리를 먹어라. 풀뿌리도 없소, 그러면 바람風을 먹어라 …고는 못 할 테지?(10월 15일)

회비會費! 회비會費! 여기다가 박람회 여비 선대조先貸條 일항一項을 '첨가후야添加候也. 차此는 면소고지서야面所告知書也 라. (10월 18일)

긴축정책의 일환으로 감봉減俸을 단행. 고관의 보충은 기밀비機密費겠지?(10월 18일)

조선 총독이 사무관事務官이냐? 정무관政務官이냐? 하는 것이 작금에 문제. 문젯거리도 못되는 문제가 문제되는 것이 근본문제. (10월 19일)

총독부 관리에 감봉減俸문제, 조선농민에 감수減收문제. 감자減字는 동일하나 통감痛感이 판이判異. (10월 20일)

박람회 관객이 백만이라고. 지방의 궁민窮民은 기백만幾百萬인고?(10월 25일)

신총독新總督의 신정新政으로 농업창고를 건설한다고. 창고의 필요는 쌀뒤주 넘는 친구들뿐. (10월 26일)

총독부에서 경복회慶福會를 설립, 목적은 귀족 보호, 경비는 백여만 원. 귀적鬼籍에 들어간 '귀족鬼族'의 제향비祭享費도 이 중에 있을 모양(10월 26일).

〈횡설수설〉은 또 필탄筆彈을 마구 쏘아댄다. 다음의 3가지 단평短評은 돌아가는 세태를 상징적으로 반영한다.

① 밥! 밥! 밥이 없어서 경남 일도慶南一道에만 2만 아동이 가두에 방황彷徨.
② 서울에서는 집에 빈대가 없으면 흉가凶家. 조선에서는 공사工事에 부정不正이 없으면 공사空事.
③ 농회비農會費 1전錢 미납未納에 독촉료 일금 10전錢. 총독부 박물관 진열품으로는 알맞은 독촉장督促狀.

〈동아일보〉와 〈조선일보〉가 이와 유사한 논조로 총독부의 악정과 시정을 꼬집어 뜯자 정무총감은 발끈 성미가 나서 경성방송국으로 달려가 마이크를 잡았다.

그는 '조선의 금석今昔을 말함'이라는 논제를 내걸고 오늘의 조선사람이 얼마나 행복한 생활을 누리는가를 핏대를 올려가며 지걸여댔다.

경성방송국은 총독부의 관영기관이다. 따라서 민간신문인 〈동아일보〉, 〈조선일보〉와 맞서기 위해 전파를 이용, 조선민중을 현혹시키기 위해 광분했던 것이다.

그뿐인가. 책략이 깊고 다양한 총독은 본국 정부의 시데하라 외무대신에게 요청해서 지난여름 미국 카네기 재단財團에서 파견했던 미국 신문기자들의 '조선관朝鮮觀'이란 망측한 기사를 입수 복사하여 대대적인 선전재료로 삼았다.

그러나 이러한 총독의 책략도 굽힐 줄 모르는 〈동아일보〉의 〈횡설수설〉에 의해서 여지없이 그 복면이 벗겨지고야 말았다.

〈횡설수설〉은 또 논평했다.

― 카네기 재단에서 지난 5월에 동양을 다녀간 미국 신문기자의 '조선관朝鮮觀'이나 일람할까? 가로되 조선은 지금 항구적 선정중善政中에서 태평泰平을 구가한다, 가로되 조선은 무한한 진보進步와 무한한 번영을 누리고 있다, 가로되 조선은 치적治績이 현저한 까닭으로 옛날의 빈곤을 떠나 부귀를 누리고 있다, 가로되 그들은 몽상夢想도 못하던 고가高價로 식량을 팔아서 막대한 수입을 얻는다. 단但 이 기자記者들은 일미친선日美親善을 목적으로 일본에서 여비보조를 받은 친구들이라나, 그리고 본즉 용혹무괴容或無怪―.

총독부의 간계는 여지없이 정체가 드러나 민중들의 비웃음을 사고 말았다. 총독은 사사건건 비꼬이기만 하는 바람에 울화가 치밀었다.

그 무렵 일본의 정계도 어수선했다. 다나카 전 수상이 협심증으로 사망하여 군부는 극도로 동요했다. 정우회政友會의 당수 자리를 놓고 연일 싸움이 벌어지다가 마침내 이누가이 다케시가 그 자리를 차지했다.

하지만 정계의 혼란은 아직도 난마亂麻와 같았다.

거기다가 하마구치 수상은 긴축정책만을 계속 강행했기 때문에 경제 유통은 극도로 제한되고 공무원들의 봉급을 줄인다는 바람에 바다 건너 총독부 관리들까지도 술렁거렸다.

전임 총독인 야마나시는 귀국한 뒤에도 의옥疑獄사건에 걸려 법정에까지 출두했고 그 소식은 조선에까지 알려져서 조선 총독의 위신은 땅에 떨어졌다.

조선의 쌀값도 폭락했다. 농촌에는 풍년기근이란 소리가 높았고 절량絶糧농가는 늘어만 갔다. 그리고 땅마지기나 가진 사람들도 연달아 이농離農하는 바람에 농촌의 피폐는 말이 아니었다. 반면에 서울을 비롯한 도시에는 실업자가 넘쳐나서 못 살겠다고 아우성들이었다.

관공리들의 기강도 극도로 해이됐다. 부정과 횡령 사건이 속출했고 크고 작은 공사판은 협잡꾼의 활무대로 변해 버렸다.

그뿐인가. 압록강 건너의 만주에서는 일본 육군의 과격분자들과 장작림張作霖의 아들 장학량의 군대 사이에 이유 없는 충돌이 빈발했고 그 틈을 노려 농민들의 폭동이 도처에서 일어났다.

조선 총독 사이토는 실로 암담한 심경에서 허덕여야 했다. 어쩌면 1919년 가을 만세소동의 뒤처리를 위해서 부임했을 그때보다도 그의 불안과 고초는 더욱 심각했다.

"빌어먹을! 이 늙은 나이에 이 무슨 고생이야!"

재수가 없으면 뒤로 자빠져도 코가 깨진다던가. 어느 날 조선 총독 사이토는 또 불쾌한 보고를 받아야 했다. 조선의 남쪽 광주에서 시끄러운 사건이 발발했다는 것이다.

전라남도 광주. 메이지明治천황 생일은 이른바 명치절明治節이었다. 11월 3일.

이 명치절이란 바로 그 전해부터 제정된 저들의 국경일로서 대륙침공을 외치는 군국주의자들이 지금은 고인이 된 메이지 덴노明治天皇의 팽창정책을 흠모하고 그 정신을 이어받자는 의미에서 새로 제정한 명절이었다. 일본황실의 상징인 국화꽃의 향기를 뿌린 찹쌀떡을 만들어서 제향을 지내고 온 이웃이 서로 나눠 먹으며 흥청대는 가일佳日로 정해져 있었다.

사이토 총독은 총독 청사에서 명치절의 축하식을 마치고는 곧바로 총독 관저로 돌아와서 조선군사령관과 정무총감을 비롯한 고관들을 불러 조촐한 술상을 벌였다.

오후 4시경이었다. 비서과장이 전문을 옮겨 쓴 쪽지 한 장을 들고 연회장에 들어와 총독에게 정중히 바쳤다. 그것을 들여다본 총독은 이맛살을 찡그리며 불쾌하게 뇌까렸다.

"철없는 자식들. 하필이면 오늘같이 좋은 날에 쌈박질들이야!"

그러자 미나미 사령관이 그 종이쪽지를 받아서 읽어보고는 역시 한마디 뱉었다.

"기껏 중학생 놈들의 쌈박질 아닙니까?"

그러나 비서과장은 의외로 심각했다.

"경무국 보고에 의하면 심상한 사건이 아니랍니다. "

군사령관은 신경질적으로 또 씹어 뱉었다.

"심상찮으면 모조리 잡아서 돼지우리에 넣어버려!"

쪽지는 정무총감에게로 넘어갔다. 그도 불쾌하게 한마디 뱉었다.

"경무국장에게 전권을 위임한다고 그러게."

그날 광주光州학생사건이 터진 것이었다.

광주여자고등보통학교에 다니는 박기옥이라는 여학생이 어느 날 일본학교인 광주중학교의 학생 후쿠다한테 심한 조롱과 차마 참을 수 없는 모욕을 받았다는 소문이 퍼졌다. 이 소문은 광주고등보통학교의 조선학생들을 극도로 분격시켰다. 어느 날 광주고보의 박준채라는 학생이 나주羅州역에서 문제의 일본인 학생 후쿠다를 만났다.

"너는 어째서 나약한 여학생을 조롱하는 거냐? 박기옥이란 여학생은 내 누이동생이다."

처음엔 점잖게 꾸짖었다. 그러나 후쿠다는 거만스럽게 대들었다.

"새끼야! 여학생쯤 놀려준 게 뭐가 나쁘냐! 조선놈이 건방지게스리."

"뭐 어째? 이 새끼야, 거기 왜 조선놈이 붙냐?"

"도대체 조선놈이 건방지단 말이다."

민족적인 멸시를 당하자 싸움이 안 벌어질 수가 없었다. 주먹다짐이 오고 갔다. 이 광경을 목도한 모리다라는 일본인 경찰관이 달려들어 두 학생을 뜯어 말렸다.

"너 광주고보 학생이구나. 경찰서로 가자. 공부는 안 하고 싸움질만 하러 다니는 깡패 학생이냐! 조선놈은 할 수 없구나."

여기서도 '조선놈'이 등장했다. 그리고 모리다 순사는 '조선놈'인 박준채만을 경찰서로 연행했다. 어디서나 그랬다. 조선인과 일본인 사이에 시비가 벌어지면 경찰은 으레 조선사람만을 잡아가게 마련이다.

이렇게 되자, 광주고보의 학생들은 후쿠다에 대한 분풀이를 맹세하게 됐고, 나아가서는 후쿠다가 다니는 일본학교인 광주중학교 학생들에 대한 증오로 발전했다.

11월 3일은 명치절일 뿐만 아니라 그 해 마침 전라남도에서 누에고치가 6만 석이나 생산됐다 해서 축하행사도 겹쳤던 만큼 광주 시가는 더할 수 없이 흥청거렸다. 학생들도 거리에 범람했다. 그날, 조선인학교 광주고보나 일본인학교 광주중학의 학생들은 며칠 새에 서로 험악해진 공기를 감지하고는 쌍방이 모두 10여 명씩 떼를 지어서 거리를 돌아다니는 판국이었다.

그러나 원수는 외나무다리, 마침 광주 우체국 앞에서 광주고보생 10여 명과 광주중학의 20여 명 일본인 학생들이 맞닥뜨렸다. 마주들 대치했다. 일촉즉발의 험악한 분위기가 조성돼 버렸다.

"이 새끼들아, 왜 떼로 몰려 댕기는 거야!"

시비는 일본학생이 먼저 걸었다.

"야들아, 너흰 왜 패거리로 댕기냐?"

조선학생들이라고 지고 있을 수는 없었다.

"나니오? 코노 조센진 코지키야로도모!"(뭐라구? 이 조선놈 거지새끼들아!)

"그래 우린 거지새끼들이다! 네놈들한테 다 털려서 거지새끼들이다! 거지새끼들이니 어쩔 테냐."

20세 전후의 혈기방장한 젊은이들이었다. 단박에 결투가 벌어지고 말았다. 일본학생 사이토와 마쓰나가는 광주고보 학생들의 집중적인 주먹세례를 받고 여지없이 땅에 쓰러졌다. 광주고보생들의 억센 주먹에 당황한 그들은 줄행랑을 치기 시작했다.

그러나 잠시 후 양쪽 학생들은 서로 동료를 규합해서 토교土橋를 사이에 두고 대치하게 됐다. 이 급보를 들은 광주서의 일본 경찰관들은 소방차를 몰고 와서 역시 또 조선학생들만 향해서 호스로 물벼락을 때렸다.

"이 새끼들아 우리도 사람이다."

"개싸움이 아니란 말야."

"불이 났냐? 물은 왜 끼얹냐?"

광주고보 학생들은 분통이 터져 고함을 지르며 일본 경찰의 편파적인 행동을 규탄했다. 경찰의 편파적인 개입으로 사태는 더욱 험악해졌다.

광주농업학교와 사범학교의 조선인 학생들도 광주고보학생들에게 가세했다. 그러나 그날은 흐지부지 해산됐다. 그런데 경찰이 졸렬했다.

다음날 경찰은 광주 시내를 두루 돌아다니며 일본인 학생 7명과 광주고보 학생 20명, 농업학교 학생 여러 명을 검거했다. 그리고 일본 경찰은 또 잘못했다. 겉으로는 일본인 학생도 검거하는 척했지만 실은 뒷구멍으로 전원을 다 빼돌렸고 조선인 학생들한테만 모진 악형을 가하기에 이르렀다.

이런 사건이 비밀로 덮어질 수는 없다. 드디어 광주 시내의 조선인 학생들은 열화와 같은 분노를 터뜨리고 말았다. 광주고보, 광주농업학교의 학생들은 제각기 학생대회를 소집했다. 11월 6일이었다.

"싸움의 발단은 일본인 학생들의 민족적인 모욕에 있다."

"조선학생에 대한 더러운 사고방식은 고쳐 줘야 한다."

"일본 경찰은 왜놈학생은 끼고 돌고 우리 조선학생에게만 모진 고문을 하고 있다."

"이것이 총독부의 일시동인 정책이냐! 총독부의 편파정책이 노골적으로 드러났다. 죽음을 각오하고 그자들과 결전할 때가 왔다."

학생들은 주먹을 휘두르며 분노를 터뜨렸다.

"옳소! 우리도 인간이다. 인간이면 인권을 지키자!"

성난 사자들은 일제히 교문을 박차고 거리로 뛰쳐나갔다.

급보를 듣고 경찰대가 또 출동했다. 그들은 역시 소방차로 물감 물을 뿌리며 조선학생들을 닥치는 대로 체포했다. 학생들은 더욱 분노했다. 경찰의 저지선을 뚫고 돌진했다. 광주 시내는 삽시간에 시가전市街戰을 방불케 하는 소란이 벌어졌고 눈에 띄는 일본학생들은 골목으로 끌려가서 매를 맞았다.

꼭 10년이 된다. 독립만세를 부르다가 저들의 총검에 피를 흘리고 짓눌린 이후 꼭 10년이 되는 해였다. 1929년, 광주의 젊은이들은 지난 10년 동안 눌리고 설움 받은 울분을 한꺼번에 폭발시킨 것이다.

고등경찰 미와의 지론은 옳았다. 그는 조선의 치안은 겉으로는 평온한 듯하지만 안심할 수 없다고 했다. 마치 지진地震 전야의 불쾌한 정적靜寂과도 같아서 언제 어디에서 분화구噴火口가 터질는지 예기할 수 없다는 게 그의 지론이었다. 짓눌린 한민족의 정기精氣는 언제나 폭발하고 만다.

10년 전에는 한반도의 심장부인 서울에서 먼저 폭발했지만 이번엔 남쪽 도시 전라도 광주에서 폭발한 것이다. 중앙의 경무국장은 광주경찰서장에게 용서 없는 단호한 조치를 지령했다. 일경은 눈이 충혈됐다. 70여 명의 학생들이 11월 6일 거리에서 체포되어 경찰서 유치장으로 끌려갔다. 7일에는 광주고등보통학교와 광주중학교에 무기한 휴교령이 내렸다. 학교 문을 닫음으로써 그 이상의 소란을 방지해 보자는 계획이었다.

광주학생사건의 비보飛報는 곧 한반도 전역으로 퍼졌다. 보도를 제한해서 더욱 역효과를 냈다. 앉아서 불확실한 소식만 듣자니 하늘로 머리를 둔 자는 모두 피가 역류했다.

— 광주에선 조선학생이 집단적으로 매를 맞았다더라.

— 왜놈들이 까불어대는 것을 조선학생이 두들겨 줬다더라. 그런데 체포된 건 조선학생들 뿐이라더라.

— 신문은 믿을 수 없다더라. 체포된 조선학생은 수백 명이라더라.

— 서울의 변호사회와 신간회 간부들이 진상을 조사하러 광주로 떠났다더라.

화제는 꼬리에 꼬리를 물었고 동족으로서의 의분義憤은 가슴이 떨리게 했다.

신간회가 앞장섰다. 이인, 허헌, 조병옥 등이 결사적으로 광주사건의 진상을 조사하여 만천하에 공개함으로써, 총독부의 무자비한 탄압정책은 또다시 백일하에 폭로되고 말았다. 공산주의자들도 나섰다. 그들은 광주 학생들의 궐기 사건의 주도권을 자기들이 장악하려고 날뛰었다. '과학연구회'라는 간판을 걸머진 좌익계열의 장석천, 권유근, 김태래 등이 주동이었다. 그러나 광주사건은 어디까지나 광주학생사건으로 민족적인 울분의 폭발이었다.

12월 5일 이 사건의 여파는 기어이 서울로 불똥이 튀었다. 제 2고등보통학교현 경복중학교의 수백 명 학생들이 횃불을 들었다.

26

— 광주의 조선학생들을 석방하라!

— 차별대우를 철폐하라!

— 편파적인 만행을 가한 일본 관헌 책임자를 처벌하라!

— 우리의 요구가 관철될 때까지 우리 제 2고보 학생들은 무기한 동맹휴교에 들어간다.

제 2고보 학생들의 동맹휴학 선언은 일파만파一波萬波로 번져서 전국 방방곡곡의 중학교 학생들이 앞서거니 뒤서거니 동맹휴학에 돌입했다.

함흥의 영생永生학교 학생들은 떼를 지어 일본군이 주둔한 병영 앞에까지 돌진, 조선독립 만세를 외쳤다. 선천의 신성信聖학교 학생들도 궐기대회를 열고 일본 제국주의자들을 규탄했다. 평양의 광성光城중학, 숭실崇實학교 학생들은 동맹휴학을 결의하고 가두시위를 전개하면서 태극기를 흔들었다. 고창高敞의 중학생들은 3·1 운동 때의 독립선언서를 거리에 살포했다.

당황한 총독부 경무국은 비상간부회의를 소집하였다. 이번 학생사건이 저 3·1 운동처럼 대규모로 번지지 않게 하기 위한 온갖 방법이 숙의됐음은 물론이다. 기묘한 원칙이 세워졌다.

— 동맹휴학을 결의한 학생 주모자는 모조리 체포한다.

— 온건한 학생들은 가정방문이라도 해서 학교에 나가도록 적극 권고하라.

— 다시 데모를 벌이는 학생들은 가차 없이 검거해서 치안유지법으로 다스리라.

저 3·1 운동 때는 민족지도자들에게 신사적인 온건한 대접을 했으나 이번 사건을 뒤에서 선동하는 지도자들이 있다면 가차 없이 처단할 것을 일선 경찰한테 엄격하게 지시했다.

— 학생이란 그 수효가 무섭다. 어떻게 해산시키느냐?

그들은 차마 실탄사격만은 삼가기로 했다. 그러나 대신 최루탄을 사용하는 것이 효과적이라는 결론을 내렸다.

경무국은 본국 정부에 긴급히 요청했다.

— 우리에게 최루탄을 보급해 달라.

최루탄! 그것은 사이토 총독이 제5대 조선 총독으로 부임해서 조선 민중을 탄압하기 위해 등장시킨 이 땅 최초의 '눈물 뽑는 총'이었다.

산사의 밀어

서울의 가회동嘉會洞이라면 이름 있는 사람들이 많이 살기로 알려진 곳이다.

이성계가 한양으로 도읍 자리를 잡은 것은 기호畿湖에 으뜸가는 삼각산三角山을 배후에 두고 인왕仁旺, 낙산洛山을 좌우의 울타리로 삼고, 남산과 한수漢水를 남녘으로 안으며, 관악冠岳, 남한南漢, 불암佛岩, 수락水落, 도봉道峰, 안악鞍岳 등을 외곽의 진산으로 삼을 수 있다는 무학대사의 말을 옳다고 인정한 까닭이다.

따라서 한양의 주진산主鎭山은 삼각산이며, 삼각산의 턱과 같은 북악北岳은 서울의 이마다.

도시의 형성은 동서로 뻗는 게 아니라 남북으로 전개되는 게 보편적인 예로 돼 있다. 그래선지, 국왕은 북녘에 앉고 신하는 남녘에서 북배北拜를 하게 마련이다. 궁궐은 북녘에 있고, 자좌오향子座午向이고, 민가는 남녘으로 뻗어 나가는 게 이 나라 도읍의 보편적인 관례다.

서울은 옛부터 북촌北村과 남촌南村으로 구분돼서 발달했다. 궁궐을 중심으로 한 북촌엔 관아와 권세가들이 기름지게 살아왔고, 청계천 이남의 남촌엔 장사치나 몰락한 사민士民들이 메마르게 살아 왔다.

일인들이 총독부의 청사는 경복궁 경내에다 웅장하게 지었지만, 총독 관저는 북악 밑에다 마련했다. 거주지로서의 북촌은 침범하지 못했다. 말하자면 서울의 북촌은 이 나라의 핵심지대였다.

그 북촌 가회동 골목에 어느 날 오후 엿장수의 가위 소리가 요란하게 울려 퍼졌다. 짝짝짝 짝짝짝짝. 짤그락 짝.

정초의 골목길은 얼어붙어 있었다. 초가지붕엔 녹다가 남은 고드름이 달려 있고 하늘로 활개 치는 기와집 처마 끝에선 풍경 소리가 이따금씩 한가롭게 뎅그렁거렸으나 날씨는 매웠다.

바람은 연바람이었다. 하늘엔 청치마 다홍치마의 연鳶들이 어울려서 치솟고 내리달리고 하다가 꺼불꺼불 구름 따라 흘러가기도 했다. 골목 안 빙판에선 아이들이 설빔을 하고 팽이채를 휘둘렀다. 양지쪽 담장 밑에선 돈치기를 하는 청년들이 왁자하게 웃었다. 어느 집 담장 안에선 아낙네들이 널을 뛰느라고 쿵덕 쿵터덕 치맛자락과 댕기꼬리를 공중에 휘날렸다.

그 가회동 골목길을 목판을 등에 진 젊은 엿장수 하나가 짜각 짝짝 가위 소리를 내면서 더듬고 있었다. 가위 소리는 대개 3·4, 3·4식으로 일곱 번씩 울리고는 '짜작'하고 끝나는 장단이었다.

젊은 엿장수는 가회동 골목을 꽤 오래도록 헤맸다. 아무도 엿장수를 불러 세우지는 않았다. 정초라 부촌인 북촌의 아이들은 먹을 것이 지천이었던 모양이다. 원래 북병남주北餅南酒란 말이 있다. 북촌에는 떡이 흔하고 남촌에는 술이 흔하다 해서 나온 말인 만큼, 떡이 흔한 북촌에

는 떡을 찍어 먹을 조청도 흔할 것이었다. 정초에 구태여 엿을 사 먹을
까닭이 없었다.

그러나 젊은 엿장수는 단념하지 않고 짝짝짝, 가위 소리를 쉬지 않았
다. 엿장수가 어떤 골목 어귀에 이르렀을 때였다.

가회동엔 흔치 않은 일각 대문이었으니까 조그마한 집이었다. 그 집
의 푸른빛 쪽대문이 삐이걱 열리더니 젊은 여인이 화사한 얼굴을 내밀
고는 지나가는 엿장수의 뒷모습을 잠시 주목했다.

엿장수는 대개 조무래기들이 상대다. 그를 부르는 것은 으레 조무래
기 아이들이다. 코 묻은 돈이나 아니면 헌 걸레쪽서부터 온갖 일용품의
폐물을 들고 나와 엿하고 바꾸게 마련이다.

그런데 "엿장수!" 하고 부른 것은 젊고 아름다운 그 신여성이었다.

엿장수는 발길을 멈추며 돌아섰다.

"부르셨습니까?"

"이리 와요."

엿장수가 반가운 표정으로 다가와서 등에 진 엿목판을 내려놨다.

그리고는 흡사 습성인 양 가위 소리를 요란히 냈다.

여인은 검정 고무신에, 흰 버선에, 붉은 종아리에, 검정 통치마에,
옥색 저고리에, 히사시가미라는 신식 머리를 한 멋쟁이였다.

"어디 엿이죠?"

여인이 물었다.

"광주廣州엿입지요."

엿장수가 또 짜짝 가위 소리를 내면서 대답했다.

"광주라면 봉은사奉恩寺가 있는 덴가요?"

"그렇습죠. 바로 봉은사 안말에서 곤 꿀엿입니다."

"1원어치만 주세요!"

"어이구, 많이도 사 주시는군입쇼."

여인은 손에 들고 온 1원권 지폐 한 장을 엿장수에게 내밀었다.

"두 번째 길인데 골목을 잊어 헤맸습니다."

"그래요? 오늘쯤은 가위 소리가 들릴 줄 알고 기다렸어요."

그들의 음성은 갑자기 은밀해졌다.

엿장수는 주위를 한 번 둘러본 다음 품속에서 흰 봉투 한 장을 꺼내 날쌔게 여인한테로 전했다. 그리고 그는 대추쪽이 박힌 참엿을 큼직하게 넓적한 무쇠 끌로 쳐서 잘라줬다.

"많이 파세요."

"네, 새해에 복 많이 받으십시오. 재수가 엿처럼 늘어나시굽쇼."

엿장수는 다시 짝짝짝 가위 소리를 내면서 골목 밖으로 사라져 갔다. 일각 대문이 덜컹 닫혔다.

방 안으로 들어간 윤정덕은 봉투를 찢고 편지 내용을 훑어봤다.

─ 해가 바뀌었소그려. 못 견딜 만큼 보고도 싶고 의논할 일도 있으니 내일 오정 때쯤 와 주시면 얼마나 좋을까. 기다리겠소.

사연은 지극히 간단했다. 편지를 보낸 사람은 자기의 이름도 있는 곳도 밝히지 않고 있다. 윤정덕은 깊이 숨을 들이마시고는 피아노 앞으로 걸어가 건반을 하나 둘 가볍게 두드려 보았다.

이튿날, 한강엔 얼음이 두꺼웠다. 강바람은 살을 에는 것 같았고 얼음판은 유리알처럼 반들거렸다. 뚝섬 건너 한강 남쪽 기슭에 박충권은 서 있었다. 개털 오버에 개털 모자를 쓰고 강 건너 뚝섬 쪽을 뚫어지게 바라보고 있었다.

넓은 강 위에는 얼음장을 깨고 낚싯대를 드리운 겨울의 강태공 몇 사람이 웅크리고 앉아 있었다.

'정덕은 모르고 오겠지. 오늘이 내 귀 빠진 날인 줄을 ….'

박충권은 초조하게 기다렸다. 이 세상에서 자기의 생일을 아는 사람은 자기 자신밖에 없음을 생각하니 그는 새삼스럽게 쓸쓸했다.

'서른여섯.'

1930년이다. 20년대는 이미 지났다. 바야흐로 새로운 30년대로 접어든 것이다.

'내 나이 어느덧 서른여섯. 이제 곧 40이라!'

살아온 생애가 바람결에 몰리는 가랑잎처럼 쓸쓸했다. 남과 북으로 동과 서로 쫓기고 쫓아다니느라고 20대의 청춘은 물거품처럼 사라져 갔다. 30대도 반을 살았다. 아직껏 한 사나이로서의 보금자리 하나도 마련 못 했다. 오직 윤정덕이라는 아내 아닌 애인이 있어서 온기 잃은 자기의 가슴에 불을 지펴 줄 뿐이다.

그는 최근 신변이 위태로워져서 봉은사에 은거하고 있었다.

윤정덕과는 어제 보낸 그 엿장수를 통해서 연락을 취했다. 그동안 일도 궁금했지만 오늘은 세상없어도 그녀와 만나야 했다. 그는 또 후조候鳥처럼 고국을 등질 일을 생각하니 말할 수 없이 우울했다.

그는 강 건너 서울을 바라보며 한숨을 뽑았다.

1920년대 — 참으로 짧고도 긴 한 세대였다.

그는 먼 친척이 되는 백암白巖 박은식朴殷植이 세상을 떠나면서 남겼다는 예언을 잊을 수는 없다.

— 우리 배달민족이 광복을 찾으려면 지금까지 고생한 만큼 고생을 더해야 하고, 피를 더 흘려야 하고, 세월이 그만큼 더 가야만 될 것이다.

박은식이 세상을 떠난 건 병인년 11월이다. 벌써 5년이 흘렀다. 박은식이 눈을 감은 1926년은 을사조약으로 국권이 좀먹은 지 20년이 된다.

그런데 앞으로 또 20년이 있어야만 된다는 그의 예언이었다. 20년 후면 1945년쯤이 되는가. 조선민족은 그때에 가서야 광복을 찾는다는 말이 된다.

'앞으로 15년이나 더 있어야 한다. 세월이 너무 지루하구나!'

박충권은 '겨레의 앞길이 너무나 막막하고 기약 없는 일'인 듯싶어 저절로 한숨을 쉬었다.

'그렇지만 그분의 예언이라도 믿어볼 수밖에. 믿는 자에게 광명은 온다. 백암 선생은 역사학자이고 정치가다. 그분은 누구보다도 시국의 흐름을 통찰하신 분이라 했다.'

그는 백암 박은식에 대해서 전해 내려오는 내력을 회상한다. 그는 백암이 자기의 가까운 친척이라는 데서 큰 자랑을 느끼고 있다.

박은식은 황해도 황주군 주남면에서 태어났다. 기미생이라 했으니까 1859년 출생이다. 일찍이 〈황성신문〉, 〈대한매일신보〉, 〈서북학회월보〉 등의 주필로 애국사상을 고취하며 썩어가는 정부를 규탄한 사람이다. 기미만세운동이 터졌을 때는 시베리아에서 〈애국노인단〉을 조직했으며 중국 상해로 가서는 〈독립신문〉, 〈한족공보〉, 〈사민보〉 등을 주관하는 한편 〈상해국시일보〉를 편집하기도 했다. 그는 〈한국통

사〉韓國痛史, 〈한국독립운동지혈사〉, 〈발해사〉로 대표되는 고대에서 현대에 이르는 역사학의 거장이고 언론인이었다.

1925년 12월에는 임시정부의 국무총리로 대통령을 대리하더니 다음 해 3월에는 대통령에 피선됐다. 그러다가 임시정부의 헌법이 개정되는 바람에 대통령직을 물러나고, 그 해 11월 1일 68세로서 보람 있고 한 많은 일생을 마쳤다.

사람들은 사학계의 삼재三才 중의 하나로 그를 꼽았다. 조선에는 세 사람의 걸출한 재사才士가 있다는 것이다. 국내에선 최남선을 꼽았다. 중국 북경에는 신채호申采浩가 있고 상해에는 박은식이 있다고 했다.

그 박은식이 간 지 이미 4년이다. 손병희, 이상재도 갔다. 이제 오동진, 여운형마저 감옥에 갇혀 있고, 남만주지방에서 독립운동단체를 규합해서 국민대표회의를 이끌던 김동삼金東三 또한 일본 관헌에게 체포됐으니 광복 운동의 앞길은 생각할수록 막막했다.

1930년대를 맞는 조선의 하늘에는 큼직큼직한 별들이 다 스러지고 으스름달밤처럼 빛나는 성좌星座가 없었다.

'이젠 젊은 놈들이 나설 차례다!'

박충권은 결심했다. 고국을 등지기로 했다. 정인情人을 만나 봐야만 마지막 길이 될지도 모르는 길을 떠날 수 있을 성싶었다.

그는 대안인 뚝섬 쪽을 기웃거리다가 깜짝 놀랐다.

"당신 뭐하는 사람이오!"

잔등을 철썩 때리는 사람이 있었다. 윤정덕이 검은 두루마기에 여우 목도리로 얼굴을 가린 채 등 뒤에서 활짝 웃고 있었다.

"아니 당신이 언제?"

"길은 어디메나 있는 것, 뚝섬 쪽만이 길인가요?"

"어디로 왔어?"

"미행 당했어요. 미와란 놈이 끄나풀을 붙였어요. 그래서 엉뚱한 길로 돌아오느라고."

뚝섬으로 건너오다간 위험할 것 같아서 서빙고西氷庫쪽으로 해서 잠실리蠶室里로 빠져 산을 타고 봉은사로 왔다는 것이다.

"이쪽으로 마중 나와 계실 줄 알았어요."

윤정덕은 사나이의 손을 잡고 어린애처럼 좋아했다.

"미와란 놈이 당신까지도 수상하게 보는 거야?"

"그자는 부엉이 눈 같아서 속을 들여다볼 수 없어요. 나를 멋대로 이용하면서도 철저히 감시하거든요."

최근 윤정덕은 일거일동에 미와 경부의 이중 감시망을 피하느라고 신경이 몹시 피로해 있었다.

박충권이 은거한 곳은 봉은사 뒤채 뒤에 있는 작은 초옥이었다. 그는 수양을 위해 이곳을 찾아온 사람처럼 가장하고는 벌써 여러 달째나 은거하고 있었다. 장작불이 뜨겁게 지펴진 방은 그다지 초라하지 않았다.

"오늘이 내 귀 빠진 날이야."

"어머! 미안해요. 정말 오늘이 초엿새군요."

윤정덕은 놀라는 체했으나 포도주를 가지고 왔다. 가래떡과 인절미와 그리고 과일, 과자 등속과 털실 스웨터 한 벌을 싸 가지고 왔던 것이다.

"생일 축하가 제대로 어울리는데."

윤정덕은 법주 잔에다 검붉은 포도주를 철철 넘치게 따라서 박충권에게 권했다.

"자, 만수무강하시고 윤정덕을 변함없이 사랑해 주세요. 생신날도
까먹은 바보 계집애지만."

"자아, 그리고 조국을 위해서."

그들은 얼싸안고 뒹굴었다. 그들의 얼굴에는 눈물인지 침물인지 미
끄러웠다. 사지四肢가 아니라 여덟 개의 지체가 무엇인가를 구해서 쉴
새 없이 움직였다. 호흡은 상대를 마시고 천하를 마셨다. 남자는 여자
가, 여자는 남자가, 온통 자기에게로 흡수되는 것을 분명히 의식했다.
밖에는 바람 소리가 쏴아 하고 흘러갔다.

어디선가 만수향萬壽香 냄새가 그들의 코에 스며들었다. 석가모니의
원만한 미소가 여자의 뇌리에 떠올랐다.

"부처님이 부정不淨하다고 화내심 어쩌죠?"

"부처님도 우릴 귀엽게 봐주신다고 약속하셨어."

정인들은 즐거웠다.

"좋은 소식 없어? 일본 정계에서는 선거 때문에 상당히 시끄러운 모
양이지?"

제자리로 돌아온 박충권이 정계 얘기를 꺼냈다. 마침 일본에서는 중
의원의 대의사代議士를 뽑는 선거전이 치열하게 벌어지고 있었다.

"아주 재미있는 화제가 하나 있어요. 이번 선거운동에 우리 한글로
쓴 간판이 많이 나돌고 있어요. 그리고 투표용지에까지 조선말로 쓴 것
이 시빗거리가 돼 있나 봐요."

"조선사람의 표라도 긁어모아야 되겠다는 수작이겠지."

"그래서 한쪽에선 조선글로 기표한 것도 유효로 하자는 것이고, 다

른 편에선 안 된다는 거예요."

이 문제는 일본 정계를 떠들썩하게 하고 있었다. 정우회와 민정당이 저마다 정권을 잡으려고 피투성이 싸움을 하는 일본 정계에서는, 재일 조선인 유권자들의 투표권에 대해선 아직도 서로의 정책이 하나로 통일되지 못하고 있었다.

당시 일본에 거주하는 조선사람은 약 31만 명이었다. 특히 도쿄와 오사카 등지에 조선인 노동자들이 많이 집단 거주했다. 입후보자들은 그 조선사람들의 표를 어떻게 긁어모을까로 혈안이 돼 있었다.

본국의 그런 소식을 전해 듣고 조선군사령관 미나미 지로 대장은 어떤 술자리에서 "이왕에 일본과 조선이 합방해서 일시동인이 되었은즉 아예 조선말은 싹 없애버리고 조선인도 일본말을 일상어로 쓰도록 하면 어떨까?"라고 엉뚱한 주장을 했다는 것이다. 그는 한술 더 떠서, "조선사람을 황국신민으로 만들려면 그들의 성명까지도 깡그리 일본식으로 고쳐 버려야 할 거야."

그러나 그는, 적어도 현재는, 조선의 통치 책임자는 아니었다. 조선의 통치자는 어디까지나 조선 총독 사이토 자작이다. 미나미는 조선에 주둔하는 일본군을 통솔 지휘하는 군사령관에 지나지 않는다.

미나미 사령관의 그런 주장을 전해 들은 사이토 총독은,

"그거 참 재미있는 착상이군. 그렇지만 미나미 대장은 정치의 부작용이라는 것을 몰라. 한 민족의 언어와 족보를 그렇게 쉽사리 없애버릴 수 있을까? 너무 억누르고 멸시하면 반발하는 법이야. 한 치짜리 벌레도 다섯 치의 기백을 가졌다고 하잖나."

총독은 조선군사령관의 주장을 가볍게 일축했다는 것이다. 윤정덕

은 말했다.

"미나미라는 자의 그런 엉뚱한 주장은 총독부 고관들에게 널리 전해져서 총독의 의견이 타당하다는 축과 군사령관의 적극론이 시원스럽다는 축으로 패가 갈라졌대요."

박충권은 미나미의 주장을 전해 듣자 이맛살을 찌푸렸다.

"미나미는 지독한 놈이구나. 그렇게 되면 중추원中樞院에 빌붙은 작자들은 얼씨구나 하구 이름을 갈걸. 그자들은 혼까지 빼앗겼으니까. 몸에 걸치는 옷까지도 집에선 하오리 하카마로 바꾼 철면피들인데 하물며 이름쯤이야."

박충권은 자꾸 술잔을 들었다. 윤정덕도 취해 가고 있었다. 밖에서는 바람 소리가 또 윙윙거렸다.

윤정덕은 아쉬운 듯이 사나이의 손을 두 손으로 움켜서 자기의 토실한 무릎에다 얹어 놓았다. 박충권은 아예 여자의 풍요로운 무릎을 베고 누워 버렸다. 그리고 손을 뻗어 여자의 두 귀 끝을 잡아 당겼다.

윤정덕의 얼굴은 사나이의 얼굴 위로 사뿐히 내려와 앉았다. 그들은 윙윙거리는 바람 소리에 귀를 기울였다. 윤정덕이 입술을 놀렸다.

"정말 놀라운 소식이 있어요. 큰 별이 떨어졌대요. 만주에서."

"무슨 소리야?"

"김좌진 장군이 돌아가셨대요. 지난 그믐께."

"왜? 피살인가?"

"경무국에 들어온 보고에 의하면 암살됐다는 거예요. 더구나 동족의 손에."

박충권은 심각한 충격을 받았다. 두 주먹을 불끈 쥐었다.

"정말야?"

"그런 거짓말도 있어요?"

"일경의 앞잡이겠구나. 범인은?"

"공산당원이 저격했대요."

"그 죽일 놈들이 기어코 일을 저질렀구나."

박충권은 이를 바드득 갈았다. 눈망울이 튀어나왔다. 그는 만주 땅에서 활약하는 독립운동단체의 내분內紛을 잘 알고 있었다.

민족주의자들은 신민부, 국민부, 정의부의 3자 통합이 실패로 돌아간 후에도 하나로 뭉쳐야 되겠다는 비원을 달성하려고 계속 노력했다. 남만주 일대의 크고 작은 독립단체의 대표들이 길림시吉林市에 모여 대부분 국민부에 흡수된 채 혁명군 정부를 만들었다.

그들은 그 혁명군 정부를 뒷받침한 유일당으로서 조선혁명당朝鮮革命黨을 조직했다. 이탁, 최동오, 현익철, 유동열, 이일세, 고할신, 김이대, 이웅, 이동산, 현정경, 이동림, 김돈, 김택, 고이허, 이진탁, 문시영, 김안보, 김진호, 안홍, 강제하, 장승언, 장세용, 김석하 등이 조선혁명당의 23인 중앙위원이다.

조선혁명당은 만주 동삼성 각지에 성당부, 현당부 등 1백여 개에 각각 지부를 두었고, 국내에는 평안도, 황해도, 강원도, 경기도, 충청도, 전라도, 경상도에 역시 지하지부를 조직하는 데 성공했다.

그러나 조선혁명당은 국민부와 표리일체가 된 단체이면서도 일종의 행정기관인 국민부를 통솔 감독하는 권력을 가진 데서 내분의 싹이 돋아났다. 말하자면 일당 독재국가이니, 소련의 공산당이나 중국의 국민당을 모방한다 해서 일부 인사들 사이에 당의 횡포와 독재를 규탄하는 소리가 높아져 갔다.

이 무렵 김좌진 장군은 뭣보다도 시급한 것은 한국 독립군과 만주의 반일군이 강력한 항일 연합군을 조직해서 일본군을 무찌르는 일이라고 주장했다. 따라서 공산당식의 일당독재 체제를 주장하는 조선혁명당의 주동자들과는 그 의견이 맞지 않았다. 하는 수 없이 김좌진은 1929년 봄에 정신, 민무 등과 함께 한족자치 연합회를 조직하고 그 본부를 만주 영안현寧安縣 산시山市 역전에 두었던 것이다.

김좌진은 알고 있었다. 독립운동단체가 정당싸움에만 골몰해서는 안 된다는 것과 조직적인 군사행동을 취하지 않고 산발적으로 소규모의 반일 사건이나 터뜨리면 도리어 일본군의 신경을 자극해서 만주에 이민해 온 1백만 명의 동포들이 억울하게 박해당한다는 것을.

─무슨 일이든 때가 있는 법이다. 청산리 싸움에서 이긴 것도 시운이 도운 것이고, 이르쿠츠크에서 참변을 당한 것도 때를 못 만났기 때문이다. 지금은 좀 자중하면서 정세를 관망해야 한다. 만주의 군벌이 과연 우리 독립군 편인가, 아니면 일본 침략군과 야합해서 조선민족을 핍박하는 편에 서게 될 것인가도 분석해 봐야 한다. 그러니 우선 조선 사람끼리 자치기관을 만들어서 단결을 도모해야 한다.

김좌진의 주장이었다. 그는 길림성 영안현 산시역 근처에 정미소를 차려놓고는 독립군의 자금을 마련하는 한편 교포들의 단결과 자치활동을 익혀 주기 시작했다.

김좌진이 혁명 대열 일선에서 잠시 물러앉아 조용한 시간을 보낸다는 소식이 전해지자 극렬파에서는 구구한 억측이 분분했다.

— 김좌진은 조선 혁명당의 활동을 못마땅히 여기는 모양이더라.

— 아니다. 그는 처음부터 민족주의자이니까 우리 공산주의자들의
  활동을 견제하느라고 그러고 있다.

— 그는 상해 임시정부와 내통해서 우리 공산주의자들을 일거에 제
  거할 음모를 꾸민다더라. 그렇지 않다면야 청산리 전투의 영웅
  이 시골구석 정미소 주인으로 낙찰될 수가 있겠는가.

— 아무튼 그는 우리들의 방해분자다. 차라리 그를 없애버려야 한다.

조국이나 민족보다는 공산주의라는 주의와 공산주의의 조국인 소비
에트를 더 소중히 여기는 그들이었다. 그들은 마침내 백야白冶 김좌진
金佐鎭 장군을 제거하기로 결론하고 계획을 꾸몄다.

그 해 12월 25일은 눈이 마구 퍼붓는 아침으로 밝아 왔다.

김좌진은 그날도 허름한 옷을 걸쳐 입고 정미소로 나가서 교포들의
쌀과 조를 도정하는 작업을 지휘했다. 그런데 웬일일까. 별안간 도정
기의 모터가 푸르륵 멎어 버렸다. 고장이 난 것이다. 김좌진은 무술에
도 뛰어났지만 기계를 다루는 솜씨도 만만치가 않았다. 그는 팔소매를
걷어붙이고는 기계를 수리하기에 여념이 없었다. 그것이 그가 살아서
의 마지막 일이었다.

정미소 앞에 쌓인 노적가리 뒤엔 수상한 괴한이 숨어 있었다. 누구도
그 괴한의 존재를 눈치 채지는 못했다. 눈보라가 휘몰아치는 겨울날 아
침이다. 괴한이 행동하기엔 알맞은 날씨였다. 아무런 방해도 받지 않
고 괴한의 총구는 불을 뿜었다.

"아이쿠!"

김좌진은 이 한마디를 남기고는 쓰러졌다. 그의 몸은 붉은 피로 물들

었다.

"암살대가 왔다!"

"김좌진 장군이 맞아 쓰러졌다. 암살대를 잡아라!"

정미소 주변은 발칵 뒤집혔다. 그러나 암살대는 유유히 눈보라 치는 밀림 속으로 사라져 버렸다.

"김좌진이 죽었다고? 그것 잘됐다. 공산주의자들이 암살했다고? 그건 더욱 반가운 소식이다."

조선총독부에서 길림에 파견돼 있는 후쿠지마 경부는 김좌진 장군 피습 소식을 듣고 쾌재를 불렀다.

얼마나 오랫동안 노려오던 거물이었던가. 청산리 골짜기에는 김좌진 부대에 의해서 전멸한 일본군 2천여 명의 뼈가 아직도 눈보라에 방치된 채 있다. 김좌진의 목에는 1백만금의 현상금이 붙어 있었다.

후쿠지마 경부는 자기의 손으로 김좌진을 사로잡아서 일등 공훈을 세우려고 혈안이 돼 있었다. 그런데 만주벌의 호랑이이고 독립단체의 두령인 김좌진을 같은 조선사람 암살대가 살해했다는 것이다.

그는 자기의 손으로 사로잡지 못한 것은 애석하기 이를 데 없지만 하여간 더할 수 없이 반가운 소식이라고 기뻐했다. 후쿠지마 경부의 긴급 보고를 받은 총독부 경무국에서도 쾌재를 불렀다.

윤정덕은 미와 경부의 흉내를 냈다.

"미와가 뭐랬는지 아세요? '김좌진 살해사건은 조선총독부 경무국에 주어진 연말 보너스야. 더욱이 조선양반들 자신끼리 싸우다가 총질을 했다니 독립군의 전도前途를 위해서 이 사람도 좀 섭섭하군.' 그러는 거예요."

윤정덕은 미와로부터 그런 말을 들었을 때,

"그 낯짝이 그토록 미워 보이긴 첨이었어요."

침을 칵 뱉어 주고 싶은 것을 간신히 참았다는 것이다.

박충권은 넋을 잃은 채 혼자 중얼댔다.

"만주의 독립운동도 이젠 어깻죽지가 부러졌구나. 이청천, 신숙, 김이대, 김학규 같은 맹장들이 아직 남아 있긴 해도, 김좌진 장군만큼이야. 참 이범석李範奭이란 사람이 김 장군의 뒤를 이을 수 있을까?"

박충권은 포도주 병을 입에다 거꾸로 세우면서 한탄했다.

"끝장이 나야겠다. 나도 어서 서울을 버리고 만주로 가야겠다."

그는 윤정덕의 손을 와락 낚아채면서 말했다.

"오늘이 마지막이야. 이봐, 정덕이, 오늘이 당신과 마지막이란 말야!"

그는 울부짖었다. 그의 눈은 눈물투성이였다. 두 팔을 벌려 여자의 어깨를 힘껏 조였다. 여자의 어깨는 조용한 파동을 일으켰다.

"그동안 고생만 시켜서 미안해. 여자는 사랑이나 할 것이지 독립운동 따위는 아예 할 게 아냐."

"여자도 조국은 사랑해요. 나는 남자도 사랑하고 조국도 사랑해요. 난 행복해요."

"현재까지 넌 나 때문에 불행했다."

"당신 때문에 행복했어요."

"후회할 것이다."

"영원히 보람을 느낄 거예요."

"여자의 행복은 남자를 옆에다 둬두는 거야."

"그건 소망이지만 오히려 권태를 느낄 수도 있어요. 사랑은 미진해야 영원히 지속돼요. 우리가 시간의 여유를 얻는 순간엔 불행이 주변에 와 있을 거예요. 왠지 그런 예감이 들잖아요?"

그들은 기도하듯 눈을 감았다. 시간이 정지되기를 원하면서 행복감에 젖어 있었다.

"당신은 내 조국!"

"당신은 내 지아비!"

여자는 사나이 품속으로 파고들었다.

산사山寺에는 지저귀는 새소리도 없었다.

———◆———

다음날 아침 박충권은 언제 돌아와 다시 만나리라는 기약도 없이 윤정덕의 곁을 떠나 북으로의 나그네 길로 올랐다.

박충권을 덧없이 떠나보낸 윤정덕은 넋 잃은 사람처럼 변해 버렸다. 그녀는 가회동 집에서 한 발자국도 외출하지 않았다.

윤정덕의 집은 가회동의 푸른 대문집으로 불렸다. 고다마 정무총감과 미와 경부가 주선해서 마련해 준 집이다. 말하자면 북촌에 살면서 북촌 일대의 지도급 조선인들의 동태를 염탐하라는 것이었다.

그러나 윤정덕의 집 푸른 쪽대문은 언제나 굳게 닫혀 있었다.

"집은 쉬는 곳이지 일하는 곳이 아녜요."

윤정덕의 깔끔한 주장이었다. 그녀는 총독부의 고관이나 경무국의 간부들이 찾아오는 것조차 노골적으로 싫어했다.

"일이 있으면 불러주세요."

이웃 사람들은 그 아담한 푸른 대문집을 어느 돈 많은 사람의 소실 집으로 알았다. 그리고 윤이라는 여자는 일본 유학까지 간 신여성인데 그 나이와 미모가 남의 소실로는 아깝다고들 수군거렸다.

윤정덕이 오랫동안 얼굴을 내밀지 않자 미와 경부는 여러 번 전화를 걸어왔다. 그러나 단단히 일러둔 탓으로 침모 할멈은 유창한 일본말로, "아씨께선 친척의 상喪을 당해서 경상도 시골로 내려가셨어요"로 일관했다.

그러나 그것도 한두 달의 일, 창경원 벚꽃이 봉오리를 열고 남산 중턱에 아지랑이가 가물거리는 봄이 되자 미와 경부는 문득 수상한 생각이 들었다.

4월도 저물어 가는 어느 날이었다. 그는 가회동 윤정덕의 푸른 대문집의 쪽문을 요란하게 두드렸다. 침모 할멈이 불안스럽게 빗장을 열자 미와 경부는 다짜고짜로 뜰 안에 들어서면서 소리를 질렀다.

"정덕 씨가 돌아왔다면서요?"

침모 할멈은 얼떨결에 대답했다.

"네, 올라오셨어요. 허지만 몸이 편찮으셔서 누워 계세요."

미와 경부는 침모 할멈을 젖혀 놓고 내실에까지 들어갔다.

잠옷 속으로 내비치는 윤정덕의 육체가 너무나 육감적이라서 미와 경부는 눈앞이 황홀한 모양이다. 그녀는 태연한 표정으로 웃음을 지으며, 가슴을 여미며, 미와 경부를 맞이했다.

"경상도에 다녀왔어요. 대구에 들른 김에 최석현 경부나 만나 볼까 했지만 출장 중이더군요. 잠깐 돌아앉으세요. 일어나야겠으니."

"괜찮아, 누워 계시오."

그러나 윤정덕은 일어났다. 매무새를 고쳤다. 병색이 얼굴에 완연했다. 육신의 병이 아니라 정신적인 병과 싸우느라고 그녀의 눈언저리엔 검은 기미마저 끼어 있었다.

윤정덕의 입가엔 꽃 그림자와 같은 웃음이 피다가 스러졌다.

"그동안 안녕하셨어요?"

"이렇게 안녕하지, 하하하."

미와 경부는 유쾌하게 웃어댔다.

윤정덕은 뭣인가 계속적인 화제가 필요하다고 생각했다.

"성주星州에 이모님이 살고 계셨는데 갑자기 돌아가셨어요."

"그래? 안 됐습니다. 그런 일 있으면 미리 연락을 줄 일이지, 경무국장께서도 궁금해하시던데."

"그래요? 영광이네요. 국장께서도 저를 염려해 주신다니."

그러자 미와는 자기의 저고리 주머니를 뒤지며 말했다.

"정덕 씨에게 줄 선물이 하나 있지."

"어머나! 그래요?"

"잠자코 받아야 해. 눈을 감구."

미와 경부는 의미 있는 웃음을 흘리면서 윤정덕의 왼손을 슬쩍 잡았다. 그리고는 백상처럼 희고 고운 그녀의 무명지를 골라잡더니 난데없는 반지 하나를 끼워 줬다. 실로 민첩한 동작이었다.

"홍콩에서 돌아온 공작원이 사 온 거야. 내가 특히 부탁을 했지. 3캐럿은 될 걸."

팥알만 한 다이아가 윤정덕의 손가락에서 찬란하게 빛났다.

"이건 너무너무 큰 선물이네요. 받아도 괜찮을까 몰라?"

"그동안 정덕 씨한텐 신세만 졌기로."

"그렇지만 그런 사무적인 뜻만은 아닐지도 모르죠."

"하하하, 그건 정덕 씨 맘대로 생각할 일이고."

"그럼 받겠어요!"

윤정덕은 새침하게 말하면서 미와 경부의 표정을 읽었다.

"나도 남잡니다. 고등경찰도 사람이란 말이야. 미인한테 선물도 할 줄 알아요."

윤정덕은 미와 경부의 속셈을 재빨리 알아차리고는 손가락에서 빛나는 다이아반지를 가볍게 만지작거렸다. 그리고 엉뚱한 말을 꺼냈다.

"참 이번에 성주엘 갔더니 그곳 민심이 무척 어수선하던데요!"

미와 경부는 단박 직업의식을 발동시켰다.

윤정덕은 그가 그러기를 바라고 꺼낸 말이었다.

"김창숙金昌淑이란 사람 기억하세요?"

"김창숙? 알지. 그 유림단의 두령으로 독립운동을 하다 상해에서 체포된 김창숙 말인가? 그자는 지금 대전 감옥에 갇혀 있을 텐데?"

미와의 기억은 정확했다.

"맞았어요. 그 김창숙의 고향이 성주거든요. 그 사람에 대한 대우가 너무 나쁘다는 거예요. 성주 고을에선 우상처럼 떠받들더군요."

"그래? 원체 지독한 사람이니까. 여운형만 해도 감옥에서의 몸가짐이 조용하고 규칙도 잘 지키는데, 김창숙은 아주 지독한 사람이라더군. 하긴 이왕 독립운동에 나섰으면 그런 기백이라도 있어야지."

미와 경부는 감정 그대로를 표현한 표독스런 말을 안 한다. 경우에 따라선 점잖고, 상냥하고, 이해성이 있고 인정적이어서 고등경찰로서는 완벽한 인간상이라는 정평이 있다.

미와 경부의 말은 옳았다. 그리고 윤정덕이 성주에서 듣고 본 민심이
라는 것도 정확한 것이었다.

주소는 여기다!

김창숙은 1879년 성주에서 태어났다.

그는 일찍이 이완용 일파의 매국행위를 성토한 사건으로 이름을 날렸고, 기미년 만세사건이 터지자 유림 대표로 파리 강화조약 회의에 참석하기 위해 국외로 빠져 나갔다.

그 후 그는 상해 임시정부의 의정원 의원이 되고, 중국 정부의 손문, 이문치 등과 여러 번 극동정세를 토론하고 한중동지회韓中同志會를 만드는가 하면, 신채호와 함께 독립운동지 〈천고〉天鼓를 발간했고, 박은식과 손을 잡아 〈사민보〉四民報를 창간하기도 했다.

총독부 경무국에서는 김창숙을 회유해서 국내의 유교도儒教徒들을 매수하려고 여러 번 귀국을 종용한 일이 있다. 전향서에 서명하면 경학원經學院, 성균관 부제학 자리를 주겠다고 꼬였다. 그러나 김창숙은 속지도 않았고 꺾이지도 않았다.

그가 체포된 것은 병상에서였다. 1927년, 중국 상해에 있는 공제의원에 입원해 있다가 총독부 경무국 밀정들의 습격을 받고 체포되었다.

나석주, 이익 등을 국내로 파견하여 폭탄사건을 일으킨 그 주모자가 김창숙이다. 경무국 고등과에서는 그를 혹독하게 다뤘다. 성미가 하도 열화 같고 빈틈이 없는 사람이라서 일본 관헌들은 비공개 재판으로 김창숙을 괴롭혔다. 그러나 그는 끝내 굽히지 않았다. 그의 재판정에서의 투쟁은 경무국 고등경찰 사상에서도 드문 화젯거리가 됐다.

1928년 10월 29일, 대구 지방법원에서 열린 공판에서 김창숙은 재판장 가나이스미와 검찰관 야마사와와의 사이에 맹렬한 논쟁을 벌였다.

재판장이 물었다.

"피고가 김창숙인가?"

"그렇다."

"나이는? 53세인가?"

"맞다."

"주소는 어딘가?"

또 대답이 없다. 재판장은 노기를 억제하며 타일렀다.

"피고는 재판장의 물음에 대답할 의무가 있다. 주소가 어딘지 대답하라."

그러자 김창숙은 퉁명스런 음성으로 대꾸했다.

"주소는 바로 여기다."

가나이스미 재판장은 어리둥절했다.

"주소는 바로 여기다."

"본적本籍도 여긴가?"

"본적은 없다."

"피고는 신성한 재판정을 모독할 셈인가? 그대의 본적지는 경상북도 성주가 아닌가?"

"이 재판정을 나는 신성하게 보지 않는다. 그리고 내겐 본적도 없다. 나라가 없는데 무슨 놈의 본적이 있단 말이냐?"

재판은 더 계속될 수가 없었다. 제 2회 공판에서도 그의 태도는 역시 그러했다. 그는 한마디 더 외쳤을 뿐이다.

"나를 다리병신이 되도록 고문한 일본의 법률 밑에서 구차한 말을 하기는 싫다. 예심조서도 검사가 멋대로 꾸몄으니, 너희 편리한 대로 재판하면 될 게 아니냐. 우린 나라가 없는 민족이다. 너희들이 멋대로 꾸며대는 조서가 곧 너희의 법률이 될 것이다. 나는 확신하고 있다. 머지않아 그 법률은 무효가 된다는 것을 확신한다. 나는 그때에 가서 재판받겠다. 이 이상 길게 나를 괴롭히지 말고 더 묻지도 말라!"

김창숙은 처음부터 일본인이 멋대로 편리하게 행사하는 법률을 무시해 버리는 태도였다. 그는 김완섭, 김용무, 손치은 등 쟁쟁한 변호인들이 여러 번 찾아와서 '선생님을 위해' 무료 변호를 하겠다는 것도 완곡히 거절했다.

이런 일도 있었다. 대구 감옥에서 대전 감옥으로 옮기고 어느 날 새로운 전옥典獄, 교도소장으로 부임한 미야사키란 사람의 감방 순시 때였다. 신임 전옥이 거들먹거리며 지나가면 모든 죄수들이 일어서서 경례를 하라는 지시가 있었다. 그러나 오직 김창숙만은 요지부동이었다. 자기의 감방문이 열려도 그는 꼼짝 않은 채 간수나 전옥 따위는 거들떠보려고도 않고 두 눈을 지그시 감고 있었다.

"자네는 왜 일어나지도 않는가?"

전옥이 버럭 역정을 냈다.

"당신들이 못 일어나도록 고문하지 않았는가?"

김창숙도 마주 소리를 질렀다. 전옥은 어이가 없었다.

"되게 시큰둥하구나. 다리도 부러질 만하다. 그러나 앞으론 인사라도 하라."

"내 인사를 받기는 어려울 게다."

전옥은 말문이 막혀 버렸다.

"감옥에 들어온 죄수라면 규칙을 지켜야 한다. 어서 전옥님께 경의를 표해라."

전옥을 안내하는 간수의 말이었다. 그러나 김창숙은 더욱 언성을 높여 전옥을 꾸짖었다.

"내가 너희들에게 절하지 않는 이유는 간단하다. 즉, 나의 독립정신을 끝까지 고수하려는 것이 내 인생의 전부다. 내가 만약 너희들에게 절한다면 침략자인 너희를 인정하는 것이 되며 침략자에게 경의를 표하는 것이 된다. 될 말인가? 어째서 내가 그런 못난 행동을 취하겠는가. 신임 전옥이고 나발이고 귀찮으니 내 눈 앞에서 썩 물러가라."

전옥은 이 봉변에 대한 보복으로 김창숙을 사상범의 독방에서 끌어냈다. 파렴치들이 우글거리는 잡방으로 이감시켰다.

이 소식은 이내 성주 고을에 파다하게 퍼졌다. 김창숙이 병신이 되도록 고문을 당하고도 굴복하지 않았단다. 전옥에게 욕을 해주고 잡범 감방으로 이감되었단다. 그를 구해 낼 길은 없는가. 성주 고을의 민심은 극도로 험악해졌다. 윤정덕이 미와 경부에게 이야기한 성주 고을의 불온한 공기란 바로 그것을 말함이었다.

잡감으로 옮겨진 김창숙의 옥내 투쟁은 계속됐다. 어느 날 대전 감옥의 미야사키 전옥이 일본 공산당의 사노와 나베야마의 전향 성명서를 보여줬다. 사노 마나부라면 일본 공산당이 창건된 이래 줄곧 이론과 실천의 지도자로서 활약한 사람이다.

"공산당 당수까지도 항복하고 전향 성명서를 내는 판국이니 김창숙 자네도 잘 생각해 보라."

총독정치에 협력하겠다는 전향 성명서를 써 내라는 것이었다.

"공산당과 나는 아무 관계가 없다. 나는 오로지 조선의 독립만을 주장하는 사람이다."

그는 전옥이 보여준 사노의 성명서를 그가 보는 앞에서 변기통에 쑤셔 넣어 버렸다.

또 며칠이 지나서였다. 조선인 간수 신중식이 멋쩍은 웃음을 흘리며 감방문을 열고 책 한 권을 그에게 던졌다.

"이거 전옥께서 선생님께 전하라 하십니다."

최남선崔南善의 저서였다. 그는 명망 높은 사학가일 뿐 아니라 3·1운동 때 독립선언문을 기초한 문장가이기도 하다. 그는 이광수, 홍명희와 더불어 한국 문화계의 3재三才라는 소리도 들었다. 홍명희 대신 주요한을, 유진오를 꼽는 사람도 있기는 했지만 최남선은 움직일 수 없는 존재였다. 그 최남선의 저서였다.

김창숙은 내용을 훑어 가다가 소스라치게 놀랐다.

"어허, 그도 죽었구나!"

애당초 〈매일신보〉와 〈경성일보〉사가 공동으로 이 책자를 발행했다는 것부터가 수상했다.

"어허 최남선이가!"

일선융화론日鮮融和論을 강조한 것이었다. 첫머리부터 일본민족과 조선민족의 기원, 계보, 혈통에 공통점이 많다는 것은 역사학자로서의 학문적 고증에 기초한 것이므로 그렇다고 치자. 그러나 일본의 건국신화와 한국의 단군신화에 상통하는 유사점을 풀이하다가 결론에 가서는 두 민족이 의좋게 살아야 한다고 논리가 둔갑했으니 기가 막혔다.

그는 이 책자도 변기 속에 쑤셔 넣고 말았다. 그런데 그날 저녁이었다. 간수가 다시 나타나서 능청을 부렸다.

"전옥께서 아까 전해 드린 책자에 대한 독후감을 쓰라고 하십니다."

그제야 김창숙은 그자들이 어째서 그 책자를 자기에게 주었는가를 짐작할 수 있었다. 그는 화도 안 내고 말했다.

"나는 아무런 책도 읽지 않았다."

"엊그제 전해 드린 그 책은 어찌하셨습니까?"

"휴지로 썼다."

간수는 기가 막혀서 화도 내지 못했다.

"너무하는군요. 신상에 해롭습니다."

"내 걱정일랑 말고 자네 신상이나 염려하게."

그러나 전옥은 집요했다. 또 같은 책을 들여보냈다. 다음날 아침에는 새 간수가 종이와 붓을 가지고 와서 또 다시 김창숙을 졸라댔다.

"어제 읽으신 최남선 씨의 저서에 대한 감상을 이 종이에다 직접 적어 주십시오."

"나는 아무것도 읽은 게 없다."

"어제 그 책은 어찌하셨소?"

"휴지가 없길래 이용했다."

그러나 젊은 간수는 울상이 돼서 졸라댔다.

"전옥은 무슨 내용이든 꼭 이 종이에 직접 써 받아오라는 명령입니다. 선생님, 제 난처한 입장을 살펴 주십시오. 감상문을 못 받아가면 저는 오늘로써 목이 잘립니다. 자식새끼가 여섯 명입니다."

먹기 위해 취직한 간수가 자기의 감상문 때문에 파면당한다는 말을 듣자 김창숙은 측은한 생각이 들었다. 그는 간수에게 말했다.

"나는 일개 독립운동가로서 최남선을 존경한 사람이다. 그런데 그가 죽었구나. 중추원 참의에다 총독부의 역사편찬위원회니 고적보존위원회니 하면서 녹을 타 먹는다구나. 본시 학자란 권력 앞에 꺾이기 쉽다만 아까운 학자를 잃어서 슬프구나. 무슨 감상을 쓰겠느냐. 허지만 자네의 밥줄이 날아가는 것도 일 치고는 큰일이구나. 적어주지."

김창숙은 간수가 내놓은 종이에다 붓끝을 놀렸다.

昔我宣言獨立辰 義聲雷務六洲隣
餓狗還隨元植吠 梁家匕首豈無人
(그 옛날 우리의 독립을 선언했을 때 의성이 우레 되어 세계를 진동했네
원식의 뒤를 따라 짖는 저 주린 개 양가의 비수가 용서해 둘까?)

그것을 받아든 간수는 그 뜻을 해석해 달라고 부탁했다.

"이것 어려운 내용이 아닐세. 전옥쯤이면 해석할 만한 내용이야. 원식이란 민원식이고, 양가란 양근환을 가리키는 뜻이지."

민원식은 3·1 운동 이후에 〈시사신문〉을 창간하고는 총독부에 꼬리를 치며 '일한 동화' 정책을 적극 주장하던 친일파였다. 그리고 그 민원식

을 일본 도쿄의 어느 여관에서 암살한 협객이 바로 양근환이다.

김창숙은 최남선뿐만 아니라 일본에 대한 혁명적 독립투쟁을 포기하고 내선일체니 문화향상 제일주의니 또는 자치운동이니 하는 보호색으로 명색은 지도자인 척하면서 실은 총독정치에 직접 간접으로 협력하는 자들을 도저히 용납할 수 없었다.

그러나 세월은 무심히 흘렀다. 김창숙이 옥중에서 절개를 굽히지 않고 옥리들과 싸우거나 말거나, 오동진이 신의주 감옥에서 탈옥할 기회를 엿보고 있거나 말거나, 여운형이 대전 감옥에서 장자의 풍도를 과시하고 있거나 말거나, 김동삼이 경무국 감방에서 취조관들에게 묵비권으로 애를 먹이거나 말거나 세월은 아랑곳없이 그저 흘러갔다.

———◆◆◆———

세상은 더욱 복잡해져 가고 있었다.

미국 뉴욕의 증권시장에서부터 불기 시작한 세계 경제공황經濟恐慌은 전세계를 휩쓸었다. 극심한 디플레이션으로 세계 도처의 산업경제는 마비상태에 빠져 갔다. 일본에서는 금 수출을 금지하느냐 해제하느냐로 격렬한 정쟁의 불길이 일었다.

인도의 라호르에서는 간디와 네루를 중심으로 하는 인도 국민회의파의 회의가 열려 영국에 대한 대대적인 배척운동의 불길이 올랐다. 그러자 영국 관헌은 인도의 지도자 간디를 체포했다. 감옥에 들어간 간디는 무기한 단식투쟁을 벌이는 바람에 영국은 국제적으로 입장이 매우 난처해졌다.

런던에서는 또다시 해군 군축회의가 열려 미국, 영국, 프랑스, 이탈리아, 일본 사이에 심각한 실랑이가 벌어졌다.

중국에서는 장개석 국민군이 위세를 떨쳤고, 염석산은 하야 성명을 냈고, 장개석은 영웅처럼 남경南京으로 개선했다. 그리고 가을이 되자 중국 국민당은 중국 통일을 방해하고 한민족의 역사와 전통에 위배되는 노선을 추구하는 중국 공산당을 소탕하겠다고 선언했다. 본격적인 국공國共내란이 시작된 것이다.

일본 도쿄에서는 당시의 수상 하마구치가 암살단의 권총 저격을 받고 숨을 거뒀다. 경제공황을 타개하고 군부의 팽창을 억제하려는 하마구치 내각의 긴축정책에 불만을 품은 과격분자들이 드디어 일어선 것이다.

그러나 뭣보다도 큰 사건은 유럽 에스파냐에서 일어난 내란이었다. 왕당파와 좌익 사이에 벌어진 이 내란은 거의 국제적인 성격으로 번져나갔다. 독일과 이탈리아의 파시스트 정부에서는 왕당파를 적극 지지했다. 소련과 프랑스의 좌익분자들은 에스파냐를 공산국가로 만들기 위해 붉은 지원병을 대거 파견했다. 에스파냐 내란의 물결은 아시아에까지도 번져 일본 군부의 과격분자와 천황제일주의자들은 극도로 자극돼 일본 정계에 파시스트의 불길이 휩쓸기 시작한 것이다.

한편 조선의 사정은 어떠했을까.

일본 난민들이 밀물처럼 부산항에 상륙해 왔다. 경제공황으로 회사와 공장이 문을 닫고 쓰러지자 거리로 쏟아져 나온 일본의 실업자들은 너도 나도 현해탄을 건너왔다. 어수룩한 식민지이니 무슨 일자리든지 있을 것이라는 생각에서였다.

이미 동양척식회사에서는 몇년 전부터 일본 농민의 조선 식민을 중지했다. 그러나 갑자기 덮쳐 온 경제공황의 여파는 일본 노동자들을 조선반도로 내몰았다. 일본 실업자들의 대량 이주는 조선땅에 심각한 두통거리로 등장했다. 총독은 본국의 척무대신에게 일본인의 조선이주를 제한해 달라고 여러 번 간청했다. 그러나 마이동풍馬耳東風이었다. 척무대신은 사이토 총독에게 친서를 보냈다.

　—본시 식민지란 지배민족을 갖다가 심는 고장이라는 뜻입니다. 식민지는 본국 정부의 부강을 뒷받침하는 영토적 자원입니다. 본국의 경제가 심각한 고민에 봉착한 오늘날 조선땅에서 내지인을 받아주지 않는다면 그런 식민지는 무엇을 위해 피 흘려 차지한 것이겠습니까?

　사이토 총독은 더 이상 본국 정부에 반발하지 못했다. 더욱이 조선총독부를 난처하게 만든 것은 조선군사령관인 미나미 대장이 새로 탄생한 와카쓰기 내각의 육군대신으로 입각해서 사이토 총독의 이른바 문화통치 정책에다 비방이라는 바람을 불어넣기 시작한 일이었다.
　미나미는 사이토의 동화정책이니 문화통치니 하는 주의를 이해할 만한 정치철학 따위는 처음부터 가지지 않았다. 그는 내각회의 석상에서 수시로 곧잘 조선에 대한 강경책을 주장했고 일본 실업자의 조선진출은 더욱 권장해야 한다고 역설했다.
　이 해 조선에는 수십 년 만에 풍년이 들었다. 모든 물가가 마구 떨어지는 판국에 농촌의 풍년이란 반갑지 않은 소식이었다. 이미 일본 본토는 조선 쌀을 가져가지 않아도 좋은 실정이었다. 쌀값은 전례 없이 폭락했다. 10년 전에 사이토가 처음 와서 미즈노 정무총감과 계획을 세위 추진했던 야심적인 미곡증산 계획은 된서리를 맞은 셈이었다.

가난이 들면 세상은 더욱 소란스러워지는 법이다. 6월에는 함경도 신흥新興군에서 광부 수백 명이 폭동을 일으켰다. 7월에는 단천端川군 농민들이 산림조합의 횡포에 못 이겨 경찰관서를 습격하는 소동이 일어났다. 야마나시 총독이 충남 논산論山군청 앞에 심어 놓았던 기념식수가 뽑혀지는가 하면 서울 영등포에서는 일본 노동자와 조선인 노동자 사이에 때 아닌 혈투가 벌어지기도 했다.

근화槿花여학교의 이름이 불온하다고 총독부 경무국이 말썽을 부리자 〈동아일보〉와 〈조선일보〉에서는 크게 반격했고, 일본 귀족원에서 조선민족의 이익을 봐줄 필요가 어디 있느냐는 망언이 튀어나와 2천만 조선민족의 격분을 사는 일도 생겼다.

이러한 사건들이 연달아 터지는 바람에 조선 총독 사이토는 모든 정무를 고다마 정무총감에게 일임해 놓고 자기의 시선과 관심은 본국 정계로만 쏟았다. 총독은 새로 부임한 하야시 센주로 조선군사령관을 총독 관저로 자주 불러들여 격동하는 정계의 소용돌이에 대해서 심각한 의견 교환을 하기도 했다. 당연했다. 그 무렵 일본 도쿄에서는 어마어마한 사건이 일어나고 있었다.

⸺⸺◆⸺⸺

군부의 정권욕은 언제나 온당치 않다. 쇼와昭和연대에 들어서면서 일본의 군부는 점점 그 세력을 넓혀 정계에 검은 그림자를 뻗치기 시작했다.

그러나 군부의 강자인 다나카 기이치 대장을 수령으로 하는 군의 지도층이 젊은 과격파 장교들을 통제했기 때문에 표면상으로는 평온한 듯했다. 따라서 과격파 장교들은 통제가 심한 본국을 떠나 만주의 관동군과 조선의 조선군사령부에 진출되기를 원했고, 특히 만주 관동군 사령부는 대륙침공 적극론자들의 소굴이 돼가고 있었다.

장작림을 폭살한 가와모토 다이사쿠 대좌를 비롯한 적극론의 주동 인물들은 본국 육군본부와 육군성에 있는 청년장교들과 밀모하면서 정부의 소극적인 대륙정책을 규탄하고 대륙지방에다 전쟁의 불씨를 심어 놓으려는 음모를 적극 추진했다.

때는 무르익었다. 다나카 기이치 대장이 수상 자리에서 물러난 후 곧 사망하자, 일본 육군의 지도권은 육군대신 우가키 가스시케宇垣一成에게 옮겨졌다. 우가키는 군복을 입은 군 출신의 정치가이면서도 보기 드문 정치적이고 인간적인 진폭을 가진 인물이었다. 그래서 청년장교들은 군의 신망도 높고 정치적 수완도 높이 평가되는 그를 영도자로 내세워서 쿠데타를 일으켜 정권을 장악할 계획을 짰다. 이것이 일본 군국주의가 패망의 길로 줄달음치게 되는 첫출발의 계기가 된 이른바 3월 사건이다.

그들은 1931년 3월 26일을 기해서 육군 장교단과 민간 우익단체가 제휴 궐기하되 먼저 의회를 점령하고, 다음엔 내각 총사직을 강요하고, 그 다음에는 우가키를 수반으로 하는 군사정부를 세우기로 결의하였다.

그들의 주장은 그럴듯했다. 밖으로는 만주 정세의 악화, 안으로는 정치의 부패, 농촌의 피폐, 군부에 대한 경시와 감봉, 언론의 타락, 문화의 퇴폐, 국민 도의의 문란 등 일본국은 바야흐로 멸망 직전에 있다는 위기론에 젖어 있었다. 청년장교들은 민간 우익학자들과 의논해서 '국가개조법안'을 마련하고 그 정신을 익히기에 열중했다. 그들은 독일의 히틀러와 이탈리아의 무솔리니를 찬양하고 존경했다.

'일본의 히틀러는 누구이며, 무솔리니에 해당될 인물은 누구냐?'

그들의 대답은 하나같이 육군대신이며 육군대장인 우가키라고 점을 찍었다. 이러한 사조는 청년장교뿐만이 아니라 고급장교들 사이에도 상당한 공명을 불러일으켰다.

"사쿠라가이의 중견장교들이 주동입니다. 이미 3백 발의 폭탄을 도쿄 시내에 준비해 놓았고, 3월 26일 미명을 기해서 일제히 궐기하기로 돼 있답니다. 그들은 먼저 의회와 정부를 점령한 다음 각하를 혁명정부의 수반으로 모시고 군사통치를 해 나가자는 겁니다."

우가키는 깜짝 놀랐다. 자신이 쿠데타의 주인공이 돼 있다니! 우가키는 잠시 눈을 감고 심사숙고한 다음 천천히 입을 열었다.

"안될 말이오. 나는 히틀러나 무솔리니를 개인적으론 좋아하지만 그런 방법으로 영웅이 되고 싶진 않소. 더 긴 말은 필요 없어요. 나는 쿠데타에는 반대한다. 즉시 그 계획을 취소하도록 하고 청년장교들을 잘 무마시켜 해산하도록 하라! 그들의 무기와 폭탄도 즉각 회수하라! 그리고 이 사건은 극비에 부쳐야 한다. 지체 없이 단행할 것, 명령이다!"

우가키는 단호하게 선언했다. 일은 틀어졌다. 우가키 육군대신은 자신을 수령으로 업고 일어서려던 청년장교들의 쿠데타 음모를 사전에 좌절시키는 데 간신히 성공했다. 그러나 이 3월 사건은 일본 정계와 군부 내에 비상한 파문을 던졌고 심상찮은 여운을 남겼다.

우가키는 3월 사건을 큰 파동 없이 수습하기 위해서 사쿠라가이의 주동 장교들을 처벌하지 않고 우물쭈물 설득해서 지방부대로 전보발령을 내고 말았다. 이것은 일본 군부의 커다란 비극이었다. 쿠데타를 일으키려던 장교들을 추상같은 군법으로 다스리지 못하고 지방전출 정도로 무마, 회유했다는 것은 이미 일본 군부의 군법 기강이 마비상태에 빠져 들어가는 전조임에 틀림이 없었다.

아니나 다를까. 이 3월 사건의 여파는 몇 년 후에 일본의 현역장교들이 이누가이 수상을 습격, 암살한 5·15 사건을 초래했고, 더 나아가서는 2·26 쿠데타로서 일본정부의 고관대작을 대량 학살하는 군부 반란을 야기시키는 길잡이가 되고 만 것이다.

일본 본국에서의 정치적 변란은 또 하나의 사건을 낳았다.

육군의 거물 우가키 가스시케가 육군대신 자리를 물러나고 그 해 6월 식민지 조선의 총독 자리로 전출하게 된 사실이다.

우가키가 사이토의 뒤를 이어 제6대 조선 총독으로 밀려 나온 이면에는 그러한 정치적 곡절이 숨은 줄을 조선사람들은 누구도 정확히 알지 못했다. 결국 다시 온 총독 사이토는 본국의 정치 바람으로 싱겁게 물러나고 우가키에게 그 자리를 물려줘야 했다.

그동안 사이토 총독은 경무국 간부들의 집요한 요청을 받아들여 신간회에 해산명령을 내렸고, 합법적인 민족운동의 싹을 꺾어버렸다. 그런 만큼 새로 부임한 우가키 총독은 비합법적 지하투쟁으로 방향을 바꾼 조선의 민족운동가와 치열한 실랑이를 벌여야 할 어렵고 까다로운 입장에 놓이고 말았다.

더욱이 부임한 우가키의 가슴을 졸이게 하는 것은 상해 임시정부에서 정식으로 대한민국의 건국이념建國理念과 건국강령建國綱領을 발표한 뒤를 이어 한국독립당韓國獨立黨의 김구를 비롯한 혁명투사들이 지하로 숨어들어 폭탄사건을 터뜨리기 위해 온갖 공작을 벌이기 시작했다는 불길한 정보였다.

이럴 때 또 엉뚱하게도 만주사변滿洲事變이 터졌다.

"하느님 맙소사!"

뜻있는 일본인들은 개탄했다.

"드디어 해냈구나!"

호전적인 군인들은 쾌재를 불렀다.

"저놈들이 망할라고 그러나? 흥할라고 그러나?"

조선의 지식인들은 눈이 휘둥그레졌다. 그리고 어쩌면 저들은 스스로의 운명을 재촉한다는 예감이 들어 하나의 기대를 가져보는 사람들도 있었다.

만주사변, 그러나 앞일을 내다보는 조선의 지식인들은 또 한탄을 하는 것이었다.

"아아, 큰일이다. 조선인의 운명은 어찌될 것이냐?"

회색 선전

필요에 따라 국가 간의 분쟁은 조작해야 한다. 국민은 속고 주모자는 영웅으로 숭앙되고, 신문은 장단을 치고, 앞세우는 간판은 정의, 그것은 만주사변, 상해사변이다. 전육군대신 예비역 육군대장 우가키 가스시케宇垣一成는 제7대 조선 총독으로 와서 이례적인 침묵만 지키고 있었다.

카페 파라다이스, 종로에 있다. 조명이 파도 빛처럼 푸르렀다. 그리고 넘실댔다.

한 자리에서 세 젊은이가 거나했다. 김팔봉金八峯, 이론적인 작가, 선키도 앉은키도 크다. 최독견崔獨鵑, 소설 〈승방비곡〉의 작자, 체구는 작지만 안광이 날카롭다. 화술이 능하기로 이름이 높다. 이서구李瑞求, 극작가, 활달한 성격, 신문기자로서 더 날린다. 그 세 사나이가 초저녁부터 거나하게 취했다. 카페 파라다이스에서 말이다.

"그래, 새로 온 녀석 어떻게 돼 먹었던가?"

옆에 붙어 있던 일본 여급이 자리를 뜨자 김팔봉이 밑도 끝도 없이 불쑥 물었다.

"총독?"

"우가키 잇세이야? 가스시케야? 뭐라구 불러?"

"가스시케든, 잇세이든, 하여간 일본놈 우가키지."

세 사람은 비루맥주 한 컵씩을 단숨에 마셨다. 검붉고 빳빳한 육포를 씹는다.

"자식 되게 무뚝뚝하더군. 경성역에 내릴 때부터 돌멩이처럼 표정이 없어. 눈썹은 고슴도치털 같은 게 말야."

이서구가 말했다.

김팔봉이 궐련 피존에 성냥불을 붙이며 말한다.

"쫓겨나온 녀석이니까. 사쿠라가이의 음모사건으로 육군대신 자리를 뺏기고, 게다가 현역에서도 몰려났으니까 웃음을 잃었겠지. 잃지 않음 바보고."

"하긴 장성이 군복을 벗는 건 대개 부정, 인책, 아니면 거세야. 싱글 벙글하면 쓸개 빠진 놈이지. 한 세상 잡으려다가 실패한 뒤끝이니까."

최독견의 말투는 경쾌했다.

"귀양 보내는 셈 치고 조선 총독인가?"

김팔봉의 음성은 느리고 웅장했다.

"본시가 야망가야. 실의한 야망가란 초췌하지. 그 바람에 미나미란 녀석만 출세했고."

이서구의 말이었다.

조선군사령관이던 미나미 지로가 육군대신이 돼서 일본으로 돌아가 거드럭대고 있다.

"그러나 이제 우가키는 조선을 발판으로 해서 재기의 꿈을 꿀 거야. 정치에 대한 야망이란 죽기 전엔 단념되는 게 아니니까."

김팔봉의 견해다.

"미나미와 암투가 벌어질걸. 미나미는 되도록 우가키를 견제할 테고."

이서구는 김팔봉의 손가락 사이에다 타고 있는 담배를 쑥 뽑아 자기

입에 물었다.

"녀석들 망할 날이 머잖았어. 국력이 갑자기 팽창한 데다가 군부의 암투가 표면화되는 건 망할 징조야. 조선을 발판으로 중국을 삼키려다가 덜컥 망하는 게 일본의 운명이다."

최독견이 주위를 돌아보며 말했다.

"망하지. 더구나 가정이고 국가고 집안에 불화가 있을 땐 외부로 관심을 돌리게 하기 쉬워. 때가 된 것 같잖은가? 만주쯤에서 졸개들이 불장난질을 칠 때가 무르익은 것 같네. 조선은 병참기지가 되고. 미나미지로는 저지르고 말걸."

"만주에 있는 관동군이 불원 터뜨릴 거야. 일본의 군대는 침략을 위한 군대니까. 그리고 어차피 침략군대의 무대는 대륙이고."

이서구가 이런 말을 할 때 자리를 떴던 여급이 돌아왔다.

"지에코, 네 입에서 사내내가 난다."

화제는 백팔십도로 바뀐다.

최독견이 옆에 앉은 지에코라는 일녀의 엉덩이를 철썩 때리며 말했다.

"그동안에 군것질이냐?"

이서구가 말하자,

"버릇이 돼서요, 호호."

일녀는 간드러지게 웃으며 대답했다. 이서구가 여급이 따라주는 비어를 받았다.

"이런 계집도 있지만 열 번 찍어도 안 넘어가는 애가 있더라."

"자네 수단에도?"

최독견이 흥미 있다는 듯이 즉각적인 반응을 보였다.

"여급인데?"

김팔봉이 물었다.

"윤정덕이 말일세."

"그앤 괜찮지. 윤심덕만은 못하지만."

최독견도 윤정덕을 잘 알고 있는가 싶었다.

"미와 경부하고 친하다네. 배정자하고도 자주 만나고."

일본 경찰의 끄나풀이란 말을 김팔봉은 그런 말로 표현했다.

"그러니까 신문기자 이서구가 호기심을 갖지."

이서구의 말에,

"제아무리 굳은 난공요새도 팔봉 장군한텐 함락될걸."

최독견이 김팔봉을 보며 뜻있게 웃었다.

"하긴 신흥사 사건의 실력자들이니까."

신흥사 사건이라는 바람에 최독견이 또 까르르 웃었다. 김팔봉도 빙글빙글 웃었다.

언젠가 그들 트리오는 신흥사에서 취했다는 것이다. 부득이 기생 하나와 한방에서 자게 됐다. 여자를 가운데에서 자게 하고 한쪽엔 팔봉 또 한쪽엔 독견이었다니까 화제는 생긴다.

양쪽의 두 사나이는 이내 코를 골았다. 그러나 그들은 자지 않았다. 어느 때쯤인가 독견이 기생과 입을 맞추는 데 드디어 성공했다던가. 그러나 다음 순간 그는 소스라치게 놀랐다는 것이다.

"글쎄 하반신은 벌써 점령되고 있는 줄을 모르고 난 천하를 독점한 것처럼 좋아했지 뭐야. 하하하."

최독견은 허리를 잡고 웃었다. 김팔봉은 빙그레 웃으며 한마디 했다.

"독견의 〈승방비곡〉 같은 거짓말이야. 아하 하 하!"

이서구도 눈물을 흘리며 웃어댔다.

"그때 독견의 표정은 우가키 총독보다도 더 멀쑥했을걸? 하하하."

최독견이 말한다.

"팔봉은 영전돼 가는 미나미 지로처럼 의기양양했고. 결국 정치가는 중앙 무대고, 군대는 전쟁이고, 연애는 하반신이야, 하하하 안 그래?"

푸른, 붉은 조명이 높다란 천장에서 빙글빙글 돌아가고 있었다. 질식상태에서 허덕이던 지식인들은 술과 음담과 시국담으로 세월을 낚고 있었다. 그리고 그들은 만주에서 일본군이 뭣을 할 것인가에 대해서 예견들이 정확했다.

신임 육군대신 미나미 지로는 조선의 식자들이 관측한 대로였다.

우가키가 조선 총독으로 부임한 지 얼마 안 된 8월 4일이었던가 싶다. 육군대신 미나미는 도쿄 육군본부 청사 안에서 전군의 사단장회의를 소집했다. 그 자리에서 그는 세상을 깜짝 놀래줄 방자한 설탄舌彈을 한방 터뜨리고 말았다. 그는 훈시에서 주저 없이 말했다.

"… 다이쇼 연대까지의 대일본제국의 생명선은 조선반도의 북단인 압록강과 두만강이었다. 그러나 국가의 생명선이란 고정될 수 없으며 고정돼서는 안 된다. 세계의 정세는 수시로 변동한다. 동양의 정국은 특히 격동을 거듭하고 있다. 이 격동하는 동양 정국하에서 대일본제국의 국방선이 언제나 고정돼 있다면 그것은 국세國勢의 위축이다. 대일본제국의 국세는 지금 욱일승천旭日昇天의 기세에 있다. 따라서 우리의 국방선은 불가피하게 북으로 이동해 올라가야 한다."

그는 침을 튀기며 대담하게 결론을 내렸다.

"대일본제국의 생명선은 만주와 몽골로 북상했단 말이다. 당연한 귀추다. 그러나 유약한 정치가들은 제국의 명운이 어디 있는가를 통찰하지 못하고 외교적인 미사여구만 농하면서 귀중한 시간만 보내고 있다. 사태가 이러한즉 우리 육군의 모든 지휘관들은 황국의 국위를 내외에 선양하고 동양평화의 항구적 기초를 다지기 위한 대사업을 완수할 수 있는 만반의 태세를 신속히 갖추도록 하기 바란다."

이것이 사단장회의에 임한 육군대신의 훈시라니 놀라지 않을 수가 없다. 미나미 육군대신은 시데하라 외무대신이 추진하는 이른바 〈대화를 통한 외교교섭 정책〉을 정면으로 공격하면서 예하 사단장들에게 군부의 강경한 행동을 선동하는 소리를 거리낌 없이 내뱉은 것이다. 이 훈시 내용이 전해지자 일본의 신문들은 일제히 미나미에게 공격의 화살을 보냈다.

— 미나미 육상의 훈시는 군부지도자들에 대한 정치적 반란이다.

— 육상이 사단장회의에서 외상의 외교정책을 공박하는 정부는 지구 위에 하나뿐일걸.

— 군의 통제자 우가키가 사라지니 군부가 정치집단으로 변모해 가는 징조.

이런 공격이 집중되자 또 육군은 분격했다. 육군성 신문반에서는 즉각 반박성명을 발표하여 언론계의 비난에 노골적으로 도전했다.

— 만·몽의 지역은 메이지 천황 유업의 땅으로서 우리나라 작전행

동의 일대 요지이다. 이 지역에 대한 권익의 소장消長은 국운융체와 밀접한 것이다. 그러므로 군부가 시데하라 외교를 언제까지나 믿고 방관할 수 없어서 그것을 논란하는 것은 지극히 당연한 일이 아니겠는가?

육군성 신문반의 반박문을 신문에서 읽은 우가키 조선 총독은 그 신문을 갈기갈기 찢으며 옆에 있던 정무총감에 외쳤다.

"미나미란 놈 정신이 나갔구나. 시데하라는 같은 내각의 외무대신이다. 할 말이 있으면 각의에서 정당하게 토론할 것이지 사단장 회의에서 군인들을 선동하고는 또다시 반박문을 신문에 공표해? 외국인들이 보면 일본에는 두 개의 정부가 있다고 할 게다. 하나는 와카쓰키 내각, 또 하나는 일본 육군 정부라고 말야. 나라의 체통은 미나미 때문에 똥칠을 했다."

정무총감은 한마디의 대꾸도 하지 않았다. 그는 그대로의 생각이 따로 있는 모양이었다. 그는 지극히 사무적인 철두철미한 관료였다. 우가키 총독이 이상주의자라면 그는 철저한 현실주의자. 우가키가 10년 앞을 내다보며 일해야 한다고 주장하면 그는 우선 오늘의 일을 과오 없이 해치우자는 현실 위주의 사람이었다.

— 사람의 성격이란 서로 맞지 않는 게 원칙이다.

총독은 그러나 정무총감을 너그럽게 포용하는 아량을 보였다. 그래서 정무총감에게 두 개의 명제를 분명하게 해 주었다.

첫째, 만일 일본이 위난에 처할 경우에도 조선사람들이 절대로 일본을 배반하지 않고 일본인과 공생공사할 수 있는 정신을 배양해야 한다.

둘째, 일본의 만주·몽골 진출정책이 별수 없이 기정코스로 확립될 모양이니 조선을 대륙진출의 공업 병참기지로 만들어야 할 것이다.

자세히 보면 누구나 알 수 있다. 첫째 명제는 우가키의 이상주의를 표현한 것이고, 둘째 명제는 정무총감의 현실주의를 채택한 것이었다.

우가키는 이 두 가지 시정방침을 지방장관 회의에서 천명했다. 그는 이상주의와 현실주의가 교묘하게 조화를 이룬 듯한 다음 두 개의 구호도 내걸었다. '자력갱생自力更生'과 '남면북양南棉北羊'이다.

역시 마찬가지다. 자력갱생은 우가키의 이상주의를 대변한 것이고, 남면북양은 정무총감의 현실주의적인 시정지표를 채택한 것이었다. 정무총감은 총독이 정치적 이상주의만 표방하는 것을 견제하기 위해서 조선의 산업발전이 무엇보다도 중요하다고 역설하는 사람이다. 그는 추상적인 정책으로는 가난에 허덕이는 조선민중을 구원 못한다고 공언했다. 그러나 정무총감의 산업개발 정책이 진실로 조선민중을 위한 것일까. 아니다. 그는 피폐한 조선민중을 좀더 살찌게 해서 착취하자는 속셈이었다. 그리고 그의 그런 속셈은 조선의 뜻있는 사람들에 의해서 재빨리 간파되고 말았다.

〈동아일보〉는 6월 28일 가십란에서 "산업개발이 최중하다고 신임 총감이 '약진'을 언명. '산맥産麥'도 '증식'하면 '마량馬糧'이 풍부할 걸"이라고 꼬집었다. 날고 비대해져 만주에서 싸움의 불꽃을 튀기기 시작한 일본의 군마를 지탄하는 소리였다.

또 경제면에서도 '당국의 알선으로 어박魚粕판매권을 미쓰비시가 독점. 다음은 미쓰이의 차례'라고 비꼬았다. 이미 한반도는 저들 대륙침공의 군수 공업기지로 바뀌고 있었다. 따라서 저들 군부와 결탁한 일본의 대재벌인 미쓰이, 미쓰비시, 스미토모, 노구치 등이 꼬리에 불이 붙은 호말처럼 다급하게 한반도로 달려오는 것을 야유한 말이다.

"1사단을 또 일본서 조선에 이주. 이것도 일종의 군축법인가?"

하마구치 전 내각의 긴축재정으로 군축문제가 시끄럽던 계제니까 일본 본토에 있던 사단병력 하나를 조선에 이동시킨다는 육군의 새로운 정책을 암암리에 비꼬는 말이다.

이러한 비난엔 〈조선일보〉도 함께 발을 맞췄다.

조선의 민족계열 신문들이 총독부의 급소와 허점을 매섭게 찌르자 총독부 당국은 이맛살을 찌푸렸다. 직접적으로 살점이 꼬집힌 정무총감은 발칵 화를 내며 언론에 대한 탄압책을 쓰자고 총독에게 제의했다.

"각하! 신문쟁이들은 우리의 첫출발에다 구정물을 끼얹었습니다. 단단히 혼을 내야겠습니다."

"〈횡설수설〉 난은 누가 쓰나?"

"〈동아일보〉 편집국장 설의식이 쓰는 모양인데 그자를 톡톡히 혼쭐내야겠습니다."

"아니, 침착할 필요가 있소. 너무 성급해선 안 돼. 정치가가 언론기관을 적으로 돌려선 절대로 불리하오. 적당히 구슬려서 자기편으로 만들어야지."

"그렇지만 각하, 〈동아일보〉는 창간 때부터 줄곧 총독부를 비방해 왔답니다. 이번에도 각하를 서슴없이 모욕했습니다."

우가키 총독은 빙그레 웃었다.

"내가 조선에 나올 때 우리의 적은 3가지라고 생각했소. 첫째는 〈동아일보〉나 〈조선일보〉 같은 언론기관이고, 둘째로 예수교와 민족주의자들이 경영하는 사립학교들이지. 다음은 무엇인지 아시오? 그것은 물론 아직도 숨통이 끊어지지 않은 해외의 독립운동가들이오. 정무총감, 나는 하나하나씩 정복해 갈 작정이야. 우선 언론기관에는 관용한 척하면서 그들의 핵심 멤버를 우리의 친구가 되게 회유한다. 강경책은 부작용이 큰 법이니까."

총독은 성급한 정무총감을 도리어 무마해야 했다.

어느 날 조선군사령관이 총독을 찾아와 조선 신문들이 군부마저 모욕하고 있다고 여러 가지 '불순'한 기사들을 제시하며 총독의 결단을 촉구했다. 그러나 총독은 고개를 가로저었다.

"하야시 사령관, 이 우가키는 부임한 지 이제 한 달도 안 됩니다. 실정도 파악하기 전에 먼저 신문에 대한 보복조치를 취한다는 건 가장 졸렬한 짓이며 스스로 묘혈墓穴을 파는 결과가 되기 쉽습니다. 사령관, 정치란 신문을 유용하게 이용해야 하지요. 이제 두고 보시오. 그들 신문쟁이들은 미구에 내 무릎 아래로 말려 들어올 게요."

우가키는 자신에 찬 어조로 하야시 중장을 달랬다.

'연작안지홍곡지燕雀安知鴻鵠志라던가?'

우가키 가스시케가 젊어서부터 애용하는 경구였다. 제비나 참새 따위가 어찌 대붕의 뜻을 알랴. 소인배들은 영웅의 큰 뜻을 헤아리지 못한다는 중국의 고사다. 총독은 자기의 포부를 이해하지 못하는 사람들을 측은히 여기는 버릇이 있었다. 그는 매사에 대해서 스케일을 크게 잡으려 했고, 관대하고, 자신에 넘쳐 있었다. 그의 그릇은 크다는 평판이었다.

이러한 우가키가 진심으로 감탄할 사건이 일어났다.

그것은 만주 땅 길림성의 만보산萬寶山에서 한국인과 중국인 사이에 충돌이 일어나 그 여파가 조선땅에도 미쳐 왔을 때, 조선의 신문들이 보여준 사려 깊고 의연한 태도였다.

어느 날 밤. 조선군사령부의 간다 중좌는 만주 관동군의 작전주임인 이시하라 중좌로부터 지급전화를 받았다.

"얼마 전에 길림 근처 만보산에서 중국인과 조선농민 사이에 충돌이 있었네. 그래서 관동군에서는 다지로 총영사에게 강경책을 쓰라고 했지. 우리 일본 경찰대가 현지에 나가서 조선농민들을 적극 보호했지. 그렇지만 중국인도 만만치 않더군. 결국 정면충돌이 일어났지 뭔가."

야간 전화였다. 옆에서 듣는 사람도 없었다.

"그럼 조선농민이 많이 상했겠군?"

"사상자는 별로 없었어. 그렇지만 여보게, 이건 훌륭한 구실이 되지 않을까? 조선인은 우리 일본제국의 신민이야. 알아듣겠나? 이번 기회에 중국인과 조선인들을 이간하잔 말이야. 우리 황국의 만몽滿蒙진출을 위해서."

"알겠네. 수백 명의 조선농민이 중국놈들한테 맞아 죽었다고 선전하면 되겠나?"

"옳지, 옳아. 조선인들을 선동하란 말이지. 자네 알다시피 여기서는 조선독립군이 장학량 군대와 합작해서 우리 관동군한테 적대행위로 나오니 여간 귀찮은 게 아니야."

"무슨 뜻인지 알아듣겠네. 내 수완을 두고 보게나. 관동군 사령부 작전주임 이시하라 간지 중좌님에게 영광 있으라!"

그는 이시하라 중좌의 무운을 빌며 유쾌하게 전화를 끊었다.

이 사건의 윤곽은 마침 길림에 나가 있던 배정자의 보고에서도 소상하게 나타났다. 경무국은 배정자의 첩보를 근거로 대책을 강구했다. 봉천의 일본 특무기관장은 도히하라 대좌다. 그는 그대로 조선군 특무기관에 통보했다.

경무국의 고등경찰 간부와 조선군사령부의 특무장교들은 긴급연석회의를 열었다. 만주에서 전해지는 만보산 사건을 어떻게 역이용할 것인가의 토의였다. 목적은 처음부터 일치했다. 결국 만보산 사건을 크게 과장해서 조선인 기자들에게 공식으로 발표하기로 했다.

— 그리고 흑색선전을 하라.

경무국과 조선군 특무기관의 밀정들이 거리로 나와 입을 벌리기 시작했다.

— 경무국에 들어온 정보에 의하면 만주에서 무고한 조선동포들이 중국인에게 대량 학살을 당했다더라.

— 조선 동포를 만주에서 모조리 내쫓으려는 음모가 장학량 군벌에 의해 진행 중이란다.

— 만보산에서 동포 수십 명이 중국인의 도끼와 삽과 곡괭이에 맞아 처참하게 죽었단다. 그래 조선농민들은 본국으로 피란하느라고 북간도와 안동에서는 아우성이라더라.

— 조선땅에 있는 되놈들은 배불리 잘 사는데 만주의 동포는 집단학살을 당하니 그럴 법이 없다.

선동적 흑색선전은 바람결보다도 빨리 퍼진다. 조선반도의 민심은 날로 흉흉해졌다. 그러자 〈조선일보〉가 이 정보를 먼저 포착하고는 만보산에서 무고한 조선농민들이 대량 학살을 당했다고 대서특필했다.

민족적 감정이란 무서운 폭발력을 가지고 있다. 총독부 경무국과 조선군사령부 특무기관이 노린 현상은 즉각적으로 나타났다.

먼저 전라북도 이리裡里에서 분노의 불길이 치솟았다.

— 중국인들을 몰아내자!

구호는 비약하는 것이다.

— 똥뙤놈들을 모조리 죽여 버리자!

격렬한 구호란 무서운 선동력을 가진다. 채소밭에 나가 일하던 중국인들이 영문도 모르고 집단 구타를 당했고, 중국인 경영의 포목점과 음식점이 군중들한테 무참히 파괴되는 사태가 벌어졌다.

평양에서는 더욱 험악했다.

"나라 없는 백성이라고 이젠 되놈들까지 우릴 학살한다. 쌍!"

북국인이란 흥분을 잘한다. 평양 시민들은 수많은 중국인들을 한길가로 끌어내서 치고받아 줬다. 쌍!

조선군사령부의 간다 중좌는 관동군의 이시하라 중좌에게 전화를 걸었다. 그는 자랑스럽게 말했다.

"지금 조선은 굉장하다네. 강산 도처에 폭동이야. 중국인을 닥치는 대로 족치고 있지. 우리 헌병과 경찰은 조선인의 난동을 제지하는 척하지만 실은 방관하고 있네. 여보게, 만주에선 선전을 잘해야 될 걸. 조선인의 난동을 일본 경찰이 적극 진압하고 있다고 말야."

"알겠어, 이제는 내가 바통을 돌려받지. 조선에선 중국인 박해사건이 요원의 불길처럼 번지고 있지만 조선총독부에서 적극 제지하고 있다. 이렇게 선전하면 되겠지?"

"잘 부탁하네. 그쯤 되면 그쪽의 독립군 놈들도 발붙일 곳이 없어지겠군. 그런데 한 가지 일러둘 게 있다. 여기 신문들이 처음엔 우리들이

유포시킨 정보를 그대로 믿고 보도하더니 그 태도가 달라졌어. 현지 조사단을 만주로 특파한다면서 군중들에겐 진정하라고 호소하고 있거든. 만일 조사단이 만주 땅에 들어서거든 이시하라 중좌님께서 또 좀 적당히 해 주시오."

"알겠네. 조선에서 간다, 만주는 이시하라구나, 간다 중좌님의 영광을 빈다."

이튿날 간다 중좌는 그의 정보원들을 긴급소집하고는 명령했다.

"작전명령이다. 오늘부터 귀관들은 다음과 같이 유언비어流言蜚語를 퍼뜨려라."

— 만보산 사건은 예상보다 훨씬 참혹하고 조직적이었다.

— 조선인 피살자는 1천 명을 넘는 모양이다.

───※───

그러나 〈동아일보〉에선 이 만보산 사건이 일본군이 조작한 한중韓中 민족의 이간 음모임을 재빨리 간파했다.

〈동아〉와 〈조선〉은 긴급 연석 편집간부회의를 열었다. 그래서 두 신문의 논조와 방향을 확립시켰다.

7월 6일자 〈동아일보〉는 다음과 같이 호소했다.

— 이면이 복잡한 만보산萬寶山 동포 문제. 우리의 태도는 냉정이 필요.

다음날 7일에도 또 강조했다.

— 무저항자에게 무모한 가해, 이를 가로되 인도仁道의 적敵, 이것을 범함은 우리의 치욕.

─10만의 중국 교민, 백만의 재만在滿 동포, 양전兩全을 위하여 당분간 냉정, 오직 냉정.

─사필귀정事必歸正은 언제나 진리, 사건의 정체는 시일이 판단.

8일에는 이렇게 말했다.

─민중은 자중하라고 평양 사회단체가 종합 성명. 가석可惜! 사후死後의 방문方文.

─함흥서는 상업회가 알선하여 중국인 상점을 보호. 듣고 싶던 소식, 전하고 싶은 소식.

또 9일에는,

─근래의 불상사 일소, 야래夜來의 폭우 쾌청. 천인이 공락共樂, 자타가 상위相慰.

─피란 중국인을 위하여 사회단체 모두 궐기. 성의를 이 길로 표현하라!

─조선민중을 원망치 않는다고 중국 국민당 평양지부장 기자에게 석명, 지기지언知己之言.

10일은 어떤가.

─중국 피란민에게 동정품 답지. 이것이 인정. 이것이 상정.

11일에는 더 흐뭇한 소식이 전해졌다.

─위문하는 편, 위문받는 편, 양 편이 모두 낙루落淚. 희한한 국제 인정극의 한 장면.

〈조선일보〉역시 민중은 사건의 진상을 파악하고 진정하라고 외쳤다.

그리고 한중 민족 사이의 오랜 전통과 우애정신에 손상이 없도록 행동하기를 극구 역설, 경거망동하지 말기를 타일렀다.

〈동아〉와 〈조선〉두 신문이 앞장을 서고 서울에선 이인, 김병로, 평양에선 조만식, 신의주에선 백영엽 등이 사회단체를 바른 길로 이끌고 정론을 세우기에 전위역할을 했다. 이렇게 되니까 일본 군부가 불 질러 놓은 한중 민족이간 공작은 여지없이 봉쇄되고 말았다.

7월 초순경, 여러 날을 두고 전국의 주요 도시에서 난동이 벌어지자, 민족지들이 주먹 같은 활자로 조선민중의 냉정을 호소하는 것을 본 조선 총독은 생각하는 바가 많았다.

'만만한 놈들이 아니구나!'

그는 7월 11일 저녁에 조선군사령관과 정무총감을 총독 관저로 불러서는 사태수습책을 논의했다.

총독도 실은 사건내용에 대해선 의심쩍었던 것이다.

"하야시 사령관, 이번 만보산 사건이라는 건 엉터리가 아니오? 내가 듣기로는 관동군과 조선군사령부의 중견장교들 사이에서 해괴한 밀모가 있었다고 하는데요?"

이번 사건에서 총독은 처음부터 소외됐던 것을 불쾌하게 여겼다. 하야시 사령관은 부득이 만보산 사건의 진상을 털어놓았다.

그 해 4월 만주 장춘長春의 도전공사 경리인 학영덕이 길림성 만보산 지역의 미개간지 3천 무畝를 조차해서 이것을 다시 한국농민 이승훈 등 8인에게 10년 계약으로 빌려 주었다. 그들은 그 황무지 땅을 개간하기 위해서 180여 명의 조선농민들을 동원해 수로水路공사를 시작했다.

그러나 이 공사 때문에 부근의 중국 토착 농민들이 피해를 입게 됐다. 우악스런 중국 농민들은 당국에 호소하는 한편 현장에 마구 난입해서 공사를 중지시켰다. 조선농민들도 분개했다. 억울한 사정을 일본 영사관에 진정했다. 다지로 영사는 진정을 받고 정치적인 분쟁이 되기 쉽기 때문에 그 사실을 관동군 사령부의 이시하라 중좌에게 통보했다. 이시하라 중좌는 즉석에서 일본 경찰대를 현지에 파견해서 조선농민의 개간사업 공사를 강행하라고 꼬드겼다.

이렇게 되니까 중국농민들도 중국 경찰의 응원을 얻어 개간지로 몰려들었지만 현지엔 일본 경찰대가 버티고 있으니까 서로 대치해서 노려만 보다가 싱겁게 해산하고 말았다. 사건은 그게 전부였다.

중국 노인에게 맞아 죽은 조선인이 있었다는 소리는 새빨간 거짓말이었다. 다만 조선인들은 그곳에서 농사짓기가 난감해졌을 뿐이다.

설명을 듣고 난 총독은 하야시 사령관에게 반문했다.

"그런 사건을 가지고 관동군 이시하라 중좌는 어째서 그토록 수선을 피운 게요?"

"이시하라는 비범한 군인입니다. 지금 관동군의 핵심장교는 바로 그 사람이지요. 그는 만보산 사건을 이용해서 조선인과 중국인을 이간시키려 했던 거죠. 우선 그런 사건만 유포시켜 놔도 조선독립군과 중국 군벌과의 사이는 뜨악해질 게 아닙니까?"

하야시 사령관은 이시하라 중좌를 은근히 두둔했다. 그러나 총독은 사령관을 불쌍하다는 듯이 바라봤다.

"내 생각 같아선 이번 만보산 사건의 여파로 발생했던 소동이 조선인과 중국인 사이를 크게 이간시켰다고 판단하면 큰 오산일 것 같소. 오히려 그들 사이는 더 친밀해졌소. 하야시 사령관! 군부의 무모한 계획은 완전히 빗나갔단 말입니다."

그러자 정무총감이 나섰다.

"각하, 이번 사건으로 조선 안의 중국인 수십 명이나 살상됐습니다.

특히 평양에서는 두 필 말에다가 중국인의 발을 양쪽에 붙들어 매고는 말이 제각기 달리도록 해서 가랑이를 찢어 죽인 참혹한 사건도 있었습니다. 중국인들도 그 사실을 알고 있습니다. 반드시 복수할 겁니다. 조선인과 중국인의 싸움은 이제부터입니다."

그러나 총독은 피식 웃었다.

"정무총감은 너무 피상적으로 판단하는군. 글쎄… 하긴 관동대지진 때 도쿄나 요코하마에서 수천 명의 조선인을 학살한 그만큼이나 규모가 컸더라면 그럴지도 모르지. 정무총감. 우린 주목해야 하오. 그때 도쿄의 신문들은 무모한 군중의 조선인 학살을 앞장서서 선동하는 따위의 무식을 저질렀소. 그런데 말야. 이번 조선에서의 중국인 학살사건은 규모도 적거니와 신문의 논조가 정반대란 말이야. 폭동이 일어나자 〈동아일보〉는 재빨리 민중에게 냉정하라고 호소했소. 〈조선일보〉도 마찬가지요. 폭동의 불길이 한번 지나간 다음엔 어떤 일이 벌어졌나? 조선인들 사이는 중국인 피해자 위문운동을 벌이는가 하면 조선 지도자들은 정중하게 사과했고, 그리고 중국인들은 조선민중을 원망하지 않는다고 정식으로 발언했어. 기묘하게도 그들의 우애정신은 오히려 전보다도 두터워졌단 말이오. 왜 그런 결과가 나왔을까? 조작된 엉터리 사건을 그들이 알았기 때문이오. 이번 사건은 관동군과 조선군 사령부가 완전히 판정패判定敗했소. 관동지진 때 우리 일본 군중이 날뛴 것과 비교한다면 조선놈들은 얄밉도록 침착하오. 특히 신문은 선동적이 아니라 지도적이고. 여보시오, 우리는 참 까다로운 민중을 다스리고 있소 그려."

총독의 판단은 옳았다. 조선군사령관도 정무총감도 총독에게 판정패를 당했다. 총독은 생각했다. 군부에서 멋대로 사건을 조작해서 벌려봤다가 죽을 쑤긴 했지만 수습책을 강구하지 않을 수도 없잖은가. 그는 그 수습책을 자기가 직접 떠메고 나가리라 결심했다.

그는 다음날인 7월 12일 조선민중에게 고하는 유고문을 발표했다. 그는 그 유고문에서 엉뚱하게도, 조선을 살기 좋은 강토, 발전하는 산업지역으로 만들기 위해 노력하는 중이라고 강조하기에 바빴다. 그가 유고문에서 노린 것은 만보산 사건으로 들떠 있는 조선사람들의 신경과 관심을 다른 곳으로 돌리게 해서 냉각시키려는 속셈이었다.

— 일시동인의 황은에 욕한 조선민중의 장래는 태양을 보는 것처럼 밝고 건강하다. 모름지기 제국신민으로서의 긍지를 지킬지어다.

이봉창, 살아 있는 신神 저격

그 무렵 만주땅을 중국 본토에서 떼어내 통째로 삼켜야만 직성이 풀릴 만큼 야욕에 불타는 일본의 관동군 참모들은, 뭔가 트집거리를 찾느라고 눈이 시뻘겋던 판에 때마침 또 해괴한 사건이 터졌다.

봉천奉天에서 자리 잡은 관동군 특무과장 도히하라 겐지 대좌는 지방 분견대에서 날아든 긴급보고를 접하고는 무릎을 탁 쳤다.

— 흥안령興安嶺 방면으로 시찰여행을 떠났던 특무대의 나카무라 대위가 중국 앙앙시 부근에서 중국군한테 체포되어 학살된 흔적이 있음. 특별 조사반의 긴급출동을 요망함.

나카무라 대위는 도히하라 대좌가 특히 아끼는 심복이었다.

도히하라는 나카무라에게 흥안령 방면 깊숙이 들어가서 그곳에 할거하는 만주 군벌의 동태를 살피는 한편 토착민들의 민심을 조사 파악할 임무를 주었다. 그러나 나카무라 대위는 실패했다.

그는 군복을 벗고 민간인으로 가장했지만 신분이 곧 중국군한테 탄로됐다. 관동군 특무과의 간첩이라는 신분이 발각되자 나카무라는 겁에 질려서 필사적으로 도주하려고 했다. 안될 말이었다. 그는 생포, 처형되고 말았다. 트집거리만 찾느라고 호시탐탐하던 관동군에게 나카무라 대위의 피살사건은 다시없는 희소식이었다.

도히하라 대좌는 관동군 고급참모인 이타가키 대좌에게 이 사실을 통보하는 한편, 예하 가타쿠라 대위를 현지에 즉각 파견하여 나카무라 대위 살해사건을 조사토록 했다. 가타쿠라 대위로부터 현지조사 보고를 받은 도히하라 대좌는 만족했다.

가타쿠라는 사흘도 못돼서 돌아왔다.

"수고했다. 그런데 가타쿠란 군, 물적 증거는?"

도히하라는 부하에게 담배를 권했다.

"저는 관동군의 특무기관원입니다. 물적 증거를 빠뜨릴 특무장교가 어디 있겠습니까. 이건 나카무라 대위가 갖고 있던 시계죠. 이것은 또 그의 여행증명서고요."

가타쿠라 대위는 현장을 조사하면서 많은 돈으로 중국군을 매수해서 나카무라 대위가 총살될 때 빼앗긴 시계와 여권을 훔치는 데 성공했다.

"좋아 좋아. 이제는 만주문제 해결의 길이 열렸다."

도히하라는 부하에게 명령했다.

"너는 속히 이타가키 대좌와 이시하라 중좌에게 연락하라."

가타쿠라도 기뻤다.

"넷, 명령대로 하겠습니다. 만주의 로렌스 각하!"

도히하라 대좌는 기뻐서 어쩔 줄을 몰라 했다.

봉천에 자리 잡은 관동군 특무기관장인 도히하라는 중국인들 사이에 '만주의 로렌스'라고 불렀다. 아마도 제1차 세계대전 때 중동지역에서 맹활약한 영국 특무장교 로렌스에 비교해서 나온 별명임이 분명하다. '아라비아의 로렌스' 대신 도히하라를 '만주의 로렌스'라고 부르는 것이었다.

도히하라 대좌는 가는 곳마다 트러블 메이커로도 이름이 높았다. 그래서 중국인들은 그를 '토비원土肥原'이라 쓰지 않고 '토비원土匪原'이라는 표기를 해서 은근히 비꼬았다. 모략, 음모, 학살, 공갈, 폭력, 매수, 회유, 기만 등 그는 모사꾼의 온갖 속성을 모조리 갖추었다.

도히하라의 통보를 받은 이타가키 대좌는 이시하라 중좌, 하나야 소좌 등 만주침략 계획의 핵심분자들을 참모장실로 불렀다. 거기서 그들은 오랫동안 구상한 계획을 실천에 옮기기로 합의했다.

"때는 왔다. 지난번의 만보산 사건과 이번의 나카무라 대위 사건만 가지고도 궐기의 이유는 충분하다."

"그런데 한 가지 걱정이 있습니다. 장학량 군대와 만주의 군벌들이 연합전선을 편다면 우리 관동군의 병력만 가지고는 힘이 모자랍니다."

"군대는 수보다도 질이다. 그러나 수가 너무 모자라면 탈이긴 하지."

이타가키 대좌는 관동군 작전주임인 이시하라 중좌에게 약간 근심스러운 시선을 보냈다.

"지금 형편으로는 본국에서 증원부대를 불러오기는 어렵습니다. 참모총장 가나야 장군 등은 전쟁 불확대주의를 고집하니까요. 그렇지만 방법이 있습니다. 제일 손쉬운 방법이죠. 여기서 가장 가까운 곳에 있는 우군이라면 조선군밖에 없습니다. 하야시 중장이 거느리는 조선군사령부 휘하의 2개 사단 말입니다. 그것을 동원하면 됩니다."

이타가키는 고개를 가로저었다.

"이시하라 중좌, 안 될 걸. 하야시 사령관이 우리의 요청을 받아들이겠나? 더욱이 경성에는 우가키 장군이 조선 총독으로 버티고 있으니 그가 조선군의 출동을 견제할 건 뻔하지."

그러나 이시하라는 고개를 옆으로 흔들었다.

"염려 없습니다. 조선군사령부 안에도 우리의 동지들이 많으니까요. 하야시 사령관의 부관이나 작전주임은 모두 저와는 사관학교 동기생들입니다. 이미 그들과도 연락이 돼 있습니다. 특히 간다 중좌에게 연락만 하면 됩니다. 그리고 만주의 로렌스, 도히하라 대좌님도 조선군 특무과장과 통하시니까 별도로 접선이 돼 있을 겝니다."

이시하라 중좌의 설명을 듣자 이타가키 대좌도 안심했다.

이제 남은 일은 예하부대에서 공격개시의 명령만 내리면 된다. 이리하여, 1931년 9월 18일 밤 10시. 봉천역 부근의 유조구柳條溝 철로가 폭파되고 말았다. 일본의 침략전쟁 만주사변의 불꽃이다.

침략전쟁은 터졌다. 관동군의 이타가키, 이시하라, 도히하라의 트리오는 미리 짜놓은 각본대로 관동군 제2사단에 출동명령을 내렸고 봉천 일대의 장학량군을 소탕하라는 작전지시까지 했다.

그러나 놀라운 일이다. 그 명령은 관동군 사령관인 혼조 시게루 대장의 명의를 도용했으니 진실로 당돌한 일이었다. 이타가키 대좌는 혼조 사령관이 여순旅順에 가 있는 것을 기화로 긴급사태에 직면한 긴급명령을 단독으로 내렸던 것이다.

이 무렵 일본 육군본부에서는 관동군의 청년장교들이 독단적으로 과격한 행동을 벌임을 알고 그들을 무마 설득하고 무모하고 저돌적인 행동을 통제하기 위해서 작전부장 다데가와 소장을 봉천으로 긴급파견했다. 다데가와 소장의 사명을 알고 있는 이타가키 대좌 일파에서는 그를 어느 은밀한 요정으로 초대해서는 진창으로 술을 퍼 먹여 녹아떨어지게 만들었다.

그들은 다데가와 소장이 술에 취해서 정신을 못 차리는 사이에, 그리고 관동군 사령관 혼조 대장이 여순 관사에서 달콤한 잠에 취해 있는 동안에, 그런 엄청난 전쟁의 불집을 터뜨린 것이다.

———◀◆▶———

19일 새벽이었다.

서울 용산의 조선군사령관은 새벽 일찍 부관이 달려와 깨우는 바람에 눈을 비볐다. 마쓰모토 소좌는 사령관 침실의 미닫이를 느닷없이 열고 들어왔다.

"각하, 만주 관동군이 장학량 군대의 공격을 받고 교전 중에 있답니다. 봉천 근처의 철로를 중국군이 폭파했습니다."

"뭣이? 만철滿鐵이 폭파됐어? 관동군이 공격을 받았다, 무슨 소린지 모르겠구나."

만주 철도라면 일본이 만주에 투자한 최대의 자본이며 최대의 권익이다. 그것이 폭파됐다면 심상찮은 일이다. 사령관은 직접 전문을 받아 읽었다.

"으흠, 구원군 요청이군. 알겠다. 곧 사령부로 나간다. 총독께도 알

렸나?"

"총독 각하껜 연락하지 않았습니다. 이것은 단순한 군사작전상의 문제입니다."

"아냐, 총독에게도 연락하게. 곧 사령부로 나갈 테니."

하야시 사령관이 사령부로 나갔을 때엔 좌관급의 중견장교들 10여 명이 나와서 그를 대기하고 있었다. 사령관의 책상에는 벌써 명령서가 준비돼 있었다. 그의 서명만을 기다리는 작전명령서가 간다 중좌에 의해서 이미 작성돼 있었다.

그것은 함경북도 나남羅南에 있는 조선군 제 19사단에게 압록강과 두만강 국경선으로 긴급출동하라는 부대이동 명령이었다. 하야시 사령관은 주저하지 않고 제 19사단에 대한 작전명령서에 서명했다. 사령관의 서명이 끝나자마자 작전주임 간다 중좌는 그것을 들고 재빨리 밖으로 나갔다. 그는 통신실로 가서 군용 야전전화의 벨을 요란하게 돌려댔다.

바로 그때였다. 하야시 사령관은 자기가 서명한 작전명령서의 중요성을 새삼스럽게 깨달았다. 제 19사단과 제 20사단은 자기 휘하의 장병이니까 조선반도 내에서의 부대이동은 전적으로 사령관인 자기의 권한에 속한다. 그러나 만약 압록강 연안으로 이동한 부대가 강을 건너서 만주 땅으로 진출하는 경우엔 국외에 대한 출병이 된다.

일본의 국경선은 압록강과 두만강이다. 그러니만큼, 그 국경선을 넘어서는 출병은 현지 사령관의 권한으로 가능한 일이 아니다. 국외 출병은 어디까지나 '천황 폐하'만이 명령할 수 있다. 사령관은 부관을 긴급히 불렀다.

"마쓰모토 군. 국경선에 도달한 제 19사단이 압록강을 넘으려면 천황 폐하의 윤허가 있어야 한다. 출동한 부대가 경솔한 행동을 취하진 않겠지?"

사령관이 우려의 빛을 나타내자 부관은 부동자세로 서 있었다.

"마쓰모토 군! 전문을 기초해라. 육군대신과 참모총장한테다."

— 관동군의 요청에 따라서 본관은 이제부터 독단 월경越境하려 함. 신속히 폐하의 윤허가 내리도록 조처하시기 바람.

조선군사령관 하야시 센주로.

이 전문은 사령관으로선 자의반 타의반의 내용이었다. 그 전문은 일본의 육군성과 육군본부에 벌집을 쑤셔 놓은 듯한 소동을 일으키게 했다.

'조선주둔군이 만주에 출병한다면 만주 땅에서의 분쟁은 큰 전쟁으로 확대될 우려가 있다.'

당황한 미나미 육군대신은 하야시 사령관에게 엄격한 명령을 타전했다. "독단 월경은 단연코 불가함. 윤허가 내릴 때까지 대기할 것."

일본 본토에서의 이론은 분분했다.

육군 참모본부의 하시모토 대좌를 비롯한 과격한 장교들은 천황의 허락을 나중에 받기로 하고 우선 조선군의 단독 출병을 묵인해야 한다고 나섰다. 그렇지만 일본 육군 중견장교 중 최고의 지성파로 알려졌던 군사과장 나가타 대좌가 극력 반대하는 바람에, 가나야 참모총장이 천황 앞에 나가 조선군의 만주출병 허가를 받을 때까지는 하야시 사령관의 행동을 엄격히 제지하기로 했다.

단독 월경은 절대로 안 된다는 훈령을 받은 하야시 사령관은 19사단

병력을 압록강 남쪽에서 정지시켰다. 그래도 못 미더웠다. 참모차장 미노미야 중장은 긴급명령을 타전하여 만주 땅 안동安束과 조선땅 신의주에 헌병을 배치하고 조선군 19사단의 만주 진출을 엄중 단속하도록 했다.

그런데 여기에서 또 미묘한 문제가 대두됐다. 만주 유조구에서 철로 폭파 사건이 터지고, 일본군의 긴급출동이 있자, 만주에 파견된 일본 신문기자들은 이 급보를 도쿄 본사로 타전해야 했다.

그러나 그게 불가능했다. 관동군 신문 검열반의 보도관제가 엄해서 아무런 소식도 전할 수가 없었으니 아우성들이었다. 하지만 허점은 어디에나 있는 것, 관동군 신문 검열반에도 허점은 있었다.

일본의 통신사인 〈전통〉電通의 만주지국장 오니시는 그런 사태를 미리 예견하고는 서울에 있는 조선 지국과 비상연락망을 터놓고 있었다. 관동군의 검열로 모든 기사가 전신국에서 억류되자 그는 곧 전화로 서울 지국장을 불렀다. 서울 지국장은 그 긴급 뉴스를 도쿄로 보냈다. 결국 조선땅 서울에 와 있던 일본 통신지국을 중계로 해서 만주사변의 발발이 일본 본토의 모든 신문, 라디오로 보도됐다.

물론 조선군 제19사단의 단독출동 소식 같은 특종기사도 서울에서 타전됐다. 따라서 만주사변 초창기의 뉴스는 봉천과 서울을 연결하는 전화선으로 전해졌고, 서울은 일본 언론계의 전진기지로 변해 버렸다.

서울의 가장 큰 뉴스는 하야시 사령관이 조선군 19사단에게 출동명령을 내린 사건이었다. 만주와 조선과 일본을 연결하는 뉴스 전파가 불꽃을 튕기고, 그것이 주먹 같은 활자로 박혀 나오자 총독은 몹시 불쾌했다. 그는 정무총감을 관저로 불러서 분통을 터뜨리는 대신 비아냥거렸다. 그는 〈아사히〉, 〈마이니치〉 두 신문을 펼쳐 놓고 말했다.

"정무총감, 이번 사건으로 하야시 사령관이 영웅이 됐구먼. 이걸 보게나. '월경장군 하야시 사령관'이라고 추어올린 꼴을."

정무총감은 총독을 약간 빈정대는 말투였다.

"국민들은 모두 그렇게 생각하고 있는 게 아닙니까? 각하."

"정무총감, 당신도 이 신문 논조에 동조하는 거요?"

총독은 불쾌한 듯이 쏘아붙였다.

"긴급사태에서는 그럴 수도 있지 않습니까? 손자의 병법兵法에도 전방의 지휘관은 때로 국왕의 명을 거역할 수도 있다 했으니."

"그게 아니지. 하야시 사령관은 영웅으로 숭앙될 일도 안 했고, 또 그런 일을 했다 해도 영웅으로 숭앙돼서는 안 돼요. 이번에 일을 당하고 보니 우리 일본의 신문인은 조선의 신문인들보다도 훨씬 질이 떨어지는걸."

"각하께선 〈아사히신문〉과 〈동아일보〉를 비교해서 하시는 말씀이시군요?"

"그렇소. 바로 그것이야. 정무총감은 기억하고 있을 게요. 지난번에 만보산 사건이 일어나서 만주의 조선인이 마구 학살됐다는 바람에 조선의 민중들이 격분해서 중국인에 대한 보복행위를 저질렀을 때, 이 땅의 양대 민간신문은 조선민중에게 진정하기를 호소했소. 얼핏 생각하면 제 동포가 해외에서 학살당했다는 소식을 들으면 어느 민족이나 분노하고 흥분하기 마련이오. 조선땅에 사는 중국인은 씨도 안 남기고 죽일 수도 있었지. 그런데 조선의 신문들은 민중한테 진정하기를 호소했고 조선민족과 중국민족의 전통적인 우의를 강조했어요. 나는 일본 사람이면서도 그 태도에 경의를 표했소. 역시 도량이 있는 지도기관의

기품이라고. 그런데 이번에 만주사건이 나자 우리 일본의 신문들이 전
개하는 논조는 어땠소? 하야시 사령관을 영웅처럼 찬양하니. 그것은
곧 전쟁을 저지하려는 정부의 방침과 역행하는 것이고, 저 만주 관동
군의 말썽꾸러기 몇 놈에게 온 국민이 농락당하도록 선동하는 결과가
될 거요."

총독은 책상 위에 펼쳐진 일본신문들을 덥석 잡아 구겨버렸다. 그의
관찰은 옳았다.

하야시 사령관이 직접 조선군 19사단의 만주출병을 명령하지는 않
았다. 단지 관동군 사령관 명의의 요청이 있으므로 국경선 근처까지
이동하기를 명령했고, 만주출병의 합법성을 유지하려고 천황의 허락
을 받도록 본국 정부에 긴급 요청했을 뿐이다.

그런데도 일본의 신문들은 하야시 중장이 조선군의 만주출병을 단독
명령한 듯이 보도하고는 그를 추어올려서 '월경장군 하야시 사령관 만
세'를 불러낸 것이다. 바꿔 말하면 천황이나 본국 정부의 명령 따위에
는 콧방귀쯤으로 대처하고 저들 독단으로 질주하는 것을 애국이라고
생각하는 과격한 침략주의 일당에 동조 찬양했다.

총독은 일본신문의 경박하고 무책임한 선동煽動논조와 만보산 사건
때 조선의 신문들이 보여준 의젓하고 격조 높은 보도태도를 비교하고
는 본국 신문에는 분통을, 조선 신문에는 질투를 표시했다. 그는 하야
시 중장을 영웅으로 추어올리는 일본 신문계와 군부의 과격분자들은
완전히 한패라고 보았다.

하여간 중국 대륙을 무대로 해서 일으킨 일본의 15년 침략전쟁은 이
렇게 해서 시작됐다.

만주사변이 일어나자 만주와 중국 본토에서 조선의 독립을 위해 싸우던 독립운동가들은 일대 전환기를 맞이했다. 더욱이 조선 독립운동의 요람지이고 본고장이던 중국의 국제도시 상해는 그 의기意氣가 간곳 없이 무기력해졌다.

상해의 우리 임시정부 주변도 상갓집처럼 쓸쓸해졌다. 임시정부 경무국장에서 국무령이 된 김구를 위시해서 간부들, 즉 이동녕李東寧, 조완구, 원세훈, 박찬익, 엄항섭 등이 겨우 어수선한 상해에 남아 명맥을 지킬 뿐이었다.

김구는 그 무렵 몹시 울적한 나날을 보내고 있었다. 그에겐 특히 자금이 필요했다.

"돈이 원수로다. 독립운동가에게 자금이 없으면, 무기 없는 군인과 같다."

김구는 박찬익朴贊翊에게 호소했다.

"중국인들도 저희 발등에 불이 떨어지니까 좀 냉랭해졌습니다."

박찬익도 한숨을 쉬었다.

그 무렵 조선에서 해외로 보내오던 독립자금은 거의 완전히 끊어졌다. 이유가 있었다. 조선에 조직했던 연통제聯通制가 총독부 경무국에 의해서 적발 파괴되고 말았기 때문이다.

이유는 또 있다. 사이토 총독의 음흉한 문화정책이 독약처럼 스며들어서, 조선의 독립은 가망이 없고 독립운동 자금을 대주다가는 패가망신敗家亡身하기 알맞다는 사조가 국내의 재산가들 사이에 번져 버렸다.

자금이 걷히지 않았다.

이럴 무렵에 만주지방의 전운이 더욱 급박해지는 가운데 뜻밖에도 회소식이 날아들었다. 하와이에 있는 안창호安昌浩, 임성우 두 사람에게서 반가운 편지가 날아들었다. 정말 반가운 사연이었다.

— 임시정부가 날로 퇴색해 가고 동지들이 전의를 잃어 사방으로 흩어진다는 소리를 듣고 통분해 마지않습니다. 그러나 백범 선생을 비롯한 몇 분이 끝내 지조를 지키시며 크게 활개 칠 날을 기다린다 하오니 절망이 희망으로 바뀌는 것 같습니다. 저희들은 머나먼 하와이에서 안주 생략하고 있사오나 백범 선생께서 조국 광복을 위해 뜻있는 일을 계획하신다 하오면 그 군자금軍資金만은 대드릴까 하오니 아무쪼록 세상이 깜짝 놀랄 큰일을 추진해 주시옵기 간망하나이다.

이 편지를 받은 김구는 사막에서 샘물터를 찾은 듯이 기뻐했다.

얼마 후에는 적지 않은 자금이 임시정부 국무령 김구 앞으로 송금돼 왔다. 김구는 이 소중한 자금을 받아들고 며칠 동안 정신이 아득했다.

많진 않지만 우선 자금은 마련됐다. 계속해서 송금해 준다고도 한다. 그렇다고 이 귀중한 자금을 공산주의자들처럼 자기 당파의 세력 확장을 위해 남용할 수는 없다.

그는 공산당의 자금 남용濫用엔 질렸다. 3·1 운동 직후 상해 임시정부의 이동휘 일파가 모스크바로 레닌을 찾아가서 얻어낸 독립운동 지원자금은 40만 루블이나 됐다. 그러나 그들은 임시정부엔 한 푼도 내놓지 않고 저들의 당세 확장과 개인비용으로 써버린 쓰디쓴 사건을 겪었다.

'이 자금을 어떻게 쓸 것인가?'

그는 문득 한 동지의 충고를 회상했다. 바로 몇 달 전이었다. 만주를 거쳐 왔다는 동지 하나가 박찬익의 소개로 김구를 찾아와서 본국의 사정을 소상히 일러 주고는 따끔한 한마디를 남기고 갔다.

"일본의 조선 통치를 검토하면 단계적으로 특색이 있습니다. 1910년대에는 조선의 토지를 일본놈들이 강탈하고, 1920년대에는 조선의 쌀을 수탈하는 시대였습니다. 그런데 이제 1930년대에는 저놈들이 우리나라에서 뭣을 뺏을 것인지 짐작할 수 있습니다. 1930년대에는 사람을, 조선 사람을 빼앗을 겁니다. 저는 일본 수도에도 가봤습니다. 도쿄는 국회의 사당이란 걸 짓느라고 큰 역사가 벌어지고 있는데 높이 2백자가 넘는 공사탑 위로 벽돌과 돌을 잔등에 져 올리는 아슬아슬한 노역은 모두 조선 노동자들이 맡고 있습니다. 그 공사판에서 죽은 조선 노동자만 해도 벌써 수십 명이 된다는 거예요. 일본 땅에선 가난뱅이로 고생하던 왜놈들이 조선땅에 건너와선 거드럭대며 사는데, 땅과 집을 빼앗긴 조선의 농민과 노동자들은 일본에 건너가서 생명을 건 곡예사 노릇을 합니다. 그뿐이 아닙니다. 저놈들은 반드시 대륙을 침공합니다. 그땐 우리 조선사람들을 총알받이로 앞장세우겠죠."

'박충권이라는 이름이었것다.'

박충권은 북경을 거쳐 만주지방으로 다시 떠난다고 했다. 그의 지론, 1930년대는 일본이 조선인의 목숨을 앗아가는 시대라던 말에 생각이 미치자 김구는 고개를 끄덕였다.

"그렇다. 놈들이 우리 조선사람의 목숨을 무더기로 앗아가려 한다면 우리는 놈들의 굵직굵직한 목숨을 노려야 한다."

김구는 가슴 깊이 결심했다. 결심한 일은 말없이 실천하는 게 그의 직성이다. 그러던 어느 날, 그는 사람을 발견했다. 마침 상해 거류민단 본부로 역시 박찬익을 거쳐 김구를 찾아온 허름한 행색의 젊은이가 있었다.

"저는 노동자입니다. 이봉창李奉昌이라 합니다. 일본 규슈九州에서 노동하다가 이번에 상해로 왔는데 나라를 위해 보람 있는 일을 하고 싶습니다. 선생님, 저 같은 노동자도 독립운동을 할 수 있을까요?"

거류민단 단장을 겸임하고 있는 김구는 이 낯선 사나이를 여러 모로 관찰하던 끝에 무거운 입을 열었다.

"독립운동은 출신의 귀천을 가리지 않소. 우리 조선사람이면 누구나 해야 하고 또 할 수 있는 일이오. 그런데 이 동지는 왜국에서 오래 사신 것 같구만. 일어에도 능통하시오?"

"일본에서는 기노시타라고 이름을 바꿔 왜인 행세를 했습니다. 같은 노동자라도 우리 같은 조선인 노동자는 일인 임금에 비해 절반도 받지 못하니까요. 그래서 일본 이름을 써왔습니다. 부끄러운 일입니다, 선생님."

김구는 부드럽게 웃었다.

"괜찮습니다. 생활의 방편을 위해 그런 것을 허물하진 않겠소. 그렇지만 여기 온 이상은 그런 일인의 냄새는 깨끗이 청산해야 합니다. 참 노자路資는 있으시오? 상해란 돈이 없으면 꼼짝 못하는 곳인데."

이봉창은 머리를 긁었다. 김구는 그를 데리고 거리로 나왔다.

"숙소를 마련해 드리지요."

이봉창은 임시정부의 국무령이고 거류민단의 단장인 김구가 몸소 여관까지 정해 주며 친절을 베푸는 바람에 크게 감격했다.

그런 지 며칠 지났다. 김구는 거류민단 사무실에서 박찬익과 더불어 조선 지도를 펴놓고 독립운동의 새로운 계획을 구상하기에 여념이 없었다.

그런데 마침 판자 하나를 사이에 둔 옆방 부엌에서 떠드는 소리가 들려왔다. 민단의 사무원들이 초라하게 술잔을 나누는 모양이었다. 거기서의 대화다.

"여보시오. 당신들은 독립운동을 한다면서 도대체 해놓은 일이 뭐요? 왜놈 한 놈도 때려잡지 못하고 여태껏 한 게 뭐요?"

"당신은 모르는가? 사이토 총독도 다나카 육군대신도 폭탄세례를 받은 줄을 모르오?"

"첫, 쩨쩨하군요? 이왕이면 일본 천왕을 노려야지. 대신이나 총독 따위는 얼마든지 갈아댈 수 있지만 천왕은 하나뿐이오."

"여보시오, 허풍 그만 떠시오. 총독이나 대신 옆에도 가까이 갈 수가 없어서 정통으로 죽이질 못했는데, 천왕을 어떻게 죽일 수 있겠소. 살인광선殺人光線이나 있음 될까?"

민단 사무원들은 그 화제를 일소에 부쳐 버렸다.

그러나 김구는 조용히 귀를 기울이고 있었다.

'허풍스럽긴 하지만 쓸모가 있을지 모른다.'

김구는 신경을 곤두세우고 이봉창의 다음 말을 기다렸다.

"나는 무식한 노동잡니다. 그렇지만 폭탄만 있으면 안 될 것 없다고 봐요. 작년에 내가 일본에 있을 때 천왕이 능행陵幸하는 것을 길가에 엎드려서 봤는데 말요. 그때 나는 생각했어요. 만일 내 손에 폭탄만 있으면 천왕쯤 죽일 수 있겠다, 이렇게 생각했단 말입니다."

김구는 부엌에서 들려오는 이봉창의 그 말이 허식虛飾이나 과장이 아님을 알았다.

"쓸 만한 청년이구려."

김구가 말했다.

"사람을 하나 얻은 것 같군요."

박찬익도 동의했다.

그날 밤 김구는 이봉창을 조용히 불렀다.

"나는 동지를 믿소. 내 오늘 동지의 말을 들었소. 일본 천왕을 못 죽인 게 한이라는 그 말 말이외다."

이봉창은 김구의 그 한마디로 그의 의사를 알아들었다.

"제 나이 이제 서른한 살입니다. 앞으로 30년을 더 산다 해도 지금까지보다 더 나은 재미는 없을 겁니다. 선생님, 저는 제 나머지 인생을 어떻게 살다가 죽느냐를 생각해 봤습니다. 뭔가 할 일이 있을 듯해서 선생님을 찾아뵌 것입니다."

가식적인 말이 아니었다. 김구는 이봉창의 눈에서 그것을 읽었다. 김구는 이봉창의 손을 힘껏 잡았다. 그의 말 속에 스며 있는 사나이의 의지를 의심하지 않았다.

"고맙소. 우리의 할 일은 너무도 많고, 보람 있는 일이 많소."

김구는 이봉창에게 후일을 다짐했다.

"사람은 얻었다. 할 일도 결정됐다. 자금만 아직 부족하다."

이봉창은 또 일본인 행세를 했다. 그곳 상해에 있는 어느 일본인 철공장에 취직도 했다. 그는 취하면 가끔 지나친 큰소리를 잘했다. 그래 임시정부의 간부들 사이에선 그가 총독부의 밀정이 아닌가 의심하기 시작했다.

"김구 선생은 이봉창이란 사람을 잘못 보셨어. 그는 시게후지重藤의 밀정인지도 몰라."

이런 소리가 나돌았다. 시게후지란 상해에 있는 일본군 헌병대장으로서 조선 독립운동가들을 잡기에 혈안이 돼 있는 자다.

그러나 김구는 그런 비난을 일축했다.

"나는 사람을 잘못 보진 않았소. 큰일을 위해 목숨을 던질 사람과 새가 나뭇가지를 옮겨 앉듯 지조 없이 배신할 놈은 관상부터가 다르오."

박찬익도 김구의 의견에 동의했다. 그들은 이봉창에 대한 주위의 잡음을 단연코 일축했다. 그러는 사이에 하와이에서는 또 독립자금을 보내왔다.

'이제 필요한 건 폭탄뿐이다.'

김구는 중국군 고급장교로 있는 한국인 왕웅에게 부탁해서 수류탄 한 개를 입수했다. 왕웅은 김홍일金弘壹이다. 그러나 수류탄 한 개로는 부족했다. 동지 김현을 하남성 유치柳峙에게 보내 또 하나를 얻어냈다.

준비는 다 됐다.

겨울바람이 불기 시작했다. 12월 초순이었다.

김구는 프랑스 조계 안의 중흥여관으로 이봉창을 초청했다. 자세한 말이 필요 없었다. 이봉창은 눈치가 빨랐다. 김구가 무슨 일을 하라는 것인지 그는 곧 알아차렸다. 김구는 젊은 이봉창과 하룻밤을 같이 지내며 국운國運의 장래를 걱정했다.

다음날 아침 여관방을 나서기 직전 김구는 거지 복색이나 다름없는 허름한 자기 저고리의 안주머니에서 돈뭉치를 꺼내 이봉창에게 내줬다.

"자, 넉넉지는 못하오. 떠나기 전에 정리할 것은 모두 정리하고 뒤를 깨끗이 하시오. 그리고 자금이 모자랄 테니 연락방법을 연구해 두시오."

김구가 내놓은 금액은 1천 원이었다. 이봉창은 놀랐다. 1천 원이라면 임시정부가 빌려 쓰는 청사의 1년분 집세가 된다. 그런 큰돈을 아무 의심도 없이 자기에게 내맡기는 김구의 도량度量에 이봉창은 완전히 감격하고 말았다.

이틀 후에 다시 김구를 찾아간 이봉창은 떨리는 음성으로 고백했다.

"선생님, 일전에 선생께서 그 큰 자금을 저한테 내주실 때, 저는 눈물이 났습니다. 저를 어떤 놈으로 보시고 그런 큰돈을 맡기시나 싶어섭니다. 제가 그 돈을 가지고 줄행랑치면 이 불란서 조계 밖으로 한 걸음도 못 나오시는 선생님께선 닭 쫓던 뭐 지붕 쳐다보깁니다. 선생님, 저는 평생에 이처럼 남에게 신임을 받아 본 일이 없습니다. 이것이 처음이고 또 마지막이겠죠."

그는 어린애처럼 주먹으로 눈물을 닦았다.

"동지, 고마운 말씀이오. 나는 사람을 믿으면 그가 내 얼굴에 침을 뱉는 순간까지 믿는 성미입니다. 누가 뭐라고 중상모략해도 끝까지 믿는 버릇이 있어요. 자아 우리 안 선생 댁으로 가서 선서식을 올립시다."

김구는 이봉창을 안공근安恭根의 집으로 안내했다. 그는 안중근安重根의 동생이다. 국내로 잠입하는 의사 열사들의 선서식을 안공근의 집에서 태극기를 배경으로 김구와 안공근의 배석하에 거행해 왔다.

선서식을 마치고 이봉창이 상해를 떠날 때, 김구는 자기의 남루를 들치더니 또 돈 3백 원을 꺼내 이봉창의 손에 쥐어 줬다.

"이것은 이 동지가 왜국에 도착할 때까지 쓰면 됩니다. 주소를 통보하시오. 계속 자금은 부쳐 드리지요.”

이봉창은 눈시울을 붉혔다. 그는 그동안 상해에 와서 대한민국 임시정부의 국무령國務領 김구라는 사나이가 얼마나 궁색한 생활을 하는지를 똑똑히 보았다. 그의 옷은 거지꼴, 아침저녁의 끼니는 조계 안에 있는 동포들 집을 차례로 순방하여 걸식하다시피 했다. 그러한 그이가 독립운동을 위해 떠나는 사람에게는 감추고 여축했던 비상금을 모조리 털어서 내준다. 그러면서 말한다.

“자금은 계속 보내겠소.”

이봉창을 일본으로 떠나보낸 김구는 일각이 삼추로 그의 소식을 기다렸다. 그토록 초조하게 기다리는 김구에게 어느 날 기다리던 전보가 날아들었다.

― 물품은 1월 8일에 방매하겠음. 이봉창.

암호 전보였다. 김구는 다시 전보환으로 2백 원을 송금했다.

그러자 이봉창에게서 편지가 왔다. 간략한 내용이었다.

― 돈 잘 받았습니다. 먼저 가지고 온 돈을 다 써버려 여관비가 부족하던 차에 2백 원을 더 보내주시니 이제는 돈이 남아나게 되었습니다. 부탁하신 물건은 8일엔 어김없이 처분할 예정입니다. 이봉창.

운명의 1월 8일이 왔다. 1932년.

김구는 아침부터 신들린 사람처럼 멀리 동쪽 하늘만 바라보며 초조해했다. 저녁이었다. 프랑스 조계에 배달된 중국 신문을 그는 미친 듯이 훑어봤다. 그는 정신이 아찔했다. 그의 커다란 손아귀엔 신문지가 꼬깃꼬깃 구겨져 가고 있었다. 다시 펴 본다. 커다란 활자들은 살아 움직이고 있었다.

"어허, 실패하다니!"

기사 내용은 눈이 캄캄하도록 섭섭했다.

— 한인 이봉창 저격 일왕日王 부중不中.

한국인 이봉창이 일본 천황 히로히토에게 폭탄을 던졌다. 그러나 천황의 목숨은 살아 있다는 것이다.

— 1월 8일 일왕 히로히토는 만주국 괴뢰왕 부의와 함께 도쿄 교외에 있는 연병장에서 관병식을 마치고 돌아올 때, 조선 청년 이봉창은 사쿠라다몬 앞에서 대기하고 있다가 수류탄을 투척했다. 불행히도 일왕 히로히토는 죽이지 못했고 근위병들한테만 부상을 입혔다. 그때 조선 청년 이봉창은 피신하지 않고 '대한독립만세'를 3번 부른 다음 태연하게 포박됐다. 취조 결과 그의 신원은 '애국단원'이라고 한다.

(같은 해 7월 19일 일본 대심원 공판정에 선 이봉창은 "나는 너희 임금을 상대로 하는 사람이다. 어찌 네놈들이 감히 내게 무례하게 구느냐!" 하고 호통칠 만큼 담대했다).

김구는 실망했다. 그러나 그는 속으로 뇌까렸다.

"좋다! 비록 일본 천왕은 폭살爆殺하지 못했어도 그가 폭탄세례를 받고 혼비백산한 것은 큰 사건이다. 살아 있는 신이라고 떠받드는 천왕이 우리 한국 사람의 폭탄세례를 받고 혼비백산을 했다. 얼마나 장한 일이냐! 세계는 한민족의 죽지 아니한 패기를 다시 한 번 깨달을 것이다. 이봉창 선생, 정말 장한 일을 하셨소. 선생은 이제 비명에 가시겠지만 선생의 장거로 말미암아 조선민족이, 아니 세계의 약소민족 전체가 잠에서 깨어날 것이오."

김구는 멀리 동쪽 하늘을 향해서 눈을 감았다. 이봉창이 던진 폭탄으로 혼비백산한 일본 천황의 당황한 꼴이 눈앞에 선연히 나타났다.

다음날이었다. 프랑스 조계 공무국경찰국은 김구에게 색다른 통보를 보내 왔다.

— 우리 프랑스 영사관은 대한민국 임시정부에게 망명처를 제공해 왔다. 그런데 이번 일본 천황 저격사건의 배후인물이 김구 씨라는 정보가 있다. 만일 앞으로 일본 헌병이나 경찰이 귀하의 신병 인도를 강요한다면 우리 프랑스 조계는 난처한 입장에 서게 될 것을 예견한다. 따라서 귀하는 귀하의 신변을 각별히 조심하고 엄중한 자체 방어를 취하기를 바란다.

김구는 이 통고를 받고 흐뭇했다. 프랑스 당국의 동지적인 협조에 감사했다.

그는 그날 중국 국민당 기관지인 청도의 〈국민일보〉를 보고 빙그레 웃었다. 특호 활자의 제목이 유난히 길었다.

— 한인 이봉창 저격 일왕 불행 부중.

한국인 이봉창이 일본 천황을 저격했으나 '불행하게도' 맞지 않았다는 것이다.

박찬익이 또 신문 한 장을 가지고 와 김구에게 보였다. 장사長沙에서 발행되는 또 다른 중국 신문도 '불행하게 맞지 않았다'는 표현으로써 이봉창의 쾌거를 은근히 찬양하고 일본 천왕이 살아남은 것을 애석하게 여기는 논조가 실려 있었다.

일본 군부는 노발대발했다. 지금 만주지방에선 중국군과 전투가 벌어지고는 있지만 그것은 어디까지나 국부적인 분쟁이다. 그런데 중국 본토에서 발행되는 몇 개의 신문이 일본 제국의 국가원수가 피살되지 않은 것을 애석히 여긴다는 논조를 공공연히 발표함은 일본에 대한 직접적인 도전이고 모욕이라 해서 노발대발했다.

일본 군부는 또 이 기회를 역이용했다. 그들은 중국 정부에 강경한 항의를 제출하는 한편 상해에서 때마침 일본 승려 한 사람이 일본군 특무기관에 매수된 중국인에 의해서 살해된 사건이 터지자, 서슴지 않고 상해 출병을 단행하는 침략성을 보였다.

이른바 '상해사변'이 터진 것이다. 침략전쟁의 불길은 만주 땅에서 중국 최대의 국제도시인 상해로 번져 나간 것이다.

세정이 이렇게 어수선해지니까 김구는 더욱 할 일이 많았다. 그리고 그는 침착하게 할 일을 했다. 그는 동지 이덕주와 유진식을 불렀다.

"동지들은 조국으로 돌아가시오. 총독 우가키란 자를 처치하시오."

김구는 또 유상근과 최공식에게 지령했다.

"두 동지는 관동군 사령관과 혼조를 죽이시오. 성공을 비오!"

어느 날 그는 또 새로운 일꾼 하나를 맞이했다. 그가 일본 관헌의 눈을 피해서 하루도 몇 차례씩 몸 둘 곳을 옮기며 새로운 투지를 가다듬고 있는데, 어느 날 또 낯선 청년 하나가 그를 찾아왔던 것이다.

"선생님 저는 윤봉길尹奉吉이올시다. 저에게도 일거리를 주십시오."

윤봉길, 필살의 투척

대륙의 2월은 아직 늦겨울이었다. 바람은 차고 화신花信은 멀고 세월은 소란한 1932년, 김구는 왠지 자꾸 초조하기만 했다.

이봉창의 장거가 실패로 끝난 데 대해서 그는 더욱 초조했던 것 같다. 그는 지금 이 시각에 다시 자기를 찾아오기로 한 윤봉길이라는 미지의 새로운 청년에 대해서 골똘히 생각하고 있었다.

'일제의 밀정만 아니라면 쓸 만한 사람인지도 몰라?'

김구는 창가에 앉아 있었으나 바깥을 내다보고 있지는 않았다. 낙서를 하는 중이었다. 헌 신문지가 새카맣게 되도록 붓글씨를 쓰고 있었다. 그때 도어를 딱딱 둔탁하게 두드리는 노크 소리가 났다.

'왔는가?'

김구는 자세를 허물어뜨리지 않고 우람한 음성으로 말했다.

"들어오시오."

그러나 그는 거들떠보지도 않고 한결같이 붓을 놀리고 있다.

"선생님 오랫동안 찾아뵙질 못했습니다."

그는 그제야 고개를 번쩍 들고는 찾아온 사람을 봤다.

"오오, 김 선생! 오래간만이군."

윤봉길이 아니었다. 문학청년으로서 김구를 숭배하는 김광주金光洲였다. 그러나 그는 반가워했다.

"김 선생, 그래 세상이 놀랄 만한 대작은 익어 가고 있는가?"

"아직 …."

김광주는 얼굴을 붉히며, 겸연쩍게 웃으며, 손으로 이마를 가린 앞머리를 쓸어 올렸다.

김구는 입가에 웃음을 흘렸다.

"아직이 뭐야? 세월은 가는데. 나는 문학은 모르네만 광주 씨가 쓰면 춘원과는 성격이 다를 걸. 춘원의 소설은 재미있고 교도적이긴 하지만 너무 온건해. 나는 피가 끓는 글을 좋아하지. 광주 선생은 아마 그런 무협적인 소설을 쓸 거야. 안 그렇소?"

"글쎄올시다, 선생님."

김광주는 또 씽긋 웃으며 앞머리를 쓸어 올렸다.

"오늘은 어쩐 일인가?"

"문안차 들렀습니다."

"마침 잘 오셨소. 나하고 누구 사람 하나 만나실까?"

"누군데요?"

"광주 씨는 문사文士니까 사람을 볼 줄 알 거야. 보통 사람은 외양을 보지만 문사는 외양은 물론 그 내면을 꿰뚫어 볼 것이니까. 안 그렇소?"

"선생님, 저는 아직 문사가 아닙니다. 작품 하나도 발표 못한 문사가 어디 있습니까?"

김광주는 또 겸연쩍게 웃으며, 얼굴을 붉히고, 앞머리를 쓸어 올렸다. 몹시도 수줍은 청년이다.

"아니, 발표하고 안 하는 건 하나의 과정이야. 발표는 참 어렵더군. 나도 몇 편의 소설을 써봤는데 정말 어렵더군. 소질이 없어요. 하하하. 그러나 발표가 목적은 아니지. 가슴 속에 인생을 경영하고, 천하를 경륜하고, 슬프면 통곡하고, 불의엔 칼을 빼고, 대자연을 구가하고, 하늘의 섭리를 이해할 만하면 이미 훌륭한 문사야. 광주 선생이 발표를 안 하는 건 다른 이유겠지만 울분으로 빚은 술 마시기에 바쁜 탓이겠지. 하하하."

김광주는 어리둥절했다. 과묵하기로 이름난 김구가 오늘따라 이처럼 다변多辯인 까닭은 무엇인가. 그는 무척 외로웠던 것이라고 생각했다. 아니면 무슨 일엔가 흥분상태에 있음을 직감했다.

"누굽니까? 선생님, 만나실 사람이."

김광주는 또 앞머리를 올리면서 물었다. 김구는 코끝을 만지작거리며 대답했다.

"윤봉길이라는 청년이야. 오거든 자네 그 청년의 국적을 잘 살펴주게. 대한의 남아男兒인가, 혹시 일제의 앞잡인가를. 내 보기엔 대한 남아 같더구먼."

김광주는 그의 한마디로 눈치를 챘다. 그는 또 무슨 큰일을 경영하는 중임을 눈치 챘다.

'사람을 물색하고 있구나!'

"앉게, 곧 올 테니까."

김광주는 나무의자에 앉았다.

김구는 또 먼저 자세대로 단정히 앉아 붓장난을 시작했다. 그러자 이내 복도에 발걸음 소리가 나더니 도어를 노크하는 사람이 있었다.

김광주는 긴장하면서 또 앞머리를 쓸어 올렸다.

"들어오시오."

김구는 여일하게 붓으로 낙서를 하면서 자세를 허물지 않았다.

윤봉길이 들어섰다. 김광주는 일어났다.

김구는 먹이 듬뿍 찍힌 황모필을 벼루에다 걸쳐 놓고는 말했다.

"서로 인사들 하시지. 이쪽은 김광주 선생 문사이시고, 이쪽은 윤봉길, 대한의 청년이시오."

두 청년은 손을 잡고 흔들었다. 나이는 비슷, 윤봉길이 한 살쯤 위일까. 그는 스물세 살이었다.

"참 두 분 고향이 같으시지 않은가? 광주 선생은 서울이지? 윤 선생은?"

"저는 충청남도 예산군 덕산면입니다."

김구는 자기를 찾는 젊은이들에겐 지나칠 만큼 공대말을 쓴다. 이렇게 해서 윤봉길의 신원은 풀려나가기 시작했다.

그가 청도에서 좀 살다가 상해로 온 지는 1년 남짓했다. 고향에선 스스로 야학夜學을 개설해서 동족의 문맹을 퇴치하려고 애썼다는 이야기. 그러다가 청운의 뜻을 품고 중국으로 건너와서 한때 박진이라는 동포가 경영하는 말총 공장에서 막일을 했고, 요새는 채소장사를 하면서 세월을 보내지만, 큰 뜻을 품고 이역에 와서 채소장사가 될 말이냐고 주먹을 불끈 쥐는 다혈질의 성품을 보였다.

"예산이라면 나도 동학란 때 한번 가본 일이 있습니다. 쌀이 많이 나는 고장이지요? 예산의 넓은 들은 일망무제입니다."

김구는 계속해서 또 말했다.

"충청도라면 애국지사가 많이 배출된 고장이지요. 충무공 이순신 장군, 충정공 민영환閔泳煥 선생 등은 아산일 겝니다."

윤봉길은 유쾌한 모양이었다. 누구나 자기 고장의 자랑이 나오면 유쾌해진다. 그는 말한다.

"유관순柳寬順도 충남 천안이지요. 청산리 대첩의 김좌진金佐鎮 장군도 충남 홍성입니다. 그리고 이상재李商在 선생은 저의 고향에서 멀잖은 서천군 한산 분이구요."

"참 그렇군. 윤치호尹致昊 씨도 아산이 아니던가?"

"그렇습니다. 아산의 명문은 윤 씨지요. 그 집안엔 윤보선尹潽善 씨, 윤치영 씨도 있잖습니까?"

"그렇군. 윤보선 씨는 임정 의정원 충청남도 대의원이었고, 윤치영 씨는 현재 구미위원 부의원으로 워싱턴에서 활약하고 있소."

"윤보선 씨는 지금 영국 에든버러대학에서 수학중인 줄로 알고 있습니다."

김구는 만족했다. 윤봉길은 분명히 채소장수 노릇이나 할 막벌이꾼이 아님을 확인하면서 김광주의 눈치를 살폈다. 김광주도 가볍게 고개를 끄덕여 그가 믿을 만한 사나이임을 동의했다.

"선생님 … ."

윤봉길이 별안간 김광주를 훔쳐보면서 음성을 높였다. 제3자가 있는데 무슨 말이든 할 수 있느냐는 눈치였다.

"우린 다 동지입니다. 흉금을 열어놓고 기탄없이 말씀하시오."

김구는 윤봉길을 쏘아봤다. 김광주는 또 숱이 좋은 앞머리를 쓸어 올렸다.

"전 이봉창 의사를 숭배합니다."

윤봉길의 서글서글한 눈총이 번쩍 빛났다.

김구는 그의 말뜻을 알아들었다.

"좋습니다. 그렇잖아도 나는 윤 선생 같은 동지를 구하는 중이었소. 우리 손을 잡읍시다! 이렇게."

그들은 서로 덥석 달려들어 손을 굳게 잡았다.

"광주 선생이 우리의 악수를 지켜보셨소. 증인으로."

김광주는 또 앞머리를 쓸어 올리며 얼굴을 붉혔다. 그의 눈엔 까닭 모를 눈물이 핑 돌았다.

김구는 이렇게 윤봉길과의 대화를 나누면서 상대방이 조선총독부 경무국에서 밀파한 부역附逆간첩인가, 진정한 애국청년인가를 가려냈다.

이것은 그가 상해 임시정부 경무국장으로 있으면서 익혀 온 하나의 수법이었다. 사람을 한번 믿으면 끝까지 믿는 김구, 따라서 만일 속는다면 그의 생명은 없다.

이날 이후 김구는 남모르는 흥분에 휩싸였다. 이봉창을 일본 도쿄로 건너보내 일왕 히로히토에게 폭탄을 던지게 해서 세계의 이목을 깜짝 놀라게 했던 것은 김구 자신이 거둔 크나큰 수확이었다. 대단한 일이었다. 그리고 성공인 동시에 실패였다.

이봉창의 폭탄투척 사건은 상해사변의 직접적인 도화선이 되어 중국 천지를 뒤흔들었다. 그러나 반면엔 일본의 침략성을 합리화시켜 준 결과도 됐다.

처음 상해전투가 일어나자 일본은 견지함대사령관 시오사와 소장 휘하의 육전대를 상륙시켜 중국군을 공격했다. 그러나 중국군 제 19군의 저항은 완강했다. 중국군 사령관 채정해는 7만의 정예군으로 일본군의 공격을 분쇄했다. 당황한 일본은 우에다 중장의 제 9사단과 시모모토 소장의 혼성 제 24여단을 급파하기에 이르렀다.

2월 초순, 일본군은 중국군 진지에 대해서 맹렬한 돌격전을 감행했다. 그러나 중국군도 만만치는 않았다. 만주 땅에서 일본군이 저지른 야만적 도발행위는 중국인들을 항일정신으로 무장시킨 셈이었다. 도처에서 중국군이 완강히 항전했다.

다급해진 일본군은 그들의 최후수단을 동원했다. 이른바 '육탄肉彈 3 용사'라는 기막힌 전법을 썼다. 폭탄을 안은 3명의 병사가 묘행진廟行鎭의 중국군 진지로 돌진해 육肉과 탄彈이 함께 작렬하는 바람에 활로가 뚫렸다. 이 '육탄 3용사'의 소식이 일본 본국에 알려지자 호전적인 그들은 이른바 '대일본제국 군인정신의 귀감'이라고 모든 매스컴을 동원해서 대대적으로 선전하고 국민을 선동해서 싸움터로 몰았다.

그러나 일본군의 전세는 트이지가 않았다. 병력이 부족했다. 우에다 중장의 제 9사단과 24여단 병력만 가지고는 중국군을 이겨낼 전망이 흐려졌다. 하는 수 없이 일본정부에서는 증파부대를 상해 방면으로 급파했다.

육군대장 시라가와 요시노리가 총사령관으로 등장했다. 그는 제 11, 제 14의 2개 사단을 합류시켜서 상해방면 파견군 총사령부를 편성했다. 그는 2월 하순에 도쿄를 떠났다. 그는 싸움터로 출진하기에 앞서 천황 히로히토를 만나 충성을 맹세했다. 그 자리에서 일본 천황은 그에게 간곡히 훈계했다는 설이 있다.

"상해전투는 가능한 대로 조속히 끝내도록 하라. 만주지방의 전투 자체도 세계 여론이 나쁘고 그리고 짐스러운데 중국 본토의 전투가 또 확대된다면 우리나라에 유리한 결과를 가져오지 못할 것이다. 그대 명심하라. 쫓기는 자를 끝내 쫓을 필요는 없다. 만약 적이 후퇴하거든 추적하지 말고 정당한 명분을 찾아서 휴전하도록 하라. 귀관의 건강을 빌고 개선하는 날을 기다리겠다."

시라가와 대장은 천황의 특별한 부탁을 듣고는 자기대로 두 가지의 해석을 내렸다. 첫째, 일본의 군사력으로써 중국 본토 전역에 걸쳐 전쟁을 확대한다는 것은 무모한 짓이니 특히 과격한 청년장교들의 독주를 견제하라는 뜻이고, 둘째, 얼마 전에 천황 자신에게 폭탄을 던진 사람이 상해에서 밀파된 조선 독립당원이라니 아마도 상해에는 조선 독립운동가들이 득실거릴 테니 스스로 신변의 안전을 도모하라는 고마운 배려다 … 라고 생각했다.

시라가와 대장은 일본군인 중에서는 비교적 양식이 있는 장성이었다. 전선에 나타난 그는 우선 3월 1일의 상해방면 전투에서 중국군을 격파했고 채정해 장군 휘하의 중국군이 퇴각을 개시하자 미련 없이 추격중지 명령을 휘하부대에 내렸다. 그의 그 명령은 작전상으로도 옳았다. 왜냐하면 중국군은 3월 1일 전투에서 힘이 달리자 총철수령을 내려 마라톤식 퇴각을 단행했는데, 그들은 실로 20킬로 이상이나 퇴각했다. 그것은 일본군을 유리한 지점으로 유인해서 일거에 섬멸하자는 작전의 하나였다.

시라가와의 작전은 옳았으나 그의 명령은 벽에 부딪쳤다. 전선에 추격중지 명령이 내려지자 위관 좌관급의 일본군 청년장교들은 사령관에 대해서 노골적인 반항을 시도했다.

"대일본제국 군인은 오직 공격이 있을 뿐이다."

"적을 보고 쫓지 않음은 군인정신에 위배된다. 계속 전진하자."

그러나 파견군 사령관은 단호한 태도를 취했다.

"나의 명령은 폐하의 명령이다. 전군은 현 위치를 지키라."

얼마 후 중국과 일본 사이에는 송호협정淞沪協定이 맺어져 교전은 일단 중지됐다.

— 황군 가는 곳에 적은 없다.

그들은 자기네가 이긴 것으로 알았다. 3만의 일본인 거류민들은 상해 거리를 휩쓸면서 일본군의 승리를 축하했다.

전쟁의 결말은 승패뿐이 아니다. 이긴 자도 패한 자도 없는 결말이 있을 수 있다. 이번 중일군의 충돌은 승패가 없는 결말이었다. 그러나 일본 거류민들과 청년 장병들은 이번 상해전투에서 일본이 큰 승리를 거둔 듯이 환호성을 올렸다. 체면치레를 위한 허세였을지도 모른다.

해마다 4월 29일은 그들의 이른바 천장절天長節이다. 그들의 승전축하 행사는 그날이 정점으로 될 것 같았다.

그들은 남의 나라 땅에서 멋대로 떠들어댔다. 일본인 거류민단과 일본군 사령부에서는 그들 천황의 생일인 천장절 경축식전을 '상해사변 전승 축하식'으로 겸행하려고 준비를 서둘렀다. 정신적으로나마 중국인들을 제압하려는 속셈 같았다.

116

중국 정부도 그들의 축하 경축행사를 간섭할 수는 없다.

— 자알들 논다.

방관할 수밖에 없었다.

━━◆━━

이러한 정세를 바라보던 김구는 어느 날 결연히 소매를 걷고 일어섰다. 그는 윤봉길과 같은 유능한 젊은이가 이제 무슨 일을 해야 할 것인가를 생각해 냈던 것이다.

— 4월 29일. 천재일우千載一遇의 기회다.

김구는 윤봉길을 자기 처소로 불렀다. 그는 자기의 구상을 털어 놓았다.

"윤 동지! 하늘이 우리에게 기회를 주신 것 같소. 실은 이번 상해사변이 계속 크게 벌어진다면 나는 일본군의 비행장 격납고와 군수품 창고를 폭파해 버리려고 마음먹었소. 그런데 불행하게도 '송호협정'으로 전투가 중지됐구려. 사세가 이렇다면 그까짓 비행장이나 창고 한 두개를 폭파한들 무슨 소용이 있겠소. 윤 동지. 나를 똑바로 보시오."

김구는 잠시 말을 끊고는 청년 윤봉길을 뚫어지도록 쏘아봤다.

윤봉길도 황황히 빛나는 눈총으로 김구의 얼굴을 마주 쏘아봤다. 그것은 사나이와 사나이의 말 없는 맹세였다. 그리고 존경과 신임이었다.

잠시 후 김구는 창가로 가더니 상해의 거리를 내다보면서 말했다.

"윤 동지, 이리로 오시오."

윤봉길도 창가로 다가갔다. 김구는 윤봉길의 어깨에다 손을 얹으면서 영탄조로 뇌까렸다.

"봄비에 상해시가 촉촉이 젖는구려. 중국 천지가 젖고 있소. 나라는 뺏겼으나 우리 조국에도 봄은 왔겠지. 개나리 진달래가 머잖아 필 것이오. 윤 선생. 오는 4월 29일이 무슨 날인지 아시오?"

"저놈들의 천장절이 아닙니까?"

"그날 상해의 거리는 저들의 천하가 될 것 같소. 윤 동지! 홍구공원을 아시오?"

"알고말고요. 공동조계 안에."

"그날 홍구공원 안에선 왜놈들의 대대적인 축하행사가 있다는구려. 그런 소문을 들으셨소? 그날 홍구공원엔 아마 상해에 와 있는 왜놈들의 거물급은 다 모일 거요. 군부의 수뇌들, 외교관들, 거류민단의 지도자들, 굵직굵직한 녀석들은 모조리 한자리에 모일 것 같소."

"선생님."

"윤 선생, 내 말 알아들으셨소?"

"알아들었습니다, 선생님. 이제야 제가 할 일을 발견한 것 같습니다. 제가 나서겠습니다."

"윤 동지. 사람의 목숨은 오직 하나외다. 둘이 아니에요."

"선생님, 제 목숨은 이미 선생님께, 아니 조국에다 바쳤습니다. 아직까지 살아 있는 게 민망스럽습니다."

"고맙소, 고맙소이다."

두 사나이는 잠시 말이 없었다. 밖에는 봄비가 촉촉이 내리고 있다.

"윤 동지. 모든 준비는 내가 할 것이오. 윤 동지는 그날이 오기만 조용히 기다리면 되오. 흥분이 되오?"

"선생님, 이상할 정도로 제 마음은 차분하게 가라앉았습니다. 아주 평온합니다. "

"그럼 성공이구려. 침착하면 성공, 흥분하면 실패요, 윤 동지! 그날까지 건강에 유의해야 합니다. 그리고 필요 없는 노파심이지만 우리 주위엔 총독부의 밀정들이 우글거리고 있소. 그리고 그날까지 윤 동지는 좀더 신사 허울이 돼야겠소. 신사복을 한 벌 새로 사 입으시오. "

"알겠습니다, 선생님. "

이튿날, 김구는 서문로에 있는 왕웅의 집으로 김홍일을 찾아갔다.

왕웅과 김홍일은 동일인이다. 그는 중국군 장교다. 손님도 주인도 입은 옷은 호복胡服이지만 나누는 은근한 대화는 모국어였다.

"또 긴요한 부탁이 있어서 왔습니다. "

김구의 말에 김홍일은 빙긋 웃으며 반문했다.

"폭탄이 필요하십니까? 선생님. "

"두세 개쯤 필요합니다. "

"안 되겠습니다, 선생님. "

김구의 눈총이 번쩍 빛났다. 날카롭게 김홍일을 쏘아본다.

"지난번은 나 때문에 실패하셨습니다. 나도 여러 날을 두고 잠 한숨 못 잤습지요. 너무나 죄스럽고 분해서 말씀입니다. "

이봉창이 일왕 히로히토한테 던졌던 폭탄도 김홍일이 제공한 것이었다. 그런데 그중 한 개가 불발이어서 이봉창은 천추의 유한을 남긴 채 세상을 떠났다. 그러니 이번에 또 폭탄이 부실하면 자기의 과실이 너무나 크니까 그는 그런 말을 했다.

"일왕이 죽을 운수가 아니었을 뿐이지요."

"며칟날 쓰시렵니까?"

"4월 29일 오전 10시입니다."

"아하, 그럼 홍구공원에서? 그럼 폭탄의 성능이 아주 좋아야겠습니다. 일석백조一石百鳥의 위력이 있어야겠군요."

"최소한 두 개가 필요할 것 같아요. 소지하기가 간단하고 자연스런 형태를 연구해 주셔야겠습니다."

"선생님의 건강을 기도하겠습니다."

두 사나이는 서로 머리를 숙였다. 그날도 봄비가 촉촉이 내렸다.

며칠 후, 김구는 김홍일과 함께 중국군의 병기공창兵器工廠으로 갔다. 시험 제조한 폭탄의 성능 실험을 구경하라는 김홍일의 제안이었다. 김홍일도 이번엔 정성을 다해서, 그리고 용의주도하게, 이 중대한 작업을 진행시켰다.

그는 중국인 한 사람을 김구에게 소개했다.

"사계의 최고 권위잡니다."

폭탄 제조에 권위 있는 기술자라는 그 중국인의 이름은 왕백수라고 했다. 만든 폭탄은 두 가지 형태였다. 하나는 흡사 군용 빨병처럼 만들었고, 또 하나는 일본인이 들고 다니는 벤토도시락 모양이었다.

실험장에는 토굴土窟이 파져 있었다. 토굴 속은 철판으로 칸막이를 하고 그 속에다 빨병형과 도시락형의 폭탄을 넣어놓고는 뇌관 끝에 긴 줄을 달아 밖에서 당기도록 장치가 돼 있었다. 뇌관이 타들어 갔다. 폭탄은 실로 화려하게 터져서 토굴을 산산조각으로 부숴버렸다.

"선생님, 지난번의 실패를 되풀이하지 않으려고 이렇게 실험해 본 것입니다."

김홍일도 웃고 김구도 웃었다. 실험은 스무 번 이상이나 거듭됐다. 단 한 번도 실패하지 않았다.

"스무 번에 한 번도 실패가 없으니 일의 성패는 이제 하늘에 맡길 수밖에 없습니다. 김 동지, 어서 그대로 만들어 주시오."

병기공창에서의 폭발시험이 성공리에 끝나자 김홍일, 왕백수는 즉시 본 작업으로 옮겼다. 다음날 아침 왕백수는 중국군 군용차에 밀조한 폭탄을 싣고 서문로에 있는 김홍일의 숙소로 운반해 왔다.

"당신들이 이런 폭탄을 운반하다가 만약 관헌에게 발각되는 날엔 모든 일이 수포로 돌아갈 것 같아서…."

중국군 기사 왕백수의 친절한 마음씨에 김구도 김홍일도 가슴이 메었다.

이 폭탄을 김구의 거점인 프랑스 조계 안에까지 나르는 것은 김구의 소관사였다. 김구는 거지 복색과도 같은 중국옷을 벗어버리고 고물전에 나가서 중고품 양복 한 벌을 사 입었다.

"옷이 날개라더니 중고품이지만 나도 제법 신사 같구먼."

중고품 신사복을 몸에 걸친 김구는 거울 앞에 서서 중얼거렸다.

"설마 이러한 신사가 폭탄을 품에 품었으리라곤 놈들도 의심하지 않을걸."

그날 밤 김구는 두 개의 폭탄을 품에 감추고 프랑스 조계로 무사히 돌아왔다. 그는 폭탄을 믿을 만한 동포의 집에 숨겨뒀다.

"귀중한 약이니까 잘 보관해 주십시오. 포장에 손대지 마시오. 열을 타면 약효가 없어지니 물조심 불조심만은 부탁합니다."

그의 그 한마디로 동포는 그것이 뭐라는 것을 더 묻지 않아도 알았다. 폭탄 준비는 다 됐다. 이제는 거사의 날만 기다리면 된다.

그동안 윤봉길은 김구가 대준 자금으로 말쑥한 신사복을 사 입고 홍구공원을 자주 드나들었다. 홍구공원은 천장절 경축식전의 식장 준비로 한창 부산스러웠다. 윤봉길은 자기가 거사할 그날의 위치와 목표 인물이 서 있을 자리를 미리 확인해 두기 위해서였다.

"오늘 시라가와란 놈도 식장 준비하는 데 왔습니다. 바로 제 곁에 와서 섰단 말예요. 내게 폭탄만 있었더라면 그대로 해치우는 건데 그만."

어느 날 밤 윤봉길이 그런 말을 했다. 김구는 펄쩍 뛰면서 윤봉길을 나무랐다.

"그게 무슨 말이오? 포수도 사냥할 때, 앉아 있는 새와 잠든 짐승은 아니 쏘는 법이외다. 날려 놓고 쏘고 달리게 하고 쏘는 법이오. 윤 동지가 오늘 그런 소릴 하는 것을 보니 내일 일이 좀 염려스럽소. 왜 자신이 없어지셨소?"

김구의 근엄한 꾸지람에 윤봉길은 당황했다.

"선생님, 자신이 없어서가 아닙니다. 단지 그놈이 바로 제 곁에 서서 흥청거리는 걸 보니까 불현듯 그런 충동을 느꼈다는 것뿐입니다."

김구는 언성을 낮추고 조용히 타일렀다.

"나도 윤 동지의 성공을 확신하오. 처음 이 계획을 내가 말할 때 윤 동지의 마음이 편안해진다고 하지 않았소? 그것이 성공할 증좌라고 나는 믿고 있소. 손발이 떨린다든가 가슴이 뛰는 것은 불안한 증거지요. 불안해선 안 됩니다. 잘 이겨내야 하오. 윤 동지도 잘 알겠지만 …."

여기서 김구는 김상옥金相玉이 서울 한복판에서 일본 경찰간부들을 마구 쏴 죽였을 때나, 나석주羅錫疇가 동양척식회사에 폭탄을 던졌을 때의 이야기를 꺼냈다.

"김상옥 열사는 우리 독립단 중에서도 으뜸가는 권총 명사수였지. 권총과 폭탄을 안고 압록강을 넘나들기 6번이나 거듭했소. 그러다가 1923년 정월 날씨가 가장 추운 날 아침에 종로경찰서에 폭발탄을 던져 부숴 버렸어. 일본 경찰대가 추격하자 남산으로 올랐지. 눈이 덮인 남산을 1천여 명의 경찰이 포위했다더군. 그렇지만 김상옥 열사는 그 포위망을 뚫고 나왔어. 왜놈들은 김 열사가 축지법을 쓴다고까지 떠들었다더군. 열사는 왕십리의 안정사라는 절까지 단숨에 뛰어서 중의 옷을 빌려 입고는 또다시 서울 시내로 들어왔다오. 효제동 이혜수 여사의 집으로 숨었지. 서울 시민은 발칵 뒤집혀서 권총왕 김상옥의 동정을 지켜봤겠죠. 그러나 불행히도 그의 거처가 또 포위되자 김 열사는 쌍권총을 휘두르며 일본 경찰대와 3시간이나 교전하다 마지막 남은 탄환 하나로 자결하셨소. 일본 경찰간부급만도 5명을 죽였고요. 상상만 해도 피가 끓는 장쾌한 광경이 아니오?"

김구는 계속해서 나석주의 무용담도 들려줬다.

"두 열사의 최후를 지켜본 분들의 말인즉 김상옥 열사나 나석주 열사는 최후 순간까지 마음이 동요하거나 목숨을 부지하는 문제 따위엔 신경을 쓰지 않았다는 거요."

윤봉길은 두 눈을 감고 입술을 지그시 깨물었다.

"김상옥, 나석주, 이봉창 선배님들에 뒤지지 않을 결심입니다. 저의 사생관死生觀은 확고합니다. 선생님, 저를 믿어 주십시오."

그들은 거리로 뛰쳐나왔다. 어깨를 나란히 하여 프랑스 조계를 거닐었다. 간단하게 축배도 들었다.

김구는 남달리 미목이 준수하게 생긴 윤봉길을 멀거니 바라보다가 말고 갑자기 측은한 생각이 들었다.

'내일이구나. 운명의 날이다. 너무나 젊은, 너무나 아까운 제물이다. 이 사슴처럼 늘씬한 청년을 또 조국 광복의 제단祭壇에 바치는구나.'

그러나 김구는 두 주먹으로 눈을 비볐을 뿐 냉엄할 만큼 태연했다.

윤봉길을 여관에 보낸 김구는 교포 김해산의 집을 찾았다. 답답할 때마다 찾아가는 김구를 김해산 내외는 친절하게 맞았다.

"백범 선생, 오늘은 유난히 심각하시구면요. 무슨 언짢은 일이라도?"

프랑스 조계에 사는 조선사람들은 김구의 동정에 대해서 특히 민감했다. 그리고 그를 존경했다. 그가 하는 일엔 무조건 협력하기를 꺼려하지 않았다.

김구는 저녁을 한술 얻어먹고 김해산에게 은밀히 말했다.

"김 선생, 부탁이 있습니다. 내일 아침 윤봉길 동지를 동삼성으로 떠나보내게 됐습니다. 꽤 중대한 임무를 띠고 만주 땅으로 보내는 것이죠. 떠나는 젊은이에게 따뜻한 아침이라도 한 끼 대접하고 싶은데."

"대접해야죠, 해야 하구 말구요."

"부탁합니다. 너무나 정이 들었던 청년이라 친자식 같아서….."

김구는 떠나는 윤봉길에게 기름기가 있는 아침밥을 먹여 보내고 싶다면서 1원짜리 지폐 한 장을 내놓았다.

다음날 아침, 그들은 한 사나이의 마지막 식탁에 마주앉았다.

4월 29일 천장절의 아침이다. 식탁에 마주앉은 사람들은 윤봉길을 중심으로 한 김구와 김해산 세 사람뿐이었다.

"자아, 그럼 찬은 없지만…."

주인이 이런 말을 했을 때였다. 김구는 갑자기 주인에게 말했다.

"김 선생, 식사 전에 윤 동지와 잠깐 은밀한 시간을 갖고 싶소이다."

"아하, 내가 눈치가 없어서."

김해산이 자리를 피해 주자 김구는 합장合掌하면서 꿇어앉았다. 윤봉길도 합장했다. 무릎을 꿇었다. 그들은 동쪽을 향해 꿇어앉았다. 조국 쪽을 바라보며 기도했다.

"조국을 위해 마지막 가는 이 젊은이를 보호하소서. 그가 하는 일을 보살펴 주소서."

김구의 기원은 간단했으나 경건했다. 목덜미가 격하게 움직였다.

윤봉길도 기원했다.

"고향에 계신 부모 형제 동포여!"

그는 자기와 인연이 있던 모든 사람들의 모습을 차례로 머릿속에 떠올렸다. 고향산천의 사시절을 그려 보았다.

"… 더 살고 싶음은 인정이옵니다. 그러나 죽음을 택해야 할 오직 한 번의 가장 좋은 기회를 포착했습니다. 백 년을 살기보다 이 기회를 놓쳐서는 안 됩니다. 조국의 영광을 지켜보겠습니다. 안녕히, 안녕히들 계십시오."

바깥 날씨는 청명했다. 화사한 햇볕이 그의 얼굴에 부서진다. 한 번 태어난 인생, 3분의 1도 못 살고 조국을 위해 흔연히 버리겠다는 순간이다. 추호의 망설임도 없었다.

그들은 다시 대좌했다. 식사가 진행되자 김해산이 입을 열었다.

"지금, 상해에서도 조국의 광복을 위해서 할 일이 태산 같은데 윤 동지와 같은 청년을 구태여 다른 데로 보낼 것이 뭡니까?"

김구는 윤봉길을 흘끔 보면서 대답했다.

"우리의 무대는 넓습니다. 그리고 일이란 하는 사람에게 맡기는 것이 좋지요. 윤 동지가 앞으로 어디서 무엇을 하나 우리 가만히 지켜봅시다."

김구는 이렇게 김해산의 화제를 막았다.

아침 식사가 끝났을 때는 오전 7시가 지나 있었다. 시간은 서서히 다가왔다. 윤봉길은 손목에 찬 시계를 끌렀다.

"선생님…."

김구는 말없이 그를 바라봤다.

"이 시계는 선생님이 주신 돈으로 어제 샀습니다. 6원을 줬습니다. 그렇지만 선생님의 시계를 보니 겨우 1, 2원짜리에 불과합니다. 저는 이런 좋은 시계가 필요 없습니다. 선생님 제 시계와 바꾸시지요."

김구는 눈시울이 뜨거워졌다. 잠자코 그의 시계를 받았다. 그가 보는 앞에서 손목에 찼다. 자기 시계를 그에게, 그의 손목에 직접 채워 줬다.

김구는 이봉창이 도쿄를 떠날 때도 비슷한 경험을 했다. 죽음과 삶의 경계선을 이미 극복한 젊은이들은 모두가 이처럼 착하고 맑고 겸허하다고 생각했다.

"자 그럼 떠나겠습니다. 선생님."

윤봉길이 일어섰다. 모두들 일어섰다. 밖에는 여전히 봄날의 햇살이 화사하게 쏟아졌다.

마침 지나가는 택시를 잡았다.

"벤토를 잘 건사하게…."

김구는 젊은이의 손을 으스러지게 쥐면서 말했다.

윤봉길은 자기의 포켓을 뒤졌다.

"선생님 이 돈도 맡으십시오."

그는 10여 원이나 됨 직한 지폐를 내놓았다.

"왜 돈 좀 가지면 안 되나? 혹시 필요할지 모를 텐데."

"자동차 삯을 주고도 오륙 원은 남습니다."

윤봉길은 자금으로 쓰다 남은 돈을 김구에게 반환했다.

자동차의 엔진이 부르릉 숨을 토했다. 조용히 미끄러지기 시작했다. 가면 돌아오지 않을 길, 김구의 눈엔 눈물이 고였다.

'미안하다! 정말 내가 자네에게 죄를 짓는다. 저 세상에서 만나 사과하겠다.'

김구는 마음속으로 뇌까렸다.

미녀 첩보원의 화려한 실종

"윤 동지! 지하에서 만납시다."

김구는 손을 흔들며 입 속에서 부르짖었다. 윤봉길은 차창으로 내민 고개를 말없이 푹 숙였다.

'윤봉길, 윤봉길은 떠났다!'

김구는 쓸쓸히 돌아섰다. 그는 그 길로 교포 조상섭의 점포에 들러 안창호에게 편지를 썼다. 점원 김영린에게 줘서 안창호에게 급히 전하도록 했다.

─도산島山 선생, 오늘 오전 10시경부터 댁에 계시지 말기 바랍니다. 아마도 큰 사건이 있을 듯합니다. 김구.

속히 피신하라는 경고였다.

김구는 그 길로 이동녕李東寧을 찾았다. 그와 함께 어느 중국 음식점으로 들어가서 초조한 시간을 기다렸다. 오후 1시쯤이나 됐을까, 그때서야 홍구공원 폭탄사건의 화제가 왁자하게 그 음식점에까지 흘러들었다. 그것은 종잡을 수 없이 혼란된 풍문이었다. 그러나 김구만은 알고 있었다. 그는 눈을 지그시 감고 마음속으로 외쳤다.

"윤봉길 선생 장하시오! 참말로 장하시오!"

음식점에 모인 중국인들은 제멋대로 떠들었다.

─홍구공원에서 폭탄이 터져 일본군 장성 수십 명이 즉사했단다.

─폭탄은 중국청년이 던진 것인데 아마도 남의사 대원인가 싶단다.

─굉장한 폭탄이라더라. 시라가와 대장, 우에다 중장, 노무라 중장, 시게미쓰 공사, 가와바타 일본인 거류민단장 등 천장절 경축식전에 모인 왜놈의 최고 수뇌급이 모조리 폭사爆死했단다.

─폭탄을 던진 청년이 만세를 불렀는데 말소리가 중국어가 아니었다니까 조선청년 같다더라.

─아니다. 중국군 채정해 장군의 부하가 시한폭탄을 장치해서 상해전투의 분풀이를 했다더라.

걷잡을 수 없는 요령부득의 풍문이 상해라는 이 국제도시를 삽시간에 휘몰아 버렸다. 신문 호외 역시 사건의 진상을 제멋대로들 보도했다. 사건의 정확한 진상은 다음날 신문에서야 밝혀졌다.

일본군 상해방면 파견군 총사령부에서도 사건 전모를 공표했다.

─4월 29일 홍구공원에서 거행된 천장절 경축식전에 불령선인이 폭탄을 투척하여 가와바타 거류민단장 이하 다수의 사상자가 생겼음. 범인은 현장에서 체포되었는바 한국 애국단의 윤봉길로서 그 배후 관련자를 엄탐嚴探중에 있음.

이것으로서 홍구공원의 쾌거를 감행한 사나이의 신분이 백일하에 드러났다. 신문은 계속해서 사상자의 명단을 소상히 보도했다.

즉사 — 가와바타 거류민 단장

부상 — 시라가와 육군대장, 노무라 해군중장, 시게미쓰 공사, 우
에다 육군중장, 그밖에 군관민 10여 명.

상해 홍구공원의 폭탄사건이 알려지자 조선총독부 경무국에서는 엄
격한 보도관제를 실시했다.

〈동아〉나 〈조선〉 같은 유력지에서는 이 소식을 재빨리 입수했지만,
그리고 신문 전면의 스페이스를 제공해서 대서특필했지만, 경무국 도서
과의 신문 검열반은 낙자落字 없이 그것을 붉은 줄로 싹싹 지워버렸다.
그렇다고 이 소식이 완전히 은폐될 수 있을까.

경무국 고등경찰이 윤봉길의 고향인 예산군 덕산면으로 달려가서 가
택수색을 벌이고 부모처자들을 들볶아댐으로써 충청도 지방에서는 청
년 윤봉길이 상해에서 무슨 큰일을 저지른 것으로 짐작했다.

고등경찰에 고용된 조선인들이 무심결에 퍼뜨린 소문과 〈동아〉,
〈조선〉의 신문기자들이 기사화하지 못한 기사내용을 은근히 유포시
킴으로써 홍구공원 폭탄사건은 공공연한 비밀이 되고 말았다.

윤봉길 폭탄사건으로 가장 큰 충격을 받은 사람은 누구보다도 조선
총독 우가키 가스시케였다. 그는 범인이 조선사람이라는 바람에 조선
총독으로서 도의적 책임을 뼈저리게 느꼈다.

그는 언젠가 본국에서 다나카 대장, 시라가와 대장과 함께 셋이 회식
하던 자리에서 다나카가 상해에서 조선 의열단원에게 피습됐던 일을
회고하던 일을 기억하고 있었다.

"언제 어디서 조선놈들한테 당할지 모릅니다."

다나카의 말이었는데 그것을 시라가와가 당했구나 생각하니 감회가 남달리 절실했다.

그가 조선 총독으로 부임한 지는 아직 1년이 채 못 된다. 그러나 그는 이쯤에서 조선의 통치방책을 변경해야 되리라고 생각했다.

그는 경무국 신문 검열반에게 직접 명령했다.

"앞으로 조선인 독립단이 저지르는 모든 사건을 극력 보도관제하고 그자들의 신문에 '독립'이라는 수식어를 붙이지 못하도록 하라."

말하자면 독립군에는 마적단이란 표현을 쓰게 하고, 독립운동가는 불령선인이라 하며, 독립단에게는 파괴분자라고 표현하라는 것이었다. 그리고 정무총감에게 특명을 내려서 조선의 산업개발 시책을 대대적으로 선전하여 조선사람들이 국내외의 독립운동에 대해서 관심을 쏟지 않도록 연막전술을 쓰라고 일렀다.

정무총감은 총독이 이제야 현실적인 눈을 떴다고 생각하면서 당초부터 자기가 주장한 산업진흥 개혁책을 강력히 밀고 나갔다.

먼저 조선 농지령을 실시해서 소작권을 확립하도록 했다. 세제를 정리해서 농촌의 부담을 덜도록 했다. 저리자금의 융통으로 농촌의 고리채高利債를 정리하여 양우식산계養牛殖産契를 장려했다. 금융조합의 기능을 넓혀서 저리자금을 융통해서 자작농을 늘리도록 했다. 국책산업을 진흥하고 다각 농업주의를 제창하여 남쪽에는 목화, 북쪽에는 산양을 장려했다. 인구밀도가 희박한 서북지방과 만주 땅에로의 이주를 권장했다. 간이 학교를 증설하고 실업 보도를 권장하여 초등교육 수료자를 늘리도록 했다. 본국 자본가를 대대적으로 유치하여 공장을 세워 실업자를 흡수하도록 했다.

이러한 산업진흥책은 어느 정도 실효를 거두어 삼천리강토에는 새로운 바람이 불기 시작했다. 그러나 조선의 뜻있는 사람들은 총독이 적극 추진하는 그런 시책이 궁극적으로는 오직 일본의 이익만을 위한 양두구육책羊頭狗肉策임을 간파하고 있었다.

"만주에서 전쟁이 나니까 조선땅을 병참기지로 만들려는 거지."

"조선사람들을 어느 정도 살 만큼 만들어 놓아야 만주, 몽골, 중국을 지배하기 쉽거든. 일본세력이 들어오면 조선민중처럼 살기가 좀 나아진다는 본보기를 보여야 하니까."

"우가키 개인의 정치적 욕망도 무시할 수 없어요. 본국 정계에서 상처입고 나온 그자가 다시 도쿄로 돌아가려면 조선통치의 실적을 올려놔야 하니까. 이봉창 의사와 윤봉길 의사의 폭탄사건에서 크게 자극받은 것도 무시 못할 게요. 공교롭게도 우가키가 총독으로 나온 후에 그런 끔찍한 일이 생겼단 말야. 사이토나 야마나시가 있을 때는 그렇게 큰 사건은 없었던 게 아닌가."

"지금쯤 사이토는 이맛살을 찌푸리고 있을 거야. 자기의 문화통치로 조선사람이 저네들에게 동화된 줄로 장담했는데 그게 아니었거든."

"아무튼 우가키 덕택에 조선의 경기는 좀 좋아질 걸세. 독립이 되는 그날까지 참으며 기다리되 조금이라도 편안하게 살면 그만이지."

"그런 안일무사安逸無事주의는 안되네. 그렇잖아도 친일파놈들은 그런 무사주의에다 은근히 바람을 불어넣고 있어요. 민족정기를 아주 흐리게 만드는 위험한 사상이지."

"이번 윤봉길 의사의 쾌거로 중국의 우리 독립단은 크게 위신을 떨치게 됐어. 그분들의 고생을 생각하면 우리도 국내에서 무사태평주의에 젖어 있을 수 없지."

거리의 화제들은 많았다. 스스로들을 타일렀다. 그러나 한편으로 자꾸 썩어갔다. 민심은 여러 갈래로 흩어져 나갔다.

문화계에도 드디어 병균이 스며들었다. 최남선과 정만조가 관여하는 조선사편수회朝鮮史編修會에서는 일본 어용학자들의 농간으로 단군조선檀君朝鮮을 아주 부인하는 망측스러운 조선역사를 편찬했다.

일본과 조선이 동조동근同祖同根이라는 억지 학설을 퍼뜨리기 위해서는 4천여 년의 역사를 가진 '단군조선'을 아주 말살해 버리지 않으면 안 되기 때문이었다. 그런 판국이었다.

———•◆•———

그러나 상해를 중심으로 하는 중국 땅의 독립운동가들 역시 심상치 않은 움직임을 보였다.

홍구공원의 폭탄사건이 나자 상해의 일본군 헌병대, 상해 총영사관의 일본 경찰대, 그리고 조선총독부 경무국 고등경찰에서 파견된 밀정들은 윤봉길의 배후 주모자를 체포하려고 비상 수색망을 폈다.

프랑스 조계에 대한 암암리의 수색도 철저했다. 그러나 그런 일본 경찰의 비밀활동은 즉각적으로 김구에게 알려졌다. 일본 경찰은 프랑스 조계 안에 있는 어떤 사람도 마음대로 체포하지 못한다. 반드시 프랑스 영사관 공무국의 사전 양해가 필요한 것이다. 그래서, 그들은 프랑스 영사관에 김구 체포에 대한 승인을 끈덕지게 교섭하는 중이었다.

그러한 정보가 낱낱이 김구에게 알려진다. 엄항섭嚴恒燮의 소임이다. 그는 프랑스어는 물론 영어, 중국어에 능통한 사람으로서 프랑스 영사관의 형사로 있었다. 그러니 어떻게 일본 경찰이 김구를 잡을 수 있겠는가. 보고도 못 잡는다. 일본 당국뿐 아니라 중국 자체의 법률도 미치지 못한다. 그것이 조계의 치외법권적 생리이다.

그러나 김구는 신변의 위험을 느꼈다. 그는 하는 수 없이 안공근安恭根, 엄항섭, 김철과 함께 미국인 피취중국 이름: 비오생의 저택에 숨었다.

"피취 선생, 만일 우리가 잡히면 미국인인 당신도 큰 곤욕을 당하실 텐데 너무 미안하오."

김구가 미안하다고 사과하자 피취는 태연히 대답했다.

"나는 정의를 사랑합니다. 자기 나라 독립을 위해 싸우는 것이 바로 정의입니다. 그리고 나 알고 있어요. 기미만세 때 스코필드라는 분과 윤산온 목사가 조선사람 많이 도운 것. 정의의 사람 도와주는 것도 정의의 일이니 무슨 일이 있어도 후회하지 않습니다."

김구는 이 미국인의 뜨거운 우정에 한없이 감사했다.

그러던 어느 날, 이 피취의 집에 낯선 사나이가 찾아왔다. 처음 대하는 얼굴이라 그는 의아스런 표정으로 물었다.

"당신 어느 나라 사람입니까?"

"조선사람입니다. 김구 선생을 만나러 왔습니다."

"김구 선생이 누군지 잘 모릅니다. 집을 잘못 찾으신 것 같습니다."

그는 찾아온 사나이가 총독부 경무국 고등과의 간첩인 줄 알았다. 경계하는 눈빛이 완연했다.

"참고로 말씀드리겠습니다. 저는 박충권이라 합니다. 얼마 전에 돌아가신 박은식朴殷植 선생은 저의 먼 친척이 됩니다. 방금 만주에서 왔습니다. 혹시 선생께서 김구 선생과 연락이 닿으신다면 작년 가을에 잠간 찾아뵈었던 박충권을 기억하시느냐고 물어주십시오. 선생 댁에는 안 계시다 하니 오늘은 그냥 물러가겠습니다."

박충권은 정성 어린 정중한 태도였다. 그는 피취의 집을 물러서면서 한마디 꼬리를 달았다.

"저는 왜놈들의 개가 아닙니다. 그 점만은 믿어 주십시오."

피취는 고개를 갸우뚱하고는 낯선 사나이를 돌려보낸 다음 김구에게 방금 찾아왔던 사나이의 이야기를 전해 줬다.

"박충권이라면 믿을 만한 동지입니다. 특히 그는 박은식 전 임시 대통령의 손자뻘이 되고, 국내에는 유력한 정보망을 갖고 있지요. 내일 찾아오거든 의심 마시고 내게 인도해 주시오."

작년 가을에 처음 찾아왔을 때 둘이는 하룻밤을 지새우면서 국내의 정세를 토론했고, 따라서 그가 정처 없이 유랑하는 몸이지만 독립운동에 직접 간접으로 관여하고 있음을, 그리고 그의 애인 윤정덕은 총독부 경무국의 신임 두터운 정보원이지만 실은 총독부의 기밀을 제보하기 위해 위장 잠입한 이중 여간첩임을.

다음날 박충권이 또 찾아왔을 때 피취는 어제의 결례를 사과하고 김구에게 안내했다.

박충권은 떨리는 목소리로 외쳤다.

"제일이십니다. 선생님이 제일이십니다. 중국군 10만이 못한 일을 선생님 혼자서 해치우셨습니다."

"고맙소, 박 동지. 만주의 독립군들은 잘 싸우고 있습니까?"

김구는 방금 만주지방에서 돌아왔다는 박충권에게 만주지방의 소식을 물었다.

"만주 이야기는 차차 해드리지요. 뭣보다도 상해지방의 앞일이 걱정입니다. 안 도산 선생이 왜놈들에게 붙들린 소식은 들으셨지요?"

"도산 선생이 변을 당했다는 말 들었습니다. 우리 동포들도 이번 폭탄 사건 때문에 애꿎은 곤욕을 당하고 있소이다. 송구스러울 뿐이외다."

김구는 자신과 윤봉길의 힘으로 왜장 두목을 거꾸러뜨린 것은 이를 데 없이 통쾌하지만, 그 일 때문에 수많은 지도자와 거류민 동포들이 수난을 겪게 된 것을 여간 가슴 아프게 생각하는 게 아니었다.

박충권이 김구를 찾아온 용건도 실은 그 일 때문이었다.

"백범 선생님, 제가 당돌한 제의를 해도 용서해 주시렵니까?"

"박 동지, 우리 독립단 동지들끼리 무슨 말인들 못하겠소. 겨레와 나라를 위한 일이라면 무슨 말이든 쾌히 듣고 싶소이다."

"실은 이번 폭탄사건이 일어나자 윤봉길 의사의 배후에 있는 조종자는 어느 개인이 아니라 대한민국 임시정부와 독립단이라고 왜경들은 생각하고 있습니다. 그래서 이번 기회에 임시정부와 독립단의 간부급들을 모두 사건 연루자로 체포하려고 광분하고 있습니다."

"왜놈들에겐 좋은 기회가 왔다고 생각되겠지요. 그래서 안창호 선생 같으신 분도 체포되었고, 이동녕, 조완구, 이시영 선생들이 피신하는 실정이지요."

"옳으신 말씀이십니다. 그런데 저의 의견 같아서는 차제에 백범 선생께서 성명서를 한 장 발표하시면 어떻겠습니까?"

"성명서라니요? 무슨 소리를 담지요? 왜놈들의 약을 더 올려 주자는 말인가요?"

김구는 의아한 표정으로 박충권에게 다음 말을 독촉했다.

"이번 윤봉길 의사의 의거에는 김구 혼자만이 배후자이다. 전번 이봉창 의사의 천황 습격도 김구 혼자서 계획한 것이다 — 이렇게 성명서를 내자는 것입니다. 그러면 체포대상은 백범 선생 혼자로 압축되는 대신 다른 동포와 지도자 분들은 난을 면하게 되리라는 생각입니다."

김구는 고개를 크게 끄덕였다.

"좋소. 박 동지 의견이 아주 옳습니다. 내 미처 그 점을 생각하지 못했는데 고마운 의견입니다. 내일 당장 성명서를 내겠습니다. 그런데 그 성명서를 어떤 방법으로 발표할까요?"

옳고 바른 의견이면 즉석에서 쾌락하고 실행에 옮기고야 마는 것이 김구의 직선적인 성격이다.

"그 방법은 이 박충권에게 맡겨 주십시오. 제가 신문사와 통신사에 전달하겠습니다. 선생님의 발목이 잡히지 않도록 해낼 수 있습니다."

박충권은 다음날 다시 올 것을 약속하고 김구의 피신처인 피취의 저택을 빠져 나갔다.

김구는 안공근에게 이 문제를 의논했다. 안공근은 박충권이란 사람을 잘 모르므로 신중론을 제의했다. 그러나 김구는 왜경들의 모든 화살을 자기 혼자 받기로 결심했으므로 엄항섭에게 성명문을 기초하도록 했다.

— 거반 일도日都 동경에서의 일왕 습격사건과 이번의 홍구공원 폭탄 사건의 주모자는 나 김구이다. 이봉창·윤봉길 두 의사義士와 김구 이외에 사건 관련자는 없으며, 나는 앞으로도 왜적을 거꾸러뜨리는 독립 혁명 투쟁에 계속 매진할 것임을 만천하에 공표하는 바이다.

이 성명서는 피취 부인이 영문으로 번역했다.

다음날 찾아온 박충권은 성명문을 들고 저명한 통신사를 찾아가 수위에게 전달하고 사라져 버렸다. 그리고 이 계획은 맞아 떨어졌다.

두 폭탄사건의 계획자도 김구이고 실행 배후인물도 오로지 김구 혼자뿐이라는 뉴스가 다음날 신문에 보도되자 일경은 김구를 체포하려고 모든 수사력을 집중했다.

— 김구를 잡아라! 현상금은 20만 원이다!

이러한 포스터가 상해 거리의 담벼락마다에 누더기처럼 나붙었다.

— 김구를 잡아라 현상금 20만 원이다 — 일본국 외무성.

— 김구를 잡아라 현상금 20만 원이다 — 조선총독부

— 김구를 잡아라 현상금 20만 원이다 — 상해 주둔 일본군 사령부.

결국 김구에게는 합계 60만 원의 막대한 현상금이 내걸렸다.

(60만 원이라면 지금의 화폐 가치로 1억 원이 넘는다.)

한일합방 이후 어느덧 20여 년, 그동안 수많은 의병대장과 독립군 독립단의 지도자에게 현상금이 걸려 왔지만, 김구의 목에 걸린 금액처럼 큰 현상금은 일찍이 없었다.

서울 종로경찰서의 미와 경부는 김구의 목에 60만 원이란 대금이 현상금으로 걸렸다는 것을 알고는 스스로 자청하여 상해로 특파 출장을 떠났다. 그는 서울 장안을 휩쓸던 고등경찰의 베테랑이다.

용의주도한 그는 유력한 보조원을 동반할 것을 잊지 않았다. 미와 경부가 상해 국제항구 부두에 내릴 때 그의 옆에는 미모의 여인 하나가 바싹 붙어 있었다. 윤정덕이다.

윤정덕이 오랜 숙망으로 상해에 가기를 꿈꾸었는데 하루는 미와 경부가 나타나서 김구 체포작전에 동행할 것을 요청했다. 윤정덕은 은근히 바라던 일이라 쾌히 응낙했다. 미와 경부의 속셈인즉 윤정덕을 프랑스 조계 임시정부 안에다 잠입시켜 놓고 김구의 행방을 탐색하려는 것이었다. 그러나 윤정덕은 다른 속셈으로 가슴을 울먹거렸다.

'상해, 대한민국 임시정부가 있는 곳, 독립운동의 본거지. 이름만 들어 온 노老혁명투사들. 백범 김구 선생은 어떻게 생긴 분일까?'

윤정덕은 상해에 도착하는 뱃길이 너무나 더디어서 초조할 지경이었다.

더욱이 윤정덕에게는 이 세상 누구도 모르는 비밀이 한 가지 있다. 바로 며칠 전, 만주 땅 안동에서 서울로 걸려온 장거리 전화에서 그 사람, 그리운 그 사람의 목소리를 들었던 것이다. 상해로 떠난다는 그의 목소리였다.

이러한 윤정덕이 꿈에 그리던 환락과 음모의 국제적인 도시 상해에 나타난 것이다. 윤정덕은 미와 경부와 함께 일본군 헌병대로 시게후지 중좌를 찾아서 프랑스 조계를 비롯한 조선인 거류민촌의 정보를 설명받고 김구 체포작전에 나섰다.

그러나 김구의 그림자는 어디서고 찾아볼 수 없었다. 일경의 수사망이 점차 좁혀져 피취의 집이 의혹의 대상으로 떠오르게 되자, 밀정들은 피취의 저택을 포위하고 출입인들을 감시하기에 이르렀다.

어느 날 오후였다. 시내에 나갔던 피취가 초조한 낯빛으로 돌아와서 김구와 안공근, 엄항섭에게 사태가 위급함을 알렸다.

"모두들 피신하십시오. 왜놈들이 내 집을 의심하고 망을 보니까요."

"어떻게 냄새를 맡았을까요?"

"아마도 여러분이 자주 전화를 쓰셨으니까 그것이 단서가 된 듯합니다."

사실 하루에 서너 번밖에 전화를 쓰지 않는 일반 가정집이 김구 일행이 여기 들어와서부터는 외부와의 정보교환을 위해 하루에도 수십 통의 전화를 썼다. 이것이 단서가 되어 미와 경부의 촉각을 자극했다.

"시간이 급합니다. 곧 이곳을 떠나시오. 내가 자동차 운전수로 변장할 것입니다. 김구 선생이 미국인 피취로 변장하시는 거구요."

김구는 서양사람으로 변장했다. 피취 부인과 나란히 부부처럼 자동차에 들어앉고 주인 피취는 운전사인 듯 가장하여 포위망을 유유히 벗어났다.

이 무렵 남경의 장개석 정부에서는 김구에게 연락해서 신변이 위험하거든 비행기를 보내주겠다고 제의했다. 박찬익이 남경에서 임시정부와 국민당 정부의 중간에서 여러 가지 외교적 절충을 벌였던 것이다. 그러나 김구는 일단 그 제의를 사양했다.

다음날, 김구는 박찬익이 주선한 피난처인 가흥嘉興으로 몸을 옮겼다. 60만 원의 현상금을 노리는 일경 밀정들은 눈에 쌍심지를 켜고 프랑스 조계와 상해 시가를 벌집 쑤시듯 수색했지만 문제의 인물은 바람처럼 사라져 가흥의 진구라는 중국인 집에서 유유자적하고 있다.

진구는 일찍이 강소성장을 지낸 덕망 높은 신사이자 큰 부호로서 그의 저택은 작은 궁궐을 방불케 했다. 김구의 잠적생활은 시작됐다.

이 무렵, 체포된 윤봉길은 일본군 헌병에 이끌려 오사카로 이감돼 군법회의에 회부됐다.

도산 안창호는 조선총독부 경무국 형사진에 의해 인천으로 압송, 서대문 형무소에 투옥됐다. 조선총독부의 경무국 고등경찰은 김구 대신으로 안창호를 체포한 것만으로 우선 자위하려 했다.

그 당시 독립운동 지도자급을 경무국에서 체크할 때 그들은 자기들의 정보분석에 따라 그 서열을 다음과 같이 매기고 있었다.

첫째 이승만, 둘째 안창호, 셋째 이청천, 그리고 비슷한 서열로 김구, 현익철, 이동녕, 박찬익, 김규식, 박용만, 정한경, 조완구, 조소앙, 이시영 등의 순서였다.

김창숙, 여운형은 이미 영어囹圄의 몸이 돼 있고 오동진 역시 무기징역에 처해졌으며, 이승만은 멀리 태평양 한가운데 하와이에 있으니 손이 미치지 않는다. 그렇다면 안창호가 가장 우두머리가 되는 체포대상인데 그를 사로잡았으니 경무국으로서는 큰 수확이 아닐 수 없었다.

국내의 지도급 인사들도 경무국 고등과의 요시찰 리스트엔 모조리 올라 있었으나 직접적인 행동이 없는 한 섣불리 건드리진 못했다. 평양엔 조만식과 이윤영, 김병연, 신의주에선 백영엽이 서부지방의 민족지도자였고, 서울에는 더 많은 요시찰 인물들이 있었다.

김성수, 송진우, 안재홍, 장덕수, 조병옥, 김병로, 이인, 허헌, 장택상, 김도연, 허정, 곽상훈, 최근우, 백관수, 현상윤, 최린, 윤치영, 서상일, 백낙준 등을 비롯해서 박순천, 박현숙, 김활란, 황신덕, 임영신, 고황경 등 여류급들도 경무국 리스트에 올라 있는 이름들이었다.

어찌 그뿐이랴.

한글학계의 김윤경, 이윤재, 최현배, 한징, 이희승, 이극로 등이나, 문학계의 이광수, 이효석, 김팔봉, 박종화, 한용운, 염상섭, 오상순, 전영택, 박영희, 이육사, 이병기 등도 만만찮은 요주의 인물로 체크되고 있었다.

상해에 도착한 미와 경부는 김구 체포작전이 미궁에 빠져 버리자 당황했다. 그는 궁여지책으로 프랑스 조계에 넘나드는 한국 독립단의 계보를 먼저 파악하려고 그 공작대상을 바꿨다.

미와는 그런 공작엔 윤정덕을 가장 유용하게 조종해야 한다고 생각했다. 그래서 그는 공작금 5천 원을 윤정덕에게 주고는 프랑스 조계로 잠입하기를 지시했다. 윤정덕은 쾌히 응낙했다. 안동에서 장거리 전화를 걸어왔던 박충권과 접선하여 가짜 정보를 미와에게 담뿍 전해 주리라는 결심이었다. 윤정덕이 프랑스 조계에서 유력한 첩자를 포섭했다고 보고하자 미와 경부는 입이 크게 벌어졌다.

프랑스 조계에 날마다 출입하며 윤정덕이 얻어오는 정보는 미와에게는 모두 귀중한 것이었다. 그것은 대한민국 임시정부의 기구와 그 인물 명단으로부터 김원봉이 이끄는 조선혁명당이나 김구가 이끄는 한국독립당은 물론 조선인 거류민단의 조직 내막과 자금난 때문에 허덕인다는 사실 등인데, 미와에게는 신기한 정보일는지 몰라도 기실 독립운동가 측으로 보면 그만한 내막이 왜경에게 알려진댔자 별로 영향을 받지 않는 것들이었다.

윤정덕이 프랑스 조계에서 자주 접선하는 첩자란 바로 그녀의 애인 박충권이었다. 그들은 드디어 만났다. 윤정덕은 김구의 거처를 찾느라고 조선인들을 수소문하다가 엉뚱하게도 박충권과 조우했다. 길에서였다. 그때 박충권은 김구를 만나러 가는 길이었다.

그들은 길가에서 얼싸안을 만큼 감격에 벅찼다. 뒹굴지 못하는 게 한이었다. 그것은 우연일까, 필연일까. 그들의 운명은 그날 거기서 만나기로 돼 있었던 것일까.

박충권은 윤정덕을 김구의 처소로 안내했다. 그는 이렇게 소개했다.

"선생님, 조선총독부의 유명한 밀정 윤정덕이올시다. 이번에, 본국의 독립투사들을 괴롭히기로 유명한 미와란 개를 따라 선생님을 잡으려고 멀리 여기에까지 원정온 윤정덕이올시다."

처음에 김구는 어리둥절했다. 그러나 그는 이내 알아들었다.

"오오, 윤정덕 양. 내 박 공을 통해서 이미 얘기를 듣고 있었소이다. 참 잘 오셨소."

그는 커다란 손을 벌려 고국에서 온 젊은 여인과 악수했다.

"용이 물을 만났구려. 두 연인이 외지에서 만났으니 천하를 얻은 것 같겠는걸. 저런 미인한테 이 김구가 잡혀 간다? 하하하."

김구는 오랜만에 호쾌한 웃음을 터뜨렸다.

"우선 신방을 꾸며 드려야겠군. 그게 이런 늙은 사람이 할 일이니까, 하하하."

말뿐이 아니었다. 그는 교포 김해산에게 편지로 부탁해서 방 하나를 빌리게 했다.

"신접살림이니 재미들을 보시오. 그러나 왜 조국을 버리고 상해에까지 와 있는가를 항상 명심하시오."

윤정덕이 프랑스 조계로 들어간 사흘째 되던 날이었다. 잠시 집을 떠난 여행에도 사람들은 흥분한다. 그런데 사랑하는 사람들이 만리타국에서 만나 사랑의 보금자리를 꾸몄으니 얼마나 기뻤을까. 어느 날 행복에 취한 박충권은 윤정덕에게 말했다. 밤에 자리에 들어서였다.

"당신이 여기까지 왔으니 이제는 조선에 돌아갈 것을 단념해야 해. 그리고 이번 기회에 저 미와란 놈을 해치우는 게 어떨까?"

윤정덕은 대답을 않고 골똘하게 궁리했다.

"왜 대답이 없지? 서울에 미련을 두고 왔나? 이제 큰 전쟁이 터지면 국경선은 아주 막혀 버릴걸. 조선에 들어갔다간 다시는 나오지 못할 거야."

박충권은 윤정덕을 아주 자기 곁에 놔두고 싶은 심정이었다.

"저도 조선에 돌아가고 싶진 않아요. 그런데 당신 의견에 찬성하지 못할 일이 한 가지 있어요."

"뭐지, 이유가?"

"미와 경부를 해치우자는 것 말예요. 미와 경부가 저와 함께 상해로 떠나온 것은 경무국에서 잘 알고 있어요. 그런데 미와 경부가 상해에서 독립단에게 맞아 죽었다면 저의 신분이 완전히 드러날 것 아녜요?"

"이제는 당신의 신분이 드러나도 괜찮을 시기라고 보는데?"

"아녜요. 화를 입을 사람이 있어요. 서울 가회동 집에 있는 침모針母 할머니가 너무 불쌍해져요. 5년 동안이나 친어머니처럼 저의 시중을 봐주셨는데, 경찰에 끌려가 고문당할 거예요."

그녀는 서울에 두고 온 침모가 불쌍하다고 했다.

"그렇다고 서울로 다시 돌아갈 테야? 나는 당신을 놓고 싶지 않아."

박충권은 그녀를 덥석 끌어안으면서, 몸부림을 치며 말했다.

"그런 뜻이 아니고요. 미와 경부에게서 공작금을 더 많이 타내야겠어요."

윤정덕은 곰곰이 생각하다가, 오히려 그를 사랑스럽게 애무하다가,

"객지에 와서 돈이 떨어지면 처량할 거예요."

어떤 수단을 쓰든지 미와에게 공작금을 두둑이 뺏어 내겠다는 장담을 했다. 윤정덕의 수완이 비범하지 않았어도 미와는 상해에까지 그녀

를 데리고 온 이상 윤정덕의 청을 물리치지는 못할 것이었다.

이틀 후, 공작금 1만 원이 윤정덕의 손에 쥐어졌다. 윤정덕은 그 돈을 받고는 미와에게 한껏 다정하게 굴었다.

"오늘 저녁에 우리 멋지게 하룻밤 놀아요. 상해의 낭만을 우리 둘이서 즐겨 봐야잖겠어요?"

윤정덕은 여정旅情에 굶주린 그에게 함축성 있는 한마디를 남기고 일단 헤어졌다.

바로 그날 밤의 일이다. 공동 조계 안에 있는 나이트클럽 야래향 구석자리에선 미와 경부가 윤정덕을 눈이 빠지게 기다리다가 하품을 했다. 시계를 보았다. 약속시간이 한 시간이나 지나 있었다.

무대에선 이른바 스트립쇼가 무르익고 있었다. 스무 개도 넘는 무 밑동 같은 다리들이 가슴의 선까지 쭉쭉 올라가고 있다. 세모꼴이 되는 부분이 뭇시선들을 끌고 있었다. 미와는 또 하품을 하면서 그 선정적인 광경을 외면했다.

그러자 마침 옆자리에 새로 진을 친 젊은이 셋의 화제가 미와를 긴장시켰다. 한 사나이가 떠들썩하게 말했다.

"조선서 온 여자라는가 봐, 예쁘던걸. 괴한들의 행동은 조직적이었어. 비명을 지르는 여자를 덥석 안아 차에 싣더군. 어디로 납치해 갔는진 모르지. 아마 그 여잔 돈 뺏기고, 그것 뺏기고, 살해될 거야. 일설엔 조선총독부의 여자 밀정이라고도 하고. 하여간 아깝던걸!"

듣고 있던 미와 경부는 기겁해서 현관으로 달려가 봤다. 허언이 아닌 듯했다. 마침 미·영·일의 합동순찰대가 사이렌을 울리며 들이닥치고 있었다. 수많은 사람들이 웅성거리고 있었다.

다음날 아침 상해의 신문들은 보도했다. 신원미상의 묘령의 여인이, 조선여자가, 나이트클럽에 들어서다가 괴한 3명에게 납치돼 갔는데 아직 돌아오지 않는다는 것이었다.

상해의 신문들은 연일 대서특필했다.

— 조선에서 온 묘령의 미녀 행방 묘연.

그 여자는 일본의 정보원이었다. 그 이름은 윤정덕이라고 했다.

정말 윤정덕은 여러 날이 지나도록 나타나지 않았다. 미와는 마치 자기의 분신을 잃은 것처럼 충격을 받았다. 첩보공작도 공작이지만 그는 윤정덕을 상해에까지 끌고 온 이상 완전히 자기 품에 든 여자라고 단정했다. 그래서 서두르지를 않았다. 그런데 그녀를 잃었다. 죽었는지 살았는지도 모른다.

미와 경부는 눈이 화경火鏡같이 돼서 윤정덕을 찾으려고 날뛰었다.

5월 16일이던가. 그날 미와는 뜻밖에도 서울의 경무국으로부터 긴급 소환명령을 받았다.

— 본국 정부 혼란 극심, 서울 치안을 위해 급히 돌아오라.

5월 15일 도쿄에선 이누가이 수상의 암살사건이 터진 것이다.

내각 총리대신이 해군장교들의 습격을 받아 피살됐다는 5·15 사건. 이 사건으로 해서 미와 경부는 윤정덕 수색공작마저 단념하고 서울로 떠나야 했다.

기선은 부두를 나섰다. 황해의 파도를 바라보는 미와의 심경은 더할 나위 없이 쓸쓸했다.

'미와 일생일대의 실패구나. 윤정덕아 살아만 있어라.'

윤정덕과 함께 이 바다를 건널 때의 그 포부와는 너무나 동떨어진

실의였다. 그는 간절하게 허공에다 대고 소리쳤다.

"윤정덕!"

갈매기는 일본이나 조선이나 중국이나 다 같았다. 머리 위에서 하늘이 좁은 듯이 날고 있었다.

———

윤봉길의 배후인물인 김구를 체포하러 상해까지 갔다가 빈손으로 돌아온 미와 경부는 연일 허탈상태에 빠져 있었다.

그는 김구의 목에 걸려 있는 60만 원이라는 현상금도 좀 아쉬웠지만, 그보다도 상해에까지 끌고 갔던 윤정덕을 잃어버리고 돌아온 것은 견딜 길 없는 회오였다.

'죽지만 않음 돌아오긴 할 게다.'

마치 애인을 괴한에게 뺏긴 기분이었다. 그는 서울에 오자 혹시나 하는 생각에서 가회동 윤정덕의 집을 찾아 봤으나 늙은 침모는 물론 깜깜 소식이었다.

"우리 아씨도 오셨겠죠?"

대뜸 반기며 묻는 바람에,

"일이 좀 남아서 상해에 떨어졌어요. 곧 돌아올 겝니다."

그는 상해에서 사 가지고 온 중국 공단 한 필을 늙은 침모에게 주었다.

"정덕 씨가 마나님께 갖다 드리라기에 가지고 왔소이다."

"어머나, 이렇게 좋은 비단을."

보따리를 푼 침모는 입이 지게소쿠리처럼 벌어졌다.

미와는 총총히 그 집의 일각 대문을 빠져나왔다.

그는 상부에도 윤정덕의 실종사건을 보고하지 않았다. 그는 상해에 있는 일본의 수사당국에게 윤정덕의 행방을 수색해 달라는 간곡한 의뢰편지를 사신으로 냈다.

애당초 이봉창의 천황 습격사건이 있자 일본정부 검사국에서는 후루다와 가메야마라는 두 민완 검사와 오가와 검사국 서기를 상해로 파견했었다. 도쿄 경시청에서도 야마가다, 와카바야시 두 특고特高형사를 특파해서 김구 체포에 혈안이 됐다. 만주에 주둔한 육군 특무부대에서도 호리 마코토란 민완의 국제 스파이를 상해로 밀파해서 김구 일파에 대한 탐색전을 벌였다.

미와 경부가 서울로 돌아왔다고 해서 김구에 대한 수색전이 누그러진 것은 아니지만, 하여간 미와는 김구의 체포보다도 윤정덕에 대한 마음 씀이 더욱 심각했다.

'살아만 있어 다오. 소식만 전해 다오.'

그러나 미와 경부는 얼마 후에 아연실색할 조회문을, 만주에서 상해로 파견된 국제간첩 호리로부터 받았다.

그 내용은 다음과 같다.

— 윤정덕이란 여자의 정체를 좀더 자세히 알려 달라. 그는 아마도 저들 독립운동가의 끄나풀로서 이중첩자인 것 같다. 윤은 폭력배에게 납치된 게 아니라 독립단과 합류한 듯하다. 그의 사진과 그동안의 행적을 보내주기 바란다. 호리 마코토

미와로서는 믿어지지 않았다.

'윤정덕이 이중첩자라니.'

위로는 조선 총독의 신임을 받고 있다. 아래로는 미와 자기의 왼팔이다. 조선에서 만주 벌판에서 윤정덕의 활약이 얼마나 눈부셨는지 그 녀석은 모르겠지, 이중첩자라니.

"그 자식 정말 엉터리구나."

미와는 혼자 호리라는 자를 마구 욕했다. 그러나 조금은 생각나는 점이 없지 않았다.

"너무나 깔끔한 여자였다. 열 번 찍어도 끝내 치마를 안 벗었다."

윤정덕이 만일 진짜로 제2의 배정자였다면 이미 그녀의 육체는 전임총독이나, 아니면 경무국 고관에게 제공됐어야 한다. 그뿐인가. 미와자기도 그녀의 육체를 감상했어야 한다. 그토록 절친했고 외국까지 함께 갔는데도 그녀는 최후의 일선은 양보하지 않았다. 요리 삐뚱 조리삐뚱 미꾸라지 손아귀에서 빠지듯 하는 바람에 그 탐스런 유방 한번 만져 보지 못했다. 그럴 수가 있는가. 어차피 첩자로 몸을 내놓은 여자로선 정조 관념이 불구자처럼 굳었다.

'그럼 내가 속고 있었던가?'

미와는 문득 의심이 생겼다.

'이중간첩?'

윤정덕이 이중간첩이라? 저쪽 정보도 캐냈지만 그동안 독립운동가편에다 이편의 중요한 정보를 제공한 독립단의 첩자였는지도 모른다는 결론이 나올 수도 있었다.

'아하, 본시가 박충권의 애인이었으니까 ….'

미와 경부는 자신이 없어졌다.

'만약 사실이라면 윤정덕은 내 손으로 잡겠다. 그 계집의 몸뚱아리를 내 손으로 발기발기 요리하겠다.'

미와 경부는 이를 바드득 갈기도 했다.

'그러나 그렇지는 않겠지.'

그렇다고 끝내 윤정덕의 신원을 보장하고 나설 자신은 없어졌다. 그는 그날로 호리에게 윤정덕의 신상보고서를 발송했다.

그런지 며칠 후였다. 미와는 경무국장의 호출을 받았다.

'윤정덕에 관한 일인가?'

미와는 경무국장실로 달려갔다.

"미와 경부에게 특명이 있네."

경무국장은 서류철을 뒤적이면서 온화한 말투로 엉뚱한 말을 했다.

"고등경찰의 일선 수사관은 조선사회의 지도급 인사들한테 당분간 최대한도의 친절을 베풀라는 총독 각하의 명령일세."

미와는 맥이 풀렸다. 그는 퉁명스럽게 물었다.

"지도급 인사라면 어떤 자들을 가리키는 겁니까?"

"여기 명단이 있다. 이 명단을 누설시켜선 안 돼. 정치적 복선이 있으니까 일선 경찰은 그들에게 친절한 봉사를 하라는 거야. 알겠나?"

"어떤 면으로 친절한 봉사를 하란 말입니까?"

"여러 면으로지. 그들의 시중이라도 들고, 하여간 친절한 봉사를 하게."

"시녀가 되란 말씀입니까?"

"경우에 따라선 시녀 노릇도 해야 할걸."

"그렇지만 김창숙, 김준연, 여운형, 안창호 등의 괴수들은 지금 돼지우리에 있잖습니까?"

"그건 상관할 바 없어. 출옥하거든 잘 봐 주게나."

미와는 고개를 갸우뚱하고는 경무국장실에서 나왔다.

그날 종로경찰서로 돌아온 그는 책상 위에 놓인 국제우편 한 통을 집어 들었다. 그는 첫눈에도 낯익은 필적이라고 생각했다.

소인消印은 중국 남경이었다. 피봉을 뜯는 미와 경부의 손은 까닭 모르게 떨렸다.

"윤정덕이구나!"

미와는 우선 반가웠다. 그는 방문을 닫아걸고 편지를 읽었다.

— 미와 경부님께.

저 윤정덕을 더는 기다리지 마십시오. 당신은 일본인이고 나는 조선사람입니다. 조선의 여자는 조선을 위해 일했어야 합니다. 지금은 후회합니다. 그동안 개인적으로는 참 많은 신세를 졌어요. 허지만 어쩔 수 없습니다. 나의 실종 때문에 미와 경부님이 곤경에 빠지는 일은 없으실까요? 미와님, 나는 단순한 실종자가 아닙니다. 언젠가 만날 날이 있으면 설명하겠지만 지금은 안 됩니다. 미와 경부님, 이제 경부님도 경찰관 신세를 면하시는 게 어떨까요? 좋은 직업은 아니니까 말입니다. 살아서 서로 만나 뵐 날이 있기를 하나님께 기도합니다. 길게 못 씁니다. 부인과 행복하시기를 빕니다. 남경에서 윤정덕

편지를 읽고 난 미와는 어리둥절했다. 무슨 뜻인지 요령부득이었다.

구원을 요청하는 내용 같기도 하고 협박장 같이도 보였다. 강요된 편지 같기도 하고 이쪽의 판단을 교란할 목적으로 보낸 내용 같기도 했다.

"윤정덕은 적에게 납치됐구나. 그게 사실이구나. 그녀는 이중간첩인지도 모른다."

단지 확실해진 것은 상해가 아니라 남경에 가 있다는 사실뿐이다. 그는 윤정덕의 편지를 서랍 깊숙이 숨기면서 비장하게 부르짖었다.

"두고 보자. 이 미와 가스사보로의 명예를 걸고 윤정덕 너는 내가 찾아낸다. 네가 적이든 우리 편이든 내가 찾아내서 네 오장을 벗겨 점검할 것이다."

그가 뿜어대는 담배 연기는 방 안 가득히 피어오르고 있었다.

창밖은 5월 — 유리창엔 오후의 햇빛이 밝다.

대감 뉘 대감이냐

기무技巫가 쳐대는 장구 소리가 덩기덩덩 신이 났다. 꽹 깽, 꽹 깽, 제금을 치는 악수樂手의 엉덩이가 쉴 새 없이 들먹거렸다.

원무당의 춤이 한창 무르익고 있었다. 팔과 다리와 순백의 승복僧服 자락이 정신없이 돌아가다가 우뚝 멈추면서 북두칠성을 그린 화려한 부채가 화르르 펴졌다. 순간 갑자기 장구와 제금 소리가 뚝 그치고는 해금奚琴이 까강 까앙 깡 울어대기 시작했다. 동시에 애꾸눈의 늙은 전악典樂이 퉁소를 불어댔다.

"어라 대신, 어라 만수, 내 대감이 아니시냐아."

30세 전후의 무당, 음성은 해금 소리처럼 해맑았다.

제단 위에는 삶아 데친 돼지머리가 동자 없는 눈을 퀭하게 뜨고 있었다. 그 옆에는 백설기 떡시루가 놓였고, 떡시루 위에는 북어 두 마리가 누워 있었다. 오색 과일이 높직한 접시에 고여 있었다. 당고, 유과, 포 접시가 제사상 위에 즐비했다.

원댕이 도당굿이 한창 무르익는 중이었다. 열두거리 굿을 놀고 있었다. 여섯 번째던가, 제석굿이 끝날 무렵이었다.

원댕이는 서울 교외 소귀우이동 근처 마을이다. 봄, 가을 두 차례씩 길일을 택해서 마을의 복을 빌고, 무병을 빌고, 집집의 안택, 기우, 진령, 제액, 제재, 천신, 축귀를 비는 도당굿이 해마다 인근에서 가장 크기로 이름나 있었다.

마을사람들에게 이 도당굿 날은 더할 수 없이 즐거운 날이었다. 남녀노소가 뒷산 굿터에 함빡 모여서 하루 종일 마을 수호신에 빌고 춤추고 노래하고 먹고 마시고 하면서 즐기는 날로 돼 있었다. 인근 수십 리에서 구경꾼들이 모여들었다. 장사치들도 이날을 잊지 않고 수많이 모여들었다.

아이들은 새 옷을 입고 빠앙 빵, 파랑 노랑 빛의 고무풍선 피리를 사서 불어댔다. 엿장수의 가위 소리가 요란하게 째잭거리고, 둥당둥당 소고를 쳐대는 방물장수는 젊은 아낙네와 처녀들한테 목청을 쥐어짜며 외쳐대고 있었다.

"박가분이 싸요. 구리무크림가 싸구려. 큰애기 새댁 말만 잘하면 뭐든지 거저 드려요. 자아 싸구려어 싸구려."

둥당 둥당당.

5월 중순이었다. 하늘은 높고, 바람은 맑고, 풀싹은 푸르고, 햇볕은 더할 수 없이 따사로운 저녁 무렵이었다. 노인들은 흐뭇했고, 젊은이들은 즐거웠고, 아이들은 신바람이 나서 이마에, 목덜미에 땀들을 흘려대는 오후였다.

마침 제석굿이 끝나고, 천왕굿도 끝나고, 무당은 좀 쉬었다가 다음 여덟 거리 오귀굿을 시작하기 위해서 홍상紅裳에 방울 들고 딸랑딸랑

강신降神주문을 외우려는 순간이었다.

별안간 어떤 아이가 찢어지는 듯한 목소리로 고함을 질렀다.

"말이다! 저기 말 탄 일본 병장들이 온다."

굿터에 모였던 수백 개의 시선들은 일제히 소년이 가리키는 방향으로 쏠렸다. 정말이었다. 서울 쪽 한길엔 대여섯 명쯤 되는 승마꾼들이 먼지를 뿌옇게 흩날리면서 이쪽 굿터를 향해서 달려오고 있었다.

선두를 달려오는 말은 백마였고 나머지는 검붉었다. 그것을 본 굿터의 사람들은 너나없이 바짝 긴장하면서 뭔가 불안감을 감추지 못했다. 그러자 어떤 소년이 또 소리쳤다.

"병장은 아닌가보다."

그래도 부녀자들은 왠지 겁이 났던 모양이다. 모두 굿터 뒤의 언덕으로 뿔뿔이 기어올라 가고 있었다.

어른들은 누구도 입을 열지 않고 점점 가까워지는 승마꾼을 지켜보았다. 모두 불길한 예감에 사로잡힌 채 다급하면 들고 뛸 자세들이었으나 아무도 먼저 자기 위치를 바꾸려고 하지는 않았다.

이젠 그 승마꾼들이 분명히 굿터를 향해서 접근하는 것을 의심할 여지가 없었다. 마침 굿터의 머리 위에선 솔개 두 마리가 크게 원을 그리며 빙빙 돌고 있었다. 솔개를 쳐다본 사람들은 더욱 불길한 예감에 사로잡힌 채 벌써 마을 어귀로 접어선 승마꾼들의 동태를 지켜보았다.

이 불안한 침묵을 깨뜨려 준 사람은 역시 나이가 지긋하고 턱수염이 탐스런 동네 영좌領座였다. 그는 무당에게 버럭 소리를 질렀다.

"만신, 어서 굿을 계속하시오."

지체 없이 장구가 울고, 꽝! 제금提琴 소리가 터졌다. 까강 깡깡 해금도 한몫 끼어 코멘소리를 내기 시작했다. 그리고 무당의 손끝에선 은 방울이 딸랑거렸다.

"어라 대신, 어라 만수."

젊은 무당의 음성은 침착하게 착 가라앉았다. 무당의 입에서 나오는 첫마디는 흔히 '어라 대신, 어라 만수'다. 유만수가 어느 시절의 대신이었던가. 깔끔한 재상이었던 듯싶다. 온 나라엔 무당이 창궐해서 혹세무민하는 폐단이 극심했던 것 같다. 그는 엄하게 영을 내려, 착하고 어리숙한 백성들을 마구 속여 재물을 뺏는 전국의 무당들을 모조리 잡아 없애라고 했단다. 1만 명인가, 9천 9백 명인가 하는 무당들이 그의 손에 희생됐다던가.

그래 오늘날도 무당들은 먼저 '어라 대신, 어라 만수'를 외워 일단 저들의 원수를 저주해 놓고 굿을 시작한다는 확실치 않은 유래를 듣는다. 그리고 아직도 문화 류柳 씨는 무당을 외면하고, 무당들은 그들의 문전에 들지 않는다 한다.

승마꾼들은 눈앞에 다가왔다.

'일본사람들이다. 경찰인가? 사복 헌병들인가 보다.'

사람들은 모두 예외 없이 그런 생각을 했으나, 아무도 입 밖에 그런 말을 내지 않았다. 말쑥한 승마복 차림들이었다. 모두 가죽채찍을 들고 있었다. 백마를 타고 선두를 선 사람은 나이 지긋한 동안童顔이었다. 나이는 다른 사람들도 다 지긋했으나 역시 우두머리는 백마를 탄 동안이 확실했다.

그들은 굿터로 뛰어들지는 않았다. 멀찌감치 언덕 아래에 모여 서서 굿 구경을 하기 시작했다. 수염이 탐스러운 마을의 영좌는 또 무당에게 소리쳤다.

"만신, 어서 굿을 놀게나."

그는 또 동네 젊은이들한테 지시했다.

"청년들은 아까보다 더 신들을 내게. 자아, 만신따라 나도 춤이나 한
바탕 출까."

동네 영좌는 벌떡 일어나서 무당 앞으로 다가갔다. 그는 두 팔을 쫙
벌리고는 한쪽 무릎을 척 꺾어 들더니 덩실덩실 춤을 추기 시작했다.
꽁무니엔 담뱃대가 삐뚤게 꽂혀 있다.

일체의 악기는 때를 맞춰 제각기 제소리를 내기 시작했다. 어느 때보
다도 요란스럽게 쿵쾅거렸다.

그러자, 원무당이 앞으로 나섰다. 한바탕 춤을 추다가 뚝 그치며 자
기 앞에서 빌고 있는 마을 노파에게 소리쳤다.

"여봐라아, 네 김 씨 대주가 아니시냐?"

"네에."

"이 씨 대주가 아니시냐?"

"왜 아닙니까?"

"서 씨 대주, 한 씨 대주, 강 씨 대주가 아니시냐?"

"왜 아닙니까. 대동굿인뎁쇼."

무당은 '아, 하하하' 한바탕 웃어대며 제상 앞을 휩쓸기 시작했다.

그리고 제자리로 돌아와 목청을 뽑는다.

"바라를 사오, 바라를 사시오. 내 바라를 사시면 부귀영화 자손창성
없는 재수가 샘물 솟듯, 집집마다 어화둥둥 …."

촬 쿵, 촬 쾅.

창부 무당의 노랫소리가 간간이 섞이긴 했으나 풍악 소리 때문에 빛을 잃고 있었다. 수백의 남녀 구경꾼들은 이제 승마꾼들에게 관심도 없다는 듯이 무당의 덕담과 춤을 보기에 열중하는 것 같았다.

성주굿을 거쳐 창부굿으로 넘어갔다. 창부굿은 열 번째의 굿거리로서 무당의 덕담德談이 들을 만하다. 아낙네들은 덕담하는 무당에게 두 손을 모아 열심히 빌고들 있었다.

그 무렵이었다. 어디로부터 나타났는지 정복을 한 경찰관 7, 8명이 굿터 아래 승마꾼들에게로 황급하게 접근했다. 접근한 경찰관들은 백마를 탄 늙은 동안을 향해서 차렷 자세로 거수경례를 했다. 그리고는 일제히 그들의 주변으로 돌면서 호위태세로 들어갔다.

그 광경을 본 몇몇 마을사람들은 그 승마꾼들이 어지간히 지체 높은 사람들임을 눈치 챘다. 헐레벌떡 달려온 경찰관들은 인근 경찰관 주재소에서 뒤늦게 정보를 알고 쫓아온 것이라고 짐작을 했다.

"도지사쯤 되나?"

"글쎄 꽤 높은 놈들인가 보지."

"괜찮을까?"

마을 장정들은 불안해했다. 당장 순사들이 호각을 불며 쫓아와 굿을 중지시킬지도 모른다는 불안이었다. 굿은 미신이라 해서 당국에서 금하고 있었다. 또 몇 사람이 주재소에 불려 다닐 거라고 생각했다.

무당들도 불안했던 것 같다. 열두거리를 제대로 하려면 이틀 사흘을 끌 수도 있는데 언청이 콩가루 먹듯 대강대강 거리수만 채우는 것이었다. 마지막 열두 거리째는 후전굿이다.

무당은 상복으로 갈아입고 진설상陳設床에 청배하고, 새전 놓고, 마지막 춤을 신을 돋워서 춘다. 진설상도 제대로라면 불사상, 상산상, 조상상, 대감상, 상문상, 걸립상, 선왕상, 영산상 등 그 수효가 어지간히 많다. 그러나 동네 굿이니만큼 대부분이 생략돼 있었다. 마지막 후전굿이 끝나면 제물을 기신, 지신에게 고수레하고 마을사람들이 나누어 먹는다.

그런 후전굿으로 접어들자 구경꾼들은 웅성거리기 시작했다. 이제 남정네들은 술, 아낙들은 국밥, 아이들은 떡과 과일, 모두 먹어댈 판이니까 자연 그 채비를 차리기 위해서 술렁거리기 시작했다.

그때였다. 누군가가 또 소리쳤다.

"온다!"

사람들은 또다시 일제히 승마꾼들 쪽으로 시선을 보냈다.

승마꾼들은 모두 말에서 내렸다. 그리고 채찍을 휘두르며 굿터를 향해 올라오기 시작했다. 역시 백마를 탔던 늙은 동안이 선두였다. 모두 그를 뒤따르고 있었다. 경찰관들도 비실비실 뒤를 따랐다.

마을사람들은 극도로 긴장했다. 한 발 두 발 뒤로 물러서며 접근해 오는 그들을 심각한 표정으로 지켜봤다.

무악巫樂은 막바지 후렴이라 더욱 요란했다. 앉아 있는 악수들은 사람 울타리 때문에 그런 상황을 몰랐다. 기무는 장구를, 악수는 제금을, 전악은 해금을, 모두 열심히 기량껏 두드리고 켜대고 했다.

드디어 승마꾼들이 굿터에 접근했다. 아이들도 어른들도 그들에게 길을 터 줬다. 군중이 터준 길을 경찰관들이 더욱 넓게 트느라고 다급하게 날뛰었다. 이젠 엿장수의 가위 소리도 방물장수의 싸구려 소리도 끊겼다.

"이 동네 구장이 누구시오?"

승마꾼 중의 하나는 조선사람이었다. 구장을 찾았다.

마을사람들은 대답 대신 턱수염이 탐스런 동네 영좌를 돌아다봤다.

"제가 구장이올시다."

"아아 그렇소? 난 한상룡이오."

"그러십니까, 이 사람은 ….."

마을사람들은 누구도 한상룡이라는 이름을 들어본 일이 없는 눈치였다. 한상룡은 거만하게 명령했다.

"풍악을 잠깐 그치도록 하시오."

그렇잖아도 잦아들어가던 풍악이다. 뚝 그쳤다.

"총독 각하이십니다."

한상룡의 말에 사람들은 놀랐다.

"마침 우이동에 산보 겸 민정시찰을 나오셨다가 여러분의 굿 구경을 하시고, 이왕이면 이 마을의 풍년과 제액을 몸소 빌어드리겠다는 인자하신 분부이십니다. 정말 백성을 사랑하시는 총독 각하입니다."

구장을 비롯한 마을사람들의 표정은 착잡했다. 감격 같기도 하고 비웃음 같기도 한 착잡한 얼굴들이었다.

다시 조용한 풍악이 울렸다. 총독 일행은 말채찍을 겨드랑 밑에 낀 채로 진설상을 향해 조선식으로 넓죽넓죽 절을 했다. 두 번을 하고 또 하고 또 하려 든다.

"고만하십시오."

옆에서 한상룡이 일깨우자 총독은 씽긋 웃으며 물러선다.

"췌주祭酒 음복飮福도 하시렵니까?"

턱수염이 탐스런 구장의 뜻을 한상룡이 총독에게 전했다.

"물론."

막걸리동이가 그들의 앞으로 나왔다.

"이게 조선의 농주農酒입니다. 각하."

마을사람들은 총독이 막걸리 마시는 광경을 구경하려고 발돋움을 했다. 총독은 눈살을 잔뜩 찌푸리고는 벌떡벌떡 막걸리를 마시다가 어깨로 숨을 크게 쉬었다. 대단한 고역인 것 같다.

바로 그때였다. 마을 어귀에 난데없이 고급 승용차 한 대가 부릉부릉 엔진 소리를 내며 나타났다.

"누구냐?"

총독이 별안간 나타난 자기의 승용차를 보고 옆 사람에게 물었다.

"각하의 차가 왔습니다. 모시러 온 모양입니다. 정무총감께서 오셨군요. 뒤따르는 군인은 다나카 소좌인가 봅니다."

역시 한상룡의 대답이었다.

달려온 정무총감이 총독의 귀에다 대고 소곤댔다.

"각하, 본국에 정변이…. 해군 장교들이 어마어마한 일을 저질렀습니다. 어젯밤이랍니다."

그들은 황급하게 굿터에서 내려갔다. 총독은 자동차로 오르고, 나머지는 말을 타고 뒤를 따르는데, 연기 같은 먼지가 뽀얗게 들판 길을 뒤덮었다.

"얼씨구, 얼씨구, 고수레에, 마귀들은 물러가라. 얼씨구 씨구…."

무당이 다시 목청을 높이면서 엉덩이를 흔들기 시작했다.

탕 타닥 탁 탁. 굿터에선 다시 장구 소리가 울었다.

1932년 5월 16일.

여기는 서울에서 북으로 20리 떨어진 곳이었다.

━━━◆━━━

총독 일행의 자동차는 창동 쪽으로 빠져 경원가도를 서울로 향해 급속도로 달리고 있었다.

총독의 오동꽃 마크가 붙은 전용 자동차엔 총독과 정무총감이 함께 타고 운전대 옆엔 다나카 소좌가 호위 겸 배승했다. 총독은 적잖이 흥분하고 있었다.

"이누가이 군도 결국 비명에 갔다. 정치가의 말로란 모두 서글프구나."

그의 머릿속은 착잡했다. 근래에 빈번히 일어난 폭탄사건들, 그 대부분은 조선인 '불온분자'들의 소란이었다. 적잖은 수의 정치인과 군부의 수뇌가 비명에 갔든지, 몸의 자유를 잃었든지 했다. 그런데 이번엔 본국 중앙 정계에서 동족의 손에 수상이 횡사했다니 지각 있는 사람으로서 어찌 심경이 착잡하지 않겠는가.

"그런데 그 소식이 어째 이제야 들려 왔나?"

거의 20시간이 지나서야 본국의 정변소식을 알게 된 것은 뭔가 잘못됐다.

"본국에선 외신 보도를 견제하려고 했던 것 같습니다. 별안간 당한 일이니까 대책을 강구한 다음에 정식으로 발표하려고 그랬습죠, 각하."

다나카 소좌의 말이었다. 그는 이번 사건을 통쾌해하는 듯하면서 불만이 있는 말투였다. 그는 도쿄 정계의 말썽꾸러기인 사쿠라가이의 핵심 멤버의 한 사람이다. 총독의 총애를 받는 청년장교로서 사쿠라가이와의 횡적인 연관성을 고려해서 우가키는 그를 총독부의 자기 측근으로 데려다 놓았다. 그는 노골적인 말을 서슴없이 꺼냈다.

"중앙 정계에서 무능한 노골들이 물러가야 합니다. 수단은 과격했을지 모르지만 일어날 일이 일어났을 뿐 아닙니까, 각하."

총독도 총감도 그의 말에 대꾸하지 않았다.

"하필이면 해군 놈들이 해치웠다는 게 좀 섭섭하긴 하지만, 하여튼 변혁은 진작 있었어야 합니다, 각하."

자기네 육군 장교들의 핵인 사쿠라가이가 할 일을 해군이 먼저 해치웠다는 점에 대해서 그는 일종의 질투를 느끼는 말투였다.

"문제는 누가 '조각의 대명'을 받느냐가 중요하죠. 또 늙고 패기 없는 자가 들어서면 이번 5·15 사건은 무의미합니다."

정무총감이 총독의 시가에 성냥불을 붙여 주면서 그런 말을 했다.

"해군에서 누가 오는 게 아닙니까?"

"글쎄, 그럴지도 모르지."

총독도 그 문제를 생각하고 있었다.

해군 장교들이 했으니까 해군에서 누굴 내세울 것은 뻔한 노릇이었다. 만약 사쿠라가이에서 했더라면 영락없이 우가키 총독은 오늘쯤 도쿄로 출발해야 했을 것이다.

다나카 소좌는 육군성과의 직선적인 정보망을 가지고 있다. 정무총감보다도 그가 어제 발발한 수상 암살사건을 소상하게 알고 있었다.

"각하, 육군의 수치입니다. 육군이 하기로 했던 일입니다. 썩고 무능한 정치인과 그들에게 아첨하는 노쇠한 장성들을 제거해야 하는 건 대일본제국의 당면한 급무였습니다."

총독은 그에게 호통을 쳤다.

"다나카 군, 말을 삼가 해. 군인은 군인의 본분이 있다. 정치에 너무 민감한 건 군인의 본분이 아냐. 조심해. 어제의 진상이나 얘기하게!"

그들은 정무총감의 존재를 은근히 경계하는 눈치였다.

5월 15일은 마침 일요일이었다. 이날 9명의 해군 장교들이 일을 진행했다. 저녁 5시경, 그들은 전몰 군인들의 혼령을 제사하는 야스쿠니 신사를 참배하고 곧장 수상 관저로 달렸다.

현관의 입초 순경은 장교단의 출입을 엄하게 제지하지 않았다. 관저 안으로 들어간 그들은 처음엔 수상이 그 시간에 어느 방에 있는지 몰랐다. 관저의 경비원들이 그들의 행동을 수상하게 여기고 검문하자, 느닷없이 권총 한 방이 발사됐다. 해군 장교들은 2층으로 올라가서 수상의 거실을 확인하고 문을 밀치고 일시에 왈칵 뛰어들었다.

이누가이 수상은 그들을 기다렸다는 태도였다. 그는 장교들에게 신발을 벗고 앉아서 이야기하자고 침착하게 권했다. 그는 마침 손에 들고 있던 시가에 불을 붙였다.

뛰어든 장교들은 늙은 수상의 태연한 태도에 위압되어 잠시 주춤거렸다. 이때 뒷문으로 달려든 다른 한 패가 또 쏟아져 들어왔다. 행동파의 두목인 야마기시 해군중위가 버럭 소리를 질렀다.

"문답은 필요 없다. 쏴라."

그 순간 여러 개의 총구는 불을 뿜었고, 일본의 내각 총리대신 이누가이 다케시의 몸은 다다미 위에 푹석 거꾸러졌다.

"일은 아주 간단했던 것 같습니다, 각하."

다나카 소좌가 백미러 속으로 총독의 눈치를 훔쳐보면서 그런 말을
했다.

"그래서, 다나카 군 자네는 그 해군 장교들의 행동을 잘한 짓이라고
생각하는가?"

"각하, 그것은 역사가 대답할 것입니다."

총독은 곤혹스러운 표정을 짓고는 시가를 또 입에 물었다. 정무총감
이 또 성냥불을 그어댔다. 우가키가 볼멘소리로 말했다.

"나는 조선 총독이다."

그는 한참 동안 차창 밖을 내다보다가,

"우리는 그동안 이토 히로부미를 암살한 안중근이나, 황공하옵게도
천황 폐하께 폭탄을 던진 이봉창이나, 저번에 상해 홍구공원 사건의 윤
봉길 같은 자들을 용서 못할 흉악범으로 규정했다. 조선사람은 그 암살
테러행위를 그만둬야만 비로소 문명한 민족이 된다고 말해 왔지. 그런
데 이번에 우리 일본제국의 장교들이 자기 정부의 수상을 권총으로 쏴
죽였으니 아무래도 좀 한심스럽다."

그의 얼굴에는 잔주름이 물결쳤다.

"그건 그렇고, 후임으론 누가 유력한 것 같다더냐?"

총독은 아무래도 그 문제가 궁금했다. 그에게는 마음에 걸리는 일이
하나 있었다. 그것은 그가 조선 총독으로 부임한 지 반 년쯤 되는 지난
12월의 일이었다. 와카쓰키 내각이 무너지고 이누가이에게 정권이 돌
아갔을 때 우가키는 당연히 이누가이 수상으로부터 조각에 관한 의견
을 물어올 것으로 생각했다.

수상은 조선 총독과 같은 고향사람이고 그를 식견 있는 지성파 장성

으로 믿는 것으로 알기 때문이다. 그런데 아무런 연락을 하지 않았다. 총독은 그 당시 자기의 소극성을 후회하고 있다. 그는 자진해서라도 친서를 보내 육군대신 후보를 천거해야 했다.

그리고 아라키와 마사키 두 인물만은 절대로 기용해서는 안 된다고 강조했어야 했다. 그런 정도의 손을 쓰지 않은 것은 그의 실책이었다. 아니나 다를까 막상 이누가이 내각의 뚜껑을 열고 보니 그와 가장 앙숙인 아라키 사다오가 육군대신으로 등장해 우가키 일파로 지목되는 사람들은 육군 수뇌부에서 모조리 추방해 버렸다.

'이젠 그 녀석도 쫓겨나겠구나.'

이번에 수상이 암살되고 내각이 와해됐으니 눈 위의 혹과 같은 아라키 사다오가 육군대신 자리에서 쫓겨나리라는 전망이었다. 총독이 본국 정계에 대해서 신경을 곤두세우는 까닭은 그 자신의 출세 야망보다도 정적인 아라키 사다오의 거세가 관심사였다.

총독을 태운 자동차는 서울로 들어오자 일로 총독 관저로 향했다.

━━━◆◆◆━━━

어수선한 10여 일이 지났다.

5월 27일은 총독에게는 매우 불쾌한 날이었다. 예상대로 총리대신에 지명되고 조각의 명을 받은 해군대장 사이토 마코토는 이날 내각의 구성을 완료했는데 육군대신에 아라키 사다오를 그대로 눌러 앉혀 두었다. 마침 관저에서 지루한 시간을 잊으려고 정무총감과 바둑을 두다가 도쿄로부터의 그런 보고를 받은 총독은 바둑알을 아르르 섞어버릴 정도로 흥분했다.

"아라키가 유임됐다? 사이토는 눈이 멀었구나."

정무총감도 맞장구를 쳤다.

"각하, 큰일이군요. 그런 노인들만 가지고 사이토 수상은 어떻게 아라키 장군을 견제할 작정인지 모르겠군요. 아마 이번 내각처럼 노인들이 많이 등장한 정부도 역사상 드물 겁니다."

"아라키의 독무대가 됐군 그래. 늙은이들을 손아귀에 넣고 흔들어 댈걸. 무능 정부의 표본이 될 것이고."

그들의 푸념에는 이유가 있다. 제3대와 제5대 조선 총독을 지낸 사이토 해군대장은 81세의 고령이었다. 척무대신 나가이 루타로와 육군대신 아라키 사다오만이 50대일 뿐, 모두가 60, 70의 노골들이고 그 평균 연령은 실로 68세였다.

사이토가 총리가 됐다는 소문은 조선의 일부 계층에 커다란 화제가 됐다. 사이토 마코토는 조선 총독으로 10년간 재직했다.

그동안 그에게 회유懷柔되어 친일 득세의 맛을 붙인 일부 조선인들은 자기 아버지가 득세한 듯이 좋아했다. 그만큼 사이토는 조선땅에다 뿌리를 박아 놨던 것이다. 수많은 축전이 매일 도쿄로 타전되었다. 간혹 약삭빠른 자들은 재빨리 부산으로 내려가서 관부연락선에 올랐다.

총독은 그런 저런 일이 모두 불쾌하기만 했다.

그는 마음먹었다.

—사이토가 길러 낸 조선의 지도자들은 이미 이용가치가 없다. 그들은 모두 썩었고 영향력도 없어졌고 민중의 존경도 잃었다.

결심은 곧 행동, 그것은 일본의 군인정신이다.

'점잖기만 한 게 유능한 정치가는 아니다. 정치는 본시 그런 점잖은 게 못되니까.'

다음날 경무국은 총독 앞으로 조선에서 명망 높은 지도급 인사의 명단을 제출했다. 그는 그 명단을 앞에 놓고 하나하나 체크를 해가며 골똘한 생각에 잠겼다.

조만식, 여운형, 안창호, 송진우, 김성수, 김창숙, 최린, 박희도, 안재홍, 이광수, 김병로, 이인, 이극로, 홍명희, 김준연, 조병옥, 김우영, 서상일, 설의식, 백관수, 현상윤, 장덕수 등의 이름을 일일이 체크해 보았다.

총독은 정무총감을 보고 말했다.

"이 사람들 중 절반쯤 포섭할 수가 없을까?"

"역대 총독이 시도해 본 모양이나 번번이 실패했답니다, 각하."

"백 번 찍어 안 넘어가겠소?"

"이자들은 휘지 않고 부러질 놈들입니다, 각하."

다음날 총독은 극비밀리에 경무국장에게 특명을 내렸다.

— 여기 적혀 있는 사람들에겐 모든 면에서 최대한의 편의를 봐줘라. 이유는 밝히지 않겠다. 즉시 말단에 시달하라. 이 사람들에 한해선 현행범이 아닌 이상 일체 손대지 말고 친절하게 대접하도록 하라.

그는 또 하나의 새로운 지시를 시달했다. 그 시달문은 만주와 중국에 나가 있는 총독부 사무소와 일본 영사관에 이첩됐다.

— 내선일체의 열매를 거둬 가는 이 마당에서 조선총독부는 조선인 처우에 일대 전환을 기하려고 함. 따라서 과거에 국외에서 독립운동을

빙자하고 준동한 불령선인이라 하더라도 전비를 뉘우치고 조선에 돌아와 안주하기를 희망하는 자는 죄과를 불문에 부치기로 했음. 따라서 제국의 각급 관헌들은 외국에 있는 불령선인을 포섭, 귀순시켜 반도로 돌아오도록 적극 공작해 줄 것을 당부함.

조선 총독 우가키 가스시케

우가키는 전임 총독들에게 비해서 단수가 훨씬 높았다. 그러나 한국의 민족주의자들은 그런 술수에 속아 넘어가지 않았다.

— 네 뱃속을 우리가 환히 들여다보고 있다.

총독은 어느날 정무총감으로부터 색다른 보고를 받았다.

"각하, 조선사람들의 완미頑迷한 민족의식을 뿌리 뽑으려고 저명한 역사학자를 매수했더니 반발이 만만치 않습니다."

"최남선이 얘긴가?"

"그렇습니다, 각하. 죽은 사학자로는 김원식이고, 현존으론 최남선이라, 반발이 심합니다. 매일 최남선의 집을 찾아가서 친일로 변신한 것을 매도한다는군요."

"그들로선 있을 법한 일이군."

"방법들이 짓궂습니다. 정인보鄭寅普는 백립白笠을 쓰고 상장喪杖막대를 짚고 가서 그 집 문 앞에서 아이고 아이고 곡哭을 했다나요."

"곡이 뭔가?"

"조선인들은 사람이 죽으면 아이고, 아이고, 하고 곡을 합니다."

"하하하, 그래?"

"그의 제사를 지낸다고 향불까지 피웠답니다, 각하."

"그래, 최는 어떻게 했대나?"

"최도 최라, 낮잠을 자고 있었다는군요."

"아하하, 됐어. 최는 된 놈이야. 정인보라는 자는 어떤 사람인가?"

"유명한 한학자입니다."

"그 사람을 매수하시오. 정인보를 함락시키란 말야."

"안될 것입니다."

"함락시키시오. 내 한번 만나 보겠으니 불러 주게나."

이것은 일본에서 5·15 쿠데타가 발행했던 직후, 총독부 주변의 이야기다.

조선사 편수회

두 달 뒤, 1932년 7월이었다.

가뭄이 정말 오래 계속됐다. 서울의 수돗물마저 제한급수를 해야 할 만큼 가물었다. 그리고 더웠다.

대륙의 영향을 받은 이상기후는 일본 섬나라 사람들에겐 견디기 어려운 고통이었다. 혹서酷暑 1백 도를 오르내리는 가운데 농촌에선 물싸움으로 피를 흘리는 사태까지 벌어지는 여름이었다.

그러나 그런 가뭄과 더위 속에서도 서울의 '조선사朝鮮史편수회編修會'는 연일 회의를 거듭했다.

사이토 총독의 제안으로 설립된 협력단체다. 일본의 저명한 역사학자들과 조선인 이름 있는 학자 몇을 한데 묶어 발족시킨 것이 '조선사편수회'였다. 이 '조선사편수회'에 대해서는 우가키 총독도 전임 사이토가 이룩해 놓은 가장 알찬 성과라고 칭찬을 아끼지 않았다.

총독은 이례적으로 지난해 8월 29일에 열린 '조선사편수회' 제 5차 위원회에 직접 임석해서 치사를 하고 담화까지 발표했다. 중추원 안에 마련된 '조선사편수회' 제6차 위원회가 열린 이번 회의장에도 총독을 대리해서 정무총감이 휘하 고관들을 대동하고 참석했다. 그리고 도쿄제국대학, 교토제국대학의 이름 있는 역사학 교수들이 배석했다.

회의장의 분위기는 엄숙했다. 개회가 선언되자 먼저 조선학자 중에서 발언권을 얻기로 했다. 최남선이 일어섰다. 그는 고개를 반듯하게 가누고, 헛기침을 한번 하고, 입을 열었다.

"교토제국대학에서 만들어낸 조선역사 3권에 큰 잘못이 있습니다. 먼저 목차와 간지가 틀려 있고, 역법의 적용이 잘못돼 있어요. 그리고 내가 내용을 대조했더니 일본과 중국의 왕대와 연호에도 불투명한 점이 많습니다. 나는 이 땅 사학자의 양심으로서 그것은 시정해야 되리라고 지적합니다."

최남선의 지적은 옳았다. 그는 비록 친일학자로 전락했다는 사회의 맹렬한 지탄을 받지만 권위 있는 사학자이고, 한국인이었다. 일인들의 꼬임에 빠졌거나 지조를 꺾었거나 학문에 대한 열성엔 변함이 없었다.

그는 어떠한 편법으로라도 학문을 계속하고, 조선의 역사를 온 국민에게 알리기 위해서 어쩔 수 없이 총독부와 야합野合했는지 모르지만 하여간 그의 양심으로선 고민이 컸을 것이며, 그 고민을 학술적인 소신으로 이따금 폭발시킬 줄 아는 사람이기도 했다.

최남선의 발언에 대해서 이나바 간사가 별수 없이 군색한 변명을 했다.

"이 사람도 그런 몇 가지 잘못을 발견했습니다. 워낙 급한 시일 안에 책자를 만들다 보니 본의 아닌 미스테이크가 생겼습니다. 이 점 양해하시기 바랍니다."

이 한마디로 어물쩍 넘겨버리려는 속셈 같았다. 그러나 그의 그런 약은꾀를 간파한 최남선은 다시 일어나서 말했다.

"단군에 관한 고기古記는 매우 광범위한 것이에요. 그것을 몇 마디의 기록으로 압축 요약했는데 그럴수록 표현 하나 자구 하나하나가 중대한 의미를 지닙니다. 만일 글자 하나라도 잘못 적히면 전체의 흐름이, 해석이 달라질 수 있는 게 사서史書입니다."

최남선은 침착하게 허두를 꺼내고는 본론으로 들어갔다.

"교토제국대학에서 간행한 '삼국유사'도 살펴봤습니다. 단군고기檀君古記에는 분명히 '석유환국昔有桓國'이라 돼 있습니다. 그런데 당신들이 찍어낸 책자에는 '석유환인'이라 돼 있습니다. 나라 국國자가 어째서 인因자로 둔갑했는지 알고도 모를 일입니다. 이것은 단순히 미스프린트가 아니라 역사에 대한 모독입니다."

최남선이 따끔하게 찌르는 일침에 일본학자들은 대답할 말이 없었다. 그가 이 잘못된 글자 하나를 가지고 크게 시비하는 데엔 까닭이 있었다.

당초부터 일본 학자들은 단군조선檀君朝鮮을 부인하려 했다. 단군조선을 부인해야만 일본과 한국이 조상이 같은 동조동근이란 이론을 세울 수 있었다. 그런데 움직일 수 없고 수정할 수도 없는 옛날 고서인 '삼국유사'에 단군조선의 실제를 말해 주는 석유환국昔有桓國이라는 말이 엄연히 나온다. 그래서 총독부의 어용학자御用學者들은 이 단군조선의 고사인 나라 국國자를 슬쩍 인因자로 바꿔버리는 농간을 부렸다.

이러한 잔꾀가 학자 최남선에게 적발됐다. 회의장에 배석했던 정무총감은 몹시 당황했다. 조선인 방청객이 별로 많지 않은 것을 다행으로 여긴 그는 간사에게 메모를 전했다.

ㅡ오늘의 회의는 간단히 끝내시오.

메모를 전한 그는 총총히 회의장에서 나가 버렸다.

한 달 후니까 8월 14일엔가 제 7차 위원회가 또 열렸다. 그날 최남선은 참석하지 않았다.

그는 비록 총독부에 머리를 숙인 학자였으나, 역사학자로서의 소신을 쉽게 굽힐 생각은 없었다. 버텨볼 대로 버텨보자는 속셈이었다. 그러나 불안했다. 만약 저네들이 멋대로 학문적인 행패를 부린다면 큰일이라고 생각했다. 하는 수 없이 그는 제 8차 위원회에 출석해서 자신의 신념을 피력하기로 했다. 최남선이 발언권을 얻자 회의장은 또다시 긴장했다.

"단군檀君과 기자箕子는 조선역사 초창기에 지극히 중요한 부분입니다. 그런데 본회가 편수한 조선사에는 단군설화檀君說話와 기자실기箕子實記를 제 1편 본문에 넣지 아니하고 주석에 간단히 기재한 것은 그 의도를 이해하기 곤란합니다. 앞으로 편수작업을 계속할 때는 마땅히 정편正篇이나 보편補篇에 단군과 기자에 관한 사실을 편찬해야 합니다."

그러나 이나바가 최남선의 말을 가로막았다. 그들은 최남선의 발언을 어떻게 봉쇄할까에 대해서 이미 대책을 세웠던 것 같다.

"단군과 기자는 제 1차 위원회에서도 논의가 있었으므로 우리는 그것을 결코 소홀히 다루려는 것이 아닙니다. 그러나 본회가 채용한 편년체編年體 사서의 형식에서는 그 이상 그 부분을 소상하게 기록할 만한 자리가 없지 않습니까? 말하자면 무슨 왕 무슨 해 어느 달 어느 날에 기입하자는 것입니까? 우리는 신중한 연구에 면밀한 연구를 거듭한 끝에 그 이상 그 부분을 달리 기록할 방법이 없다고 결론내렸습니다. 이미 본편에서는 빠졌으니 앞으로 어떠한 방법으로 수록해야 옳을지를 논의

해도 좋을 줄로 압니다."

학문의 토론이 아니라 흥정과 배짱놀음이었다.

최남선은 후퇴하지 않았다.

"나는 제1차 위원회의 일은 모릅니다. 다만 단군과 기자에 관한 문제를 등한히 하지 않는다는 학자적인 말씀이 반가울 뿐입니다. 단군·기자는 사료에만 집착하지 말고 사상적으로 신앙적으로 발전한 과정을 중시해서 모두 별편 별책으로 편찬하면 되리라고 봅니다."

최남선은 집요하게 물고 늘어졌다.

이번에는 안경을 낀 구로이다 교수가 맞받아 나섰다.

"에에또, 단군·기자는 역사적 인물이 아니고, 신화적 설화이므로 그것은 사상적, 신앙적인 측면에서 별도로 취급할 수는 있습니다. 따라서 편년사의 체제 내에 취급하기는 곤란합니다. 그런데 단군·기자에 관한 것을 별편으로 만든다면 결국 사상 방면에서 중요한 전개를 보인 유교와 불교에 관한 기록도 또한 별편으로 하지 않으면 안 된다는 딜레마에 빠집니다. 그렇지 않아도 본회의 사업이 너무 지지부진이라는 비난을 받는데, 최남선 위원께서는 이 점을 양해하시고 그대로 넘기도록 하면 어떨까요?"

시간이 없으니 잘못된 기록일망정 그대로 넘겨 버리자는 엉뚱한 논리였다. 최남선은 무거운 동작으로 다시 일어났다.

"나는 거기에 찬성할 수 없습니다. 단군과 기자가 역사적 인물인지 신화적 설화인지 아직 연구대상이 되어 있습니다. 그러나 조선사람들은 고대로부터 그것을 역사적 사실로 인식했습니다. 만일 본회의 조선사에 그런 중대한 부분을 수록하지 않는다면 조선인들은 이 책을 엉터리라고 믿지 않을 것이며, 본회가 발간한 조선사는 조선인 사회에서 불신을 받아 별수 없이 쓰레기통에나 던져질 것입니다. 더욱이 촉박한 시간을 빙자해서 사서의 편찬을 편리한 대로 해서 적당히 다룰 수는 없습니다. 그것은 학자의 할 일이 아니라 3류 출판사의 무식한 직원이나 할 수 있는 소행입니다."

최남선이 끝까지 소신을 굽히지 않자, 이날도 참석했던 정무총감은 직접 발언권을 얻었다.

"단군과 기자에 관한 부분은 조선민족 감정을 고려해서 타당한 방법을 강구하시기 바랍니다."

최남선이 아직도 앉지 않은 채 이마의 땀을 씻었다. 그는 개인의 심경을 술회하듯 조용히 말했다.

"하긴 그 나라 국사國史 한 자가 대수로운 문제는 아닐지도 모릅니다. 조선의 국토는 산하 그대로가 조선의 역사며 철학이며 정신이며 시詩입니다. 그런 오식이나 농간을 부릴 수 있는 문자가 아니면서, 가장 정확하고 명료하고 재미있는 기록이지요. 조선인의 심상과 생활의 자취는 고스란히 이 국토에 얼룩져 있으니까 어떠한 비바람에도 마멸磨滅될 염려가 없는 것이라고 이 사람은 생각합니다."

유순한 말투였으나 그 내용엔 가시가 돋쳤고 자기대로의 소신의 굳었다. 일본인 학자들은 침묵했다. 분위기는 더할 수 없이 냉랭해졌다. 결국 산회가 선포됐다.

정무총감은 심각한 고민에 빠졌다. 계획과 달라진 것이다. 조선인 학자를 포섭해서 조선역사를 적당히 편찬함으로써 한일합방을 역사적 필연으로 윤색하려던 당초의 의도가 벽에 부딪쳤으니 말이다. 그러나 그는 책략에 능한 사람, 기묘한 방략을 꾸몄다.

최남선을 일본이나 만주로 적당한 명분을 세워 내몰아 버리자는 것이었다. 정무총감의 계책을 듣고 총독은 빙긋이 웃었다.

"편찬위원의 명단은 살려 두고 말이지?"

"그렇습니다, 각하."

"내지일본 본토로는 안 가겠지. 가뜩이나 친일학자라고 문상問喪까지 받았다니까. 아마도 만주가 적당할 거요. 어떨까? 리튼 조사단이 다녀간 후면 만주문제도 안정될 테니까. 기회를 봐서 만주 건국대학建國大學에서 초빙하는 형식을 취하면. 보수를 두둑이 주고 말야. 돈 싫다는 학자 있던가?"

———◆———

10년래의 가뭄이 조선 천지를 바싹바싹 말리고 있었다.

예로부터 자연의 재해災害는 통치자의 부덕이며, 실정의 탓이라고 민중은 믿어 왔다. 총독은 그런 것을 잘 알고 있었다. 흉흉한 민심을 가라앉혀야겠다는 조바심이 심각했다.

북악산 아래 관저에 들어앉은 총독은 어느 날 경무국장, 총무국장, 학무국장 등을 차례로 불러서 가뭄으로 인한 민심 수습책을 물었다.

"기우제祈雨祭를 지내보실까요? 각하."

"기우제? 하긴 옛날 국왕들도 가뭄엔 기우제를 지내 민심을 수습했을 것이다."

중추원과 이왕직의 친일 고관들한테도 차례로 의견을 들었다.

"각하, 기우제나 지내보시지요?"

"기우제라? 지내지. 굿마당에 가서 무당한테도 절을 한 나니까."

총독의 마음을 더욱 초조하게 하는 것은 머잖아 국제연맹 조사단이 만주 분쟁을 현지 조사하러 가는 길에 조선을 통과한다는 달갑잖은 사실이었다. 영국인 리튼을 단장으로 하는 세계의 저명한 정치인들이 조선을 지나게 되면 그들의 예리한 눈은 조선총독부의 통치실적을 소홀히 보아 넘기지 않을 것이다. 조선민중의 밝은 표정을 보여줘야 하는 것이다. 이 우울한 민중의 얼굴을 보여줘서는 안 된다.

며칠 후 총독은 서울 장충단에다 제단을 만들고 순조선식으로 자기가 제주祭主가 돼서 기우제를 지냈다. 각 도에서는 도지사가 제주가 되어 기우제를 지내게 했다. 말하자면 기우제마저도 정치적 제스처였다. 그래도 비는 오지 않았다. 민중들의 얼굴은 여전히 우울하기만 했다. 총독은 또 궁리 끝에 이왕직 사무소에 엉뚱한 명령을 내렸다.

— 당분간 덕수궁을 일반에게 개방하라. 누구든지 마음대로 덕수궁을 구경할 수 있도록 하라.

이것은 대수롭지 않은 일 같았지만 기발한 착상이었다.

덕수궁이라면 경운궁, 조선민중에겐 잊을 수 없는 궁궐이다.

망국을 본 황제는 순종이었지만 대한제국의 명운을 결정지은 국왕은 고종황제였다. 한반도를 휩쓸고 간 근대사의 거센 물결이 소용돌이치는 동안 이 나라를 통치한 국왕은 고종이었다. 따라서 조선민중은 순종황제는 잊을망정 고종황제의 이름은 잊지 않고 있다.

민중들의 고종황제에 대한 추앙심은 대단했다.

그래서 고종의 인산을 계기로 3·1 독립만세 운동이 터졌던 게 아닌가? 그런데 그 고종이 정사를 보았고, 일본군이 몰려들어 마지막 국새를 찍게 했고, 한 많은 고종이 더구나 비명으로 마지막 숨을 거둔 곳이 바로 덕수궁이다. 이 덕수궁 공개는 일반 민중에게 매우 쇼킹한 소식이 아닐 수 없다. 높은 벼슬아치가 아니면 감히 그 담 너머도 기웃해 보지 못한 구중궁궐, 망국의 한이 서려 있는 덕수궁, 그곳을 무료로 공개한다고 했다. 대단한 아이디어였다.

서울 장안의 시민들은 물론 멀리 충청도 황해도 경상도에서까지 대궐 구경을 하려고 줄을 이어 길들을 떠났다. 가뭄 따위는 문제가 아니었다. 덕수궁 참관자들의 수효를 매일매일 보고받는 총독은 만족스러운 웃음을 지었다.

—다시 명령 있을 때까지 무제한 공개하라, 구경꾼들에겐 최대한으로 친절을 베풀어 안내하라. 학생들도 단체로 동원해라.

그는 정무총감에게 말했다.

"리튼 조사단이 통과할 때까지 공개하시오."

그들에게 흥청거리는 서울의 풍경을 보이라는 것이었다.

"그들을 서울서 하루쯤 묵게 하시오. 덕수궁도 구경시키시오."

총독의 착안은 적중했다.

리튼을 단장으로 하는 5개국 대표 조사단은 경부선 열차로 서울에 입경했다. 그리고 서울에서 하루를 묵었다. 공개된 덕수궁도 구경시켰다. 예상대로였다. 그들은 만주로 떠나면서 실로 어처구니없는 소감 한마디를 남겨 주고 갔다.

"우리 일행은 아름다운 자연 풍토를 가진 조선반도를 지나가게 된 것을 매우 기쁘게 생각합니다. 민중들은 활기에 차 있습니다. 고궁은 참

말로 아름답습니다."

리튼은 조선의 자연을 예찬하고 민중의 활기를 보고 간다고 했다.

총독은 만족했다.

"그 사람들 원더풀의 연발이었것다."

봄부터 계속된 그의 불면증도 약간 가셨다. 그러나 총독이 안도의 한숨을 쉬는 동안 그 예하의 수사진은 극도로 신경을 곤두세웠다. 왜냐하면 조선의 독립운동가들이 또 국제연맹 조사단에게 '조선독립 청원서'를 제출한다는 정보가 있었기 때문이다.

"그 새끼들은 학질처럼 그 짓을 되풀이해서 어쩌겠다는 거야."

일본 관헌들은 근 10년 전 미국의 상하양원 극동사찰단이 한국을 지나갈 때 조선인과의 접촉을 차단했던 옛일을 되새겨서 그때의 전술을 다시 그대로 쓰기로 했다. 명분은 좋았다.

— 국제연맹 조사단은 오로지 만주 문제를 조사하기 위해서 조선을 통과하는 것이다. 그들은, 수임된 만주와 중국에 관한 문제 이외에는 권한도 관심도 없다.

관영신문으로 하여금 이런 사설을 쓰게 했다. 첩자들로 하여금 그런 풍문을 퍼뜨려서 독립운동가들의 활동을 교란시켰다. 그들의 작전은 완벽했다. 리튼 일행이 무사히 압록강 철교를 건넜다는 기별을 받고 경무국은 비로소 안심했다.

연일연야의 격무로 피로했던 일선 수사관들은 술잔을 들었다. 종로서의 경부 미와와 서대문서의 경부 요시노는 진고개에 있는 단골 오뎅집에 마주 앉아 오랜만에 긴장을 풀고 유쾌하게 술을 마셨다.

"리틀 조사단이 무사히 조선을 지나간 것은 우리 작전의 승리야."

미와가 자기 자랑처럼 말했다.

"그렇지만 우리 일본에 대해서 불리한 보고를 할걸."

요시노 경부는 비곗덩어리의 여급을 안았다. 미와도 말라빠진 여자 하나를 안았다.

"어쨌든 우리 책임을 완수한 의미로 축배나 들자는 거야. 만일 그들에게 폭탄이라도 던졌어봐, 자네나 내 모가지는 하늘로 날아갈 것이고, 총독 각하의 이것도 이거."

미와 경부는 손으로 목이 잘리는 시늉을 하고는 그 손으로 여급의 가슴을 더듬었다. 이때 다른 여급이 미와에게 달려오더니 종로 본서에서 전화가 왔다고 했다.

"술맛 잡치게 또 무슨 전화야."

잠시 후 돌아온 미와 경부는 투덜거렸다.

"출장 명령이야, 제기랄."

"그래? 어디로?"

"대련."

"김구?"

"그렇진 않은가봐. 그렇다고 조무래기도 아닌 모양이구."

"자청한 출장 아닌가? 혹시 윤정덕이를 대련쯤에서 만나기루 한 것 아냐? 실토하게."

요시노 경부는 미와 경부가 윤정덕을 상해에 남겨두고 온 데 대해서 아리송하게 생각하고 있었다.

"언제 떠나래?"

"내일 새벽차로."

"급하구나."

"내 만주의 미인 하나 오미야게선물로 데려다 줄까?"

"부탁하네."

미와는 곧바로 종로서로 달려갔다. 서장은 상해에서 호리가 보내온 아리송한 전문 한 장을 내줬다.

"자네는 이 생략된 전문내용을 짐작하겠지?"

서장이 안경 너머로 미와를 지그시 쏘아봤다.

— 대련 — 최흥식 — 리튼 조사단.

미와 경부는 그 기괴한 전문을 보고 고개를 갸웃거렸다.

"짐작이 갑니다."

압록강을 건넌 리튼 조사단은 곧 대련으로 가게 된다. 대련에 도착하는 리튼 조사단을 최흥식이라는 조선인이 학살하려고 계획 중이라는 뜻이 되는가.

미와는 새벽차로 경의선 열차에 몸을 실었다. 신의주에서 스에나가 경부와 합세한 미와는 안동을 거쳐 대련으로 직행했다.

그러나 최흥식이 누구냐? 만주 벌판에서 최흥식의 이름을 가진 조선인을 찾아내기란 쉬운 일이 아니다. 미와는 곤경에 빠졌다. 강바닥에서 특수한 모래알 하나를 찾는 격이었다.

정말 최흥식의 정체가 일본 관헌들에게 발각되기까지엔 기구한 곡절이 있었다. 윤봉길의 폭탄사건이 터지자 상해 프랑스 조계 안에 있는 안공근의 집 맞은쪽엔 중국 국문학자를 자처하는 한 사나이가 이사해 온 일이 있었다. 그는 하루 종일 2층 미닫이문을 열어 놓고는 창가에 놓은 책상에 앉아 책을 읽고 글을 쓰는 자세였다. 그러나 그 사나이의 안경 너머 눈매는 안공근의 집에서 한시도 떨어지지 않았다.

안공근은 하얼빈 역두驛頭의 영웅 안중근의 동생이 아닌가. 상해 임시정부의 중요 간부의 한 사람이다. 반드시 김구 일파가 그 집을 드나들 것이라는 추리는 일본 관헌들로선 당연한 착안이었다.

그 중국학자로 변장한 안경잡이가 바로 호리 마코토 — 만주와 중국 대륙에서 활약하는 첩보단 아마카스 기관의 끄나풀이다.

그런데 어느 날 그 호리에게 긴급연락이 왔다. 산해관山海關의 일본군 헌병대로부터 날아온 제보로서 유원기라는 문제의 조선인이 산해관에 나타났다는 것이다. 유원기는 호리가 일본 도쿄에서부터 쫓던 암살단원이었다.

그는 이봉창이 천황에게 폭탄을 던진 그날 저녁에 도쿄를 빠져나가면서 수사진을 조롱하던 불온인물이었다. 호리는 곧 관동군의 비행기를 이용해서 산해관으로 날아갔다. 그러나 그는 유원기를 잡지 못했다. 분명히 산해관에 나타나 호리가 도착하기 몇 시간 전에 바람처럼 빠져나간 증거도 나타났다.

그러나 일본 관헌들의 수사망은 압축됐다. 그들은 이틀 후에 산해관 교외에서 유원기를 포위하는 데 성공했다. 일본 수사진과 유원기 사이엔 권총 사격전이 벌어졌다. 공교롭게도 유원기의 총탄은 바로 다른 사람 아닌 호리의 허벅다리를 명중시켰다. 국제적 절차는 여간한 경우가 아니면 외국인 수사관이 총기를 사용해선 안 된다는 철칙을 그는 무시했다. 유원기와 사격전을 벌였다. 일본 헌병들의 응원이 힘이 됐다. 유원기는 마침내 체포되고 말았다.

'이제 유원기의 정체는 밝혀질 것인가?'

그 순간이었다. 유원기는 포켓에서 종이쪽 하나를 다급하게 꺼내더니 재빨리 입속에 넣어 버렸다.

"저 새끼 자살한다. 빨리 그 아가릴 벌려라!"

호리가 다급하게 소리치자 헌병들은 유원기의 입을 강제로 벌리고 입 속에서 찢어진 종이쪽지를 훑어냈다. 그러나 유원기의 사지는 이미 마비상태였다. 그 종이쪽지에는 농도 짙은 독약이 스며 있었다.

바로 그때였다. 총소리에 놀란 중국군 경비대 일단이 급히 달려왔다. 그 속에는 유원기의 친동생인 유원국이 섞여 있었다. 그는 중국군 대위, 지휘관이다. 누가 봐도 중국인이었다. 그는 자기 형의 시체를 보자 소리쳤다.

"뭣들 하는 거요? 당신들은 중국인을 함부로 죽이는 거요? 그 사람이 내 형이란 말야."

계급은 대위다. 한 무리의 부하를 거느린 지휘관이다. 유원국의 기세는 등등했다. 그러나 만주 벌판을 무대로 해서 암약하는 국제간첩 호리도 만만치는 않았다.

"우린 자위自衛행위였소. 총에 맞은 건 이자가 아니라 나란 말이다. 이자가 죽은 건 총탄 때문이 아니고 제 손으로 독약을 마셨기 때문이다. 명백한 자살이오."

죽은 자는 말도 없었고 총상도 없었다. 대륙의 붉은 태양이 서녘 지평선으로 잦아들고 있었다.

호리는 남몰래 중요한 노획품을 감췄다. 그는 유원기가 입 속에 넣었던 찢어진 종이쪽들을 말려서 서로 붙여 보았다. 깨알 같은 글자들이 나타났다. 최홍식이란 한국인의 대련 주소, 그리고 영문으로 된 이니셜 몇 자가 나타났다. 그는 무릎을 치며 단정했다.

"옳다! 이자들은 국제연맹의 리튼 조사단원을 암살할 계획이었다. 그 주모자는 죽은 유원기와 대련에 있다는 최홍식이다. 이 최홍식은 조선에서 잠입한 놈이다."

이리하여 호리는 조선총독부 경무국에 사건 처리를 의뢰하였고 경무국장은 종로서로 하여금 한국독립단을 잡는 데 수완이 비상한 미와 경부를 다시 대련으로 특파하게 했다.

유원기의 비통한 최후를 모르는 최홍식은 호리와 미와 경부일당한테 어처구니없이 체포되었다. 리튼 조사단의 한 사람을 암살함으로써 일본의 입장을 곤경에 빠뜨리려던 최홍식의 거사는 수포로 돌아갔다.

개선한 미와의 보고를 전해 들은 총독은 한탄처럼 뇌까렸다.

"큰일 날 뻔했구나. 조선놈들은 정말 진드기처럼 끈덕지구나."

⟫⟫⟫

리튼 조사단이 만주를 떠나가자 한반도에는 또다시 어수선하고 살벌한 바람이 불기 시작했다.

9월에는 이봉창에 대한 사형이 대심원에서 확정돼서 그의 장거를 통쾌히 여기는 한국인의 가슴을 슬프게 했다. 그들은 치안유지법을 강화해서 쓸데없이 집단으로 거리를 배회하는 무리들도 단속한다고 공포했다. 총독부 경무국에서는 '아리랑' 레코드판을 판매 금지시켰다. 지나치게 애상적이라 민심을 선동한다는 것이었다.

10월에는 압록강 연안에 철조망을 가설한다고 발표했다. 총독부의 구실은 아편 밀수단을 적발하고 밀무역자들의 불법 내왕을 방지할 목적이라 했지만 글쎄 그것을 믿는 조선사람들이 있을까. 조선인이면 삼척동자라도 만주 땅에서 압록강을 넘나드는 독립군을 막아내기 위한 궁여지책임을 알고 있었다.

그들은 민족지도자들이 독립단을 찬양하고 민중을 선동하는 기미가 보이는 모든 신문기사를 철저히 검열하기 시작했다.

그러나 한편에선 총독이 지시한 그 회유책도 표면화했다. 여운형을 가출옥시켜서 사회활동을 허락하는 척했고, 안창호에게는 징역 4년을 언도했다. 안창호에게 겨우 4년의 비교적 가벼운 형이 내려졌다는 소식을 듣고 고등경찰들은 등치고 약 주는 격이라고 자기네 정책을 빈정댔지만, 총독의 속셈은 또 "연작燕雀이 어찌 대붕大鵬의 뜻을 알랴!"였다. 총독부 안의 분분한 여론을 무시했다.

우가키 총독의 신축자재한 폭넓은 정책이 본격화되자 조선사회의 지도자들은 처음엔 분명히 어리둥절했다. 그러나 조선의 지식인들은 곧 자기네가 무엇을 해야 할 것인가를 알았다.

〈동아일보〉는 '브나로드' 운동을 대대적으로 권장했다. 농촌 계몽운동에서 적극적인 방법을 제시한 것이다.

— 조선의 지식인들아, 농민의 눈을 깨쳐 주라. 문맹을 퇴치하라!

심훈의 소설 〈상록수〉나 이광수의 〈흙〉이 이루어질 소재가 이때부터 이미 삼천리 방방곡곡에서 현실로 나타났다. 일본이 지능적인 통치수단을 쓴다면 한국인도 지능적으로 저항해야 한다는 사조가 전국에 번졌다.

김성수가 떠맡은 보성전문학교는 재원을 굳혀서 안암동에다 현대식 교사의 공사를 착수했다.

—경서京西엔 연희전문, 경동京東엔 보성전문, 사학 명문의 쌍벽을 이루었다.

민족지民族紙들은 이렇게 보성전문의 신축공사 착공을 축복했다.

12월에는 '조선어학회'에 의한 한글맞춤법 통일안의 원안이 작성됐다. 세종대왕이 창제 반포한 한글을 이제야 비로소 과학적인 학문의 체계로 뒷받침하는 계제를 마련했다.

조선인들로서는 다난한 한 해였다. 이봉창의 폭탄세례로 시작되어, 윤봉길 사건으로 이어졌고, 조선사의 날조를 지적하는가 하면, '브나로드' 운동이 농촌마다에 메아리 쳤고, 보성전문의 맘모스 교사 착공과 한글맞춤법 통일안의 원안 작성 등 숱한 일들이 이루어졌다.

그러나 일본으로서는 만신창이의 한 해였다. 천황이 폭탄세례를 받고, 육군대장, 해군중장, 거류민단장, 공사, 총영사 등 중국에 가 있던 저들의 인재가 살상 당했다. 만주 문제로 해서 국제연맹의 조사단이 현지답사를 했고, 수상이 관저에서 암살됐다. 1932년 일본은 만신창이였다.

이와 같은 한국인과 일본인의 너무나 판이한 한 해의 평가가 거의 매듭지어져 갈 무렵 침묵을 지키던 총독은 그의 총독재임 중 가장 유치한 명령 하나를 내렸다. 무슨 생각에서였을까?

—올해부터는 매년 섣달 그믐날 밤에 보신각普信閣종을 울려라!

총독의 명령이다. 곧 벽보와 신문을 통해서 일반에게 알려졌다. 그러나 총독부의 고관들은 집요하게 반대했다.

"각하, 아무래도 보신각의 종을 울리는 것은 취소하시는 게 좋을 것 같습니다. 그 종소리는 조선인들한테 민족의식을 일깨워 주는 부작용이 있습니다."

"그럴까?"

결국 총독의 명령은 타종打鐘 직전에 취소되고 말았다. 조선민중은 웃었다. 종소리를 못 듣는다고 해서 조선민중의 민족의식이 동면冬眠할 것인가. 괜한 짓들이라고 웃었다.

조선인의 5감은 생명과 함께 건전한 기능을 발휘하고 있는 것이다. 하필이면 종각의 종소리뿐이랴. 눈에 보이는 모든 사물, 귀에 들리는 모든 소리, 모든 내음, 모든 촉감, 이 땅에 있는 만상萬象은 다 조선인의 민족의식을 일깨워 주는데, 침묵해 온 인경이 계속 침묵한다고 해서 상관이냐 말이다. 1932년은 그러한 해였다.

밝아오는 새해, 조선민족을 기다리는 운명은 무엇인가.

지금은 빼앗긴 땅

한 해가 또 갔다.

계절의 순환은 어김이 없었다. 여름이 가면 가을이 되고 겨울이 가면 봄이 오는 데엔 어김이 없다.

빼앗긴 들에도 봄은 온다.

이상화李相和는 이 땅의 봄을 슬프게, 애절하게 호곡號哭하며 노래로 읊었다.

　지금은 남의 땅 — 빼앗긴 들에도 봄은 오는가.

　나는 온몸에 햇살을 받고
　푸른 하늘 푸른 들이 맞붙은 곳으로
　가르마 같은 논길을 따라 꿈속을 가듯 걸어만 간다.

　입술을 다문 하늘아 들아
　내 맘에는 내 혼자 온 것 같지를 않구나.

내가 끌었느냐 누가 부르더냐, 답답워라. 말을 해다오.

바람은 내 귀에 속삭이며
한 자욱도 섰지 말라 옷자락을 흔들고
종다리는 울타리 넘어 아가씨같이 구름 뒤에서 반갑다 웃네.

고맙다 잘 자란 보리밭아.
간밤 자정이 넘어 나리던 곱은 비로
너는 삼단 같은 머리털을 감았구나, 내 머리조차 가뿐하다.

혼자라도 가쁘게 나가자.
마른 논을 안고 도는 착한 도랑이
젖먹이 달래는 노래를 하고, 제 혼자 어깨춤만 추고 가네.

나비 제비야 깝지지 마라,
맨드래미들 마을에도 인사를 해야지.
아주까리 기름을 바른 이가 지심 매던 그들이라도 보고 싶다.

내 손에 호미를 쥐어다오.
살진 젖가슴과 같은 부드러운 이 흙을
발목이 시도록 밟아도 보고, 좋은 땀조차 흘리고 싶다.

강가에 나온 아이와 같이.
짬도 모르고 끝도 없이 닿는 내 혼아.
무엇을 찾느냐 어디로 가느냐 우서웁다 답을 하려무나.

나는 온 몸에 풋내를 띠고.

푸른 웃음 푸른 설움이 어우러진 사이로.

다리를 절며 하루를 걷는다. 아마도 봄신명이 지폈나 보다.

그러나 지금은 들을 빼앗겨 봄조차 빼앗기겠네.

시인은 이렇게 피를 토하며 해마다 오는 봄을 흐느껴 울었다.

그러나 도시의 무심한 선남선녀마저 따사로운 햇살, 나긋한 바람, 피는 꽃을 외면하랄 수는 없다. 웃는 자는 웃고, 우는 자는 우는 게 인간세人間世다.

빼앗긴 땅에도 역시 봄은 와야 한다.

1934년 4월 18일 저녁 무렵.

조선의 수부首府 경성 장안은 발칵 뒤집혔다.

"창경원 요사쿠라夜櫻 구경 가자!"

서울의 거리는 인파로 뒤덮었다. 동관에서 돈화문敦化門 앞을 거쳐 창경원으로 이르는 길은 사람의 물결이 넘쳐흘렀다. 종로 4가에서 원남동으로 가는 길은 문자 그대로 입추의 여지가 없는 군중이었다.

기마경찰대가 군중을 제압하며 교통정리에 한몫 하고 있었다. 수백 교통경찰의 호루라기 소리가 사람들의 얼을 뺐다.

거리를 밝힌 전등불만도 1만 개라고 했다. 창경원 안엔 3만 개의 오색 전등불이 밝혀졌다고도 했다. 밤하늘엔 군중이 일구는 먼지가 안개보다 짙었다. 밀리는 인파는 꽃구경에 여념이 없고, 남녀노소의 아우성은 그저 소란이었다.

"참 장관이다!"

군중은 감탄하며 즐기며 먹으며 마시며 아우성치면 됐다. 시인의 감상 따위엔 아랑곳없었다. 빼앗긴 땅의 조작적인 야흥夜興임을 생각지 않았다. 그들은 한 대의 자동차가 인파의 흐름과는 반대방향으로 군중을 헤치고 있는 것에 관심도 갖지 않았다.

자동차의 선두에선 두 명의 기마경찰이 길을 헤치고 있었다. 자동차는 돈화문 앞을 지나 안국동을 거쳐 조선총독부의 정문으로 들어갔다. 두 사람의 고관이 그 자동차에서 내렸다.

퇴근 후의 썰렁한 총독부 청사였다.

복도를 걸어가는 그들의 발소리는 거대한 청사에 울려 퍼졌다. 층계를 오르는 그들의 발소리는 경쾌했다. 중앙의 홀을 끼고 대리석 기둥을 돌아 그들의 발길이 멈춘 곳은 총독실 문 앞이었다.

"각하께선 아직 여기 계시지?"

앞장섰던 학무국장 와타나베가 부동자세로 거수경례를 하는 금테두리 수위에게 물었다.

"네, 아직 계십니다."

수위는 눈을 동그랗게 뜨고 침을 튀기며 대답했다.

"들어가시죠!"

학무국장은 뒤에 선 시노다 이왕직 장관에게 앞서기를 권했다. 부속실을 거쳐 총독실로 들어선 두 사나이는 마침 정무총감과 대화하는 총독 앞으로 다가가서 정중히 허리를 굽혔다.

"각하, 늦도록 여기 계시군요?"

이왕직 장관의 음성은 여성의 그것처럼 가냘프고 높다.

"어디서 오는 길들이오?"

총독이 좀 거만한 자세로 어깨를 치키면서 물었다.

"창경원에서 오는 길입니다."

"대단하다지?"

총독은 회전의자를 핑그르르 돌리면서 물었다.

"경성 시가가 발칵 뒤집힌 소동입니다. 요사쿠라(밤 벚꽃놀이)에만 5만 인파가 창경원을 메울 것 같답니다."

총독은 활짝 웃었다. 그는 소파에서 일어서려다 다시 앉았다.

"사이토 각하는 역시 위대해. 선견지명先見之明이 있어. 이왕궁 경내에다 우리 야마도다마시大和魂의 상징인 사쿠라를 심었다는 것은 심오원대한 그분의 문화적 치적이야!"

창경원뿐이 아니었다. 사이토는 조선반도 방방곡곡마다 저희들의 꽃이라는 사쿠라를 심도록 했다. 무궁화를 대신해서 말이다.

"10년 뒤엔 내 문화정책이 꽃으로 필 거야. 사쿠라 꽃으로 말이지."

그는 장담을 하고 본국으로 돌아갔다. 지금은 내각 총리대신, 일본제국의 실권자다.

"금년부터 창경원의 밤 벚꽃놀이를 허용하라. 불야성不夜城을 이루게 하라!"

총독의 이 명령엔 속셈이 있었다. 총리대신인 사이토 마코토에 대한 아첨이었다. 그는 이미 다음과 같은 전문을 총리에게 보낸 바 있다.

— 각하의 선견지명엔 소관을 비롯한 전 조선인이 감탄하고 있습니다. 10년 후를 내다보시고 조선 천지에 사쿠라를 심으신 그 지혜 말씀입니다. 금년엔 창경원이 사쿠라로 뒤덮입니다. 밤에는 불야성을 이루게

해서 각하의 문화정책이 꽃피게 하겠습니다.

총독은 또 하나의 속셈이 있었다. 그것은 자기의 단견을 커버하기 위한 것이었다. 그는 지지난해 제야除夜에 종로에 있는 보신각의 종을 울려 줌으로써 조선민중의 환심을 사려고 했다가 실천 일보 전에 취소했던 것이 실책이었음을 자인하고 있다.

보신각의 인경 소리는 무엇을 뜻하는가. 조선의 얼이며 마음이며 설움이며 호곡일 수가 있다. 조선민중은 그 종소리를 들음으로써 사그라져 가던 자기 민족의 얼을 되찾을 수가 있다. 그것을 생각지 않고 하필이면 한해가 저무는 감상적인 밤에 인경 소리를 울려 주는 것은 아무래도 지각없는 짓이었다.

다행히 직전에 계획을 취소하긴 했지만 대신 그들의 마음을 풀어 줄 대안이 필요했다. 창경원 밤 벚꽃놀이는 그런 대안의 축제로서 안성맞춤인 동시에 '야마도다마시'의 상징인 사쿠라로 조선민중의 얼을 빼놓는 것이니 일석이조一石二鳥의 실효를 거둘 수 있다.

"사쿠라 밑에서 실컷 떠들고 놀게 하라. 그들의 심장이 사쿠라 화판의 향기로 물들게 하라!"

이러한 그 혼자의 속셈이 작용했던 것이다. 오늘이 그 첫날밤이다. 예상대로 장안은 들끓고 있단다. 일본의 얼을 상징하는 사쿠라 꽃그늘에서 조선민중은 자기네의 얼을 빼고 있단다.

총독은 만족했다. 그는 오만하게 명령했다.

"경무국장에게 이르시오. 요사쿠라 기간 중엔 시민의 웬만한 탈선이나 소란쯤은 묵인하라고!"

그는 오늘밤은 군복이 아니라 사복 차림이었다. 굵직하게 매듭을 진 넥타이를 가볍게 매만지더니 의자에서 일어났다.

"자아, 그럼 출발해 볼까."

네 사람이 한꺼번에 총독실을 나섰다. 비서관들은 우르르 뒤를 따라 나와 그들이 자동차에 오르는 것을 배웅했다. 두 대의 자동차가 총독부의 정문을 미끄러져 나왔다.

"총독 일행이다!"

거리에서 발길을 멈추고 이런 말들을 주고받는 사람들이 있거나 말거나 두 대의 자동차는 일로 안국동 쪽을 달렸다.

"창경원으로 가는가 보다!"

그러나 그들의 자동차는 안국동 네거리를 지나더니 계동 골목으로 꺾였다. 계동 골목 요소요소엔 사복형사들이 눈초리를 빛내고 있다가 총독 일행의 통과를 지켜봤다. 누구네 집으로 가느냐, 한상룡의 집으로 갔다.

큼직한 솟을대문 앞에는 수많은 인력거와 몇 대의 자동차와, 잠복근무하는 형사들과, 그리고 이웃 구경꾼들로 붐볐다. 이례적으로 한복 차림을 한 주인 한상룡이 나와 총독 일행을 융숭하게 맞아들였다.

육간대청이 아니라 20평 응접실이었다. 순 조선식의 회식상이 화려하게 준비돼 있고 이미 와 있던 빈객들이 총독을 맞이하면서 착석했다. 12명의 기생들이 접대에 나섰고 6명의 명기가 가야금과 장구와 거문고를 앞에 놓고 대기 중이었다.

한판 놀아볼 모양이다. 창경원 벚꽃놀이에 맞춰서 여기서도 질탕한 잔치가 벌어진다. 명목은 새로 부임한 조선군사령관 가와지마 중장을 환영하는 만찬회라 했다. 그래서 총독과 사령관이 나란히 상좌에 자리를 잡고 그 양옆에 정무총감과 한상룡이 배석했다. 그리고 그 사이사이에 기생 한 명씩이 끼어 앉았다. 정종이 일제히 따라졌다.

"가와지마 장군의 영광스런 부임을 축하합니다."

한상룡이 술잔을 쳐들자 좌중은 일제히 잔을 높였다.

하야시 센주로의 후임이다. 만주사변이 나자 휘하부대의 긴급출동을 명령해서 월경장군越境將軍이란 이름을 떨쳤던 하야시는 아라키 사다오의 뒤를 이어 육군대신으로 영전해 갔다. 황도파皇道派의 총수격인 아라키는 건강이 나빠져서 부득이 그 자리에서 물러났다고 했다.

가와지마는 일찍이 제19사단장으로서 함경북도 나남羅南에 근무해서 조선반도와는 인연이 깊다. 그는 전임자와는 달리 정치적 인물이 못 돼서 그랬던지 조선 사교계에서 널리 알려지지 않았다. 그가 한상룡의 집을 처음 와 본 것을 보면 그렇다. 가회동 한상룡의 초대를 받지 않은 고관은 거의 없을 정도다.

가와지마 중장은 북쪽 변방의 사단장으로 있었다는 지연적인 이유도 있었지만 그것보다도 한상룡의 주목을 끌 만한 인물이 아니었기 때문이다. 그런데 그가 조선군사령관으로 부임해 왔다. 한상룡은 가와지마 중장이 조선군사령관으로 내정됐다는 소식을 들었을 때 이미 오늘의 잔치를 마음속으로 결정했다. 조선군사령관이라면 부임한 직후에 대장으로 승진되고 가까운 장래에 참모총장이 아니면 육군대신으로 영전이 약속된 자리다. 인물이 아니라 그 직책을 봐서 사귀어 놔야 한다.

그런 만큼, 오늘의 연회에는 조선을 주름잡는 알찬 인물들만을 초대했다. 가토 조선은행 총재, 아리가 식산은행 두취, 다카야마 동척 총재, 야마다 경성제국대학 총장, 시노다 이왕직 장관, 내무국장 우시마, 경무국장 이케다, 학무국장 와타나베, 경성부윤 이노우에, 경기도지사 마쓰모토, 경성방송국장 호사카 등 기라성 같은 존재들이 웅성거렸다.

약간 이색적인 초청객이라면 불이흥업 사장인 후지와, 이왕직 차관이자 이완용의 아들 이항구 남작이 섞여 있는 것이라고나 할까.

그러나 한상룡으로서는 그 두 사람을 빼놓을 수 없었다. 불이흥업이라면 총독이 부임한 이래 가장 주력을 쏟는 조선의 서북지방 개척의 전위대로 내세운 산업역군이고, 이왕직 차관 이항구는 다른 사람 아닌 이완용의 아들이기 때문이었다.

한상룡, 그는 얼마 전에 한성은행에서 손을 뗐다. 지금은 조선생명보험회사의 사장으로서 한반도의 유일한 업체의 총수다. 술이 몇 잔씩 돌아가자 한상룡은 점잖은 목소리로 한마디 했다.

"가와지마 장군께서는 제 집에 처음 오셨지만 이 응접실로 말할 것 같으면 일찍이 데라우치 각하께서도 한두 번이 아니게 오신 일이 있습니다. 데라우치 총독이 조선에 나와서 6년 동안 계셨지만 조선사람의 사저를 찾으면서 술을 드시기로는 아마도 이 청년 한상룡의 집밖에 없었을 겁니다."

거짓말이 아니었다. 총독부의 고관들도 모두 아는 일이었다. 한상룡은 자기와 데라우치의 친분을 강조했다. 그는 언젠가 데라우치 총독과 함께 전곡을 지나 삼방 근처까지 사슴사냥을 나갔던 일을 흥겹게 회상하며 자랑했다.

술이 돌고 밤이 깊어가자 좌석의 화제는 자연 내외정국과 관련해서 조선총독부의 통치실적에 대한 자화자찬으로 바뀌었다.

총독이 먼저 그런 화제를 꺼냈다.

"후지 사장, 요즘 불이흥업의 서북선 개척이 잘돼 가시오?"

들으나마나 한 대답이겠지만 총독은 새로 부임한 조선군사령관에게 그동안의 치적을 자랑하고 싶었다.

"지금 서북지방의 개척사업은 아주 볼 만합니다. 흥남제련소와 장진 강 수력발전소는 말할 나위도 없고요, 겸이포 제철소의 조업도 본궤도 에 올랐습니다. 평안북도 용천 남시 일대의 개척사업도 굉장하지요. 남쪽으로는 김제金堤, 옥구沃溝와 부천군 소래면蘇萊面의 수리공사 사 업도 완공됐습죠. 참, 얼마 전에 왔던 미국 컬럼비아대학의 부르너 박 사도 놀라더군요. 여기저기 안내했더니 원더풀만 연발이에요. 듣던 바 와는 천양지차天壤之差라고 말입니다."

불이흥업 사장은 부르너 박사가 조선을 시찰하고 돌아가며 했다는 말을 길게 부연했다. 부르너 박사는 미국 컬럼비아대학의 교수로서 세 계적인 농학자인데 그는 '일본의 조선통치는 조선사람을 해외로 추방 유랑시킬 뿐이므로 인도적으로도 고려할 문제'라는 논설을 여러 번 발 표한 적이 있었다.

그러자 총독은 불이흥업 사장에게 지시했다.

"그 부르너라는 자를 초청해서 개척사업이 한창 벌어지고 있는 군산 일대와 평안도 등지를 보여주게나!"

부르너 박사는 조선에 왔었다. 그를 안내하여 번지르르한 개척공사 현장만 시찰시키고는 "불이농장을 비롯해 불이흥업회사가 지금 벌이는 사업의 절반만이라도 세계에 선전하면 조선통치를 둘러싼 일본에 대한 인식은 180도로 달라질 것"이라는 시찰소감을 털어 놓도록 만들었던 것이다.

"각하, 이번 부르너 박사의 시찰을 전후해서 저희 불이흥업이 얼마나 많은 손해를 봤는지 살펴주셔야겠습니다."

"짐작은 가네, 그런 일은 마침 여기 식산은행 아리가 두취頭取가 있으니 잘 상의해 보구려."

부르너 박사에겐 적잖은 금력공세를 폈던 만큼 그 비용이 컸을 것이니 식산은행은 적당히 보충해 주라는 암시였다.

그러자 호탕하고 걸걸한 성미의 경무국장이 입을 열었다.

"아시다시피 야마나시 총독시대에 뇌물사건이 많아서 사회문제가 됐지만, 서양 사람들이 뇌물을 더 좋아해요. 지난번 국제연맹의 리튼조사단이 왔을 때에도 치열한 뇌물작전이 벌어졌습니다."

경무국장의 엉뚱한 말에 사람들은 일제히 신경을 곤두세웠다. 그러나 그는 태연하게 저간의 내막을 털어놓았다.

"이 내막은 총독 각하께서도 자세히는 모르십니다."

리튼 경을 수반으로 하는 국제연맹조사단이 제네바를 출발하자 일본 정부에서는 그들의 조사서류를 사전에 훔쳐내기로 작전을 꾸몄다. 일본 외무성에서는 국제연맹 사무차장인 이토에게 "리튼조사단의 현지 조사기록 서류를 시시각각으로 입수하는 방도를 강구하라! 공작금에는 제한이 없다"는 비밀지령을 내렸다.

훗날 일본정부의 정보국 총재가 된 그는 우선 조사단의 타이피스트를 매수하기로 했다. 몇 명의 세련된 공작원이 리튼조사단 여자 타이피스트에게 접근했다. 뇌물 예산은 3만 원으로 책정했다. 3만 원이라면 엄청난 금액이었다. 그러나 그 아가씨는 단연코 거절했다.

"여보세요. 우리는 명예롭고 공정한 조사단의 일원입니다. 돈 3만 원에 양심을 팔 수 없어요!"

타이피스트 매수공작은 완전히 실패로 돌아갔다.

그러자 일본 외무성과 중국 대륙에 나가 있는 특수정보기관은 당황했다. 더구나 해괴한 일이 생겨서 더욱 낭패했다. 남경의 국민당 정부와 국제연맹 사무국의 중국 대표는 리튼조사단의 만주지방 실태조사가 초반전에 들어섰을 뿐인데도 벌써부터 희색이 완연했으니 말이다. 정식보고서는 보나마나 중국 측에 유리하고 일본한텐 불리하게 된 것을 알고 있었기 때문이다.

일본정부와 정보기관에서는 혈안이 돼서 중국 정부가 좋아하는 이유를 캐내는 데 성공했다. 중국 정부가 먼저 그 여자 타이피스트를 매수했던 것이다. 매수 금액은 일본 공작원이 제시했던 3만 원의 3배가 넘는 10만 원이었음이 밝혀졌다.

"역시 중국 놈들은 대륙적이라 뇌물의 규모도 크구나!"

일본의 공작반 책임자인 이토는 혀를 내둘렀다. 그렇다고 수수방관할 수도 없는 일. 일본 외무성과 조선총독부 경무국 그리고 만주에 나가 있던 특무기관에서는 긴급대책을 강구했다.

"귀신처럼 날고 기는 소매치기 열 명을 뽑아라!"

소매치기 수법이 뛰어난 자들을 국제연맹조사단에게 접근시켜 그들의 조사기록을 빼내도록 했다.

경무국장은 자랑스럽게 웃으며 말했다.

"조선에서도 세 놈을 뽑아 보냈습죠. 두 명은 대전 감옥에 있던 일본인 쓰리꾼이고, 한 명은 평양 감옥에서 뽑아낸 조선인이었습니다. 그런데 이젠 모두 지나간 일이니까 털어놓습니다만 평양의 조선 소매치기가 제일 큰 놈을 뺏어냈댔어요. 핫하."

소매치기 일당을 만주철도의 차장과 안내원으로 변장시켰다. 그들은 리튼조사단이 탄 열차 안에 들어가서 그들의 묘기를 최고도로 발휘했다.

"필요한 문서는 거의 다 빼냈습니다. 하하하."

모두들 소리 높여 웃었다.

"뇌물보다는 소매치기라!"

술잔들이 또 돌고 노래와 춤이 흥겹다가 또 새로운 화제가 시작됐다. 총독이 한상룡에게 말을 걸었다.

"한상룡 씨, 이승만李承晩이란 사람을 아시오?"

"이승만이라면 하와이에서 활동하는 그 사람 말입니까?"

"그자가 요즘 제네바 국제연맹에 나타나서 우리 일본의 만주 진출을 맹렬히 비난하고 있다는군. 그자 때문에 제네바의 우리 대표가 상당히 골머리를 앓았던 모양이야. 지금은 국제연맹에서 탈퇴했으니까 별문제 없겠지만."

총독은 일본이 국제연맹을 탈퇴하고 세계 여론에서 고립된 것을 찬성하지는 않았어도 역시 정부의 기정방침에 순응하지 않을 수 없다고 생각한다.

한상룡이 코끝을 쫑긋거리며 말했다.

"앞으로의 세계정세는 볼 만합니다. 우리 일본이 국제연맹을 탈퇴했으니 국제연맹도 반신불수가 된 셈이고, 독일에서는 히틀러가 수상에 취임해서 전권을 장악했으니 앞으로 구라파의 풍운이 심상치 않을 겁니다. 게다가 미국을 보십시오. 요즘 전해지는 소식을 보면 미국은 경제공황에 휩쓸렸다는군요. 새로 대통령에 취임한 루스벨트도 골치를 앓을걸요. 아시아 대륙에서는 지도가 바뀌어 가고 있구요."

총독은 기생의 허리를 감아 안고 부라질을 하고 있었다. 한상룡은 그 꼴을 만족하게 바라보면서 또 새로운 화제를 꺼냈다.

"각하, 참 우리도 새로운 색깔이 하나 필요하지 않겠습니까?"

"새로운 색깔이라니?"

"각하, 이태리는 검은 샤쓰입니다. 독일의 나치는 갈색 샤쓰구요. 소비에트는 빨간 빛깔이구요. 중국은 남의藍衣가 유행이라는데 우리 대일본제국도 무슨 통일된 빛깔이 있어야 하지 않겠습니까?"

전제주의 국가는 모두가 하나의 빛깔로 국민들을 채색해서 통치하기 시작했다. 그러니 일본인들 그런 색깔이 없어서 쓰겠느냐는 한상룡의 의견이었다. 그러자 정무총감이 한상룡을 말을 받았다.

"우리 일본의 빛깔은 누런 초록이지요. 그런데 그것을 무슨 색이라고 표현하면 좋을지 모르겠소."

정무총감은 학무국장을 바라봤다.

"군인들이 입는 그 군복 빛깔 말씀입니까? 그거야 쉽게 국방색이라 해두면 되겠죠."

이 말에 총독이 기생의 허벅지를 철썩 때렸다.

"국방색이라? 그것 참 좋은 표현이군. 정말 그래. 국방색이야!"

총독은 국방색이라는 묘한 말을 창안한 학무국장에게 술잔을 보냈다. 별로 말이 없이 술잔을 기울이던 군사령관도 국방색이라는 표현엔 흥미를 느낀 모양인지 비로소 고개를 끄덕이며 공감하는 시늉을 했다.

봄밤이 깊어감에 따라서 술자리는 흐트러진 꽃밭처럼 낭자해졌다.

이 땅의 경제계를 주름잡는 조선은행 총재를 비롯한 재계의 거물들은 총독의 산업개발 시책을 극구 찬양하면서 평안도와 함경도 땅이 앞으로 대륙 경륜經綸의 공업적 발판이 되리라는 데서 벅찬 포부를 개진하기도 했다.

새로 마련되는 농지령農地令에 따라서 농촌부흥책이 성공할 수 있다고 자화자찬했고, 부산에서 신의주 안동(단동丹東의 옛 이름)을 거쳐 만주의 장춘長春으로 직행하는 직통열차가 곧 개통된다고 자랑을 삼았다.

웅기-나진 간의 철도 개통도 멀지 않았고, 청진비행장 공사가 고비에 이르렀다고 떠들어댔다. 술좌석이 아니라 정담政談 좌석이었다.

경복궁 경내에서 대대적인 산업박람회를 열자는 의견에 열을 올리기도 했다. 총독은 산업박람회에 대해선 귀가 솔깃하고 신바람이 났다.

"이왕 박람회를 하려거든 대대적으로 하시오. 데라우치 대장이 초대 총독으로 있을 때, 동양 최대의 공진회를 열었다고 알고 있소. 벌써 세월이 20년이나 지났군. 그러니 이번 박람회는 데라우치 총독 때의 그 것보다도 20배쯤 크게 열어야 할 것이오. 20배쯤 말이야!"

총독이 산업박람회에 열을 올리자 경성제국대학 야마다 총장이 맞장구를 쳤다.

"각하께 재미있는 소식을 전해 드리겠습니다. 저희 대학에 스즈키 다케오란 경제학 교수가 있는데 기발한 논문을 작성 중입니다."

"그래요? 논제가 뭔가요?"

"〈북선北鮮루트론〉인데 재미있습니다."

야마다 총장은 '북선 루트론'을 설명했다.

"대략 다음과 같은 논지입니다."

지금까지 조선의 산업은 남쪽의 농토를 중심으로 '단일산업형 경제체제'였다. 그러나 우가키 총독의 자유경제정책에 따라서 일본의 자본이 대량 도입되어 북조선 일대에 중공업 시설이 부쩍 늘어났다.

함경북도 지방의 수력발전을 원동력으로 홍남, 원산에 화학공업이 발전하고 함경북도 성진, 청진에 역시 화학공업 시설이 번창했다.

이제는 북부의 공업발전으로 한반도의 경제는 2대 산업지대로 확연히 구분되게 됐다. 남쪽 일대의 농업 경공업산업지구와 북부의 화학 중공업지대로 나누어져 한반도의 산업지도가 크게 바뀐 것이다.

더욱이 일본군의 만주진출과 만주국滿洲國의 건립은 조선의 위치를 변모하게 만들었다. 만주대륙으로 진출하려는 일본의 북상루트는 부산-서울-신의주-안동-봉천에 이르는 줄기다. 그런데 만주를 지배하게 되니 이제는 소련에 대한 정책을 적극 추진해야 한다. 소련과의 접경은 만주와 한반도 북부의 두만강이다. 그런 만큼 일본해-북부 조선-만주를 연결하는 새로운 노선의 개척이 긴요하게 됐다. 그러자면 홍남, 원산이나 나남, 청진 등에다 항만과 철도를 건설해서 북선 루트를 새로 마련해야만 한다. 이것은 경제적인 루트인 동시에 전략적으로도 중요한 루트이기도 하다.

야마다 총장이 소개하는 스즈키 교수의 '북선 루트론'에, 총독은 깊은 관심을 표시했다.

"스즈키 교수를 나에게 보내주시오. 그리고 말이야, 정무총감은 스즈키 교수를 경제고문으로 위촉하시오."

우가키는 더할 수 없이 만족했다.

그러자 이야기는 또 엉뚱한 방향으로 비약해서 이날 주연의 대단원을 이뤘다. 그것은 한상룡이 꺼낸 화제였다.

"경무국장께선 요즘 실물失物을 하셨다면서요?"

"실물이라뇨?"

"사람을 잃으셨다죠. 더구나 아름다운 여자를."

"무슨 말씀입니까? 한 선생."

한상룡은 얼마 전에야 이항구로부터 윤정덕의 실종사건을 들은 바 있었다.

"아아, 윤정덕 말입니까? 실종이 아니라 지금 상해에서 공작하고 있어요. 배정자 여사가 한때 만주 벌판에서 활약한 것처럼 윤정덕은 중국 대륙에서 공작孔雀 같은 날개를 펴고 있는 중입니다."

경무국장은 윤정덕의 실종사건에 대해선 화제 삼기를 꺼렸다.

———◆◆◆———

한상룡이 자기 집에서 일인들과 연회를 벌인 그날 밤 우연하게도 중국대륙 천진의 화락춘이라는 중화반점에서도 몇 사람이 모여 앉아 조용히 술잔을 기울이면서 담소를 나누고 있었다.

한·중인의 모임이었다. 천진은 북경보다도 훨씬 활기 있는 국제도시다. 도크에 뱃전을 댄 크고 작은 선박이 눈 아래 내려다보이는 부둣가의 수많은 중화반점에는 갖가지 피부색의 외국인들이 드나든다.

그날 밤 중국 요리를 가운데 놓고 둘러앉은 사람은 박충권과 윤정덕

그리고 장조張操라는 중국 청년이었다.

장조는 중국 국민당 정부의 제 2인자인 왕정위汪精衛의 개인비서였다. 그는 일본에 유학하여 제 6고등학교를 거쳐 도쿄제국대학을 마친 수재였다. 그는 왕정위와 더불어 국민당 정부 안에서는 일본을 잘 아는 지일파知日派에 속한다.

장조는 일본의 만주 침략이 노골화되자 왕정위와 더불어 배일排日주의자로 급선회했다. 그는 지난번 상해 홍구공원에서의 윤봉길 의거에 깊은 감명을 받고 중국과 만주대륙에서 활약하는 한국독립운동가와 중국정부와의 연락 책임을 지고 공작에 나선 사람이다.

그들의 대화는 자연 일본의 침략주의에 대한 의견 교환과 한국독립운동가와 중국정부가 합력해서 항일전선을 강력히 밀고 나갈 작전에 관한 것이었다.

장조는 지혜로운 용모와 날카로운 화술을 가진 청년이지만 역시 대륙 사람답게 성격이 유장한 데가 있었다.

"박 선생, 일본의 중국 침략이 성공하려면 한 백 년은 걸릴 줄 아는데 한국은 몇 년 만에 먹혔습니까?"

"아마 20년쯤 걸렸지요. 청일 전쟁, 러일 전쟁, 을사조약을 거쳐서 마침내 경술년에 한반도를 집어삼켰으니까요."

그들은 메이지 시대의 일본이 어떠한 술책으로 한국을 병탄했던가를 화제 삼았다. 박충권이 말했다.

"한반도를 집어삼켰을 때 일본의 최종 목표가 중국대륙이라 함은 누구나 알던 일입니다. 그런데 청조淸朝는 너무나 부패해 있었죠."

"그래서 우리 지도자 손문孫文 선생이 혁명을 일으켰던 것 아닙니까.

그런데 손문 선생은 중국혁명을 수행하는 데 오히려 일본을 교묘히 이용하셨습니다."

"처음엔 우리 한국사람은 손문 선생을 많이 오해했어요. 나중엔 그분의 뜻을 알게 됐지만, 혹시 장 선생께선 한국의 김옥균金玉均이라는 이름을 기억하십니까?"

"알구 말구요. 김옥균 선생은 상해에서 암살되지 않았습니까?"

"그렇죠. 그런데 한국인도 일본세력을 이용하려 했던 김옥균 선생을 결코 매국노賣國奴라고 욕하지 않습니다. 결국 김옥균 선생이나 손문 선생이나 모두 비슷한 일본관을 갖고 있었지요."

"손문 선생이 일본에 망명했을 때 기차를 타고 일본 국토를 여행하다가 이런 말을 했어요. '땅을 갈아서 산마루에까지 이르렀다, 모름지기 일본국민이 얼마나 근면한가를 짐작할 수 있겠다'고. 그러자 마주앉아 있던 그의 비서가 이렇게 대꾸했답니다. '밭을 갈아서 산마루에까지 이르렀다, 모름지기 국토가 얼마나 협소한가를 알 수 있다'고 말입니다. 손문 선생은 눈을 지그시 감고 고개를 끄덕거렸다는 거죠."

"일본의 궁극적 목표는 중국을 집어삼키는 데 있습니다. 일본이 조선을 삼킨 다음 수탈하는 방법을 보면 기가 막힙니다. 지금 조선 총독이란 자는 겉으로는 자유경제니 농촌진흥이니 하면서 산업정책에 힘을 쓰는 듯하지만 그건 조선이라는 고기를 살찌게 해서 더 실속 있게 착취하자는 고등술책입니다. 그런데 이런 내막을 모르고 일부 서양사람들이 일본의 조선통치를 찬양하니 실로 기막힌 일입니다."

"우리 중국인들 사이에는 이런 말이 있습니다. 일본인의 악착같은 성미는 중국요리 먹는 것을 보아도 알 수 있다 그겁니다. 음식상에 생선이 나가면 일본인들은 한쪽을 다 먹고는 그것을 다시 뒤집어서 찌르고 헤치고 하다가는 나중에는 눈깔까지 파먹고 맙니다. 아주 접시를 싹 쓸어버리거든요. 그들의 침략 근성도 중국요리 먹는 것과 똑같을 거라는 거지요."

윤정덕은 예나 이제나 여전히 아름다웠다. 중국옷을 맵시 있게 입어서 중국의 미인과 다름이 없었다. 윤정덕은 박충권과 중국청년 장조가 주고받는 대화를 흥미 있게 귀담아 들을 뿐, 사나이들의 말에 끼어들지는 않았다.

"참, 아십니까. 김구 씨가 우리 장개석 총통을 만난 일을."

"그래요? 언제 만났습니까?"

"벌써 여러 날 전입니다."

박찬익의 주선으로 김구는 장개석을 만나 앞으로 한중 두 나라의 청년들이 일본의 침략세력과 맞설 경우에 대한 여러 의견을 피력했고 장개석에게 권고해서 낙양洛陽군관학교軍官學校에 한국인 특별반을 설치해 주도록 요청했다고 했다.

"군관학교 한인특별반韓人特別班은 정식 허가가 났습니까?"

박충권은 두 눈을 크게 뜨고 반문했다.

그는 이날이 오기를 너무나 안타까이 기다리고 있었다.

만주의 한중 연합부대가 사도하자四道河子에서 일본군 1개 대대를 격파했고, 조선혁명군 양세봉梁世奉 총사령이 영릉과 흥경에서 일본군 2개 연대를 쳐부순 전과는 중국 국민들에게 큰 용기를 줬다.

조선혁명군은 양세봉 총사령 밑에 참모장 김학규, 중대장 조대선, 최윤구, 정봉길 등이 지휘하고 있었다.

청산리 전투에서 명성을 떨친 이범석李範奭은 북만주의 군벌 마점산과 손을 잡고 일본군을 농락하다가 흑룡강을 건너 구라파 여행을 떠났다는 소식이 있었다.

이청천李青天은 한중 연합군을 지휘하다가 상해 임시정부와 앞으로의 일을 모의하려고 산해관山海關을 넘었다 했고, 혁명가 신숙은 상해, 남경 등지에서 중국 정부와의 비밀교섭을 매듭짓고 만주로 다시 돌아가는 길에 잠깐 북경과 천진 사이에 머무르고 있다고 했다.

그러나 박충권은 앞으로 만주에서의 독립운동이 새로운 국면에 부딪치리라는 것을 예감했다. 왜냐하면 만주는 이미 중국 땅이 아니고 일본의 판도로 먹혀 버렸기 때문이다. 그렇지 않은가.

만주철도와 대련大連, 여순旅順의 권익 보호를 위해 파견돼 있는 일본의 관동군이 아무리 설친다 해도 만주가 엄연한 중국 땅이고 장학량, 마점산, 장경혜 같은 군벌에 의해서 통치되는 이상에는 한국 독립운동가들은 만주 땅을 반일공작의 온상지로 삼을 수가 있었다. 그러나 만주는 이제 중국에서 완전히 분리되어 '만주국'滿洲國이라는 일본의 괴뢰국으로 형식상 독립했다. 그렇다면 만주나 조선이나 다를 바가 없다.

10만의 관동군은 앞으로 20만, 30만, 아니 1백만으로 마음대로 늘어날 수 있고 압록강 송화강松花江에 이르는 만주 전역에 대한 독립군 토벌 소탕전이 벌어질 것이 뻔했다. 아무리 날고 기는 용맹한 독립군이라 해도 관동군 백만의 무력 앞에 배겨낼 재간은 없지 않은가.

박충권의 판단으로는 한국독립군의 만주에서의 활약은 1, 2년을 더 끌지 못하리라는 것이었다. 더욱이 지난번 동만주의 대전자령大甸子嶺에서 일본군 제19사단의 72연대가 한국독립군과 중국군에 의해서 전멸되는 사태가 벌어진 이후로는 일본 관동군의 보복작전이 본격화했다.

그렇다면 만주의 독립군은 그 활로를 어디에서 찾는가?

공산주의자들은 흑룡강을 건너서 소련으로 건너가면 된다. 그러나 민족주의자에 의해 지도되는 독립군은 소련으로 갈 수는 없다. 길은 오직 하나였다. 중국대륙으로 흘러 들어가는 것뿐이다.

그래서 이청천, 김학규, 신숙, 이범석 등은 중국정부가 한국독립군을 받아주도록 간청하게 됐고, 이 교섭을 김구, 이시영, 박찬익, 신익희, 조소앙, 엄항섭 등이 나서서 진행하고 있었다.

이날 밤의 그들의 대화는 끝머리에서 엉뚱한 방향으로 바뀌었다.

"참, 오늘밤 박 선생 내외분과 뵙고자 한 것은 이유가 좀 있습니다."

장조는 윤정덕에게 심상찮은 시선을 보내며 그런 말을 했다.

"실은 윤 여사에 대한 일본 밀정들의 후각이 날카로워졌습니다. 저들이 윤 여사에 대한 사상적 배경을 파악한 모양입니다. 말하자면 윤 여사가 저희들의 동지가 아니고 적이라는 것을 눈치 챘단 말이죠."

박충권은 그 말을 듣자 빙그레 웃었다.

"사실은 우리도 그런 눈치를 채고 있습니다."

장조는 약간 놀라는 시늉을 했다.

"그래요? 아셨군요? 그래 앞으로 어떻게 하실 작정입니까?"

이번엔 윤정덕이 이마에 흘러내린 머리칼을 올리면서 말했다.

"조국으로 곧 돌아갈 계획이에요."

"돌아가시다니?"

"만주 벌판에서 객사客死는 하기 싫으니까요, 호호."

박충권이 계획을 설명했다.

212

"자진해서 귀국하는 거죠. 그 다음에 부딪칠 사태에 대해선 저 사람이 임기응변해서 감당해 나갈 거구요."

"그럼, 박 동지도 함께?"

"아닙니다. 나는 당분간 여기서 할 일이 있고."

"언제 떠나십니까? 여사께선."

"내일 새벽."

"그럼 오늘이 마지막 밤이었던가요?"

"그래서 이렇게 장 동지와 …."

"국경 넘기가 위험하실 텐데?"

"여기 있다간 더 위험합니다."

"하긴 그렇지만. 어떻습니까? 윤 여사, 당분간 내 집에 와 계시면?"

장조는 이 말 끝에 얼굴을 붉혔다.

박충권이 빙그레 또 웃었다. 그는 알고 있다. 장조가 윤정덕에게 이성으로서 꽤 집요한 생각을 가지고 있음을. 그는 또 알고 있다. 중국인의 여자에 대한 집념은 무서운 것임을.

"글쎄요. 호의는 감사합니다. 좀 생각해 보지요."

"내일 떠나시기로 한 건 사실이 아니죠?"

"그럴 계획이었지만 …."

미묘한 사태를 예상해야 했다.

장조의 비위를 건드렸다간 오히려 윤정덕이 위해危害를 입을지도 모른다. 남자들의 사업은 중요하다. 그리고 장조의 인격을 못 믿는 것도 아니었다. 그러나 여자에게 사련邪戀을 품은 남자는 사업적인 연관성과는 관계없이 엉뚱한 짓을 저지를 수도 있다.

박충권은 장조에 대해서 그런 예감을 가지고 있었다.

그날 밤, 숙소로 돌아온 윤정덕은 남편의 품에 안긴 채 조용히 고백했다.

"여보! 나 임신했어요. 당신 애기."

"그래? 정말이야?"

박충권은 깜짝 놀랐다.

"어디 좀 만져 볼까 여기야?"

"요기예요. 만져져요?"

"글쎄 몇 달쨌고?"

"3개월."

"그래? 왜 입때까지 감추고 있었어?"

"서울에 가서 낳겠어요. 당신의 애기를. 딸임 어떡허나?"

"첫딸은 세간 밑천이라잖나?"

두 사람은 잠을 이루지 못했다. 잠잘 수 있는 밤도 아니었다.

이튿날 새벽 그들은 천진 시가를 벗어났다.

마라톤의 월계관

조선인의 본성은 내가 안다. 내가 조선에 군림하면 그들을 명실공히 대일본제국의 충실한 신민으로 만들어 놓을 수 있다. 자신만만하게 선언하고 한반도에 나타난 사나이. 그가 육군대장 미나미 지로南次郞이다. 제8대 총독으로 부임하던 날, 그러나 그 첫날부터 그는 눈살을 찌푸렸다. 조선놈들은 정말 시끄럽구나!

문패는 다나카 다케오다.

총독부의 관사 중에서도 제1급의 큰 저택이었다. 정원에는 녹음이 우거지고, 자연석이 적재적소에 배치되고, 크지는 않지만 연못이 있고, 화단에는 금잔디가 벨벳처럼 깔려 있고, 디딤돌이 질서 있게 박혀 있고, 피를 토하는 듯한 새빨간 칸나가 한 떨기 피어 있고, 거기 아침인데 비가 내리고 있었다.

빗소리가 별안간 쏴아 하고 높아졌다. 가라가사紙雨傘 하나가 뜰아랫방에서 안방 쪽을 향해 비 내리는 뜰을 건너기 시작한 것이다.

일본 옷이 어딘가 어색해 보이는 젊디젊은 여자가 디딤돌을 하나하나 셈하듯 밟으면서 정원을 가로질러 가고 있었다. 맨발에 게다를 신었다. 발을 옮길 때마다 벌름벌름 벌어지는 치맛자락, 그러나 그 지체肢體는 미끈하고 살결이 희었다.

여자는 우산을 접어 마루 끝에 세우고는 복도로 올라섰다.

"다아레(누구)?"

남향한 큰방 쪽에서 간드러진 여자의 음성이 튀어나왔다.

"사다요예요."

여자는 대답하고는 복도 끝에서 물 묻은 발을 걸레로 닦았다.

찌르르, 찌르르륵. 처마 끝엔 여치집이 대롱하게 매달려 있다. 밀짚을 엮어 만든 나선형의 여치집이었다. 거기서 여치가 아침 인사라도 하는 것처럼 가볍게 울었다. 여자는 발돋움을 하고는 손끝으로 그 여치집을 툭 튀겨 줬다. 그리고는 총채를 들고 큰방의 미닫이를 조심스럽게 열었다.

넓은 방 안에는 이부자리가 아직 깔린 채로 있었다. 매캐한 냄새가 코를 찔렀다. '주인 아씨'는 일어나 있었다. 잠옷의 앞가슴을 드러낸 채, 엎드려 신문을 읽는 중이었다.

"이불 갤까요? 아씨!"

"개켜!"

"간밤에두 혼자 주무셨군요? 아씨."

"아아."

여자는 명주이불을 개키면서 코끝을 벌름거렸다. 정말 짙은 매캐한 냄새, 향내 같기도 하고 섹스 냄새 같기도 해서 여자는 코를 벌름거렸다.

"신문에 뭐 재미나는 소식 있어요? 옥상."

이런 경우의 옥상おくさん은 주인아줌마. 말을 건 여자는 이 집에 새로 고용된 하녀였다. 30대의 깔끔하게 생긴 여자였으나 하녀였다. 하녀니까 조선 여자였다. 주인 여자도 젊었다. 하녀와 같은 나이 또래였으나 일본 여자니까 주인이다. 주인이니까 거만했다. 거만하니까 하녀의 물음엔 대답하지 않고 잠옷 바람의 두 다리를 뻗으며 늘어지게 기지

개를 켰다. 벌어진 잠옷 속의 두 다리 사이는 한없이 깊고 멀었다.

'사다요'라는 하녀는 외면하면서 이부자리를 개키기 시작했다. 남녘으로 난 미닫이를 활짝 열어젖뜨렸다. 총채질을 했다. 새로 깔아 풀냄새를 풍기는 다다미 바닥에 걸레질을 쳤다.

걸레질을 치다가 화장대 옆에서 두루마리 하나를 발견했다. 핑크빛 리본이 달린 처음 보는 두루마리였다. 하녀는 무심히 그것을 집어 허술하게 말린 것을 똘똘 말려고 하는데, 주인 여자가 빙그레 웃으면서 말을 걸었다.

"사다요 상! 그것 좀 펼쳐 볼래?"

사다요는 그 두루마리를 무심히 펼쳐 보다가 기겁했다. 이른바 저들의 무슨 후류에마키風流絵巻, 즉 원색 춘화도였다. 고운 명주로 표구까지 한 열두 폭의 섬세한, 그러나 과장된 춘화였다.

"아씨도, 이런 것을!"

사다요가 그 춘화를 다시 똘똘 말려고 하는데 주인 여자는 짓궂게도 그것을 빼앗아서 다다미 위에다 쫙 펼쳐 버렸다.

"이게 인생인데 뭐 못 볼 거야? 사다요 상도 잘 봐 둬!"

주인 여자는 또 눈을 거슴츠레하게 뜨고 말했다.

"우리 주인은 조선년 기생한테 미쳐서 밤마다 안 돌아오고, 난 이거나 구경하면서 기분이래도 내야지 별 수 있어? 근사하지? 이 그림은 아주 인생의 시詩지 뭐야. 멋있지? 사다요 상."

주인 여자는 풍만한 육체를 다다미 위에다 철퍼덕 팽개치면서 몸을 뒤틀었다.

"사다요 상도 오래 됐지? 그런 도원경桃源境에서 노닌 일."

"오래 됐어요."

"남편은 죽었다고 했나? 사다요 상 같은 미인이 왜 시집을 안 가? 죽은 남편과의 의리?"

"그렇지도 않지만 … 아이가 있으니까요."

"아이는 아이고, 사다요 상은 사다요 상 아냐? 죽은 사람은 죽은 사람이고. 사다요 상은 아직 청춘 아냐? 그 나이면 한창 좋아할 텐데. 안 그래?"

"저야 그렇다 치고 아씨도 퍽 고독하신가보죠? 밤마다 독수공방하시기에."

주인 여자는 별안간 일어나 앉았다. 무릎 앞이 벌어졌다. 새삼스런 말투로 사다요를 쏘아보다가 엉뚱한 말을 했다.

"사다요 상, 내 청이 하나 있는데 들어 줄래? 보답은 충분히 할 테니까. 사다요 상의 미모와 그 육체라면 너끈할 텐데."

사다요는 다소 긴장하면서 반문했다.

"아씨 청이라면 들어 드려야죠. 말씀해 보세요."

"사다요 상한테도 좋은 일이야. 우리 주인을 사다요 상의 힘으로 집에 가둬 앉힐 수 없을까 몰라?"

"가둬 앉히다뇨? 아씨."

"유혹하란 말이야. 그렇잖아도 우리 주인은 사다요 상을 좋다고 하던데. 아름답고 일본여자와 다름없고 교양도 있어 보인다고 아주 탐내고 있어요. 그러니까 나하고 공동작전을 펴서 그이를 집에서 못 나가게 하잔 말이야. 아마 사다요 상은 밤의 서비스도 만점일 거니까. 이 그림보다 멋지게 놀걸."

사다요는 눈꼬리가 씰그러졌다. 얼굴에 핏기가 싹 가시면서 입술이 파르르 경련을 일으켰다. 그러나 그것은 지극히 짧은 순간이었다. 그녀는 이내 아무렇지도 않은 기색으로 말했다.

"어머나, 아씨도. 천한 조선인 하녀가 어떻게 감히 그런?"

"모르는 소리, 남자들은 하녀를 제일 좋아한다고. 일도이비一盜二婢라는 말까지 있으니까. 호호."

이때 현관문 소리가 요란하게 들려왔다.

두 여자는 질겁하면서 방 안을 정돈하고는 현관 쪽으로 달려 나갔다. 이 집의 주인이 돌아온 것이다. 다나카 다케오. 조선총독부의 경무국장이다. 그는 거실로 들어오자마자 내뱉듯이 혼잣말을 했다.

"아아, 고단하다. 조선놈들 또 시끄러운 사건을 일으켰단 말이야!"

그러나 주인 여자는 그의 그런 말을 외박하고 아침에 돌아온 남편의 변명쯤으로 듣고 딴청을 부렸다.

"… 아침에 돌아온 남편이 무엇인가 할 말이 있었다, 겠죠?"

그러나 이 집의 하녀인 사다요는, 조선놈들이 좀 시끄러운 사건을 일으켰다는 경무국장의 말에 비상한 관심을 보였다.

'무슨 일일까?'

사다요는 장지문 밖에서 엿들었다. 다나카는 자기 아내에게 지껄이고 있었다.

"글쎄 내일은 신임 총독 각하가 부임하는 날 아닌가. 그런데 오늘 시끄러운 문제가 터졌단 말이야. 어제, 베를린올림픽에서 마라톤으로 일등한 우리 일본선수 말이야."

"조선인이래면서요?"

"조선인은 대일본제국의 신민이 아냐? 가슴에 단 히노마루_{일장기}를 신문사 놈들이 지워서 보도했단 말이야."

"왜요? 그건 왜 지워요."

"맹추. 조선놈이니까 히노마루가 보기 싫다는 불온사상에서지."

"무슨 신문에서요? 조선신문이겠군요?"

"〈동아일보〉개새끼들이 그따위 수작을 했단 말이야!"

장지문 밖에서 엿듣던 이 집의 하녀 사다요는 복도를 가면서 속으로 뇌까렸다.

"하기는 잘했구나! 허지만 된통 시끄럽겠지!"

1936년 8월 25일 아침이었다.

━━◆◆◆━━

육군대장 미나미 지로가 제8대 조선 총독의 발령을 받은 것은 지난 8월 5일이었다. 그가 서울에 부임한 것은 8월 26일이었고, 〈동아일보〉의 일장기 말소사건의 보고를 받은 것은 그 전날 오후였다.

그때 그는 도쿄 한복판에 자리 잡은 제국호텔 귀빈실에 있었다. 그날 저녁은 그의 조선 총독 부임을 축하하고 아울러 송별연을 겸한 파티가 제국호텔에서 열릴 예정이었다. 그는 파티시간보다 몇 시간 앞서 제국 호텔에 와 있었다. 집에 있으려니까 조선과 이해관계를 가진 사람들이 인사한답시고 너무나 많이 찾아오는 바람에 그 시끄러움을 피해서 미리 거기에 와 있었던 것이다.

그는 정무총감 오노 로쿠이치로와 단둘이 마주 앉아 있었다. 그는 훈시문의 초고를 훑어본 다음 만족스러운 미소를 지으면서 담배를 피워 물었다.

"잘됐소!"

그는 짤막하게 한마디 흘리고는 소파에 몸을 깊숙이 묻었다. 정무총감은 반대로 소파에서 몸을 가누면서 말했다.

"아무리 극성스런 저 황도파의 장교들도 이젠 각하에 대한 인식을 달리할 것입니다."

이 말에 총독 미나미는 다시 훈시문의 요지를 집어 일별하고는 고개를 끄덕였다.

"무엇보다도 국체명징國體明徵을 앞세운 이 훈시문은 명분이 서서 좋소. 선만일여鮮滿一如라는 문구도 그렇고, 정무총감이 기초하셨소?"

"도미나가 군이 기초했습니다."

"학무국장 말인가요?"

"도미나가 군은 각하의 정치적 입장을 통찰하고 있는 만큼 이런 요령 있는 문안을 만들 수 있었습니다."

"정무총감이 잘 정리한 덕분이겠지. 우리 함께 본때 있게 일해 봅시다. 하하하."

미나미 지로는 몸이 비대하고 배가 나와 있었다. 웃으면 배가 마구 흔들렸다. 그는 기분이 매우 좋았다. 조선 총독이 출세의 관문임을 아는 것이다. 그는 자기가 적극적인 운동을 해서 그 자리를 딴 것은 아니지만 은근히 바라던 자리임엔 틀림이 없다.

그는 일찍이 조선군사령관으로 서울에 근무했고 우가키의 뒤를 이어 육군대신도 역임했다. 그는 이번엔 제8대 조선 총독으로 부임하게 된 것을 다시없는 영달의 길이라고 생각했다.

하세가와나 야마나시는 워낙 정치가로서의 결함이 많았기 때문에 조선 총독 자리를 끝으로, 장성으로선 물론 정치가로서의 명맥도 끊겼지만 데라우치나 사이토는 조선 총독을 거쳐서 내각 총리대신으로 출세했다. 말하자면 조선 총독의 정치적 비중이란 일본정부에서는 부총리 정도의 높은 벼슬이다.

'그러니까 다음엔 총리대신 자리가 굴러온다.'

그러나 미나미로서는 하나의 고민거리가 있었다. 그것은 일본 군부를 휩쓰는 과격한 황도파皇道派 장교들이 그를 노골적으로 배척하기 때문이다. 지난해 2월에 터졌던 군부의 반란을 주도한 청년장교들은 한때 미나미 대장과 나가다 소장이 일본 육군의 암이라고까지 극언했다. 나가다 소장은 이미 지난해에 육군성 국무국장실에서 아이사와라는 과격파 육군 중좌에게 백주에 피살되었다. 그러나 미나미 지로는 육군대신 자리를 내놓고 군사참의관이라는 한직에 있었기 때문에 직접적인 저격 대상권에서 벗어났다.

그런데 이번에 그가 조선 총독이라는 막중한 지위에 다시 등장했으니 황도파 장교들은 눈을 부라릴 것이 자명한 일이다. 미나미는 자신의 그런 위치를 잘 알고 있었다. 그리고 그는 누구보다도 약삭빠른 사람이었다. 전임 총독 우가키는 정치가로서의 배포와 그릇이 큰 장성이라서 군부의 극성을 견제할 수 있었지만 그는 그렇진 못했다.

미나미 지로는 8월 26일 정식으로 제8대 조선 총독으로 착임하는 날에 2천 3백만 조선민중에게 훈시문을 발표하기로 결정했다. 그 훈시의 요지를 학무국장에게 지시했고 새로 정무총감에 발탁된 오노에게 다듬도록 부탁했는데 지금 그 초안을 보니 마음에 들었다.

미나미는 그 초안을 다시 흥얼거리며 읽어 봤다.

— 첫째, 국체명징. 아시아와 세계의 대세를 볼 줄 모르고 고루한 민족주의적 편견에 사로잡힌 자가 있고 또 공산주의자들의 준동이 있음은 유감된 일이며 이는 하루 속히 절멸되어야 한다. 제국 9천만 동포가 거국일치 상하일심으로 애국애족 황도선양에 매진하려면 국체관념이 명징되어야 하며, 특히 이는 조선에서 가장 요긴한 일이고 반도半島 시정施政의 근기根基이다. 신사참배의 여행, 황거皇居 요배遙拜, 국기 일장기게양의 장려, 국가國歌의 존중 및 국어일본어 보급의 권장 등으로 실을 거둬야 할 것이다.

"아주 잘됐단 말이야. 이 훈시문을 보면 황도파 장교들도 더 할 말이 막혀 손뼉이라도 칠 거야. 홋홋홋."

미나미는 이 훈시문이 조선민중에게 강요하는 총독의 시정방침이면서도 육군성과 육군본부 그리고 만주 관동군의 과격파 장교들에게 은근히 추파를 던지는 효과가 있음을 계산하고 있었다.

총독도 유쾌했고, 정무총감도 즐거운 모양이었다.

"됐어! 저녁엔 한잔 먹고 내일은 조선으로 떠난다? 정무총감도 사사로운 준비가 다 됐겠죠?"

부임을 하루 앞둔 8월 25일의 일이었다.

그런데 바로 그때 전화벨이 요란하게 울렸다. 정무총감이 수화기를 들었다. 조선총독부 도쿄 연락사무소에서 걸려온 전화였다.

"뭐라고? 〈동아일보〉가 말썽을 부렸다고?"

224

오노는 버럭 소리를 질렀다. 미나미 지로는 소파에서 배를 안고 일어
나 앉았다.

"무슨 소리야? 〈동아일보〉가 어쨌다는 게요?"

"마라톤 선수의 가슴에서 히노마루를 지워버렸습니다. 각하!"

"무슨 소리야. 자세히 말해 보란 말이야!"

"저번에 베를린올림픽 마라톤에서 1등한 선수가 반도출신의 손기정
孫基禎 아닙니까?"

"그것을 내가 모를까!"

"그 손 선수 가슴에 달린 일장기를 신문이 고의로 지워서 보도했답니
다, 각하. 국체國體모독입니다."

"그래서 어떻게 했다는 거야?"

"방금 〈동아일보〉 관계자들을 모조리 조사 중이랍니다, 각하."

"죽일 놈들이구나!"

훈시문 요지를 놓고 한껏 기분이 유쾌했던 신임총독은 소리를 버럭
지르며 어깨를 들먹거렸다.

정무총감도 입에서 침을 튀겼다.

"각하, 조선놈들은 고삐를 늦춰 줄 수 없는 망종亡種입니다. 사이토
총독이 부임하는 날에는 폭탄을 던졌고, 상해에서 덴초세쓰天長節 경축
식에 폭탄을 던졌습니다."

"그 얘길 지금 왜 꺼내요?"

"죄송합니다, 각하."

"그놈들이 우리가 마련한 이 훈시문 내용을 미리 알고라도 있었다는
건가? 제일 첫째인 국체명징에서 국기의 게양을 장려했는데 그 국기를

말소해서 신문을 발행해?"

"그놈의 신문 당장 폐간해야겠습니다, 각하."

"하여간 출범 전야에 기분 잡쳤소!"

이튿날 그들은 예정대로 조선에 부임해 왔다.

조선에 와 보니 정말 온 조선 천지는 흥분의 도가니였다. 모두들 손기정 우승의 광경을 되새기며 〈동아일보〉의 '불온한 만용蠻勇'에 갈채를 보내는 형편임을 알았다.

"일이 만만찮구나!"

신임총독은 사태를 정확히 파악하고 조선민중의 흥분의 정도를 알기 위해서 뉴스 필름을 다시 틀게 하고 직접 감상했다.

스크린에 마라톤 결승의 영상이 비쳤다.

8월 9일이었다. 독일의 수도 베를린 올림픽 경기장에는 51명의 선수들이 올림픽 경기의 꽃인 마라톤의 우승을 겨루기 위해 일제히 출발점을 달려 나갔다. 일본 선수단의 자격으로 출전한 손기정, 남승룡南昇龍 두 선수는 이를 악물고 역주를 계속한다. 반환점에서 기다리던 권태하權泰夏의 시야에 역주해 오는 마라토너들의 모습이 가물거리기 시작했다. 그때 선두를 달려오는 선수는 아르헨티나의 자바라였다.

일본을 대표한 선수들 중에서 조선인인 손기정이 4분이나 늦게 반환점을 돌았고 남승룡이 24위로 달리고 있다. 그들이 반환점을 돌 때 일찍이 로스앤젤레스 대회에서 9위를 기록했던 국제적 마라톤 선수 권태하는 안타까움이 복받쳐서 소리소리 지르고 있었다.

"손기정! 자바라는 4분 앞섰다. 자바라를 잡아라!"

"남승룡! 손기정을 바짝 따르라! 비스마르크 언덕에서 모두 따라잡아라!"

그의 격려는 두 선수에게 기적적인 힘을 주었다. 손기정은 자바라를 끈덕지게 추격해서 2시간 20분이 지날 무렵엔 기어코 그를 앞질렀다.

10만의 관중은 요란하게 박수를 쳤다. 올림픽의 영웅을 숨죽여 기다리는 주경기장으로 손기정은 힘차게 뛰어 들어갔다. 10만 관중들은 총기립해서 또 우레와 같은 박수를 보냈다.

"저 가무잡잡하고 키가 작은 선수가 어느 나라 선수입니까?"

필름에서 아나운서가 소리쳤다.

"붉은 동그라미가 그려져 있습니다! 일본 선수군요!"

아나운서는 자기 물음에 자기가 대답한다.

"올림픽의 꽃인 마라톤의 월계관은 일본 선수 손기정에게로 돌아갔습니다."

아나운서는 소리 높이 외치고 있다.

그뿐이 아니었다. 24번째로 까맣게 처져서 반환점을 돈 남승룡 선수는 비스마르크 고개에서 한꺼번에 13명을 따라 잡았다. 그리고는 계속 앞서 가는 선수들을 제쳐 버리고 당당 3위로 결승점에 뛰어들었다. 2등과의 거리는 겨우 백 미터였다.

손기정이 마라톤에 우승하여 지구상의 20억 인구 중 첫손을 꼽히는 건각健脚으로 월계관을 썼고, 남승룡 선수 역시 세계 3위로 당당 골인하는 장면은 마땅히 2천 3백만 조선민중을 흥분의 도가니로 몰아넣기에 부족함이 없었다.

실황 기록영화를 보고 난 총독은 옆에 앉은 경기도지사에게 물었다.

"〈동아일보〉가 저 손기정의 사진을 어떻게 그리 빨리 입수했는가?

도쿄의 신문들도 사진 없이 보도한 것으로 아는데."

사실이었다. 신문사진으로는 〈동아일보〉가 조선의 어느 신문보다 앞섰다.

"각하, 그동안 조사한 바에 의하면⋯."

야스이 경기도지사는 〈동아일보〉가 그 사진을 입수해서 일장기를 말살하기까지의 경위를 설명했다.

— 그 감격적인 사진을 누가 먼저 입수해서 보도하느냐?

조선의 각 신문들은 혈안이 돼서 날뛰었다. 그러자 때마침 베를린으로부터 기록영화 필름이 도착해서 단성사에서 시영始映하게 됐다. 〈동아일보〉 사진부 기자 이길용李吉用은 단성사로 달려갔다. 그는 손기정 선수가 월계관을 쓰고 우승대에 우뚝 서 있는 필름 한 컷을 입수하는 데 성공했다.

사진부장 신낙균申樂均과 사회부장 현진건玄鎭健은 그 필름을 보고 환성을 지르기보다는 이맛살부터 먼저 찌푸렸다.

"손기정 가슴의 일장기가 보기 싫구나!"

"할 수 없지, 나라 없는 백성이니까."

잠시 후 윤전기는 돌기 시작했다.

"더러워서. 이게 태극기면 얼마나 신이 나느냐!"

인쇄된 신문사진을 보고 신낙균이 또 한숨을 토했다.

"윤전기를 멈춰라. 수정할 곳이 있다!"

신낙균이 명령했다. 윤전기가 멈춰졌다. 연판鉛版이 내려졌다. 현진건은 손기정의 사진이 투영된 등판을 떼어내고 사회부의 이상범李象範에게로 가지고 갔다.

"이형, 기술 좋지? 이 앞가슴의 일장기, 눈에 몹시 거슬리잖소? 무슨 방법 없을까?"

긴 설명이 없어도 이상범은 무슨 뜻인지 곧 알아차렸다. 아니 현진건이 아무 말을 안 했다 해도 이상범은 자기가 무엇을 할 것인가를 알았을는지도 모른다. 이상범이 사진 동판을 긁어대기 시작했다. 사람들은 한껏 긴장한 채 말 없이 지켜보고 있었다.

"태극기를 그려 넣으시오!"

누군가가 말했으나 그것은 물론 불가능한 일이었다. 이상범의 민첩한 작업이 끝났다.

"다시 인쇄 시작이다. 윤전기를 돌려라!"

이렇게 해서 〈동아일보〉 8월 25일자 석간 제3면에는 국기 없는 손기정 선수의 사진이 실린 채 인쇄돼 나왔다.

'검열에 걸리지 않을까?'

그들은 그런 불안을 가질 여유조차 없었다. 경무국 도서과와 경기도 경찰부는 발칵 뒤집혔다.

"이럴 리가 없다! 손기정 선수 가슴에 국기 표지가 없다."

"인쇄가 흐려서 안 뵈는 게 아닌가?"

"아니다. 월계관은 잘 보이는데 일장기만 안 보일 턱이 없다."

검열관들은 저마다 한 마디씩 지껄이고는 고개를 갸우뚱거리는데 누군가가 날카롭게 소리를 질렀다.

"조작이다! 신문사 놈들의 조작이다! 히노마루를 긁어 없앤 흔적이 보인다!"

"그렇다! 일장기를 말소했구나!"

어떻게 되겠는가. 경기도 경찰부가 발칵 뒤집혔다. 동아일보사엔 전화벨이 요란하게 울려댔다.

"경기도 경찰부다. 신문 인쇄를 중단하라! 명령이다!"

잠시 후 동아일보사에는 일대 검거선풍이 불어닥쳤다.

사장 송진우宋鎭禹, 주필 김준연金俊淵, 편집국장 설의식薛義植, 사회부장 현진건, 사진부장 신낙균, 서화반의 이상범을 비롯하여 이길용, 임병철, 최승만, 서영호, 박운선 등이 집단으로 경기도 경찰부에 연행되어 유치장에 갇힌 것이다. 어제의 일.

경기도지사의 설명을 들은 총독은 자기의 집무실로 돌아오자 긴급국장회의를 열었다.

"〈동아일보〉를 어떻게 하면 좋겠는가?"

"각하, 단호하게 폐간 처분을 해야 합니다."

경무국장이 폐간을 주장했다.

"각하! 폐간보다는 무기정간이라는 게 좋잖을까요? 같은 폐간이라도 말입니다."

학무국장 도미나가가 발언했다.

"일리 있군!"

총독은 즉석에서 〈동아일보〉에 대한 무기정간령을 내렸다. 1936년 8월 27일이다. 총독은 〈동아일보〉에 무기정간을 명하는 그날 여러 가지 표어와 훈시와 요지라는 것을 발표하여 그의 고압적인 태도를 숨김없이 드러냈다.

"국체명징, 선만鮮滿일여, 교학敎學진작, 농공農工병진, 서정쇄신."

조선통치의 5대 지침이라고 했다. 다시 말하면 대륙침략 전쟁으로 줄달음치는 일본의 정책을 뒷받침하는 병참기지兵站基地로서의 조선을, 조선인을, 꽁꽁 묶어 버리자는 의도였다.

그는 선만일여라는 대목에서 이렇게 강조했다.

— 최근 일만日滿 관계에서 조선반도가 차지하는 위치는 크다. '일만일
체'를 위해서는 '선만일여'의 성립이 극히 필요하다. 조선은 대일본제
국 영토의 실질적 연장이며 또한 만주와 지리상으로 연결되어 있다.
그러므로 ….

한반도는 일본이 만주국을 괴뢰로 만드는 데 받침대가 돼야 하며, 2천 3백만의 조선민중은 '대륙개척'에 힘을 모아 함께 나서야 한다는 것이었다.

미나미 총독이 부임하자 가장 먼저 단행한 인사이동으로는 경무국장 다나카 다케오를 미바시로 갈아치운 것이었다. 총독은 부임한 지 한 주일 만인 9월 5일 경무국장을 경질, 자기의 심복으로 하여금 한반도의 치안책임을 장악케 했다.

학무국장 도미나가는 미나미 총독의 훈시문 요지 기초에서 보여준 솜씨가 인정됐던지 유임이었다. 그리고 일부 도지사의 경질도 단행했다. 특히 경성을 관장한 경기도지사에 유무라 다쓰지로를 발탁했다.

총독은 신임 경무국장에게 첫 명령을 내려 최근 조선 독립운동가들의 동태가 어떠한지를 상세히 조사해 보고하라 했다.

그가 처음으로 조선민중 앞에 나타난 것은 10월 초순, 한강 인도교사 道橋 개통식장에서였다. 그는 그날 장자답게 행동했으나 왠지 불안해 했다. 신임 총독은 으레 조선인한테 한 번씩 혼이 나게 마련이라는 선입견이 작용했던 것 같다. 그러나 그날의 그는 아무 일도 당하지 않고 성대한 개통식전을 끝마칠 수 있었다.

"조선의 치안은 만유감이 없구나!"

그는 만족했으나 그날 오후 명령한 독립운동가들의 '준동蠢動상황'을 보고받고는 놀라야 했다. 그는 경무국장의 브리핑을 듣는 동안에 표정이 차츰 굳어졌다.

"불과 2년 동안에 비적들의 출몰건수가 2만 회나 넘는단 말인가?"

"그렇습니다, 각하. 쇼와昭和 9년부터 2년간 평안북도와 함경남북도에 출몰한 불령선인은 48만 9천여 명이었고, 출몰횟수는 2만 92회였습니다."

"올해는?"

"아직 정확한 집계는 나오지 않았습니다만 함경남도만 하더라도 445건에 연인원 2, 260명으로 돼 있습니다."

"그놈의 독립군을 깨끗이 쓸어버릴 묘책이 없어?"

총독은 독립군獨立軍이란 말을 일부러 씀으로써 경무국장에 경각심을 높이려는 심산인 듯했다.

"각하, 소관의 생각으로는 불령선인 박멸책은 두 가지가 있습니다. 요는 안의 불씨를 꺼버리고 바깥의 바람결을 숨죽이게 하는 방법입니다."

"구체적으론?"

"불령선인 독립단은 아직도 만주와 중국 땅에 득실거립니다. 각하, 그들은 압록강 두만강 저쪽에 있는 반도 내의 민족주의자 혹은 공산주의자들과 내통함으로써 명맥이 유지되는 것으로 압니다. 그러니만큼, 만주에 있는 저놈들 독립단체는 만주의 우리 관동군사령관에게, 중국 대륙의 불령선인들은 우리 주중대사관이나 영사관에게 위임해서 소탕하도록 합시다. 그리고 우리 총독부로서는 반도 안의 모든 위험분자들을 철저히 다스려서 해외에서 준동하는 파괴분자와의 연결을 단절해야겠습니다."

"그럴듯하군. 내가 보기에도 우가키 전 총독은 너무 관대한 처사를 취한 듯하오. 그분은 자기가 조선 총독이자 우리 일본의 으뜸가는 정치가라는 인상을 풍기려고 반도 내의 민족주의 분자들까지 포용하려는 엉뚱한 제스처를 써 왔으니까."

경무국장은 총독이 자기 생각과 일치하는 데 용기를 얻어 신바람이 났다.

"각하, 지당하신 비판이십니다. 그분은 송진우, 여운형, 안재홍, 안창호, 조만식 같은 조선의 대표적인 민족주의자들을 의식적으로 돌봐준 감이 있습니다."

"자기의 인기놀음으로 말이지?"

"그렇습니다, 각하"

"그래, 경무국장의 복안은?"

"각하, 모든 사상범들을 '보호감시'하는 법령을 공포해야 하겠습니다. 우가키 각하는 해외에서 독립운동 하다가 전향해서 귀국하는 사람을 관대히 용서하고 생활안전을 보장한다는 회유책을 썼습니다만, 조선놈들을 그 따위로 다뤘다가는 코를 다칩니다. 조선놈들은 언젠가 독립만세를 또 불러야 한다는 망집妄執에 사로잡혀 있습니다. 전 조선에 깔려 있는 사상관계의 전과자들을 모조리 가려내서 그들의 행동을 '보호감시'하는 제도를 마련하자는 것입니다."

"법령의 명칭은?"

"조선사상범 보호감찰령입죠, 각하."

총독은 그의 의견에 전적으로 동의했다.

"12월 중순까진 공포하도록 빨리 서두르게나!"

"알겠습니다, 각하! 둘째로는 해외에 있는 파괴분자 불령선인들을 박멸하는 일입니다."

"국외의 파괴분자로는 어떤 놈들이 손꼽히나?"

미바시 경무국장은 설명했다.

먼저 만주 지방에서 한중 연합부대가 만주국을 전복시키기 위해 아직도 도처에서 활약 중이고, 압록강 두만강 일대에는 연일 무장독립단들이 출몰하며, 중국 본토에서는 김구, 이동녕 등이 임시정부를 고수하면서 새로이 한국국민당韓國國民黨을 조직했고, 한편 낙양군관학교에서 특별한 교육을 받은 조선청년들은 이청천, 유동열, 오광선, 황학수, 이복원, 심학규, 윤익주, 장두권, 김용화 등 장령급의 지휘를 받으면서 광복군光復軍 결성에 광분狂奔 중이라는 내용이었다.

미바시는 자신이 만만했다.

"각하, 먼저 관동군사령관과 복지 파견군사령관에게 조선 독립군의 토벌전을 철저히 하라고 부탁해야겠습니다."

"알겠소. 나도 강력히 주장하겠지만 조선군사령관 고이소 장군에게도 부탁해야겠군."

"그 다음엔 외교적 루트를 통해야 합니다. 각하, 가와고시 주중대사로 하여금 중국 땅의 조선인 파괴분자들을 모조리 체포해서 인도해 달라고 중국 정부에 강력히 요구해야 합니다."

"옳거니, 김구, 이청천 같은 자들을 인도하라고 장개석 정부에게 강력히 요구한단 말이겠다?"

"그렇습니다, 각하. 중국 정부가 그들을 은근히 감싸주고 있어서 지금 중국 땅은 조선 독립운동가들의 온상이 돼 있습니다."

"알겠네. 외무대신에게 부탁하지."

이날 총독과 경무국장은 한국 독립운동가들에게 철권鐵拳을 내리는 강압정책을 쓰기로 의견의 일치를 봤다.

또 한바탕 폭력의 사태가 벌어질 모양이다. 그들의 대화 몇 마디는 이내 '조선총독부령'이라는 법률로 둔갑을 잘한다. 독재적인 집권자의 힘이란 무섭다.

불온한 청년들

신문기자 이서구와 유광렬柳光烈이 계동 어귀에서 우연히 만났다.
1937년 1월이 저물어 갈 무렵, 어느 날씨 차가운 아침이었다.

"어딜 가나?"

"인촌仁村댁에."

"나도 그리로 가는 길인데 잘됐군!"

두 사람은 나란히 계동 골목을 걸어 올라갔다. 김성수의 집 사랑엔
새해 손님들이 많이 모여 있었다. 음력 정초였다. 김성수는 낯익은 두
언론인을 반갑게 맞아 시국의 움직임을 물었다.

"미나미란 사람 몹시 극성스럽다지요?"

"그자는 전에 조선군사령관 때도 사이토 총독과 정면으로 대결했던
왈패이니까요. 그때 벌써 그 녀석은 조선인의 성명을 일본식으로 고치
고 일본어 상용과 우리 고유의 풍속을 말살하자고 주장했습니다."

"미나미는 저네들 군부에서도 경원받는 입장이 아닌가요?"

"황도파와 통제파 양쪽에다 모두 추파를 던지다가 양쪽에서 동시에

버림받은 모양입니다. 이젠 과격파가 군부를 장악했으니까 그쪽에 잘 보이려고 조선에서도 강경책을 쓸 가능성이 짙습니다."

"그래요? 또 하나의 데라우치가 온 게 아닌가?"

"글쎄 요전에 총독 관저에선 웃지 못할 난센스가 벌어졌답니다. 경상도의 어떤 얼빠진 남가南哥가 자기네 종씨가 총독으로 부임해 왔다고 총독 관저로 인사를 왔다지 뭡니까."

"그래요? 얼빠진 작자란 어디고 있게 마련이니까."

"얘기가 재미있습니다. 총독의 성이 남녘 남南자니까 반드시 조선사람의 피가 섞인 자라는 것이지요. 그래 제 고장 남 씨네의 종친회를 열어 종씨 총독에게 인사가자고 제의했다가 종중에게 망신만 당한 끝에 자기 가족을 몰고 서울로 올라와서 총독에게 그 뜻을 밝히고 면회신청을 했다나요."

"그자들을 그 녀석이 만나 줬단 말이오?"

"장난삼아 만나 준 모양입니다. 그자는 총독 앞에 그야말로 숙배肅拜를 드리고, 우리 종씨께서 총독으로 도임到任하셨으니 옛날 같으면 등극한 거나 같다면서 충실한 신하 되기를 간청했다지 뭡니까, 하하."

이번엔 유광열이 화제를 바꿨다.

"참, 이번엔 총리가 된 우가키는 조각이 몹시 힘든 것 같습니다. 특히 육군대신 자리에 앉힐 사람을 얻지 못하고 있는 모양입니다. 할 만한 놈은 모두 거절하는 눈치더군요."

김성수는 고개를 끄덕였다. 그는 그 부리부리한 눈을 한두 번 굴리면서 말했다.

"내 예상으로는 고이소가 불려갈 게 아닌가 몰라요."

이때 장택상張澤相이 떠들썩하면서 들어왔다.

장택상은 사랑으로 들어서자 좌중을 둘러보고는 "정보통들이 모였군!"하며 커다란 손을 벌려 두 신문기자와 악수한 다음 김성수와 맞절을 했다.

"유석維石이 안 왔습니까? 여기서 만나기로 했는데."

이때 또 손님이 온 모양이었다. 바깥이 술렁거렸다.

"유석이 왔나보군요."

그러나 들어선 사람은 조병옥趙炳玉이 아니라 여자, 흰 무명 두루마기를 입은 박순천朴順天이었다.

"오호, 내가 자알 왔군, 홍일점이 나를 따라 여기 나타나셨으니."

장택상이 익살을 부리자 박순천은 그에게 손을 내밀어 가볍게 악수하고는 좌석을 그 밝은 성품으로 떠들썩하게 했다.

이날 여기서의 시국담은 꽤 전문적이고 심각한 것이었다. 오후엔 작가 이광수, 역사학자 최남선, 송진우, 조병옥 등도 합석했다.

그들의 화제는 앞으로 총독정치는 더욱 날카로운 송곳니를 드러낼 것이고 특히 조선 지식층에 대한 박해가 심해질 것임을 예측하면서 그 대비책에 대한 은근한 타진이었다.

"우리에게 남아 있는 수단은 오직 비폭력 비협조의 길밖에 없습니다. 그런 의미에서 인도의 간디는 우리에게도 길을 인도한 민족주의자民族主義者입니다."

이광수의 결론이었다.

장택상이 말했다.

"그게 만만치 않을 거외다. 저들의 대륙침략이 본격화되면 결국 또 새로운 열전熱戰이 벌어질 텐데 저들은 아무래도 인적 자원이 턱도 없이 부족하니까, 아마도 우리 조선청년들을 총알받이로 앞장세워서 밀고 나갈 게요. 그런 경우 비폭력 비협조의 소극적인 방법이 효력을 발휘할 수 있을까요? 그렇게 되면 희생이 클 겁니다, 커요."

박순천이 말했다.

"그렇게 되면 먼저 지식청년들을 앞장세워 없앨 작정을 할 겁니다. 뭐니 뭐니 해도 독재자들에겐 민중의 지식적인 성장이 가장 밉고 두려운 거니까요. 그렇게 되면 우리 지식청년들에게 영향력이 큰 춘원春園 선생이 가장 위험할지도 몰라요."

"어떤 뜻으로 내가 위험합니까?"

이광수가 정색을 하면서 물었다.

"저자들은 춘원 선생을 앞장세워 이용하려고 하지 않을까요? 예를 들면 지식청년들의 정신적 지주라는 점에서 춘원 선생이나 그 밖의 유명한 문사들을 포섭하려고 혈안이 될지도 모른다는 말이에요."

"나도 그것을 예상은 합니다. 그러나 나 한 사람을 위해서 꺾이진 않을 겁니다."

이광수의 말에 장택상이 반문했다.

"그게 무슨 뜻이지요? 나 한 사람을 위해선 꺾이지 않는다면, 그럼 여러 사람을 위해선 꺾일 수도 있단 말입니까?"

이광수는 신중하게 대답했다.

"협조, 비협조의 방법은 몹시 복잡하게 될지도 모릅니다. 방법에 따라선 협력이 실질적 저항수단이 될 수도 있고 비협조가 협조의 결과를 낳을 수도 있는 사태까지 우리는 예상해야 합니다."

"예를 들어 보시죠! 아까 말씀과는 당착되는군요."

"지금 인촌 선생은 일부 사람들에게 오해를 받고 있습니다. 이 땅에서 학교를 운영하고 기업체를 경영하는 것은 뭔가 음陰으로 총독정치에 협조하는 대가라는 것입니다. 물론 피상적이고 터무니없는 오해지만 그들에게도 몇 마디의 할 말은 있습니다. 가령 세금을 잘 바치니까 학교나 다른 기업을 정상적으로 육성할 수 있다든지, 남들은 해외에서 하늘을 지붕 삼고 일제日帝와 혈전血戰을 벌이는데 국내에서 말썽 없이 편안히 먹고 지낸다면 그럴 만한 이유가 있지 않겠느냐 하는 구설口舌도 나올 수 있습니다. 그들은 이 민족을 위한 인촌 선생의 백년대계를 정확히 간파하지 못하고 있습니다."

좌중은 잠깐 침묵했다. 이광수가 다시 말을 이었다.

"이 얘기를 박 여사가 말씀하신 내 개인 문제로 비약시킬 수 있어요. 가령 일제가 사세事勢에 몰려 조선의 지식청년들을 말살해 버릴 흉계를 꾸몄다고 칩시다. 그런 사태는 박 여사 말씀대로 얼마든지 가상할 수 있으니까요. 그런 경우 저들은 경찰력과 헌병과 그들을 좇는 밀정들과 그리고 그들만이 가진 총검을 총동원해서 한반도에서 수색전을 벌일 텐데 그런 때 그들이 어느 특정인을 이용하려고 눈독 들이면 그 특정인은 희생되는 도리밖에 없습니다."

"어떻게 희생이 되나요?"

"지식층이 협력을 거부한 탓으로 많은 젊은이가 필요 없는 피를 흘릴지도 모릅니다. 물론 저들의 심술로 말이에요. 반대로 몇몇 사람이 협력하는 체하고 시일을 끌면서 저들의 과격한 수단이나 심술의 방향을 다소라도 돌려놓을 수 있다면 한두 사람쯤 변절자의 낙인이 찍히더라도 많은 사람을 위해서 희생되는 것이 오히려 그들에 대한 저항이 된다는 말입니다. 물론 이건 분명히 궤변詭辯이라는 오해를 받기 쉬운 논리입니다만."

나중에 참석한 조병옥은 시종 한마디의 발언도 하지 않고 남의 이야기에만 귀를 기울였다. 그리고 그는 생각하는 것 같다.

'그런 사태가 올까? 올지도 모르지.'

조병옥은 여러 사람의 눈치만 보면서 말이 없었다.

그날밤, 총독 관저에선 총독과 조선군사령관이 바둑판을 마주하고 있었다. 그들 조선의 두 정상은 최근 자주 만난다. 그들은 서로 드러내놓고 화제 삼지는 않았어도 최근 본국 정계에서 치르는 정치적 홍역에 대해서 똑같이 신경을 곤두세우고 있다.

"우가키 내각도 아마 단명을 면치 못할 겝니다."

총독이 집백執白이었다.

"다음은 각하 차례가 아닙니까?"

총독은 바둑이 자기 차례라고 지적된 줄 알고 하얀 바둑알을 손가락 사이에다 끼면서 그 밭은목을 쑤욱 뽑았다. 그러나 그때의 순서는 사령관이었다. 총독은 비로소 그의 말뜻을 알아차렸다.

"내 차례라뇨?"

"다음의 내각수반 차례는 각하밖엔 없습니다, 각하."

"내야, 어디 그런 자격이 있나요, 아하하하."

"두고 보십시오! 각하."

군사령관은 자신 있게 말했다. 그때였다. 대기실에 있던 그의 부관이 왔다.

"조각의 대명을 받은 우가키 각하께서 각하께 긴급전화가 사령부로 걸려와 있답니다."

그러자 총독은 받은목의 고개를 번쩍 쳐들며 명령했다.

"그 전화를 이리로 돌리라고 하게."

고이소 사령관이 전화를 받으려고 일어서자,

"축하합니다. 고이소 육군대신 각하!"

총독은 농담반 진담반 그런 소리를 하면서 이마에 주름살을 지었다. 총독은 바둑판에서 물러앉으면서 한마디 더 강조했다.

"육군대신을 맡아 달라는 전화일 게요!"

"난 그런 것 싫습니다! 될 것 같지도 않고 원치도 않고요."

고이소는 미련 없이 잘라 말했다.

"안 될 일도 아니잖소?"

"참모본부의 말썽꾸러기들이 동의해 줄까요? 그놈들 안할 겝니다."

"그게 문제긴 하겠군. 육군성과 참모본부와 그리고 교육총감부의 3자 동의를 얻어야 될 테니 어렵기도 할까?"

"안 될 것을 번연히 알면서 나서 보는 건 난센스입니다."

"자칫하다간 우가키 내각 유산의 고배를 마시지 않을까?"

"글쎄올시다, 있을 수 있는 일이지요, 각하."

우가키가 고이소에게 육군대신 자리를 교섭한 것은 어쩔 수 없는 궁여지책窮餘之策이었다.

242

이미 1년 전의 일이지만 1936년 2월 26일 새벽 일본 도쿄에는 역사상 처음 보는 대규모의 쿠데타가 일어났다. 그날은 밤사이에 내린 눈으로 도쿄 시가가 고요 속에 잠들어 있었다. 미명未明….

수도에 주둔한 육군 제1사단의 제1연대와 제3연대를 중심으로 한 장교 24명과 하사관 64명, 병사 1,358명은 몇 개 분대로 나뉘어 습격 목표와 점령목표를 향해 미명의 시가를 묵묵히 진군했다.

먼저, 수상 관저를 습격한 구리하라 중위 휘하의 3백 명은 닥치는 대로 총포를 갈겨댔다. 오카다 수상인 듯싶은 사람도 총에 맞아 쓰러졌다. 다른 나카하시 중위 부대는 다카하시 고레기요 대장대신 집을 습격해서 잠자던 노인의 숨통을 한 방의 총알로 끊어버렸다. 야스다 소위는 2백 명의 사병을 이끌고 내무대신이자 일찍이 조선 총독과 총리대신을 역임한 사이토를 권총으로 쏴 죽이고, 교육총감 와타나베 대장을 침실에서 사살해 버렸다. 안토 대위 일파는 스즈키 시종장의 관저로 달려가 여섯 발의 명중탄을 퍼부어 주인을 쓰러뜨렸다. 한편 중신 마키노를 암살할 목적으로 기관총을 싣고 교외 유가하라로 달려간 군인들은 집에 불을 지르고 기관총으로 무차별 사격을 퍼부었다.

눈 깜짝할 사이에 일본정부와 군부의 거물급 정객 3명이 즉사하고 1명이 중상을 입었으며, 그들의 암살목표로 지목되었던 3명이 간신히 목숨을 부지했다. 이것이 세상을 놀라게 한 '2·26 사건'이었다.

군부와 정계에서는 이 반란부대의 처치문제를 놓고 심각한 논쟁이 벌어졌다. 그러나 결국은 국민의 분노와 천황의 대권을 앞세운 진압부대에 의해서 쿠데타는 3일 천하로 종막을 고했다. 반란부대는 즉각 무장해제됐고 관련장교들은 모조리 체포됐다.

아라키와 마사키 두 대장은 비난의 화살을 한 몸에 받았다. 그러나 문제는 좀더 심각했다. 반란부대가 진압됐다 해서 군부의 황도파가 완전히 거세되었을까? 그렇지 않다. 정계의 기류는 미묘하게 흘렀다. 정치세력의 분포란 그토록 단순한 것이 아니다. 반란부대는 된서리를 맞았지만 그들은 황도파 득세와 군부 횡포의 터전을 마련하는 희생타에 지나지 않았다.

히로다 고오키가 수상이 되고 황도파의 포로격인 데라우치 대장이 육군대신에 앉았다. 이시하라 간지를 주축으로 하는 황도파의 과격한 장교단은 2·26 사건을 계기로 정부에 대한 발언권을 강화하는 데 성공한 셈이다.

당시의 조선 총독 우가키는 이 사건의 뒤끝에 총독 자리를 내놓고 본국으로 돌아가 이스의 나가오카 온천에서 낙백落魄의 나날을 보내고 있었고, 결국 미나미 대장이 조선 총독으로 나왔으며, 관동군사령관 고이소가 조선군사령관으로 이동됐던 것이다

일본 정국은 문자 그대로 살얼음판이었다. 일본정부의 불안한 정쟁政爭은 물론 조선에까지 파급됐다. 총독 경질을 전후해서 총독부 관리들은 극도로 동요됐고 반란부대에게 호의를 보내는 조선군사령부의 젊은 군인들은 일반 관리와 민간인을 마구 휘둘러대면서 군국주의軍國主義의 위세를 과시하려고 눈알이 벌겠다.

"비상시에는 군부가 모든 권력을 장악해야 한다."

용산 일대에서 주로 활개를 치던 청년장교들은 경성 장안을 휩쓸면서 기염을 토했다. 평양, 나남羅南, 대구 등 군인들이 많은 도시에서도 양상은 비슷했다.

이러한 군부의 득세와 횡포는 마침내 히로다 내각을 쓰러뜨리기에 이르렀다.

이런 사연으로 해서 다음 내각조직의 천황 조서가 조선 총독을 어이없게 내놓고 지방에서 은거하면서 좌절감에 사로잡혀 있던 우가키에게 내려졌던 것이다. 사실, 현 실정으로 보아 군부의 횡포를 적당히 견제하면서 정계와 군부를 함께 이끌어갈 만한 실력자로는 우가키를 두고 따로 찾아보기는 어려웠다.

우가키는 기꺼이 조각에 나섰다. 천황은 우가키에게 정권을 맡아서 과격파 장교들의 횡포를 막아달라고 간절히 요망했다.

우가키에게 대명이 떨어졌다는 소식을 들은 경성 시민 가운데는 그가 정부수반이 되면 서슬이 퍼런 미나미 총독에게도 견제력을 발휘해서 막 시작되려는 무단통치에 브레이크가 걸리리라고 은근히 기대했다. 결국 우가키는 거국적인 여망을 한 몸에 받고 조각에 착수했다.

그러나 출범을 앞두고 돛을 올리는 그에겐 뜻하지 않은 암초가 기다리고 있었다. 육군참모본부의 수뇌급들이 우가키가 수상이 되면 자기들의 숨통이 끊길 것을 걱정해서 우가키 내각 성립을 유산시키기로 방침을 세웠던 것이다.

"우가키 가스시게 내각에는 육군대신을 추천할 수가 없다."

이 한마디의 통고로 우가키의 조각은 돌파할 수 없는 암초에 부딪친 운명이었다. 우가키는 생각다 못해 조선군사령관으로 있는 고이소 구니아키를 불러 오기로 했다. 이날 조선 총독 관사에 있던 고이소가 전화를 받자 우가키는 백만의 구원군을 만난 듯이 반가워했다.

"고이소 군, 당신이 나를 도와줘야겠소. 당신과 나는 본시부터 인연이 깊었으니 이번엔 우리의 최후를 장식해 봅시다."

"각하, 만일 군부의 세 장관이 동의한다면 응낙하겠습니다. 그러나 각하, 만약 그들이 반대한다면 저로서는 창피만 당합니다."

이 대답에 우가키는 기가 막히는 모양이었다.

"그들의 동의를 얻을 수 없기에 고이소 군에게 용기를 내보라는 것 아니겠나? 그들은 모두 이 우가키 내각을 유산시키려고 흉책하고 있단 말일세. 아아, 당신도 역시 비겁한 인간이었군. 좋아요. 그만둡시다!"

우가키는 수화기를 덜그렁 놓아버렸다. 우가키는 고이소에게 배신당한 것이다.

이틀 후에 도쿄에서 온 일본의 신문들은 우가키 내각이 어처구니없게 유산되었음을 보도했다. 기사는 우가키에게 다분히 동정적이었고 군부의 횡포를 은근히 비난하면서 우가키의 최후의 호소를 거부한 고이소 조선군사령관을 날카롭게 꼬집었다.

조각 대명은 즉시 하야시 센주로 대장에게 떨어졌다. 하야시 대장의 수상 임명을 보고 조선의 실없는 사람들은 한마디씩 했다.

"하야시는 만주사변 때 조선군사령관으로 있던 자 아닌가?"

"그렇지, 월경장군으로 이름을 떨쳤던 자지."

"일본의 총리대신은 우리 조선과는 아주 인연이 깊군 그래. 조선 총독이나 조선군사령관을 지낸 자는 대부분 그 물망에 오르거든."

"데라우치가 첫째였고, 사이토가 둘째였지. 우가키는 실패했다지만, 이번엔 군사령관을 지낸 하야시라…."

"그런데 고이소 조선군사령관이 우가키 내각의 육군대신 자리를 거절한 이유는?"

"그자는 타산이 빠른 기회주의자야. 미나미 총독도 마찬가지지."

"미나미와 고이소가 깍지를 끼고 우릴 들볶을 테니 앞으로 또 얼마나 시달릴까!"

"말 말게. 이미 시작됐어. 요즘 고등계 형사들의 사찰감시가 바짝 심해졌다는 거야."

"특히 홍사단興土團계에 대해서 눈독을 들인다더군."

"안창호 선생은 석방됐잖아?"

"도산 선생은 우가키 시절에 석방됐지만 아마 또다시 잡아넣으려는 것 같애."

"하기야 홍사단 동우회만큼 범위가 넓은 단체도 지금 조선땅에선 찾아보기 어렵지."

지식층의 화제는 다시 비약하기 일쑤였다.

"아무래도 크게 터질 모양이야. 히틀러가 극성을 부리는 모양이지만 나치보다는 일본이 그런 면으로는 더 빠를걸. 만주나 중국 북쪽에서 또 불집을 퍼뜨릴 기세가 아닌가."

"장개석과 붙을 판이럿다!"

"장개석 부대는 절대로 일본과 타협할 수 없다는 태도니까."

이런 종류의 화제는 어느 날 밤 미와 경부와 조선인 친지들 사이에도 벌어졌다. 종로에 있는 바 파라다이스에서였다.

"전쟁이 터지면 우린 어떻게 되오? 미와 경부?"

"그야 뻔한 일이지. 중국과 붙으면 본격적인 대전쟁이 아니겠나? 조선인도 총을 들고 나서야지."

"왜?"

"왜? 옛날에 진 빚을 갚기 위해서."

"우리가 빚을 져? 언제 빚을 진 일이 있나?"

미와 경부가 펼치는 논법은 해괴망측했다.

옛날 고려시대에 몽골이 세운 원元나라 때, 고려에서는 일본과 아무런 이해 갈등이 없으면서 수많은 군병과 함선을 동원해서 원의 군사와 함께 일본 규슈九州에 상륙하려 했다. 마침 가미가제 태풍이 불어서 침공은 실패하고 말았지만 아무튼 그때에 조선사람들은 일본에 대해서 크나큰 죄과를 범했다. 수백 년이 지난 지금이지만 이제 일본이 중국으로 쳐들어가면 옛날의 빚을 갚기 위해서도 조선사람은 일본과 함께 나서야 한다. 실로 미와다운 논법이었다.

"여보시오! 임진왜란 때 당신들도 그 빚을 몽땅 찾아가지 않았소?"

미와는 대답했다.

"그건 우리가 찾아간 거지, 당신네가 갚은 게 아니잖소!"

전쟁의 분위기는 무르익어 가고 있었다. 해외의 독립투사들도 앞으로 닥쳐올 큰 전쟁에 대처해야 할 지혜를 짜기에 골몰했다.

2월, 상해에서 비밀리에 열린 조선민족혁명당 비상대표대회에서는 당내의 적색분자赤色分子를 숙청하고 '조선혁명당'이라 개칭했다.

그들이 갑자기 공산주의자들을 숙청한 이유는 지난해 12월에 있었던 서안西安사건에 큰 충격을 받은 때문이었다.

만주를 병탄한 일본은 중국대륙의 황하黃河 이북을 마저 삼키려고 그

지방에 불집을 쑤셨다. 그들은 먼저 남경의 장개석 정부로부터 황하 이북을 떼어내기 위해 송철원을 위원장으로 하는 기찰정무위원회라는 괴뢰 완충정권을 세워 놓았다.

그들은 장개석 총통의 존재를 희미하게 만드는 데에 성공하자 이번엔 그 기찰 정권을 조종하면서 설탕, 밀가루, 직물 등 중국에 부족한 생활필수품의 밀수를 대대적으로 감행해서 중국 정부의 관세수입을 절반 이하로 떨어뜨려 버렸다. 따라서 방적공장들은 문을 닫게 됐고 제분공장도 밀수품의 위세에 몰려 도산하고 말았다. 그리하여 중국인들은 도처에서 일본상품 불매운동을 벌였고, 장개석 국민당 정부는 일본의 횡포를 정면으로 비난하고 나섰다.

그러나 장개석 국민당 정부가 당면한 과제는 너무도 크고 복잡했다. 그들은 강력한 외침세력인 일본과 정면으로 대결해야 했고, 안으로는 모택동의 공산당 박멸이라는 내환內患을 안고 있었다.

"먼저 국내통일 국론통일이 긴급하다. 공산당 소탕작업을 선행해야 한다."

장개석 총통은 그런 선언을 선포하고 나섰다. 그는 서북지방 공비토벌 부사령관인 장학량張學良과 섬서성의 양호성 등의 공비 소탕전을 독려하기 위해 12월 11일 서안으로 날아갔다.

그러나 정치란 정말 복잡한 것이다. 여기서 뜻 아닌 비극이 벌어졌다. 만주에서 쫓겨 온 장학량은 자기 아버지 장작림張作霖을 죽인 일본에 대해서 불구대천不俱戴天의 원한을 품고 있었다. 그는 장개석의 선언을 못마땅하게 생각했다.

'일본은 중국 본토까지도 집어삼키려고 책동하고 있지 않은가? 그런데 장개석 총통은 일본군과의 싸움보다도 공산당 소탕을 선결문제로 내세우고 있다. 공산당과 지루한 내전을 벌이는 동안에 국력은 소모되고 나라는 엉망이 될 것이다. 그동안에 일본이 왈칵 밀어닥치면 어떻게 되는가?'

———◆———

젊은 장학량은 12월 11일 새벽 쿠데타를 일으키고, 선언했다.

"장개석 총통을 체포해서 감금하라! 그가 국공합작國共合作을 해서 일본과의 싸움에 전념하겠다고 약속할 때까지 감금할 것이다."

장개석 총통은 체포됐다. 믿는 도끼에 발등이 찍혔다.

'장개석 총통의 연금'의 여파는 전 세계를 진동시켰다. 4억 중국 민중의 지도자다. 손문의 유일한 후계자다. 국민당 정부의 총통이다. 중앙군의 총사령관인 장개석이다. 가장 유능한 정치가로 알려진 사람이다. 그가 자기의 젊은 동지인 장학량 장군에게 체포 연금됐다니 큰 뉴스가 아닐 수 없었다.

급보에 접한 장개석의 부인 송미령宋美齡은 지체 없이 현지로 달려가서 아름다운 여자로서, 아내로서 거중조정居中調整에 나섰다.

연안延安의 공산당 대표로 주은래도 비래하여 장학량의 경솔을 나무라며 장개석의 즉각 석방을 종용했다. 장학량의 참모인 '양푸쳉'楊虎城은 장개석을 살해하자고 주장했다. 주은래는 우선 그 '양푸쳉'을 설득하느라고 진땀을 뺐다.

"장개석 총통은 중국 백성의 절대적인 지지를 받고 있소. 아직은 그

250

와 대치시킬 정치가가 없소. 그를 중심으로 국민은 뭉쳐야 하오."

주은래周恩來는 자기네 공산당이 아직도 장개석 총통의 국민당에 비하면 빈약하기 짝이 없는 열세임을 잘 알았다. 따라서 아직은 장개석을 내세워 항일투쟁을 전개해야 한다고 계산했다. 그의 거중조정은 성공했다. 며칠 만에 장개석은 석방됐다.

"장개석 총통, 주은래의 거중조정으로 석방되어 남경으로 무사히 귀환!"

이 소식으로 중국 국민들은 환호성을 올렸다. 상해에 있는 '대한민국 임시정부'의 요인들도 더할 수 없이 기뻐했다. 압록강 건너 삼천리강토의 이 백성에게도 반가운 소식이었다.

시국 한담에 예민한 파고다 공원의 화제도 활기를 띠었다.

"뭐니 뭐니 해도 장개석은 중국의 영웅이다!"

"그는 우리 독립운동가를 도와주는 은인이 아닌가베!"

"만일 그가 실각한다면 우리 임시정부도 그 존재가 위태로워진다."

"공산당이 중국을 지배하게 되면 우리 독립운동의 주도권도 공산주의자들에게 빼앗기고 만다. 그럼 어떻게 되지?"

"장개석 총통의 이번 사고를 거울삼아서 우리 독립단체에서도 불원 공산주의자들을 제거해야 할 거야."

이런 여론은 하나의 민심이었다. 그리고 대세의 움직임이었다.

따라서 중국 본토는 물론 만주지방에서 활동하는 조선 독립운동단체에서는 민족주의자와 공산주의 사이의 분열과 단결의 기운이 급속도로 짙어갔다. 민족진영은 남경과 상해를 중심으로 뭉쳐졌고, 공산진영은 연안과 시베리아 방면으로 모여들기 시작했다.

천진항에서 대륙의 기류를 날카롭게 살피던 박충권은 어느 날 밤 그의 홀어머니가 엉뚱하게도 어떤 산봉우리 위에서 자기의 이름을 크게 부르는 꿈을 꾸고 소스라치게 놀랐다.

꿈에서 깨어난 박충권은 충청북도 충주에서 외롭게 살고 있을 홀어머니 신상에 중대한 변화가 있음을 직감했다.

'일단 조국으로 돌아갈까?'

그렇잖아도 그는 귀국을 계획하고 있었다. 벌써 2년 전에 임신한 몸으로 조국으로 잠입한 동지이자 애인이자 아내인 윤정덕의 소식을 그는 듣지 못했다.

'무사히 갔을까? 어디서 어떻게 지내고 있을까?'

귀국하면 무슨 경로로든지 곧 소식을 전하겠다던 그녀였다. 그런데 해가 3번씩이나 바뀌도록 감감소식이었다. 불길한 생각이 들었다. 견디기 어려운 망향望鄕의 불씨가 됐다.

1937년 3월, 그는 결심하고 만주 땅을 벗어났다.

밀선密船을 탔다. 초도椒島에 와서 하루를 머물렀다. 초도라면, 즉 후추섬이라면, 10여 년 전에 그가 처음으로 해외로 망명할 때 황해도 땅을 벗어나 잠시 머물렀던 곳. 사찰경찰 미와가 그를 잡으려고 그곳까지 추격했다가 헛물을 켜고 되돌아갔다는 곳이 아니었던가. 그는 감개가 무량해서 그곳에서 하룻밤을 잤다. 윤정덕과 생애의 단 사흘을 기약하고 처음으로 사랑을 완전히 연소시킨 바로 그 여관 그 방에서 하룻밤을 자고 진남포로 간다는 소금배를 탔다.

박충권은 인삼장수로 가장하고 서울로 들어오려다가 충주로 직행했다. 그의 예감은 불행하게도 적중했다. 칠순의 어머니는 그 바람같이 쏘다니는 아들의 이름을 부르며 해골이 된 채 병상에 누워 있었다.

"네가 충권이냐? 정말 충권이냐?"

어버이 눈엔 늙은 자식도 어린애로 보인다. 늙은 어머니는 이미 중년이 된 아들의 까칠한 볼을 만지며 눈물을 주르르 흘렸다. 그리던 아들이 돌아온 지 사흘 만에 그의 어머니는 조용히 눈을 감았다.

꽃샘이 귀밑에 차가운 3월 어느 날, 박충권은 한줌의 흙으로 변한 어머니를 엄정면 가춘리 뒷산에다 묻고 또 방랑길에 올랐다.

'서울로 가자. 정덕아, 어디에 있는가? 우리 애기는 왕자냐, 공주냐? 세살이 됐지, 아니 네 살인가?'

그러나 서울 주변엔 해괴한 사건으로 해서 경찰이 비상망을 치는 중이었다. 백백교白百敎사건이라고 했다. 그는 제천에서 백백교라는 사교邪敎의 정체를 들었다.

교주 전해룡은 백백교라는 사교를 만들고는 무지한 교도들을 끌어모아 그들의 재산을 수탈하고는 부녀자들을 닥치는 대로 겁탈했을 뿐 아니라, 그 죄악을 은폐하기 위하여 수많은 교도와 부녀들을 교묘하게 죽여 암장暗葬해 왔다는 맹랑한 사건이었다. 경무국장은 경기도 경찰부에 백백교 두목과 일당을 모조리 체포하라는 엄명을 내렸다. 신문과 방송은 날마다 엽기적이고 호색적인 사건으로 떠들썩했고 호기심과 공포감에 사로잡힌 민중 사이엔 신출귀몰 경찰의 비상망을 뚫고 동에 번쩍 서에 번쩍 나타난다는 교주 전해룡에 대해서 애깃거리가 많았다.

계룡산 일대의 사교는 전부터 어리석은 백성들을 현혹해 왔지만 경성 근처에서 그토록 많은 재산과 생명과 그리고 여자의 정조를 겁탈한 사교 사건은 일찍이 들어본 적이 없는 일이었다. 백백교의 너무나 어처구니없고 너무나 큰 죄악상에 사람들은 놀라고 흥분했다.

그러나 조선총독부는 백백교 사건을 정치적으로 교묘하게 이용할 것을 획책했다. 총독은 어느 날 경무국장을 불러 넌지시 말했다.

"백백교 사건은 의외로 재미있다. 간부들을 모조리 잡아서 족쳐야 한다. 뜻 아닌 사건으로 경무국의 신망은 두터워진다."

"그렇습니다, 각하!"

"교주 전해룡이란 자는 신출귀몰이라지? 잡을 수 있나?"

"물론입죠, 각하!"

"미바시 군! 그 백백교 사건에 민중의 신경이 쏠려 있는 동안 우리 총독부로서 해야 할 다른 일이 없을까? 있을 법도 한데?"

미바시 경무국장은 총독의 그 한마디가 무엇을 암시하는지 미처 깨닫지 못하고 실낱같은 눈을 연신 깜박거렸다.

"군의 작전에서는 주공主攻과 조공助攻이 있지. 적을 공격할 때 한쪽에서 총을 쏘고 북을 쳐대면 적군은 그쪽에만 신경을 쓰거든. 그때 다른 한쪽에 숨었던 복병이 적의 옆구리를 쿡 찔러 요절을 낸단 말이야. 무슨 말인지 알아듣겠나?"

경무국장은 어리둥절 잠깐 생각하다가 대답했다.

"네, 각하 알아듣겠습니다."

미바시는 총독이 원하는 게 무엇인지 짐작이 가는 눈치였다.

총독은 한마디 덧붙였다.

"중국 사태가 점점 까다로워지면 결국은 전쟁으로 발전할 걸세. 전쟁이 나기 전에 미리 후방의 적을 소탕해야 후환이 없지."

"각하, 사상범 보호감찰령을 본격적으로 발동하면 되겠습죠?"

"자네가 알아서 할 일이야. 경무국장의 솜씨를 보일 절호의 찬스군 그래!"

총독은 경무국장에게 백백교 사건을 잘만 이용한다면 국내의 민족운동가들을 뿌리 뽑을 기회라고 암시한 것이다. 경무국장은 그날 밤 안으로 전국 고등경찰에게 비밀 비상명령을 내렸다.

전국에 흩어져 있는 고등경찰은, 특히 전국의 흥사단 산하의 수양동우회修養同友會 간부들의 소재와 그들의 거동을 수사하기 시작했다. 신간회는 이미 해산된 지 오래다. 이제 이 땅에 조직된 민족주의자들의 큰 모임이 있다면 오직 수양동우회 하나뿐이다.

그런데 지난 2월에 조선어 사용을 억제하고 일본말을 일상용어로 사용하라는 총독부의 명령이 내려진 후로 동우회는 커다란 고민에 봉착했다. 이광수, 주요한 등 언론계에서 활약하던 사람들은 총독부의 일본어 상용정책이 서서히 강요되리라는 점을 예감하고는 동우회 동지들에게 이 문제에 대해서 어떻게 대처할 것인가를 진지하게 연구하도록 종용했다.

고등경찰은 동우회의 그런 움직임마저 냄새를 맡았다. 그리고 동우회 간부들의 하루 일과도 모조리 파악했다. 경무국은 표면화된 행동은 없어도 그들은 결국 반일사상이 철저한 인물들인 만큼 그대로 방치해 둔다면 큰 장애물이 되겠다는 결론을 내렸다.

6월 5일 밤이었다. 1937년이다.

경무국장은 전국 경찰에 또 비상명령을 내렸다.

"수양동우회 간부급을 모조리 체포하라! 체포 즉시 그들을 경성으로 압송하라!"

6월 6일 새벽 주요한, 김윤경, 박현환, 이광수가 서울에서 잡혔다. 그리고 동우회 사무실을 습격한 고등계 형사들은 회원명단을 압수하고는 전국에 흩어져 있는 150여 명에 대한 일제 검거에 나섰다.

원산元山 송도 산장에서 출옥 후의 병고로 휴양하던 도산 안창호安昌浩가 체포됐고, 장리욱, 김병연, 백영엽, 오필선, 김선량, 조병옥, 이명혁, 이용설을 비롯한 수십 명의 동우회 지도급 인물들이 잡혀 왔다.

총독부 경무국은 이 수양동우회의 검속사건에 대한 보도관제령을 내리는 것도 잊지 않았다. 아니나 다를까. 발 없는 소문은 하루에 천리를 갔다.

"백백교 사건에 정신이 팔려 있는 동안에 저들은 지독한 일을 꾸며냈구나!"

사람들은 그제야 깨달았다.

"이제는 국내의 독립단체는 씨가 말랐다!"

"미나미는 데라우치보다도 더 지독한 놈이다!"

"거기에 비하면 우가키는 신사였다!"

조선의 뜻있는 사람들은 비분강개하면서 한탄했다.

반도와 반도인

세월도 강물도 쉬지 않고 흐르는 것이지만, 그러나 같은 흐름이면서도 보이지 않게 흐르는 것은 세월이고, 맑게 혹은 탁하게 그 흐름이 보이는 것은 강물이다.

날이 가물고 있는데 대동강大同江 흐르는 물이 흐려 있을 수는 없다. 하늘과 푸르름을 자랑하듯 맑고 푸른 흐름이 굽이치는 대동강, 물 위에 떠서 물줄기 따라 흐르다가 쉬고 있는 뗏목이 기슭을 비켜서 하품을 하고 있는 대동강이 한눈으로 비예되는 곳, 평양 사람이 아닌들 그곳이 모란봉인 줄을 모를까.

"각하, 폐양에 오신 이상 이곳에서 석양배 한잔 안 드신다면 폐양 얘길 못하십네다."

"아하, 그래요? 그럼 들어야지. 이담에 평양 얘기를 하기 위해서. 핫하하."

말을 건넨 사람은 평양의 친일 4총사의 한 사람인 최정묵이었다.

그리고 장자연長者然하게 웃어젖히며 희희낙락하는 사람은 조선 총독 미나미 지로다.

1937년 8월 3일 석양 무렵이다. 총독 일행이 평양에 와 있었다.

여름내 가뭄이 계속돼서 조선 전역은 극심한 한재旱災로 민심이 흉흉
했다. 답답해진 총독은 관서지방의 한재를 시찰하고 평양에 들른 김에
이날 대동강에서 평양의 조선인 유지들이 베푼 선유船遊놀이에 참여했
다가 마악 배에서 내려 모란봉 허리에 오른 길이었다.

"각하, 페양 모란봉에 '오마키노 자야' 라는 이름의 요정이 있다면 내
선일체의 상징이 아니갔습네까? 하하하. "

김능수의 말이었다. 웃음소리가 좀 공허하긴 했으나 평양 사람의 억
센 억양이 두드러졌다. 그가 각하라고 부른 것은 총독이 아니라 총독
옆에 있는 조선군사령관 고이소 구니아키였다.

고이소가 요정의 간판을 쳐다보며 말했다.

"오마키노 자야라! 그거 참 목가적인 이름이군! 핫하하하. "

오마키노 자야에선 전 종업원이 현관 앞에 나와 엄숙히 도열한 채 총
독 일행을 맞이했다.

"국장께선 전에도 여기 한번 와 보신 일이 있갔디요?"

"예, 한 번이 아니라 두세 번 왔었습니다. 먼젓번에도 이 선생이 안
내를 해주셨잖소. "

국장이란 경무국장 미바시다. 이 선생이란 숭인상업학교의 교장이
며 변호사인 이기찬이었다.

"국장님, 철이 지냈디만 여기선 대동강에서 잡힌 뱅어회를 잡수셔야
합니다. 입에 착착 붙으니까요. "

뱅어회는 5월 제철이다.

"아하, 그렇더군요. 올봄에 왔을 때도 박 선생이 여기서 뱅어회를 먹여주셨죠?"

국장이란 시오하라 학무국장이다. 박 선생이란 평양상공회의소의 서기장으로 있는 박상희다.

잘들 모였다. 지금 조선 천지의 실권자는 그들 네 사람이었다. 미나미 총독, 고이소 군사령관, 미바시 경무국장, 시오하라 학무국장, 이 네 사람이 손발이 맞아서 조선 천지를 멋대로 요리한다.

그들 네 사람이 평양에 와서 남문 밖 신시가의 친일 4총사로 알려진 이기찬, 김능수, 최정묵, 그리고 박상희와 어울렸으니 잘도 모였다.

회식상은 미리 준비돼 있었다. 주연은 이내 어우러졌다.

평양에서도 기촌으로 유명한 경상골慶上里, 경상골에서도 일류로 뽑히는 기생들이 재색을 다투며 주흥을 돋우는데 목석이 아니고서야 동하지 않을 수가 없다. 여자들 중에 넷은 평양 기생, 넷은 일본 게이샤였다. 경상골 기생들은 일본인 네 사람에 달라붙었고 일본 기생 넷은 조선인 넷을 맡는 것이다.

묘하게도 정담들은 하지 않았다. 그저 유쾌하게 술을 마시고 즐겁게 기생들을 주무르는 연회였다. 대동강 선유놀이에서 이미 할 만한 정담들은 다 해버린 것이 분명했다.

그러나 학무국장이 박상희를 보고 불쑥 엉뚱한 말을 꺼낸 것은 주흥이 절정에 이르렀을 무렵이다.

"박 선생, 그 조만식曺晩植이라는 사람은 끝내 코빼기를 안 나타낼 모양이군요? 총독 각하께서 만나기를 원하셨는데도 말씀이야!"

대단히 불쾌한 어조였다.

그러자 검사 출신인 변호사 최정묵이 대답했다.

"그분네들은 안 나타날 꺼우다. 고루한 고집쟁이들이니까요."

이번엔 경무국장이 한마디 끼어들었다.

"원래 민족주의자들이란 그런 고루한 고집쟁이들이니까."

이때 총독은 기생이 따라준 술잔을 단숨에 비우고, 생선회 하나를 초고추장에 쿡 찍어 입에 들뜨리고, 매워서 '카아' 하면서 혓바닥을 내두르고는 불쾌한 듯이 퉁명스럽게 말했다.

"조선 총독이 평양에까지 와서 부르는데 평양 녀석들이 콧대를 세우고 안 오다니 실로 괘씸하다! 세 사람이 다 장로라면서?"

"예, 폐양 구시가의 3장로루 통하디요."

학무국장이 비대한 체구의 이기찬을 돌아보며, 술잔을 건넸다.

"둘로 갈라진 평양의 지도적인 판도는 여기 모이신 네 분이 하나로 통일하셔야 합니다. 총독 각하께서 여러분의 뒤를 적극적으로 밀어 드릴 테니까요. 우선 경제적인 실력으로 구시가를 제압해야 할 겁니다."

그러나 이기찬은 빙그레 웃음을 머금었을 뿐 가벼이 입을 열지 않았다. 그의 양식은 아무래도 민족주의적 긍지를 버리지 못한 것이다.

"국장님, 신구 세력이란 어느 한쪽이 몰리게 마련인 건 정해진 이치가 아닙네까. 구세력이란 스러지는 세력, 신세대란 자라나는 세대, 누굴 헐뜯을 생각은 없습네다만 이른바 민족주의 세력은 조선총독부의 판도 안에서 그 앞날이 어떻게 될 것인지 자명하니까 건드리지 말고 내버려두면 될 거우다."

박상희의 말에 이기찬은 입맛을 쩍 다시고는 술잔을 들었다.

사실 평양의 지도세력은 양분된 채 대립돼 있었다. 남문 안 구시가에선 조만식, 오윤선, 김동원 등 3장로가 일반 평양시민의 정신적인 지주로서 영향력을 발휘하고 있다. 민족주의자들이었다. 배일사상이 골수에 박힌 독립운동가들이다. 따라서 그들의 존재는 우상화돼 있다.

술집에서 취객이 조만식을 비방이라도 해 보라. 주위 사람들에게 몰매를 맞는다. 오윤선은 장사를 해도 향토적인 것이었다. 〈조선물산상회〉라는 간판을 걸고 취급하는 물건은 주로 강화 화문석, 한산 세모시, 담양 죽세공예품, 안동 포, 무명직물 등속이다. 김동원은 〈평안고무공업사〉를 경영했다. 다른 고무제품도 있었지만 평안도민이 신는 남녀 고무신의 태반은 그의 공장에서 공급했다.

기림리箕林里 쪽 구시가를 대표하는 3장로의 참모는 김병연, 〈조선일보〉 평양지국장이다. 조직적인 두뇌에 말 잘하고 활동적인 성품이라 민족진영의 전위前衛인 동시에 3장로의 대변인이었다.

이와 대치하는 것이 바로 남문 밖 신시가에 군림하는 친일주의자들이었다. 지금 여기 모인 이기찬, 김능수, 최정묵 말이다.

최정묵은 대구 사람이다. 검사를 거친 현직 변호사다. 김능수는 광산을 하고 있고, 이기찬은 경기도 평택 출신의 변호사였다. 그중엔 중추원참의를 역임한 거물도 있다. 그리고 이들의 참모이자 대변인이 바로 박상희다. 박상희는 문필에 뛰어났다. 일어와 일문에 능해서 일본 언론계를 주름잡는 도쿠도미 소호가 경영하는 〈국민신보〉에 직을 얻었을 정도였단다. 24살엔 이미 〈오사카 마이니치〉(대판매일신문)로 옮겨 논설을 썼을 정도의 문장가다.

대동강 철교를 놓게 됐었다. 평양 시민에겐 지대한 관심거리였다.

어디다 놓느냐, 그 위치가 문제였다. 구시가와 신시가의 싸움이 되고 말았다. 친일 세력과 민족주의 세력 사이의 암투로 번져 나갔다. 그러자 박상희는 조선 총독에게 제의했다. 평양 시가에 걸친 대동강의 길이를 측량해서 그 절반이 되는 위치에다 철교를 놔달라고 말이다.

지금 대동강 철교의 위치가 바로 그 지점이다.

"참, 내일 아침엔 김동원이 경영한다는 고무공장을 시찰하겠소."

총독이 무슨 생각에선지 별안간 그런 선언을 했다.

"각하, 그까짓 불나우도 없는 고무공장을 시찰하실랍네까?"

김능수가 반대의 의사를 표시했으나,

"평양의 특산물이 뭐요?"

총독은 학무국장 시오하라에게 물었다.

"고무, 양말, 직조, 철공, 제재, 염색 등이 다른 지방에 비해 뛰어난 것으로 알고 있습니다, 각하."

"그렇다면 당연히 민족주의자가 경영하는 고무공장 하나쯤은 보고 가는 게 좋잖은가?"

"불청객이 되실까봐….."

"불청객이라니? 조선 판도의 주인은 나요. 어디를 가나 내가 주인인데 불청객이라니 말이 되는가!"

"죄송합니다, 각하. 주인님을 맞이할 준비가 벤벤티 않을까 해서 여쭌 말씀입니다."

박상희는 침착하게 둘러대면서,

"기생들아, 평양 수심가 한번 불러 드려라! 배따라기가 더 도캇구나."

재빨리 좌흥을 돋우기를 잊지 않았다.

달이 중천에 밝았다. 강바람을 타고 정말 배따라기라도 들려올 듯한 밤이었다.

평양에서 돌아온 총독은 연일 국장회의를 소집해서 한재旱災에 대한
비상대책을 세우기에 여념이 없었다. 쌀 증산은 그의 당면한 제일 목표
였다.

"하늘만 쳐다보고 농사를 짓는 원시적인 제도를 뜯어 고쳐라!"

조선농민의 복리를 위해서가 아니라 일본의 식량정책을 위해서였
다. 총독은 그가 부임한 작년 가을에 조선의 산미産米증식계획을 면밀
히 짜보도록 농산국장에게 지시한 바 있다. 그런 만큼 그는 올해부터
쌀 증산을 위한 시책을 강력히 밀고 나갈 계획이었다.

'그러나 첫해부터 실패인가!'

본시 조선의 산미정책은 어디까지나 일본정부의 경제정책에 따라서
전적으로 좌우돼 왔다.

아직은 누구나 기억하고 있다. 제1차 세계대전 이후 일본 국내의 식
량사정이 극도로 나빠져서 쌀 폭동까지 일어나지 않았는가. 당시 제3
대 총독으로 부임한 사이토는 조선의 농지를 적극 개간해서 쌀을 증산
하는 데 온갖 힘을 기울였다. 따라서 1912년 50만 석을 일본 본국으로
긁어갔던 그들은 1924년엔 460만 석의 조선쌀을 가져갔고, 1930년에
는 마침내 500만 석을 돌파하더니 만주사변이 일어난 1931년에는 엄청
나게도 840만 석의 조선쌀을 현해탄 건너로 실어 날랐다.

그러나 일본 본토의 산미기술이 향상되고 세계적인 경제공황의 물결

이 일본에까지 휘몰아치자 조선쌀의 일본 수입은 도리어 일본 농민을 가난하게 만든다 해서 그들은 조선에서의 쌀 증산을 극력 억제하는 방향으로 정책을 바꿔야 했다.

그러니 조선쌀 증식 20년 계획은 총독부 자체에 의해서 중지되고 대륙진출을 위한 공업전진기지로서 조선의 경제체제마저 바꾸지 않을 수 없었다. 그런데 일본군의 중국대륙 진출로 병참미兵站米의 수요가 극도로 늘어나자 그들 정부는 또다시 조선미 증산정책을 추진했다.

미나미 총독이 우가키의 뒤를 이어 부임한 후에 산미증식 정책을 또다시 내걸자 파고다 공원에 모인 사나운 입들은 이를 날카롭게 꼬집어 댔다.

"자식들 저희들 멋대로야. 언제는 쌀을 많이 생산하라 하고 언제는 또 쌀 증식을 그만두라 하더니 미나미란 자는 또 쌀 증산을 장려한다? 그자들의 속셈은 알 수가 없구면."

"아따 이 사람, 총독부가 조선백성 배불리려고 쌀 증산을 부르짖나! 다 저희 사정에 따라 이래라 저래라지."

"만주의 호밀이나 들여다가 조선놈 창자 채워 주고 기름기 도는 조선쌀은 저희들이 몽땅 날치기하겠다는 수작 아닌가!"

"그래서 총독부의 쌀 정책은 반죽정책이라네. 떡장수 맘대로 늘였다 줄였다 하는 밀가루 반죽 말일세."

"조령모개朝令暮改란 말이구면!"

"이 사람, 유식한 말을 하는군. 조령모개니 조삼모사朝三暮四니 하는 것보다야 반죽정책이라 하는 게 적격이야."

"쌀이든 반죽이든 굶어 죽지나 말아야 할 텐데. 이렇게 날씨가 가물어서야 그 호밀 반죽인들 차례가 올라고."

"호남지방 가뭄이 특히 심하다는군."

"미나미란 자, 산미 증산을 내걸은 첫해에 가뭄이 들었으니 똥줄이 타겠는걸."

"아무래두 무슨 변이 날 것 같애."

"어어, 더웁다. 바람 한 점 없는걸!"

이때였다. 공원 밖이 떠들썩했다.

"호외號外요, 호외! 호외 나왔어요!"

파고다 공원의 노인들은 '호외'라는 말에 벌떡벌떡 일어섰다.

"무슨 호외냐?"

"남가南哥가 폭탄이라도 맞았나?"

그러나 아니었다. 신문 호외는 사람들 손에서 이리저리 찢겼다.

> — 북지北支 노구교盧構橋에서 무력 충돌
> 중국군 무력 확대로 전운점고戰雲漸高

시민들의 표정은 단박에 굳어졌다.

노구교라면 중국의 북부 수도인 북경 교외의 요충 교량이다. 이곳에서 일본군과 중국군이 충돌했다면 심상치 않은 일이다. 호외에 이어 발행된 신문은 노구교사건을 상세히 보도하고 있었다.

7월 7일 밤, 중국 화북지방에 주둔한 일본군은 노구교 근처에서 야간전투훈련을 벌였다. 연습이 끝나자 일본군은 대원 전부를 점호했는데 그중에 사병 하나가 안 보였다. 무다구치 연대 제3대대 제8중대가 즉각 이 실종 사병의 수색에 나섰다. 그들은 곧 중국군의 가벼운 사격을 받았다. 불과 몇 발의 총소리였지만 일본군은 중국군이 도전한 것으로 판단했다. 일군의 이치키 대대장은 대대 병력을 노구교로 향해 진격시키는 한편 무다구치 연대장에게 보고했다.

"중국군 제29군의 도전을 받은 8중대를 돕기 위하여 제3대대를 즉각 노구교로 진격시켰음."

그러자 무다구치 연대장은 대대장에게 명령했다.

"출전한 제3대대 전원은 노구교로 진격하라. 단호히 전투를 개시해서 적대행위를 한 중국군을 소탕하라."

7월 8일 새벽 4시였다.

일본군은 용왕묘 부근의 중국군을 무찌르고 노구교 점령작전에 나섰다. 세계의 이목은 극동으로 총집중했다. 계속되는 속보는 노구교에서의 무력충돌이 심상치 않은 전쟁으로 확대됨을 알려주었다.

총독은 조선군사령관과 경무국장을 조석으로 불러서 중국대륙에서 벌어지는 사태에 대응할 총독부의 방책을 연구하기에 골몰했다.

'일은 간단히 수습될 것 같지 않다.'

조선군사령부와 총독부 사이엔 매일 매시 전화와 자동차의 내왕이 빈번했다. 어느 날 고이소 사령관이 총독에게 말했다.

"각하, 만주 관동군사령부에서는 강경한 성명을 발표했습니다. 우리 조선군도 벙어리로 있을 수만은 없게 됐습니다."

"관동군에선 뭐라고 성명했습디까?"

고이소 사령관은 가지고 온 전문을 내보였다.

— 방약무도傍若無道한 중국 제29군의 도전으로 기인하여 방금 화북

華北에는 비상사태가 발생했다. 우리 관동군은 다대한 관심과 중대한 결의를 가지고 이 사건의 추이를 엄중히 주시하고 있다.

전문을 읽고 난 총독은 물수건으로 이마와 목덜미의 땀을 씻어내면서 말했다.

"군에 관한 한 고이소 장군이 알아서 할 일이오. 그렇지만 하야시 대장처럼 월경장군 소리는 듣지 마시오."

만주사변이 일어나자 당시의 조선군사령관이 "만주지방의 사태에 감하여 관동군사령관의 요청을 받고 본관은 휘하 조선군을 곧 만주로 출동시키려고 함"이라는 독단결정을 내렸던 일을 되새기는 말이었다.

"그래서 총독 각하께 의논하는 게 아닙니까? 조선군사령부의 결의만은 발표해야 하지 않겠습니까?"

기회주의자라는 평판이었다. 조선군사령관은 대담하지 못한 장성이지만 그러나 어떤 극적인 사건 앞에선 기회를 놓치지 않고 재빠르게 손을 써서 공을 세워 온 사람이다.

그러나 총독은 그보다 침착하고 현실적이었다. 그리고 군의 선배였다. 그는 고이소 사령관에게 말했다.

"경솔해선 안 됩니다. 내가 알기로는 고노에 내각이 신중한 대책을 세울 것으로 보는데 현지의 사령관들이 장단도 없이 춤부터 춰선 안 됩니다. 그것보다는 이럴 때일수록 조선반도를 강력히 다스릴 과업이 더클 것이오. 만일 전쟁이 확대된다면 조선은 본격적인 전방기지가 됩니다. 그런 경우 우린 삼천리 조선반도와 2천 3백만 반도인을 꼼짝달싹 못하도록 엄격하게 다스려야 하오. 고이소 장군! 아마 당신의 활동무대가 전개될 것 같소. 핫핫하하."

미나미는 조선 총독으로서의 체면을 앞세우며 고이소 사령관에게 충고조로 말했다. 때로는 몹시 성급한 그는 그 자리에 미바시 경무국장을 불러들였다.

"음, 미바시 군! 전쟁이 확대될지도 모르네. 그렇게 되면 조선반도는 완전한 전시체제로 바꿔야 할 게야. 여차하면 말일세, 우선 사상범들을 모조리 잡아 치워야 할걸. 깐죽거리는 지식인이나 평양의 조만식 일파 같은 민족주의자들한테도 본때를 보여야 할 게구. 자네 몹시 바빠지겠는걸. 핫핫하. 그러고 보면 작년에 발포한 사상범 보호관찰령은 자네의 선견지명이야."

"각하, 소관은 각하의 명령에 따랐을 뿐입니다."

"그렇던가, 핫핫하. 그런데 그 뭐 수양동우회? 그놈들은 순순히 범행을 자백하나?"

"각하, 곧 입을 열 것입니다. 아직은 불온한 음모를 하지 않았다고 부인합니다만…."

"그래? 그건 그렇구 수양동우회 말고 또 불온한 단체는 없나?"

"각하, 안창호를 필두로 이광수, 주요한 등을 잡아 족쳤더니 조선의 '문화계'가 발칵 뒤집혔습니다. 각하, 홍업구락부興業倶樂部라는 것이 아무래도 냄새가 나는 것 같습니다."

"홍업구락부? 난 처음 듣는 말이군. 뭔지 모르네만 냄새나는 것들은 톡톡히 혼쭐을 내주게나. 그런 건 경무국장이 알아서 할 일이야!"

총독은 평양에서의 모욕을 잊을 수 없는 것 같다. 그는 모든 권한을 경무국장에게 일임한다고 선언했다.

총독은 군사령관을 돌아보며 자기의 본심을 말했다.

"아무튼 노구교사건은 우리 총독부로선 잘된 일이오. 가뭄으로 아우성을 치는 판국에 전쟁이 터졌다면 모든 초점은 그리로 쏠려 버리거든. 그리고 내가 구상하는 반도인의 황민화皇民化 운동도 쉽게 박차를 가할 수 있고. 핫핫하."

총독은 이날따라 왠지 웃음이 헤펐다.

조선군사령관은 가슴을 딱 벌렸다. 경무국장은 주먹을 쥐고 손가락 마디를 똑똑똑 소리 내서 꺾었다.

———————

— 본격적인 전쟁이다. 사태는 심각하다.

노구교사건으로 벌어진 북부 중국에서의 분규는 중국과 일본에만 국한된 단순한 문제는 아니었다. 7월 7일 노구교사건이 발발한 이래 삼천리 조선반도는 삽시간에 전쟁 분위기로 휘말려 들어갔다.

— 또 싸움터가 되는구나.

청일 전쟁을 치른 지는 40년이 지났다. 러일 전쟁은 32년 전의 일이다. 그동안 한반도는 일본의 말발굽에 여지없이 짓밟혔고 제1차 세계 대전과 만주사변을 치르긴 했다. 그러나 한반도가 본격적인 전화戰禍 속에 휘말린 싸움터가 된 것은 32년 전의 러일 전쟁이 마지막이었다.

싸움이 없었다지만 의병義兵들의 투쟁은 계속되었다. 하지만 그건 독립을 위한 투쟁이었고 기미만세의 민족적인 항쟁이었다. 그것은 식민지 통치를 강화하려는 압박자와 이에 불복하는 피압박자 사이의 실랑이였다. 전쟁은 아니었으며 단순한 투쟁이었다. 그리고 그것은 민족대 민족의 정신적 싸움이었다.

그런데 이제 일본과 중국이 본격적으로 맞붙어 싸우면 그것은 전쟁이다. 예로부터 조선은 중국대륙에 붙어 있는 하나의 반도로 인식돼 왔다. 대륙의 기상이 한반도의 기상을 좌우했다. 지금 동남쪽에서 바다를 건너 치부는 생선 비린내 나는 바람과, 만리장성 저쪽에서 몰아치는 대륙의 흙바람이 마주 충돌해서 돌풍을 일으키려 하고 있다. 이 역사적인 순간에 조선반도의 기압골이 심상할 수는 없다.

미나미 총독은, 조선총독부는, 조선군사령부는 심각했다. 그러나 왠지 활기를 띠었다. 매일 아침저녁으로 국장회의가 소집됐다. 총독은 국장회의에서 선언했다.

"무엇보다도 조선인의 정신상태가 중요하다. 그들의 머리를 마비시켜야 한다. 우선 철저한 황민화 교육을 시급히 강행해야만 된다."

그는 학무국장을 보고 소리쳤다.

"시오하라 군! 마호메트의 손에는 한쪽에 칼, 한쪽엔 코란이 들려 있었다 했것다. 우리도 아마 마호메트의 수법을 써야 할 게야!"

칼은 곧 경무국장이고, 코란은 학무국장인가. 시오하라는 조선총독부 36년 사상 가장 강력한 실권을 쥔 학무국장으로 등장했다.

7월 12일 아침이었다. 용산역 앞에는 긴급출동령을 받은 조선군 제 20사단 장병들이 구름처럼 모여들었다. 고노에 내각은 노구교사건 대책회의를 거듭한 끝에 7월 11일 조선과 만주에서 각기 1개 사단을 빼내서 화북지방에 증파하기로 했다.

고노에 수상은 이날 그 자신은 물론 일본제국의 운명에 파국이 올지도 모르는 일대 실책을 저질렀다. 본시 7월 7일에 노구교에서 중일 양국군 사이에 전단戰端이 열리자 고노에 내각은 관동군이나 현지 사령관의 강경태도와는 달리 사건 불확대 방침을 정하고 9일에 그 뜻을 공포했다. 전에 만주사변을 일으킨 주역의 한 사람인 이시하라 간지 작전부장까지도 사건의 평화적 타결을 주장하면서 출병 반대론을 강력히 주장했다. 한편 중국 현지에선 중국군의 송철원이 일본군 가쓰키 사령관과 담판 끝에 현지 휴전을 성립시키기에 이르렀다.

그런데 일본정부는 11일이 되자 돌연 '노구교사건'을 '화북사변'이라고 고쳐 부르기로 결정한 다음, 고노에 수상은 하로다 외상과 함께 병력 증파를 주장했고, 이날 오후 6시에는 조선군사령관 고이소에게 휘하 20사단을 중국으로 출동시키라는 명령을 내리기에 이르렀다. 이것은 현지와 중앙의 정보교환이 시원찮아 야기된 혼란이다.

군국軍國에게, 군대에게 전쟁이란 하나의 활력소다. 호전적인 일본 군인들은 용산 역두와 평양 역두를 메우면서 목이 터져라고 군가를 불러대며 떠났다.

조선군 제 20사단의 파병을 보고 총독은 희색이 만면했다.

"됐어! 군국주의는 전쟁 하에서 꽃이 피는 게니까!"

그는 전쟁확대가 조선 총독으로서의 자기 업적을 굳히는 데 다시없는 기회라고 단정했다. 14일에 있었던 총독부 국장회의에서 그는 더위도 잊고 크게 외쳤다.

"이제 우리 대일본제국이 중국을 응징하는 성전聖戰에 돌입한 이상 조선반도가 차지하는 전략적 혹은 전술적 위치를 감안하여 반도통치는 일대 전환점을 발견해야 할 때라고 생각한다."

그는 그 구체적인 지시를 각 국장들에게 하달했다.

272

"전시엔 후방이 안정돼야 한다. 반도치안의 책임을 맡은 경무국장은 조선군 헌병사령관과 긴밀한 협력 아래 불온사상을 가진 자들의 색출은 물론 모든 전쟁기피자, 비협력자들을 깨끗이 소탕해야 할 것이다."

그는 안면근육에 가벼운 경련을 일으키며 학무국장에게 말머리를 돌렸다.

"앞으론 조선을 '반도'라고 부르고, 조선인을 '반도인'이라 부르도록 엄격히 시달하라. 그리고 반도인은 우리 내지인과 똑같은 일본제국의 신민임을 자각하도록 만들라. 전쟁수행에 필요한 모든 동원에 반도인도 내지인과 똑같은 의무를 지도록 만들려면 무엇보다도 먼저 황국신민으로 만들어 놓아야 한다. 뒷받침은 총독인 내가 책임진다."

학무국장은 어깨가 으쓱해졌다. 오연하게 좌중을 돌아봤다. 전쟁이 일어나면 학무국장과 같은 이른바 문관 계열은 무관 계열한테 밀려서 숨을 죽이는 것이 상례다. 그러나 조선총독부에서만은 그렇지 않았다. 총독은 특히 학무국장에게 최대한의 권한을 줌으로써 조선반도를 전시체제로 전환시키고 조선인을 최대한으로 전쟁에 이용하려는 데에 첩경이 되리라는 점을 의심치 않았다.

총독은 법무국장에게도 지시했다. 전시체제로 조선총독부의 각종 법령을 개정하라고 아울러 지시했다.

"전시의 법률이란 만드는 사람에게 가장 편리하도록 제정해야 한다. 그렇지 않고는 없는 게 낫다. 알았는가?"

"예, 알았습니다. 각하."

"자넨 법관 출신인가? 학자 출신인가?"

"아닙니다, 본시부터 관리입니다, 각하."

"그럼 잘 알겠군. 코에 대면 코걸이 귀에 대면 귀걸이식의 법령이라야 전시엔 편리할 걸세! 너무 세분되고 명문화된 법령에 스스로 올가미를 쓰지 않도록 해!"

폭리취체령暴利取締令이라는 게 공포됐다. 미곡응급조치법米穀應急措置法이 제정됐다. 군수공업동원법軍需工業動員法도 마련됐다. 조선총독부는 조선의 정치, 사회, 경제, 문화 등 모든 체제를 전시상태로 전환시키는 조치를 전격적으로 완료했다.

총독은 총독부 총독실에 비밀상황실을 마련해 놓고는 특히 중국대륙에서 시시각각으로 보고되는 사태를 일목요연하게 알아볼 수 있도록 했다. 이 상황판에는 날로 새로운 사실이 기재돼 갔다.

7월 11일에 극적으로 타협을 봤던 중·일 현지군 간의 휴전은 일본정부의 강경책과 관동군, 조선군의 긴급출동으로 산산조각 나버렸다.

7월 17일에는 북경의 광안문廣安門에서 본격적인 전투가 벌어졌다. 광안문의 전투는 중국과 일본의 싸움이 타협 없는 전쟁으로 돌입했음을 뜻한다. 이날 중국 국민당 정부의 장개석 총통은 4억 5천만의 중국민족에게 항일 구국전에 나서라고 호소하는 강력한 성명을 발표했다. 장개석 총통은 그동안 일본에 대해서 유화정책을 써오던 자신의 입장을 완전히 뒤엎고는 격렬한 어조로 선언했다.

— 만일 저들의 노구교 무법점령을 그대로 용인한다면 중국 4백 년의 수도인 북경은 적의 수중에 들어가고 말 것이다. 그렇게 되면 북경은 제2의 봉천이 될 것이며, 화북은 제2의 만주 땅으로 전락할 것이다. 북경이 제2의 봉천이 될 때 남경이 제2의 북경이 되는 것을 어떻게 막

으랴? 우리는 어떠한 희생을 치르더라도 단호히 일본군에 항쟁하지 않으면 안 된다.

장개석 총통은 일본 육군사관학교에서 수학했다. 그의 스승이고 혁명지도자였던 손문 역시 일본에 대해서는 상당히 유화적인 노선을 취했다. 따라서 일본과의 무력투쟁보다는 모택동 일당이 이끄는 소비에트식의 공산주의를 먼저 소탕해야 한다고 주장한 장개석이었다.

누구나 아직 기억하고 있다. 장개석의 그런 노선에 불만을 품은 만주의 장학량은 그를 서안에 연금까지 했던 것을 기억한다. 그러한 장개석도 일본군에게 무력침공을 당하자 걷잡을 수 없는 분노를 터뜨렸다. 그는 성명에서 분명하게 천명했다.

— 나는 다음의 4가지 조건을 기본으로 할 것을 일본정부에 통고한다.

첫째, 중국의 영토 및 주권의 침해를 단연코 허용할 수 없다.

둘째, 북경에 있는 기찰정무위원회의 지위는 중앙정부가 결정한 것으로서 여하한 비합법적 변경도 인정치 않는다.

셋째, 기찰정권의 인사권은 중앙정부 권한에 속하며 외국의 압박에 의해 좌우될 수 없다.

넷째, 제 29군의 현재의 주둔구역에 관해서는 누구의 여하한 제한도 받아들일 수 없다.

이상의 4 가지 조항은 교섭의 기초가 될 최저한도의 조건이다.

노구교사건으로 말미암아 중·일 양국을 불행한 전쟁상태로 몰아넣는가 아닌가는 오로지 일본 측에 달려 있다. 양국 간의 화평의 희망이 조금이라도 남아 있느냐 아니냐는 오로지 일본군의 행동에 달려 있음을 천명하는 바이다.

장개석 총통의 이러한 성명은 4억 5천만 중국 민중에게는 열광적인 환호를 불러일으켰지만 일본 군국주의자들에게는 더욱 악을 치받치게 했다. 고노에 내각은 스기야마 육군대신 일파의 강경론에 몰린 끝에 본국에서 다시 제5, 제6, 제10사단을 화북지구로 투입하기에 이르렀고 전화戰禍는 다시 상해지구에까지 번져 나갔다.

전쟁이 중국 전토로 확대되자 일본 본토는 말할 것도 없고 조선 안의 일본군 주력도 속속 중국으로 이동했다. 일본은 물론 조선 전역의 거리 거리에는 장개석 총통과 중국군을 야유 비방하는 삐라가 나붙었다.

경무국장은 학무국장과 짝이 돼서 이 전쟁 초기에 총독이 명령한 조선인 황민화 정책을 강력히 추진했다.

'중국의 장개석을 비겁하고 약골인 인물로 선전해야 한다.'

'조선인 가운데는 김구가 이끄는 임시정부를 도와주는 장개석을 우상처럼 숭배하고 있는 패가 있는데 그 우상을 부숴 버려야 한다.'

경무국장은 전조선의 각 경찰서장에게 '니게루 쇼카이세키'(도망치는 장개석)라는 만화를 많이 그려서 거리에 붙이도록 지시했다.

학무국장은 각 도의 시학視學=장학관과 각급 학교의 교장한테 장개석을 비방하는 교육을 실시하도록 지시했다. 앵무새 같았다. 일본인 교사들은 교실에 들어서기가 바쁘게 떠들어 대기 시작했다.

"장개석은 비겁한 놈이다. 그의 짱꼴라 군대는 도망치는 게 본업이다. 짱꼴라 오랑캐들은 인간 이하의 야만민족이다. 중국 똥뙤놈들은 조선반도를 오랫동안 지배한 원수다. 이젠 반도인이 내지인과 손을 잡고 중국대륙의 지도자로 진출해야 한다. 도망치는 짱꼴라 장개석을 잡을 때까지 대일본제국의 군대는 중국 전토를 한 치의 땅도 남기지 않고 석권할 것이다. ”

이런 악의에 찬 선전은 어린 조선학생들에게 중국에 대한 관념을 결정적으로 왜곡 주입시키기에 성공했다.

이와 때를 같이해서 학무국장은 또 하나의 기발한 착상을 했다. 그는 정무총감을 제쳐놓고 총독 관저를 밤낮없이 출입하면서 그의 특출한 아이디어를 미나미 총독에게 무시로 건의했다.

학무국장과 총독과의 밀담자리에는 필요에 따라 한상룡이 배석하기도 했고 문명기가 끼어들기도 했다. 이들은 이완용, 송병준의 대를 이은 이른바 제 2세의 친일거두들이었다. 윤치호, 이광수, 최린, 최남선 등도 여러 차례 총독의 초대를 받았으나 쉽사리 응하지 않았다.

출정병사를 보내는 노래

어느 날 밤 경무대 총독 관저에 온 학무국장은 총독에게 양면괘지에 단정히 기초한 문안 하나를 제시했다. 하오리羽織 바람으로 있던 총독은 의아스런 시선으로 반문했다.

"이게 뭔가?"

총독은 돋보기안경을 끼고는 학무국장이 내놓은 문안 쪽지를 읽기 시작했다. 와레라와 고고쿠 신민나리, 주세이 못테 궁고쿠니 호젠(우리는 황국의 신민이다. 충성으로써 군국에 보답한다)…."

총독은 제1항목을 읽고는 시오하라에게 물었다.

"뭔가? 이게."

그러자 학무국장은 씨익 웃으며, 그러나 자신만만하게 대답했다.

"각하! 이것을 반도인들에게 조석으로 외우도록 하자는 것입니다. 말하자면 고고쿠 신민노지카이를 제정하자는 것입지요, 각하!"

총독은 그제야 학무국장의 의도를 짐작했다. 그가 기초해 온 '황국신민의 서사誓詞'는 성인용과 어린이용 두 가지였다.

총독은 학무국장이 들고 온 초안의 몇 군데에다 붉은 줄을 그어 자구 수정을 했다. 착안은 곧 실천. 10월 10일에 총독은 마침내 계룡산 사교도들의 주문보다도 더 해괴한 '황국신민의 서사'라는 것에 결재하면서 명령했다.

"새해 1월 1일부터 반도전역 어디서나 외우도록 강력히 시달하라! 모든 도서나 신문, 잡지에도 이것을 삽입하도록!"

총독이 최종결재를 내린 어린이용 '주문' 내용은 "우리는 대일본제국의 신민입니다. 우리들은 마음을 합쳐서 천황 폐하께 충성을 다합니다. 우리들은 인고단련해서 훌륭하고 굳센 국민이 되렵니다."

주로 국민학교 어린이들에게 조석으로 외우라는 것이었다. 모든 예식에 앞서서 제창시키라고 했다.

그뿐인가, 학무국장은 신년부터 조선의 교육령을 대폭 개정해서 조선과 일본의 교육제도를 동일하게 만들기로 했다. 전에 사이토 총독이 부임하자 조선의 교육제도를 제정했다. 초등교육기관을 보통학교, 중등교육기관을 고등보통학교라 부르게 했다. 그리고 일본인이 다니는 초등학교는 심상소학교라 하고 저들의 중등교육기관을 중학교라고 구분했다. 조선인 학교와 일본인 학교를 엄밀히 구별했다. 그런데 이제는 이것을 형평하게 만들자는 것이었다. 1938년 봄부터 조선의 모든 교육기관은 일본 본토식으로 소학교, 남녀중학교, 고등학교로 모두 통일했다.

교육령의 개정은 얼핏 보아 조선인을 일본인과 동등하게 만드는 듯 가장하고 있다. 그러나 그 개정령 속에는 어마어마한 함정이 숨겨졌다. 교육법 개정령을 살펴본 조선의 식자들은 혀를 차며 비분강개했다.

"조선어과가 교육과정에서 빠졌다! 이럴 수가 있을까!"

고개를 갸우뚱하거나 가로젓는 사람들도 있었다.

"미스프린트일지도 모른다!"

그러나 그것은 유인물의 미스프린트가 아니었다.

신문엔 해설기사가 나왔다.

— 조선인은 '황은에 욕浴하고 있는' 대일본제국의 신민이다. 그래서
'반도인'이라 부른다. 따라서 충실한 제국신민이 되려면 대일본제국의
한낱 지방어라 할 수 있는 조선어를 쓸 게 아니라 일본어를 상용함이
옳지 않은가.

일본어가 곧 반도인의 일상국어가 된다는 것이다. 조선어는 한낱 지
방 사투리쯤으로 전락하고 말았다. 없애버려야 된다는 것이었다.

전국 정세는 날로 험악해 갔다. 조선군 제20사단이 중국 전선으로
끌려가면서부터 조선 안의 일본인 거류민 장정들이 소집영장을 받고
속속 군문軍門으로 끌려 나갔다.

총독부 학무국은 각급 학교에 "학생들을 동원해 출정장병들을 열광
적으로 환송하라"고 지시했다. 〈출정병사를 보내는 노래〉가 조선의
방방곡곡 역두와 징병검사장에서 메아리쳤다.

칸테 쿠루소토 이사마시쿠 치캇데/ 쿠니오 데타카라와/
데카라 타테즈니 시나레요카/ 신군랍파 키쿠타비니/
마부다니 우카부 하다노나미
(이기고 돌아오리 용감히 맹세하고/고향을 떠났을 바엔/전공을 안

세우고 어찌 죽으랴/진군 나팔 소리를 들을 때마다/눈꺼풀에 어른
대는 환송의 깃발)

군국주의를 고도로 찬양하고 숭무崇武정신을 고창하는 군가는 계속
해서 쏟아졌다.

시오하라 학무국장의 지시도 계속 쏟아져 나왔다.

"각급 학교는 군가를 적극 보급하라! 청소년들의 입은 그 군가에 젖
어 있도록 만들라! 반도의 백만 학도는 중국대륙에 진군할 야망으로 불
타게 만들라!"

군가의 물결, 일장기의 물결, 지시문 명령서의 물결이 조선반도에
꽉 찼다.

— 황군은 승승장구 대륙을 석권하고 있다.
— 대일본제국은 동아의 영원한 평화를 위해서 싸우고 있다.

신문의 활자들은 연일 황군皇軍의 승전기勝戰記로 춤을 췄다.

그들은 사실상 중국에서는 승승장구했다. 12월 17일엔 장개석 정권
이 자리 잡았던 남경이 함락됐다. 며칠 전부터 남경을 향해서 진격하던
일본군은 12월 13일에 남경의 교외인 우화대에 육박했다. 중국의 수도
남경의 점령은 이미 시간문제였다. 중국군의 저항도 치열하긴 했지만
장개석 총통은 이미 남경을 포기하고 장기 항전을 성명했다.

12월 15일 밤 총독은 정무총감, 경무국장, 학무국장 등을 비롯해서
조선군사령부의 고위막료들까지 총독 관저로 초치했다. 그는 남경 함

락을 어떻게 이용하면 일본군에 대한 조선민중의 신뢰를 최대한도로 끌어올릴 수 있을 것인가에 대해서 신중한 토의를 거듭했다.

"각하, 고등술책을 써야 합니다!"

정무총감은 일부 재감자在監者들에게 특사령을 내려서 그날을 기리자고 좀 엉뚱한 제안을 했다. 그러나 정무총감의 특사령 제안은 군사령부에서 나온 가미 대좌에 의해 보기 좋게 핀잔을 맞았다.

"안 됩니다. 시끄러운 족속들을 풀어놓다니 안 됩니다!"

경무국장도 반대했다. 구구한 의견도 많이 쏟아져 나왔다.

총독은 학무국장의 의견을 물었다.

"자네의 의견을 말해 보게! 뭐 일석이조의 방안이 없을까?"

그는 실낱같은 눈을 감실거리다가 입을 열었다.

"각하, 소관의 생각 같아서는 이번 남경 함락 축하식을 전 반도가 떠나갈 듯이 크게 벌이면 좋겠습니다. 우리 황군이 중국의 수도를 점령했다는 것은 일본 역사상 처음 맞는 경사가 아니겠습니까? 우리는 일찍이 일청전쟁, 일로전쟁, 그리고 제 1차 세계대전에서 모두 승리하긴 했어도 적국의 수도를 점령하지 못했습니다. 그런데 이번에 남경을 함락시킨다면 2천 6백 년 역사상 처음 맞는 일로서…."

그의 연설조의 발언이 더 길게 계속되지 않아도 사람들은 그의 그런 식의 발언의도를 짐작할 수 있었다.

총독이 만족스럽게 고개를 끄덕였다.

"허허, 그렇군. 하긴 이 조선의 경성은 그 옛날 도요토미 히데요시가 점령한 바 있었지만, 조선은 이미 제국의 판도니까 논외로 쳐야겠고, 그래서…."

학무국장이 말을 이었다.

"우선 대일본제국의 국위를 반도인에게 선양해야 합니다. 지금도 중국이 대국이라고 생각하는 반도인이 아직도 많은데 그 중국의 수도를 우리 황군이 단숨에 점령해 버렸다는 사실을 대대적인 경축행사를 통해서 실감 있게 보여주자는 것입니다."

학무국장의 말에 반대하는 사람은 없었다. 총독은 물론, 정무총감, 경무국장, 조선군의 고위 간부들도 모두 고개를 끄덕거리며 학무국장의 좀 거만한 말투에 귀를 기울였다.

"그리고, 각하, 나이 어린 청소년들은 순진합니다. 그리고 감수성이 예민합니다. 남경이 함락되는 그날 반도 천지가 떠나갈 듯이 경축행사를 벌이면 20세 미만의 반도 청소년들은 하룻밤 사이에 황국에 충실한 제 2세로 동화됩니다. 따라서 소관의 의견으로는 ….."

그는 두 눈을 신경질적으로 껌벅거렸다. 탁자 위에 벗어 놓은 안경을 코에 걸었다.

"각급 학교 전교생을 동원, 낮엔 가두행진을 시키고, 밤엔 조칭교레 쓰提燈行列로 불야성을 이루게 합시다."

학무국장의 제의는 이의 없이 채택됐다. 그들은 만반의 준비를 해놓고 그날을 기다렸다.

12월 17일, 남경 함락의 소식이 전해지자 조선 천지는 발칵 뒤집혔다.

― 대일본제국 만세, 만세!

어수선한 밤이 깊어가고 있었다.

북악산 중턱 펑퍼짐한 바위 위에 두 남녀가 호젓이 얼싸안고 있었다. 여자는 남자의 왼쪽 어깨에다 오른쪽 볼을 기대고 있었다.

바람 소리는 없고, 풀벌레 소리가 사위에서 제법 사근거린다.

"예비검속된 춘원 선생을 오늘 구치소로 찾아가 만났소."

박충권이 장안 거리에 흐르는 휘황한 등불 행렬을 내려다보고 말했다. 윤정덕은 남자의 귓불을 아쉬운 듯이 만지작거리면서 맥없이 또 말했다.

"그분은 좀 회색적인 처세를 한다는 말이 있대요."

"모르겠어. 단지 확실한 건 문학자다운 다원적 사고를 하고 있더군! 간수가 자리를 뜨자, 날더러 다시 중국으로 떠나라는 거야."

윤정덕은 몸을 바로 가졌다.

"이번 전쟁은 확대될 거고 오래 끌게 된다는 거야. 그렇게 되면 조선 의 학도와 청년들이 전선으로 끌려간다는 거야."

"그건 우리도 벌써 예상하던 사태 아녜요?"

"그러니까 나더러 중국으로 가라더군. 전방에 파고들어 출전한 조선 학생들을 항일군 쪽으로 탈출시키는 교량적 역할을 담당하라는 거야."

"그게 가능한 노릇이에요?"

"백 명을 탈출시키려다 90명을 실패하는 일이 있더라도 그게 민족적 인 양심이며, 시도해 봐야 할 선배의 의무라더군."

윤정덕은 말없이 한숨을 뿜었다.

'이 사람과 또 헤어져야 하는가?'

윤정덕의 눈엔 눈물이 맺혔지만 보이지 않았다.

"간다고 하셨겠군요?"

"조선의 청년들이 저들의 총알받이로 끌려가는 건 피할 수 없는 운명이니까 일단 나간 사람들에게 일본 군복을 입고 조국을 위해서 무엇을 할 수 있는가를 가르쳐 주라고 하더군."

"앉아서 하는 말로는 점잖군요. 실제로 행동하는 사람은 다른 사람이니까요."

"곧 떠나서 발판을 닦아 놓겠다고 했소."

"저는 어떻게 해야 하나요?"

"당신은 지금대로! 전쟁이 끝나는 날까지."

"다시 만날 수 있을까요?"

"나는 불사신不死身이니까."

두 사람은 부둥켜안은 채로 바위에서 내리굴렀다. 내리구른 대로 엎치락뒤치락했다.

하늘에는 달, 그리고 별, 그들의 목엔, 잔등엔 나무 가시가 찔러댔다.

"목에 피가 났나보군!"

박충권이 윤정덕의 목덜미에 키스 세례를 퍼붓다가 혀끝에 척척한 감촉을 느꼈던지 그런 말을 했다.

"당신을 위해 흘린 피예요."

윤정덕이 울먹이며 말했다.

"그래? 기념으로 내 혈관 속에 넣고 떠나야겠군."

박충권은 애인이자, 아내이자, 동지인 여자의 상처에다 다시 입을 가져갔다. 강렬한 흡인력으로 그는 정신없이 빨아댔다. 여자의 피를, 동포의 피를, 자기 피에 섞기 위해서 빨아댔다.

"여보!"

"우리들의 애기를 잘 키워 주시오."

"이번에 떠나심 다신 못 만날 것 같아요."

"편지하리다. 미바시 뭐랬나? 당신 집 새 쥔놈의 이름이?"

"편지는 가회동 집으로 하세요!"

"그동안 참 좋은 정보 많이 얻어냈어."

"앞으로 더 많은 정보를 얻을 수 있겠죠."

사실 윤정덕은 그동안 많은 정보를 캐냈다. 다나카 경무국장 시절에 그의 관저로 잠입한 윤정덕은 주인이 바뀌어 미바시가 된 오늘에도 계속해서 그 집의 충실한 하녀 노릇을 하고 있다.

윤정덕이 최근에 얻어낸 정보 중에서 가장 중요한 것은 아무래도 조선청년들에 대한 지원병志願兵제도의 실시계획이었다.

어느 비오는 밤에 미바시는 자기 집에 찾아온 경성상공회의소 회두會頭 야기와의 술자리에서 그런 이야기를 했다.

"조선의 청년, 특히 배웠다는 인텔리 청년들을 이젠 대량으로 소모해버려야 하겠습니다."

"어떻게 말입니까?"

팔자수염을 기른 상공회의소 회두는 흥미 있다는 듯이 물었다.

"전쟁터로 보내야죠. 대일본제국의 군인으로죠."

"써먹을 수 있을까요?"

"총알받이야 안 되겠습니까, 핫핫하."

윤정덕은 술 주전자를 바꿔 들여가다가 그들의 그런 대화를 들었다.

―아아, 이건 중대한 정보구나.

윤정덕은 눈총을 번쩍 빛냈었다. 무섭고 무자비한 계획이었다. 조선

청년들을 대륙침략 전쟁의 대포밥으로 끌어내기 위한 육군 특별지원병 제도의 실시를 계획한다는 것이었다. 이 지원병제도의 계획은 중일전쟁이 일어난 직후인 8월 5일 밤 총독 관저에서 총독과 내무국장, 학무국장, 조선군 참모, 그리고 경무국장의 5인 회의에서 논의되기 시작했다. 그들은 극비밀리에 회의를 거듭한 끝에 이미 본국 정부의 내락도 얻었다.

경무국장은 상공회의소 회두에게 말했다.

"본국 정부 육군성의 법적 조처를 의뢰하고 있습니다. 하회를 기다리는 중이죠."

윤정덕이 그날 밤 알아낸 그들의 지원병 제도란 조선청년들에게 육군특별지원병이란 명목을 내걸어 제1차로 3천 명을 뽑아 단기훈련을 마친 다음 중국 전선으로 내보내서 전투에 참가시키되 그 성적을 봐서 점차 대대적인 모병募兵을 실시한다는 것이었다.

"지원병이면 지원병이지 특별지원병은 또 뭐야. 죽일 놈들, 그 특별이라는 곳에 또 함정이 있겠지!"

이튿날 윤정덕에게서 그런 정보를 들은 박충권의 결론이었다.

그들은 풀섶에서 일어나 앉았다.

"저 조칭提燈행렬은 지원병 모집을 위한 사전 포석이야. 한심하군, 철없는 어린애들은 멋도 모르고 일본군 만세를 부르고 다니니 기가 막혀 못 보겠단 말이야!"

그는 주먹으로 가슴을 쳤다. 그는 무엇보다도 총독부의 군국주의 황민화 교육에 좀먹어 들어가는 청소년들의 앞날이 걱정스러웠다.

"이런 때일수록 언론계와 문화인들이 일어나서 우리 젊은이들을 각

성시켜야 하는데, 학무국장이란 놈의 술책에 말려 들어가고 있으니 큰
야단이야 ···."

박충권은 한탄했다.

'이광수, 주요한 같은 이들이 모두 갇혀 버렸고, 송진우, 김준연, 현
진건 등이 일장기말소 사건으로 신문사를 물러났으니 누가 저 젊은이
들에게 경종의 문필을 휘둘러 줄 것인가?'

———————

서북으로 가는 길은 눈보라가 심했다.

다시 망명길에 오른 박충권은 북으로 올라가 초도椒島로 빠지기를 단
념하고 해주로 들어섰다. 해주 용당포 나루에선 연평도, 백령도로 나
가는 배가 많다는 것을 익히 알고 있다. 여기서는 중국 땅 청도나 청진
으로 밀항하는 밀수선이 들끓고 있음을 잘 안다.

수양산 기슭 한적한 여인숙에 투숙한 그는 사람을 내세워 중국으로
떠나는 밀선을 수소문했다. 1937년도 저무는 12월 그믐밤에 밀선을 찾
아낸 그는 후한 선임을 주고 뱃길에 올랐다. 30톤급의 목선이다.

모터가 달린 목선엔 아편 밀수업자들인가 싶은 험상궂은 서너 명의
장한들이 타고 있었다. 그러나 그 가운데 아무리 뜯어봐도 일본인의 행
색인 장년 하나가 섞여 있었다. 배가 바다 가운데로 나가 넘실대는 파
도를 타기 시작하자 조선사람 배꾼에게 물어봤다.

"저 사람도 우리 조선동포입니까? 저 수염이 많이 난 사람 말입니다."

"왜놈 경찰은 아닌가 봅니다."

눈이 왕방울같이 튀어나온 배꾼은 목쉰 소리로 대답하면서 문제의 사나이를 돌아봤다.

"아무래도 일본사람 같소!"

"그럴지도 모르죠. 하지만 헌병이나 경찰은 아니오, 글쎄올시다, 무슨 나쁜 짓이라도 하고 중국 땅으로 도망가는 사람 아닐까요?"

"누가 태웠습니까?"

"선장이 태웠죠. 하지만 선장도 모를 게요. 우린 돈 받고 배를 태워줄 뿐이지 신분은 묻지 않으니까요."

밀수선은 연평도를 지나 망망한 서해 바다 한가운데로 나왔다.

아무래도 궁금했다. 박충권은 선장실로 갔다. 잡담을 하다가 늙은 선장에게 넌지시 물어봤다.

"글쎄요, 내 육감으론 사상범 같쉬다! 쫓기는 사람 같은데, 도둑놈 같진 않으니 사상범 아니겠소? 당신처럼 말이외다."

박충권은 충격을 받았다. 무의식중에 반문했다.

"내가 사상범이란 말이오?"

"그렇지 않단 말씀이오?"

박충권은 씽긋 웃었다. 선장도 늙은 호인답게 웃었다.

모터 소리만이 파도 소리와 어울려 어둠의 공간을 흔들고 있다.

박충권이 그 일본인과 대화를 시작한 것은 이튿날 아침 무렵이었다. 그의, 그리고 늙은 선장의 육감은 정확했다. 그의 이름은 마스다 요시오, 일본인이었다. 그 일본인도 정확한 육감으로 박충권의 정체를 파악했던 것 같다.

"당신은 조선총독부의 밀정은 아니겠죠?"

박충권은 대답 대신 웃었다.

"나는 일본공산당의 당원입니다. 중국 연안延安으로 가는 길이죠."

거기는 일본공산당의 거두인 노사카 산소가 파시즘을 반대하는 일본의 좌익진영들을 규합하는 곳이었다.

박충권은 마스다가 공산당원이라는 데 별반 충격은 받지 않았다. 그는 알고 있다. 일본의 공산당은 저들의 군국주의를 반대하고 급진적인 혁명을 일으키려고 하는 세력임을 안다. 그 자신도 조선의 독립을 위해 일본 군국주의와 싸우고 있다. 적이 같은데 그가 공산당원이라고 해서 놀랄 것은 없는 것이다. 주의 사상은 전혀 다를망정 우선 일본 군국주의를 타도해야 된다는 제 1의 목표는 서로가 일치한다.

박충권은 이 무료하고 추운 뱃길에서 더불어 이야기할 수 있는 사람 하나를 만난 것을 우선 다행으로 여겼다. 박충권과 마스다는 서로 흉금을 털어놓고 시국담으로 꽃을 피웠다.

"박 동지는 조선공산당과 관계가 없습니까?"

"나는 민족주의자요. 민족의 독립운동이란 목표에서는 그치들과 우선 합치될는진 몰라도 공산주의자와는 생리가 맞지 않소."

"조선공산당은 박헌영, 최익한, 조봉암, 오기섭 등이 지도하는 줄로 압니다. 그런데 파벌 싸움이 너무 심한 것 같습니다."

"그런 건 나와 상관없소이다. 우리 조선민족은 그 누구보다도 대한민국 임시정부만을 받들고 있으니까."

박충권은 마스다란 일본 공산당원이 공산주의적인 논법을 늘어놓으리라 짐작하고는 화제를 잘라버렸다.

"박 동지는 중국에 도착하면 어딜 찾아가실 작정입니까?"

"나는 우리의 임시정부를 찾아가야 합니다. 중국대륙에 흩어져 있는 우리 조선청년들을 규합해서 반일운동을 전개해야 하니까요. 마스다 씨, 당신은?"

"연안이죠. 노사카 동지를 찾아갑니다. 이번 전쟁에서 우리 일본은 헤어나기 어려운 흙탕 속에 빠져드는 모양입니다. 군국주의는 망해야 합니다. 그날을 위해 나는 싸울 것입니다."

"당신의 조국이 군국주의자들과 운명을 같이하면?"

"조국과 군국주의가 동질이라면 일단 망해야죠. 그 시체 위에다 사회주의의 꽃을 피울 것입니다."

"애국자는 아니시군!"

"애국과 같은 추상적인 단어는 좋아하지 않습니다."

"공산주의를 위해서요?"

"인류의 혁명을 위해서죠!"

"당신네에 천왕은 위하지 않나요?"

"천왕이요? 천왕과 같은 엉터리 우상은 배격합니다."

"천왕을 위해서 싸우는 당신네 황군한테 미안하지 않소? 그런 말을 하면."

"천만에. 노구교사건을 액면대로 믿습니까?"

"어떻게 안 믿습니까? 달리 진상을 모르는데."

"그렇겠죠. 사실을 알려 드릴까요? 중국군의 사격을 받고 사병 하나가 실종됐다는 발표는 새빨간 거짓말입니다. 실은 일본군 사병 하나가 똥이 마려워서 풀밭에 들어가 쭈그리고 앉았다던가요. 그때 마침 인원 점호를 했답니다. 숫자가 하나 모자라니까 수색전에 나섰던 것입니다.

그리고 중국군이 사격을 했다고 했지만 그게 아닙니다. 일본군이 연습 중에 가상적으로 배치한 부대가 훈련이 끝났는데도 연락이 잘못돼서 공포사격을 계속했죠. 그러자 가상 공격군에 속했던 일본은 중국군의 적대행위로 속단하고 중국군 진지로 쳐들어 간 것이에요."

마스다는 노구교사건은 날조된 어처구니없는 희극이라고 낄낄대며 웃었다.

"전쟁이 북지에서 그치지 않고 상해와 남경에까지 번진 내막도 알고 보면 기가 찰 일입니다. 전쟁 확대를 주장하는 과격파 군인들이 음모를 꾸며서 자기들의 손으로 일본인 중놈 한 녀석을 죽였어요. 그리고는 중국군이 일본 승려를 죽였다고 트집 잡고는 불질을 일으킨 것이죠."

마스다는 확실히 박충권보다 일본 군부의 흑막을 더 많이 알았다. 박충권이 자기의 말을 경청하자 마스다는 신바람이 나는 모양이었다. 그는 계속해서 저들 군부의 검은 속셈을 털어 놓았다.

"지금 일본 본토에서는 나치 독일과 파시스트 이태리를 찬양하는 기풍이 한창입니다."

"그것은 조선에서도 마찬가지입니다. 히틀러 유겐트나 이태리의 검은 셔츠대의 기록영화를 대대적으로 돌리고 있지요. 총독부의 정책으로 말이죠."

"조선인들 예외가 아니겠죠. 특히 총독과 조선군사령관은 이번 전쟁에 대해 적극론자니까요. 하여튼 그들은 파시즘의 침략사상을 젊은이들에게 열심히 불어 넣고 있으니까요. 그래야만 철없는 청소년들이 유니폼에 매력을 느낄 게 아니겠소? 전쟁터에 나가서 개죽음하는 것을 영광으로 생각하게 될 거구요."

"하긴 총독부에서도 새해부터 조선청년을 전쟁터로 몰고 가려고 지원병제도를 실시할 계획이라고 합니다."

"조선청년을 지원병으로 뽑아내요? 그건 처음 듣는 소리군요…."

"틀림없는 일입니다. 정통한 정보를 입수했습니다."

"죽일 놈들!"

일본인이 씹어 뱉었다.

"정말 죽일 놈들이죠."

조선인이 동의했다.

박충권과 마스다는 서로 마주보고 시니컬하게 웃었다. 박충권은 좀 짓궂은 듯싶은 질문을 던져 봤다.

"당신은 일본사람이고 나는 대한사람이외다. 마스다 씨! 우리 대한 사람은 일본인을 적으로 생각합니다. 당신은 우리 대한사람을 어떻게 생각하고 있소?"

"나는 공산주의자입니다. 공산주의자에게는 국경과 민족의식이 불 필요합니다."

"그래요? 그럼 나는 당신의 동지요? 적이요?"

"박 동지가 계급투쟁 대열에 나선다면 동지죠. 하지만 지주나 부르 주아 계급과 한패를 하면 분명히 적입니다."

"그렇다면 지금 조선 총독은 우리 조선사람들에게 조선어를 쓰지 말 고 일본어를 쓰라고 강요하고, 일본 천황 궁성을 향해서 아침마다 절하 라고 명령하는데 그는 당신의 적입니까? 동지입니까?"

"그런 건 유치한 장난이니까 내게는 대수로운 문제가 아니죠. 내 주 장은 민족의식을 너무 강하게 느낄 필요가 없다는 점입니다."

"지금 총독부에서는 일본의 개국신 위패를 제사한다는 신사神社를 조선 방방곡곡에다 짓게 하고, 조선인을 일본인화하려고 서두르는데 그런 일본인의 정책에 대해서 같은 일본인인 귀하는 어떻게 생각하시죠? 그들의 행동은 당신네 프롤레타리아 계급투쟁에 도움이 됩니까, 아니면 적대행위가 됩니까?"

"아마도 박헌영 동무나 현준혁, 오기섭 같은 조선의 공산주의 지도자들은 그따위 문제엔 별로 관심이 없을 줄로 압니다. 문제는 프롤레타리아 혁명이 조선에서 성공하느냐가 중요하지, 조선인이다 일본인이다 하는 협의적인 문제는 따지지 않을걸요."

"마스다 당신의 국적은 어딥니까. 당신의 조국은 어딘가요? 조국 없는 영원한 보헤미안은 아닐 테니까 말입니다."

"우리 프롤레타리아의 조국은 온 세계가 공산화되는 날의 이 지구입니다."

"조국이 굉장히 넓군요? 하하."

"하아, 넓죠. 왜 불만이십니까?"

"하아, 천만에. 당신네들 공산주의자들은 민족의식, 국가의식을 포기한다는 결론인데 그런 논법을 따른다면 조선반도 2천 5백만의 백성을 조선총독부가 통치하거나, 이 씨 성의 왕이 통치하거나 마찬가지라는 뜻이 되지 않습니까. 일본 제국주의자들과 피를 흘리며 싸우는 조선의 독립운동가들의 온갖 노력은 결국 소득 없는 헛일인가요? 당신의 논리대로라면 총독이 조선의 민족혼은 물론 조선민족의 말과 풍속과 모든 문화를 말살하는 정책으로 나오는 것은 어느 면으로 보면 공산주의자들의 궁극적 목적과 일치된다는 뜻이 되지 않습니까. 그러니 총독과 공산주의자들은 조선민족의 고유한 특성을 말살하는 점에선 마스다 당신과 악수하고 있다는 결론이 나오는군요."

"천만에. 목적이 다르죠."

"방법은 같구요!"

"목적을 위해서 우린 방법을 가리지 않아요."

"방법을 무시한 목적이 인간의 이상이 될 수 있을까? 파괴를 전제한 건설, 살인을 전제한 인간 구제가 인간의 이상이 될 수 있을까요? 당신의 말을 듣고 보니 내가 일찍이 공산주의자가 안 된 것은 잘한 일이었다고 새삼 느낍니다. 왜냐하면 나는 목적도 중요하지만 수단은 더 중요하다고 인정하는 사람이니까요. 그러나 우선은 제각기의 목적을 위해서 합작합시다. 수단을 합작하잔 말입니다. 어차피 아주 일시적인 합작에 불과하겠지만 말이죠."

그날 자정이 넘어서야 그들이 탄 배는 중국 청도 근처 이름 없는 물에 닿았다. 박충권과 마스다는 배에서 내리자 바다를 향해 서서 굳은 악수를 했다.

"나는 연안으로 갑니다."

마스다는 얼굴에 웃음도 띠지 않고 공산당원들의 본거지인 연안 쪽을 향해서 고개를 왼편으로 돌렸다.

"나는 장사長沙로 가오."

박충권은 임시정부가 옮겨가 있는 장사 쪽을 향해서 고개를 오른편으로 돌렸다.

"당신의 조국을 위해서!"

마스다는 왼손을 번쩍 쳐들었다.

"당신의 이즘을 위해서!"

박충권은 오른손을 번쩍 쳐들었다.

1938년이 밝아오고 있었다. 풍랑도 잔 까마득한 수평선에서는 붉은 해가 솟아오르고 있었다.

"춥구나!"

"아, 춥다!"

서로 좌우 반대 방향으로 걷기 시작한 그들은 거의 동시에 그런 말을 뇌까렸다. 날씨가 춥다는 점에선 그들의 의견은 완전히 일치했다.

그들은 뒤를 돌아다보지 않고 제 갈 길을 가고 있었다.

영광에 욕하라!

예감이란 앞일을 짐작하는 영감이다. 육감이란 현재의 일을 직관하는 직감이다.

육감과 예감이 정확한 사람이란 아주 많지는 않지만 그리 희귀한 것도 아니다. 경찰관직에 있는 사람, 첩보활동을 하는 사람, 투기적인 큰 사업을 하는 사람, 아주 위험한 기계를 다루는 사람들은 그 두 가지가 다 빠르고 정확해야 한다.

조선총독부 경무국장 관사에 잠입한 이래 용케도 해를 거듭하며 그 정체를 숨긴 윤정덕은 오늘밤 왠지 예감이 좋지 않았다. 실상 따지고 보면 왜가 아닐지도 모른다.

계절은 춘사월이 아닌가. 남쪽 진해에선 벚꽃 소식이 신문지면을 통해서 들려온 지가 벌써 오래인데, 오늘은 또 봄비가 진종일 내리고 있지 않은가. 거기다가 주인인 경무국장이 오늘따라 총독부에 출근하지 않았다. 이유는 몸이 좀 불편하다는 것이지만 기동을 못할 만큼 아픈 눈치도 아니고 의사를 불러 오라는 소리도 없으니 아무래도 꾀병이 아닌가 싶은 육감이 든다.

더구나 요새는 그의 아내도 집에 없다. 본국에 다니러 간 지가 불과 일주일도 안 되니 덩그런 집안엔 지금 바깥주인인 그와 하녀인 젊은 윤정덕만 있다. 거기다가 그는 좀 전에 윤정덕을 자기 거실로 불러 아주 점잖게 말했다.

"오늘밤엔 일절 방문객을 사절해. 알았나? 좀 푹 쉬어야 하겠으니까."

"예, 예, 알았어요. 주인님."

윤정덕이 얼결에 대답하자, 그는 얍삽한 눈초리로 그녀를 쏘아보더니 명령했다.

"이봐 사다요. 간소하게 술상이나 좀 봐 오지!"

윤정덕은 쫓기듯 거실에서 물러나왔고, 지금은 그의 요청대로 술상을 다 봐 놨으니 어찌 어떤 예감이 없겠는가. 더구나 오늘날까지는 용케도 모면해 온 셈이다. 그렇잖은가. 윤정덕이 알기로는 이 집의 주인들은 전부터 여자 외도에 능한 치들이었다.

먼저 주인인 다나카 경무국장도 그 방면엔 특히 달인이라, 그의 아내조차도 자기 집 하녀인 윤정덕에게 머리 숙여 간청한 일이 있잖은가. 자기 남편의 외박을 막기 위해서 정덕에게 그와 가까이 해달라고 말이다. 그 뒤에 이 집의 주인이 된 미바시도 여간이 아닌 모양이다. 부부 간의 아웅다웅은 으레 그의 여자문제가 원인이었다.

그러니, 오늘밤은 윤정덕에게 지극히 위험한 고비가 아닐 수 없다. 불길한 예감이 없다면 바보다. 윤정덕은 부엌에서 잠시 생각하다가 자기 방으로 갔다. 반침을 열어 젖뜨렸다. 윤정덕은 아랫도리의 속옷을 홀렁 벗었다. 그리고 다시 입었다.

잠시 후 윤정덕은 간소하게 장만한 술상을 들고 거실로 갔다. 그는 잠옷 바람으로 벌렁 누운 채 술상을 들여온 자기 집 하녀의 모습을 세세히 살피다가 기운 좋게 일어나 앉는 것이었다.

"사다요! 자네에게도 술 한잔 따라 줄까!"

예감대로다. 윤정덕은 경계태세를 취하며 두 무릎을 모으고 앉았다.

"어머나, 주인님도 망령이세요. 옥상주인아줌마께서 아시면 큰일 날 일을."

한마디 해 봤으나 소용없는 짓이다.

"무슨 소리. 술 한잔 따라 주는 게 어때서. 자아, 따라라!"

그 다음부터의 순서는 뻔했다. 윤정덕도 술을 받아 마셔야 했다. 그 다음부터의 그의 수작도 뻔했다. 오늘밤따라 무척 아름답다는 것이다. 윤정덕이 말이다. 그 다음부터의 수작도 예기한 대로다. 그는 정덕에게 가까이 오라 했고, 손을 낚아챘고, 당연히 순종하리라는 전제에서 억센 힘을 과시하기 시작했다. 모두 다 예기했던 대로의 순서다.

'우선은 항거해 볼 대로 해 봐야 한다.'

윤정덕의 온몸엔 솜털까지 곤두섰다. 아랫도리의 희멀건 맨살이 튀어나왔다. 가슴은 헤쳐지고, 눌리고, 입은 막히려 하고, 발버둥은 쳐지지 않고, 그의 섹스는 자신만만했다.

"사다요! 나쁠 게 없잖냐! 네겐 영광일 수도 있잖나? 난 경무국장이다. 넌 일개 하녀다. 너 좋고 나 좋고, 사다요! 이봐, 사다요!"

그의 욕정은 점점 정상으로 상승돼 가기 시작했다.

윤정덕은 애원했다.

"정말 안 돼요!"

윤정덕은 안간힘을 쓰며, 몸을 뒤틀었다.

"쥔님! 나도 사실은… 하고 싶어요. 그렇지만 안 돼요."

안 된다, 절대로 안 된다. 어떻게든지 자연스럽게 모면해야 한다. 그녀는 차분하게 말했다. 고개를 살래살래 흔들면서 말했다.

"쥔님! 잠깐. 쥔님은 저를 강간하실 수도 있어요. 무슨 짓을 당해도 전 쥔님을 고발할 수도 없어요. 쥔님은 경무국장이시니까. 사다요는 쥔님한테 매인 몸이니까. 잠깐. 쥔님은 이 조선 천지의 강자이세요. 쥔님 맘대로 안 되는 일이 없잖아요? 그러니까 정말 잠깐."

"아하 말이 많다!"

"아, 악, 제발. 쥔님, 이 사다요는 그렇게 맹추가 아니에요. 쥔님 뜻대로 안 해드리면 이 사다요는 파멸인 줄 알아요. 아, 악, 제발 잠깐만. 생각해 보세요. 조선년이 뭐가 잘났다고 경무국장님께 항거하겠어요? 항거해야 소용없는 줄 알면서 왜 맹추 짓을 하겠어요? 쥔님, 아이, 아파요. 잠깐만."

"아아 정말 조선년이 말이 많구나!"

"쥔님, 제발 거긴 놓으세요. 아이 정말 안타깝네. 제발 잠깐. 그렇게 안 하셔도 되잖아요. 쥔님은 일본사람인걸요. 저 같은 조선년 하나가 왜 말을 안 듣겠어요. 쥔님은 이 나라도 뺏으신 일본사람인데. 아, 제발 이 손 치우세요!"

"사다요! 웬 건방진 말이 그렇게 많은가! 자, 이렇게 해. 이렇게."

"그렇지만 잠깐. 쥔님. 정 이러시면 이 조선의 계집애도 화내요. 화내면 독해요. 쥔님, 제발 이 손. 쥔님, 정 그러시면 이 사다요는 죽어요. 쥔님이 이런 강제로 나한테서 뺏을 수 있는 게 뭐예요? 이 몸뚱인

뺏을 수 있겠죠. 허지만 이 마음을 못 뺏어요. 쥔님 제발 이러실 게 아니라, 잠깐. 이 손 치우세요. 내 다 드릴게, 잠깐 내 말 들으시라니까."

"아하, 무슨 말이 이렇게 많은가! 조선여자. 나한테 줘서 아까운 게 뭐 있느냐 말이다, 정조냐? 정조가 아까우냐? 건방지구나. 아하, 아깝다면 강제로 뺏는다. 강제수단을 쓰기 전에 기분 좋게 내 말 들어!"

"쥔님! 뺏기는 사람이 어떻게 기분이 좋을 수 있어요? 기분 좋게 뺏기는 법도 있나요? 이 손 안 치우겠어요? 쥔님, 기분 좋게 이쪽에서 드리도록 하세요. 조선사람들은 기분 좋게 모두 당신네한테 드렸잖아요? 아깝잖게 모두모두 갖다 바친 사람들이 있잖아요? 이렇게 완력으로만 하시면 손해 보세요. 굉장히 큰 손해를 보시게 돼요. 아, 이 손 못 치우세요? 쥔님, 그럼 여길 만져 보세요. 안 되겠죠? 쥔님, 제발 단념하세요. 내 일어나서 옷 벗고 모두 다 뵈어드릴게요."

"아하, 그래? 그게 좋구나! 자아 그럼 뵈어 다오!"

윤정덕은 간신히 그의 손아귀에서 벗어나 일어나 앉았다. 그도 거슴츠레한 눈으로 일어나 앉았다.

"빨리빨리 옷 벗어 버려라!"

"벗겠어요. 벗고 다 뵈어 드리겠어요. 정말 보시고 후회 안 하시겠어요?"

"아하, 조선여잔 왜 이렇게 말이 많으냐!"

"쥔님, 보지 마세요. 제 몸엔 지금 피가 철철 흘러요. 붉은 피가 넘쳐 흐르고 있어요."

"무슨 피냐?"

"붉은 피요. 여자의 피죠. 조선여자의 피죠. 뜨거운 피죠. 경무국장님도 이 조선여자의 넘쳐흐르는 피를 보시면 기분 나쁘다고 손을 드실 거예요. 곧이 안 들으시겠다면 보여드리겠어요."

윤정덕은 일어서면서 원피스의 아랫자락을 걷어 올렸다. 그제야 그는 손을 헤저었다.

"아아, 알았다. 알았단 말이다! 엥이, 기분 나쁘다. 더러운 년이구나!"

"기분 나쁘실 거예요. 그러기에 그러지 마시란 거 아녜요? 쿤님! 펄펄 끓는 붉은 피만 없다면야 왜 조선여자로서 경무국장님의 말을 안 듣겠어요? 그렇잖아요? 미안해요. 기분 좋게 해드리질 못해서. 쿤님, 미안해요."

밖에 비는 지금도 내리고 있는지, 그쳤는지, 도통 그 속삭이는 소리가 없다.

"쿤님, 내일…. 오늘은 이만 자릴 펴 드릴까요?"

"내일임 되나?"

"내일이란 언제나 기대해 봐야 하는 거 아녜요? 쿤님."

"참말로 조선의 여자가 말은 잘한다! 건방지게."

"미안해요, 쿤님. 조선여자의 피를 보여드려서 미안해요, 쿤님."

그는 체념을 하느라고 얼굴 전체가 일그러졌다.

"그럼 내일이다?"

그는 내일이라는 데에 자위하려고 소리치면서 벌렁 누워 버렸다.

"아아, 기분 잡쳤다. 사다요! 나 기분 잡친 건 네 책임이야!"

사다요로 불리는 윤정덕은 대답했다.

"미안해요, 쿤님. 오늘은 기회가 나빴을 뿐이에요. 그렇지만 쿤님.

302

제 책임이라고 말씀하셨는데, 전 모르겠어요. 제게 책임이 있는 건지, 책임져야 하는 건지."

"어쨌든 지금 내가 기분이 나쁘다면 네 책임이 아니냐! 말이 많다! 조선년이."

밖에 달이 떴는지, 아직 안 떴는지 알 수가 없다. 방엔 전등이 켜져 있었다. 이때 초인종이 요란하게 울려 왔다.

"누가 오셨나 봐요, 쥔님. 어떻게 할까요?"

윤정덕은 어질러진 술상을 챙겨 들면서 물었다.

"나가 봐!"

윤정덕은 머리에 수건을 깊숙이 내려쓰고 조심스럽게 나가 봤다.

"국장님 계시냐?"

윤정덕은 너무나 당황한 나머지 사지가 후들후들 떨렸다.

━━◆◆◆━━

내방인은 세 사람이었다. 그 세 사람을 윤정덕은 다 알았다. 그리고 그중 두 사람만은 만나선 안 될 사람들이었다. 미와 가스사부로가 나타난 것이다. 배정자가 그 뒤에 서 있는 것이다. 그리고 학무국장이었다. 윤정덕은 허리를 90도로 꺾은 채 음성을 조작해 가며 말했다.

"주인님은 안에 계십니다. 들어가시죠."

윤정덕은 재빨리 그들의 뒤로 돌아서면서, 대문을 잠그는 척하면서, 그들이 제 발로 곧장 오쿠자시키안방를 향해 가기를 기다렸다.

'아무도 안 봤을까, 눈치 못 챘을까.'

윤정덕은 그들과는 다른 길로 일단 주인방까지 손님을 안내하고 제 방으로 돌아왔다. 절체절명의 때가 온 것 같았다. 미와한테 들키는 날이면 세상은 끝장날 것을 각오해야 한다. 배정자한테 들켜도 결과는 마찬가지가 아닌가.

윤정덕은 거울 앞으로 가서 앞머리를 산란하게 흩트려 이마까지 덮이도록 내렸다. 그리고 수건에 물을 묻혀 눈썹 그린 것을 말끔히 닦아냈다. 이런 경우엔 얼마나 다행한 일인지 모른다. 윤정덕의 눈썹은 아주 없는 것처럼 엷었다. 애인 박충권조차도 아직껏 눈치를 못 챘을 만큼 늘 그 엷은 눈썹에 신경을 써온 것이다.

딴 사람같이 보였다. 속일 수 있을까, 불안했지만 우선 자기가 할 수 있는 가능한 방법을 취해 보았다. 다시 술상을 차려 들고 갔을 때도 미와는 눈치를 못 챈 것 같았다. 배정자는 주인인 경무국장과 노닥거리고 있었기 때문에 비교적 안심이 됐다. 술과 안주를 추가해 들여가느라고 두 차례나 더 들었지만 무사했다.

세 번째 들어갔을 때였다. 그때도 그들은 이 집의 일개 하녀한테는 관심조차 없는 태도들이었다. 그러나 윤정덕은 배정자의 화제가 심상치 않아서 오히려 얼른 자리를 뜰 수 없었다. 늦어 있었다. 배정자의 그 곱던 얼굴에는 주름살이 깊게 이랑을 파고 있었다.

"김성수한텐 학무국장님이 직접 의견을 타진해 보셔야 할 거외다."

이 말을 듣고 복도로 나온 윤정덕은 장지 밖에서 귀를 기울이지 않을 수 없었다.

"사이토 총독께서도 그런 의견이었어요. 실현단계는 아니었지만."

역시 배정자의 말이었다. 학무국장이 갈라진 음성으로 말했다.

"총독 각하도 승낙하셨지요. 김성수에게 남작의 작위를 수여하고 대일본제국의 귀족원 의원의 자격을 주기로 말입니다. 이미 수상 각하의 내락도 얻었으니까요. 이젠 본인에게 통고하고 작위 제수식의 일자만 결정하면 됩니다."

경무국장이 언짢게 물었다.

"그자가 '네, 고맙습니다' 하고 받아들일까요?"

"바보가 아닌데 안 받을라구요? 또 안 받을 재간도 없잖습니까."

"그자한테 그렇게까지 해야 할 이유가 있습니까, 도대체."

"뭐니 뭐니 해두 그자는 합법적으로 끈질기게 저들의 민족운동을 해 온 대표적인 인물입니다. 교육과 언론을 가지고 백 년 앞을 내다보면서 조선의 지식인을 양성하고 있어 영향력이 큰 존재라고 봐야 합니다. 그자가 귀족원 의원이 된다면 우리의 황민화 정책은 거침없이 일사천리가 될걸요, 아하하하."

학무국장은 자신 있게 주장했다.

윤정덕은 뜻하지 않은 중대한 정보를 입수한 셈이다. 자기 방으로 돌아와 흥분을 가라앉혔다.

밖에는 그쳤던 봄비가 다시 내리기 시작한 것인지 계속 내리고 있었던 것인지 사악 하는 연한 음향이 공간에 꽉 차 있는 것 같았다.

어느 때나 됐을까. 꽤 시간이 지났다. 복도에서 비틀거리는, 몹시 비틀거리는 발자국 소리가 들려왔다. 윤정덕은 자기 방에서 잔뜩 긴장하고는 귀를 기울였다.

"화장실을 알 수가 있어야지. 안내해 주는 놈도 없고."

혀 꼬부라진 소리로 중얼대는 사람은 배정자였다.

윤정덕은 난처했다. 당연히 나가서 그녀를 화장실로 안내해 줘야 하겠는데 이번만은 배정자의 눈을 속일 수 있을 성싶지가 않았다.

그러나 다음 순간 어처구니없는 사태가 벌어지고 말았다.

"여긴가, 화장실이."

윤정덕이 들어 있는 하녀방으로 배정자가 불쑥 들어선 것이다. 윤정덕은 마주친 배정자의 쏘는 듯한 눈총을 보고는 온몸의 맥이 싹 빠졌다. 당황할 사이조차도 없었다.

"정덕 씨, 놀랄 것 없어!"

배정자는 입가에 웃음을 띠우며, 취기로 눈을 내리깔았다.

"안심해요. 난 이제 늙었으니까. 늙었다는 건 자기 인생을 되돌아볼 나이가 됐다는 뜻이니까 …. 정덕 씨는 인생관과 민족관이 뚜렷이 서 있어서 그 신념대로 살아가는 우리나라에선 희귀한 여잔데 아무리 배정자라 하더라도 이 나이가 돼서 방해야 하겠어?"

진심인 것 같았다. 술도 많이 취한 것 같지가 않다.

"총독부는 이제 이 배정자에 대한 이용가치를 인정하지 않아요. 지금은 내가 불쌍하게도 억지로 그자들한테 빌붙어 다니는 거지."

배정자의 어조엔 석양 노을 같은 서글픔이 깃들어 있었다. 오래 대화하고 있을 처지가 아니다. 배정자는 엉뚱한 말을 물어왔다.

"몸까지도 내났나? 경무국장한테."

윤정덕은 비로소 배정자를 쳐다보며 고개를 가로저었다.

윤정덕은 자진해서 실토했다.

"오늘 밤이 위험했어요."

"여편네도 일본 가 있다지? 큰일이구나. 뭐니 뭐니 해도 여자의 정조는 소중한 게야. 늙으니까 모두 후회가 되고, 잘못투성이였고. 미와는 눈치를 못 챈 모양이니까 안심해요. 난 첫눈에 벌써 알아봤는걸. 아무리 일본집 하려해도 여자가 머리를 그렇게 하구 있을 리가 없잖아? 사내들은 속여도 여자의 눈은 못 속이지.”

배정자는 잔뜩 취한 체하고는 복도로 나가다가 “일단은 안심해요!” 되돌아보면서 뭔가 뜻있는 말을 남기는 것이었다.

배정자의 계략임에 틀림없다. 학무국장과 미와 경부만이 돌아갔다. 대문까지 나왔던 배정자는 너무 취해서 몸을 움직이지 못하겠다고 하면서 몸을 비실거리며 곧장 경무국장의 거실로 도로 들어갔다.

“난 아무데서나 자고 가야겠어요. 이 집에 방은 많은 모양이니까.”

이날 밤 배정자는 그와 한방에서 잤다. 다음날도 또 다음날도 배정자는 밤이면 나타나서 경무국장과 동침했다. 그는 아침 등청 때 걸음걸이조차도 흐느적거릴 만큼 피로한 기색을 보였다.

열흘인가 뒤에 경무국장의 아내가 일본에서 돌아오기 바로 전날까지도 배정자는 그와 동침했다.

“미바시란 녀석 아주 녹초를 만들어 놨지. 외도라면 아주 지긋지긋하게 말이야.”

배정자는 그 마지막 날 아침 쓸쓸히 웃으며 윤정덕을 보고 말했다.

“고마워요.”

윤정덕은 눈물이 글썽했다. 배정자에게 고맙다고 인사하면서 지금쯤은 중국 땅을 헤매고 있을 사랑하는 사람 박충권을 생각했다.

그날 밤 윤정덕은 밤새도록 박충권의 꿈을 꿨다.

중국 호남성 장사長沙로 가는 길은 춥고 험난하고도 멀었다. 이미 전쟁은 화북과 화중 일대를 휩쓸어 황하와 양자강 일대는 중·일 양국군이 흘리는 핏물로 얼룩져 있었다.

화북 땅에 들어선 박충권은 전선戰線이 서로 고착되기 전에 빨리 위험선을 넘어 임시정부가 옮겨가 있는 장사로 빠질 결심이었다.

그가 서주徐州를 지나칠 무렵이었다. 서주는 마침 장개석 중앙군의 이종인 부대가 일본군과의 일대 격전을 치를 준비로 분망한 상태였다.

'이종인 장군을 만나자!'

박충권은 그런 결심을 했다. 그의 협력을 얻어야 목적하는 일이 순조로울 것 같았다. 그는 서주의 거리로 들어섰다.

서주의 거리엔 벽보가 난잡하게 붙어 있었다. 벽에도 길에도 무질서하게 붙어 있는 벽보 앞에는 수많은 군중이 모여 서 있었다. 특히 눈에 띄는 주목할 만한 벽보가 있었다. 일본의 고노에 수상이 1월 16일자 성명에서 장개석 정부를 상대하지 않겠다고 밝혔다는 것이다.

그 성명의 요지는 중국대륙의 평화회복을 위해 노력하는 일본정부와 일본 군부에 대해서 계속적인 항전을 주장하는 장개석 국민당 정부를 중국대륙의 합법정부로 인정하지 않는다. 따라서 중경重慶정부는 앞으로 상대하지 않겠다는 것이었다.

군중 속에 섞여서 어려운 한자로 된 그 성명 내용을 풀이해 본 박충권은 혼자 중얼거렸다.

—장개석 총통의 국민당 정부를 상대하지 않겠다고 만천하에 공표

했으니 그럼 앞으로 일본정부는 누구와 흥정하겠다는 것이냐?

그러나 그 애매한 성명 속에는 정치적인 복선이 감춰져 있다고 판정했다.

'중국 정계를 분열시킬 목적인가?'

박충권이 중국군 군영으로 이종인 장군을 찾아가 면회가 허락됐다는 것은 우선 큰 성공이었다. 작달막한 키에 어깨가 딱 벌어진 이종인 장군은 우선 박충권에게 물었다.

"언제 조선을 떠나셨소?"

"극히 최근입니다."

"조선의 상황은 어떻소?"

"전쟁준비에 광분하고 있습니다. 물론 총독부에 의해서 말입니다."

"음, 조선인들은 일본의 고노에라는 자를 어떻게 보시오?"

"고노에 후미마로는 일본 국민이나 정계의 여망을 한 몸에 지니고 있습니다. 과격한 군부를 억제하고 자유주의적인 정객들은 소위 '황도정신'으로 전향시키면서 조화를 이루게 할 수 있는 인물로는 고노에밖에는 없다는 거죠."

"폭이 넓다는 말인가요?"

이종인은 박충권을 자꾸 뜯어보면서 물었다.

"그는 일본 국민의 여망을 한 몸에 받고 있는 것은 틀림없습니다. 그렇지만 그는 귀공자라서 나약한 정치가입니다. 아마도 머지않아 군국주의자들의 포로가 돼서 그들의 꼭두각시가 될 게 분명합니다. 정치가로서의 식견과 도량도 아직 미지수라는 설이구요. 이번의 성명 같은 걸 보면 벌써 고노에는 죽을 쑤고 있지 않습니까. 아마도 무슨 복선이 있는 하나의 포석이겠지만."

그들은 고노에 수상이 '중국의 국민정부를 상대하지 않겠다'고 발표한 성명문에 대해서 그 저의를 서로 이야기했다. 결론은 역시 중국 정계를 분열시키려는 수작이라고 했다.

그들은 비교적 장시간 유쾌하게 대화를 나눴다. 두 사람의 대화 속엔 서로 목적이 있고, 그 목적은 서로 달랐다. 이종인 장군은 일본의 판도인 조선의 정세에 대해서 되도록 많은 정보를 얻는 게 목적이었음이 틀림없다. 그러나 박충권은 그에게 청해야 할 중요한 일이 있었다.

"장군, 지금 조선총독부에선 조선청년들을 특별지원병이란 형식으로 징발해서 귀국 전선으로 내보내 귀국 군대의 총알받이로 이용할 계획을 착착 진행하고 있습니다."

"그래요? 그러면 조선청년들이 일본군에 입대해서 일본군으로서 우리 중국군과 싸우게 된단 말이오?"

"총독부의 계략은 그러합니다. 그들은 두 가지 목적을 노리는 거죠. 첫째는 식민지의 원주민을 전선에 총알받이로 내세워서 저들 자신의 희생을 줄이자는 생각입니다. 둘째는 사실 이게 더 중요합니다. 조선청년을 중국군과 맞세워 싸우게 함으로써 조선민족과 중국민족 사이에 적대감정을 고취시키려는 간계입니다. 한·중 두 나라를 이간시키면 중국 정부가 지지해 주는 우리 임시정부도 고립이 되고, 따라서 중국 땅에서의 한국 독립운동가들은 자연 소멸되리라는 계산일 겝니다. 일석삼조를 노리는 총독이란 녀석의 고등전술이죠."

이종인은 고개를 끄덕였다.

"그러니 우리 독립운동가나 중국정부 또는 중국국민들이 이 일본 군국주의자들의 간계에 빠져서는 안 되겠다는 것입니다. 장군께선 저 만보산사건을 기억하고 계십니까?"

"물론! 그놈들은 그때도 우리와 귀국민 사이를 이간시키려고 온갖 짓을 다했지. 그때 조선 국내의 지도자들과 신문이 일본 군부의 이간 정책을 간파하고 의연한 태도를 취했던 것은 매우 감명 깊었소."

"잘 알고 계시는군요. 그때 만보산사건에서는 우리 대한사람들이 장자長者의 풍도風度를 보였습니다. 그런데 이번엔 귀국 민족이 금도襟度를 보여줘야 합니다."

"구체적으로 말해 보시오!"

이종인은 천성이 진지한 사람 같았다. 박충권은 솔직히 자기의 요청을 말했다.

"장군, 중국군이나 귀국 민중에게 조선청년으로 일본군한테 끌려나온 사람을 적으로 간주하지 말아 달라는 것입니다. 그리고 그런 취지를 철저하게 선전해 주셔야겠습니다. 장군께서 구체적으로 협력해 주신다면 강제로 끌려 나온 조선청년들을 귀국군 측으로 귀순시킬 수도 있습니다. 그리고 장군, 비록 일본군 군복을 입었더라도 그들이 조선청년임을 확인하거든 포로 취급하지 말고 우리 독립운동단체로 인계해 주십시오. 그렇게 되면 그들은 앞으로 귀국군과 함께 항일전에 나설 우리 광복군의 중요한 인적 요소가 될 것입니다."

이종인은 박충권의 제안을 귀담아 들었다. 그는 주저 없이 대답했다.

"알겠소. 귀하의 제안은 장개석 총통께 그대로 보고 건의하겠소. 귀하는 장사로 가서 귀국 지도자들에게 이 사실을 보고해도 좋소이다."

다음날 아침 박충권은 이종인이 특별히 딸려 보낸 중국군 장교와 함께 서주를 떠나 장사로 향했다.

———✦———

그 무렵의 서울 계동 김성수의 집 사랑. 손님들이 와 있었다.

"나 혼자 좀 있어야겠으니 미안하지만 돌아들 가 주셔야겠소."

김성수가 느닷없이 내객들한테 이런 말을 했다.

어느 일요일 아침이었다. 내객은 많지는 않았다. 마침 장덕수張德秀, 유진오兪鎭午도 그 자리에 있었다. 남에게 그런 말을 하지 않는 김성수다. 모두들 의아해하는 표정으로 그를 바라봤다. 그는 방금 어디선가 걸려온 전화를 받은 것이다. 어디서 걸려온 전화인지는 모르지만 전화를 받고 잠시 침묵하다가 그런 말을 불쑥 꺼냈다.

유진오가 상냥한 표정으로 물었다.

"왜 누구, 손님이 오십니까?"

김성수는 커다란 눈을 한동안 껌벅거리다가 대답했다.

"학무국장이 온다는군. 총독의 명을 받고 심방할 테니 단독 대화가 되도록 시간을 내달라는 것이오."

무슨 일인지 아무도 예측하지 못했다. 그러나 누구도 유쾌한 일이라고는 생각지 않았다.

"총독의 명을 받고요?"

장덕수가 같은 말을 혼자 되풀이하면서 잠깐 생각에 잠기다가,

"저들 정책에 대한 의논이 아닐까요?"

단정하고는 자리에서 일어났다.

"뭐, 짐작되시는 일은 없으십니까, 선생님."

유진오도 일어서면서, 그러나 그는 근심스런 표정으로 물었다.

"글쎄, 알 수가 없지요."

그러나 김성수는 무슨 말을 할 듯하다가 말았다.

내객들은 돌아갔다. 그들은 학무국장이 탄 자동차를 계동 초입에서 만났다. 자동차 안에서 그는 손을 번쩍 들었으나 모두들 모른 체하고 모퉁이를 돌아섰다.

"한동안 잠잠하더니, 저놈이 또 인촌 선생한테 무슨 올가미를 씌우려는 걸게요."

장덕수가 지팡이로 허공에다 크게 원을 그리며 한마디 내뱉었다.

"총독의 명이라고 전제한 방문이라면 좀 심상치 않습니다. 장 선생님께서 나중에 한번 연락해 보시죠."

유진오가 발길로 길바닥의 돌을 차면서 그런 말을 했다.

대조적인 체구를 가진 두 사람은 재동 네거리에서 헤어졌다. 네거리에 있는 경찰관 파출소에선 보초를 선 일본 순사가 그들이 헤어지는 광경을 멀거니 바라보다가 한가롭게 제자리를 서성댔다.

"무슨 말씀이오?"

잠시 후 학무국장과 사랑 응접실에서 대좌한 김성수는 무뚝뚝하게 물었다.

"김 선생께 지극히 영예로운 소식을 전하기 위해서 왔습니다."

커피 잔을 깨끗이 비운 학무국장은 안락의자를 약간 주인 앞으로 당기는 체하고는 고개를 바싹 쳐들면서 그런 말을 했다. 그러자 김성수는 갑자기 졸음이 쏟아지는 것처럼 한손으로 두 눈을 가리면서 입을 크게 벌리고 하품을 했다.

"말씀해 보시지요? 내게 영광스런 소식이라니?"

김성수는 학무국장을 거들떠보지도 않고 지극히 흥미 없는 말투로 말했다. 그는 유난히 네모진 얼굴에 긴장의 빛을 띠우면서 자세를 바로 가졌다.

"황공하옵게도 천황 폐하께오서는 ⋯."

그의 음성에는 조작된 위엄이 깃들였다. 그러나 '황공하옵게도 천황 폐하께오서는' 하고는 잠시 뜸을 들이는 그의 발언은 김성수의 감은 눈을 뜨게 하지는 못했다. 그는 분명히 불쾌한 낯빛이 돼서 같은 표현을 다시 한 번 되풀이했다.

"황공하옵게도 천황 폐하께오서는 ⋯."

이번에도 김성수는 눈을 뜨지 않았다. 아주 잠들려는 자세였다.

"김 선생, 그 자세를 바로 해주시기 바랍니다."

학무국장의 눈알은 크게 한 바퀴를 돌고 정지했다. 김성수는 마지못해 의자에 눕힌 몸을 들썩해 보이다가 이번엔 왼손으로 턱을 고였다.

"김 선생, 김 선생께 남작의 작위와 대일본제국 귀족원 의원의 자격을 칙명으로 하사하신다는 내각의 통보를 접수했습니다."

비로소 김성수의 짙은 눈썹이 꿈틀 움직였다. 그리고 눈을 떴다. 김성수는 잠에 취한 사람처럼 초점 없는 눈으로 그를 물끄러미 바라보다가 퉁명스럽게 말했다.

"나는 모르겠군요. 내가 왜 그런 영광스러운 것을 받아야 하는지 이유를 모르겠소."

학무국장은 진지한 태도로 설명하기 시작했다.

"총독 각하의 배려인 줄로 압니다. 조선반도에서 교육사업, 언론사업, 그리고 생산업에 이바지하고 계시는 김 선생의 꾸준한 업적과, 그리고 선생의 고매하신 인격 및 덕성으로 조선청년들에게 끼치고 있는 덕화의 공로를 높이 평가하신 총독 각하가 내각에 품신하신 것으로 알고 있습지요."

그러나 이때 김성수는 다시 잠든 것처럼, 깊은 잠에 떨어진 것처럼, 두 눈을 감고, 입을 따악 벌리고 몸을 점점 더 안락의자의 뒤로 눕혀가고 있었다.

"김 선생, 그 태도는 너무 불손하시지 않습니까!"

학무국장의 관자놀이엔 파란 핏줄이 돋아났다.

"어, 예. 미안하외다. 갑자기 현기증이 나서."

김성수는 손바닥으로 두 눈을 비볐다. 그는 잠꼬대 같은 말투로 뜨문뜨문 지껄이기 시작했다.

"난 그런 영광에 욕浴할 자격이 없어요. 사람이 염치가 있지, 내가 일본제국에 끼친 공로가 하나도 없는데 무슨 낯짝으로 그런 것을 받을 것이오. 학무국장께서 총독께 내 뜻을 대신 전해 주시오. 나는 도저히 그런 것 받지 못한다고요. 그래도 끝내 받으시라고 강요하시면 안 받을 도리는 없소이다만 그렇게 되면 천황 폐하께 불경죄를 범하게 되는 것이오. 자격 없는 사람에게 갖다 안기는 가치 없는 작위로 타락되니까요. 허나 그렇게 되면 조선인들은 총독이 김성수를 아주 지능적으로 그러나 속이 빤히 보이게 죽여버렸다고 생각들 할 것이오. 이것 또한 총독의 본의는 아니고, 또 신성해야 할 대일본제국의 영작의 존엄성을 위해서도 될 말이 아니오. 귀하와 총독의 호의는 감사합니다만 사절하는 도리밖에 없는 것이오. "

　김성수는 딱 잘라 말하고는 또 바보처럼 입을 딱 벌리면서 눈을 감았
다. 학무국장은 너무도 어이가 없어서 한동안 말없이 담배만 피웠다.

　"그러나 김 선생, 다시 한 번 신중하게 그리고 순수하게 생각해 보실
기회는 드리고 가겠소이다. "

　잠시 후 경무국장이 이런 말을 했을 때, 김성수는 코고는 소리를 내
고 있었다. 그가 돌아가자 몸을 일으킨 김성수는 이미 오래 전에 받은
한 장의 투서를 생각하면서 진심으로 감사했다. 그는 이 투서를 받고
마음의 준비가 이미 굳혀져 있었다.

　— 총독부는 김 선생님께 일본의 작위를 드리기로 했답니다. 시오하
라 학무국장이 선생님을 심방할 예정입니다.

선생님을 존경하고 있는 정鄭 올림.

천 마리 종이학

이튿날 김성수는 계동집을 떴다.

그는 신장 치료를 빙자해서 남대문에 있는 세브란스 병원에 입원했다. 2층에 있는 그의 병실 문에는 면회사절이라는 팻말이 붙여졌다. 그러나 면회사절이란 누구에게든지 통용되지는 않는다.

밤이 되자 한두 사람씩 그의 병실 문을 조용히 노크하는 사람들이 있었다. 송진우, 장덕수, 김준연, 설의식, 현상윤 등이 그의 병상을 에워싸고 앉았다. 김성수는 침대 위에 일어나 앉아 있었다.

그는 여러 사람이 근심스럽게 물었는데도 어제 있었던 학무국장과의 거래내용을 전혀 밝히지 않았다.

"별다른 용건은 없습디다요. 그저 시국담을 하러 왔더구만요. 이번 전쟁에 대해서 조선의 식자들 여론은 어떠냐고."

이렇게 되니 그들의 화제는 자연 시국담으로 번져 나갈밖에 없었다. 고노에 성명이 여기서도 화제가 됐다.

"이번 고노에의 성명을 보면 그 녀석들 단수가 만만찮아요."

"남의 밥그릇에 모래 뿌리는 수법이지."

"고노에는 벌써 군부의 포로가 됐어요. 육군 등쌀에 그런 귀공자가 제 주장을 펼칠 재간 없을 게요. 애초에 앉히길 군부가 앉힌 게니까."

"이번 성명은 일본의 장구한 대륙침략사의 견지에서 봐야 할걸요. 고노에가 일본 군부의 허수아비로 된 것은 사실인데 일본 육군의 상투적 수법은 현지에서 소란을 일으켜서 허수아비 정권을 세우는 거예요. 이제 두고 보십시오. 국민정부를 상대하지 않겠다고 성명한 이면에는 괴뢰정권을 세워서 중국 민족을 분열시킬 저의가 보이지 않습니까."

"그런 수법은 우리 조선에서도 써먹지 않았소? 을사조약을 강제로 맺고는 이완용 일파의 괴뢰정권을 만들었다가 나중에는 아주 삼켜 버렸지. 만주에서도 마찬가지였으니까 중국에서도 그런 수법을 쓰자는 것이겠죠. 아무래도 왕조명精衛 汪兆銘이 냄새나지 않아? 왕조명은 장개석과 쌍벽을 이루는 정치가지만 대일 감정은 온건한 모양이니까."

"글쎄?"

사람들은 간단히 동의하지 않았다.

왕조명은 지금 장개석과 함께 무한삼진武漢三鎭지구로 옮겨서 항일전의 진위鎭慰에 나서고 있으니 간단히 그렇게 단정할 수가 없다.

"왕조명, 글쎄 눈독 들일 수 있는 인물이긴 하지!"

그러자 가장 연소자인 유진오가 한마디 했다. 소설가다운 색다른 발언이다.

"요즘 우리 소년들 사이에 괴상한 만화책이 읽히고 있더군요. '노라쿠로'라는 만화인데요. 처음에는 〈소년구락부〉라는 잡지에 연재되더니 요즘은 단행본으로 쏟아져 나왔습니다. 그런데 그 노라쿠로 만화가 군국주의 기풍을 고취하는 데는 아주 제격입니다. 더욱이 중일전쟁이 일어난 후로는 이 만화가 해괴망측하게 되어버렸더군요. 노라쿠로가 소속한 맹견연대가 싸우는 상대는 돼지부대로 돼 있는데 그 돼지란 말할 것도 없이 중국군과 중국민족을 노골적으로 상징해요. 이런 만화가 갑자기 쏟아진 것은 학무국의 정책 같습니다. 우리 2세들한테 배화排華 사상을 심어 주려는 간계 같단 말씀입니다."

사실이었다. 소년만화 '노라쿠로'는 중일전쟁이 일어나자 종래의 군국주의 사상의 고취로부터 침략전쟁의 찬양과 배화사상의 선전으로 변모해 있었다.

"소년들이 즐겨 보는 만화의 영향력을 과소평가해선 안 되잖을까요?"

물론 안 된다. 목적이 불순한 만화일수록 무서운 영향력을 가진 것이다. 야마나카의 소년소설인 〈적중횡단 3백리〉, 〈아세아의 새벽〉, 〈보이지 않는 비행기〉, 〈세계무적탄〉, 그리고 하라다의 〈새로운 전함·다카치호〉, 우미노의 〈떠오른 비행도〉 등도 일본 소년들을 전쟁 찬미와 군국주의 사상으로 물들이는 데 많은 영향을 주었지만, 소박한 필치로 묘사된 만화 노라쿠로는 그것보다도 몇 배의 설득력과 감화력을 갖고 있었다.

그러한 노라쿠로 만화가 갑자기 서점가에 홍수처럼 범람해서 10대 소년들을 미치게 하고 있는 것이다.

"경계해야죠. 설의식 씨의 필탄筆彈이 또 터져야겠군!"

김준연이 웃었다. 화제를 바꾸자는 눈치였다. 역시 그가 화제를 바꿨다.

"요즘 기독교계의 골칫거린 신사참배 문제예요. 특히 평안도에선 그 문제로 소란한 모양 아닙니까?"

"평북에선 그렇지도 않아요!"

설의식이 나섰다. 미상불 평안남도는 그 문제로 떠들썩하고 있다. 평양의 조만식, 오윤선, 김동원, 주기철 등 기독교 지도자들은 당국의 집요한 강권에도 불구하고 신사참배를 거부하고 있다. 그러나 평안북도 장로교회에서는 김일선이 주동이 되어 신사참배에 응하기로 결의를 했기 때문에 또 하나의 말썽이 되고 있다.

"총독의 소위 황민화 정책은 점점 칼날이 보입니다. 며칠 전에는 미와란 놈이 잔칫집 개처럼 어슬렁거리며 나를 찾아와서 수작을 붙이기에 한 방 쏴 줬지. 나는 정치니 언론이니 하는 것은 아예 담을 쌓고 시골 가서 농사나 짓겠다고."

김준연은 머리를 흔들며 좌중을 돌아봤다.

"서로 몸조심해야겠지만 마음조심도 해야겠어. 윤치호, 최린, 이광수 같은 사람들마저 병들어 가고 있어요. 두고 보시오. 그들이 어떻게 변해 가나."

송진우의 말에 사람들은 침묵해 버렸다.

밤이 이슥하자 밤참이 들어왔다. 김성수는 손님들에게 따끈히 데운 정종을 권하면서 비분강개하는 것이었다.

"앞으로 우린 결심 단단히 해야 할 것이오. 한때 우가키 총독이 조선 민족에게 자치를 주면 어떨까 하는 의견을 말한 적이 있었지요. 물론 일본정부에 의해 묵살됐다지만 만일 그 자치안이 채택됐더라면 우리 민족은 더 어려운 처지에 놓일 뻔했어요. 외교권, 경제권, 군사권이 없는 빈 껍질의 자치안에 만족하고 민족정신을 팔아 버리면 해외에서 고생하는 분들만이 불쌍할 게 아니오? 그런데 우리 식자들 가운데는 그 민족자치안에 연연해 애착을 가지는 사람이 아직 있는 모양인데 경계해야 될 것 같아요."

김성수는 어제 자기가 당한 일이 자기 하나에 국한되는 게 아니라 몇몇 이름 있는 사람들에게 똑같은 교섭이 진행됐으리라는 예감을 버릴 수 없었을는지도 모른다. 그는 더욱 열을 올렸다.

"내가 듣기로는 총독은 학무국장 녀석과 짜고서 괴상망측한 책동을 시작할 모양입니다요. 지원병 제도는 이미 노출된 것이고요, 아마도 온갖 미끼로 조선의 지식층을 꽁꽁 묶어 놓을 어용단체를 조직할 거라는 정보가 있어요."

그는 이 정보의 뒷받침으로 이미 지난해 9월 30일에 〈매일신보〉사가 주최했던 '애국가요대회'라는 것을 쳐들었다.

7월 7일 노구교사건이 터지고 중일전쟁이 본격화하여 조선에 주둔한 일본군이 전선으로 출정하자 학무국장은 〈매일신보〉를 충동하여 '총후銃後반도 애국가요대회'라는 것을 서울 부민관府民館에서 열도록 만들었다. 조선문예회가 후원한 이 가요대회에서는 김억이 작사한 '종군간호부의 노래'와 '정의의 사師에게' 등에다 이면상이 곡을 붙여서 공개했다. 최남선 작사인 '김 소좌를 생각함', '방호단가'는 이종태가 작곡했고, '총후銃後의용'은 이면상이 또 작곡했다.

군국주의 사상과 대륙진출 사상을 조선민중에게 노래로써 고취시키자는 술책이었다. 이 가요대회에서 맛을 들인 학무국장은 조선 안의 모든 지식인, 예술인, 체육인, 종교인들을 총독부의 황민화 운동에 동원시키기로 결정했다.

그해 봄이 되자 학무국장은 한상룡, 이각종, 박영철 등과 예비접촉을 갖고 6월에는 대동민우회, 춘추회, 계명구락부, 시중회, 조선교회단체연합회, 조선군사후원회, 조선문예회 등을 비롯한 59개의 각종 단체와 그리고 윤치호, 이병길 등 516명의 개인들을 발기인으로 국민정신총동원國民精神總動員 조선연맹朝鮮聯盟을 발기하기에 이르렀다.

이 연맹은 7월 1일 부민관에서 창립총회를 가졌다. 이사장에는 이른바 황민화 운동의 선봉장인 학무국장이 들어앉았다. 총독부 학무국의 적극적인 지원 아래 전국 방방곡곡의 도, 부, 군의 섬에 이르기까지 그 지부를 결성했다. 학무국장은 각 도 지부 결성대회에 직접 참석해서 그 취지를 외쳐댔다.

7월 7일 서울운동장에서 열린 연맹본부와 연맹 각 지부 결성식에는 총독을 비롯해서 조선군사령관, 정무총감, 경무국장, 내무국장 등 총독부의 고관들이 나와서 이 단체의 중대성을 뒷받침해 줬다.

연맹의 목적이 요약돼서 제시됐다. 황국정신의 현양, 내선일체의 완성, 생활혁신, 전시경제 정책에의 협력, 근로보국, 총후銃後후원, 방공방첩, 실천망의 조직과 지도의 철저… 등이 그것이다.

전 조선민중에게 호소하는 선언문도 만장일치로 채택됐다.

그러나 그 자리에서는 아까운 사람 하나가 그 생명을 끊어 군중을 놀라게 했다. 윤치호가 일어서서, 그 탐스러운 턱수염을 흩날리면서 대일본제국만세, 천황 폐하 만세의 만세삼창을 소리 높이 외쳤던 것이다. 대한제국의 말기부터 이 나라의 근대화를 위해 전위적인 역할을 한 윤치호가 드디어 조선총독부에 굴복하고 소위 그 황민화 정책의 하수인으로 거리에 나선 것이다.

2천 5백만 조선민족을 기형적인 일본인으로 변신시키려는 총독과 학무국장 콤비의 황민화 정책은 1938년 봄과 여름을 고비로 본격적인 단계에 돌입했다.

전국 방방곡곡에서 특별지원병이라는 명목으로 젊은 장정들을 잡아가는 대신에 문간에다 손바닥만 한 팻말 하나씩을 붙여 줬다.

'출정出征용사의 집'

매월 1일은 흥아봉공일興亞奉公日이라 정했다. 그날은 온 시민을 동원해서 신사참배를 강행했고 근로봉사를 강요했다.

수시 도처에서 강연회가 성행했다. 중국전선에서 실전 경험이 있는 말 잘하는 군인을 뽑아 학교마다 순회 강연회를 열었다. 연사는 한결같이 일본군의 찬란한 무용담武勇談을 늘어놓았다. 장개석 중국군이 얼마나 비겁하고 보잘것없는 군대인가를 조소 섞인 악담으로 선전했다.

"여러분! 콩나물 알지요? 콩나물 대가리를 따 봤죠? 짱꼴라들의 모가지를 콩나물 대가리 따 듯 했단 말예요!"

그들은 강연이 끝난 좌석에서 술이 한잔 들어가면 이런 말도 했다.

"양자강 강가에서 중국년 강간하는 거 재미있지요. 살려달라고 두 손 싹싹 비는 걸 요절냅니다. 몸이 더러워졌으니 목욕하라고 강물로 들어가게 하지요. 물론 발가벗겨서 말입니다. 물에 들어가면 그 젖통에다 대고 한 방 쏴요. 그럼 새빨간 피가 물 위에 꽃처럼 솟아오르다가 흘러내려요. 아름답습니다. 정말 아름다워요. 하하하."

'출정용사들의 무운장구'를 빌기 위해서 센닌바리千人針라는 것을 만들게 했다. 여학생들이나 아낙네들이 나섰다. 흰 헝겊에다 1천 명의 정성 어린 바늘수를 얹는다. 붉은 실로 팥알만 한 점점을 수놓게 하는 것이다. 그것을 출정하는 군인들의 어깨에다 걸어 주면 총알이 피해 간다고 했다.

마을마다 동리마다 '애국반'을 조직했다. 조선사람 자신들이 서로 감시하고 단결해서 전쟁수행에 협력하라는 취지였다.

〈동양지광〉東洋之光이라는 어용잡지를 창간했다. 지식인에게 강제 집필을 시켜서 황민화 운동과 전쟁수행에 이비지하라고 외쳤다.

이 무렵, 특히 학무국장을 고무시키는 사건이 터졌다.

중국 전선에 출전한 조선 지원병 가운데 이인석 상등병이 '장렬하게' 전사했다는 소식이었다. 충청남도 옥천 출신인 그는 특별지원병 제 1기생이다. 그는 훈련을 마치자 곧 중국 전선으로 나가서 불행하게도 이내 전사하고 말았다.

학무국장은 그것이 다시없는 희소식이라고 무릎을 쳤다.

"각하, 좋은 소식이 있습니다. 특별지원병으로 출정한 이인석이라는 상등병이 전사했다는 소식입니다."

"그래? 그게 좋은 소식인가?"

"각하, 이용해야겠습니다. 조선인 특별지원병 중에선 첫 번째의 전사입니다. 전사 제 1호라면 이용가치가 있잖습니까?"

총독은 약간 구미가 당기는 듯했다.

"일찍이 일로전쟁 때 우리 황군은 여순항에서 자신이 타고 있는 군함을 가라앉히고 용감히 자폭한 히로세 중좌를 군신軍神으로 모시지 않았습니까? 저 상해사변 때 묘행진의 철조망을 뚫은 육탄 3용사 역시 우리

324

황군의 용감성을 상징하는 귀감으로 우상화했고요. 그래서 말입니다. 각하. 이번에 전사한 반도인 지원병 전사자 제1호를 군신軍神처럼 떠받들어 선전자료로 삼자는 것입니다. 그래서 우직한 반도청년들을 흥분시키자는 것입니다, 각하!"

"반도인을 황군의 군신으로 모실 수야 없잖은가?"

총독은 가슴을 젖히면서 어리석다는 듯이 부하를 바라봤다. 그러나 학무국장은 할 말이 있었다.

"본국과는 무관하게 이인석 상등병을 황군의 군신이 아니라 반도인 지원병의 군신으로 치켜세우고 반도 삼천리를 떠들썩하게 하면 됩니다. 다시 말씀드리면 그는 천황 폐하의 적자로서 폐하의 부름을 받고 용약 성전에 출정했다가 마지막 순간에 '천황 폐하 만세'를 소리 높여 외치고 산화한 군신이라고 말입니다. 그리고 그 가족에겐 후한 상금을 주고, 그의 전공戰功은 소학교 교과서에 올립니다. 그러면 반도청년들은 특별지원병에 나가는 것을 큰 영광으로 여기게 될 것 아니겠습니까."

학무국장의 설명을 듣고 총독은 빙그레 웃었다. 그는 부하에게 필터 궐련인 아사히를 권했다.

"좋은 의견이오. 정말 그럴듯한 착안이야. 자네 같은 참모를 3명만 가졌으면 나는 천하라도 통일하겠는걸. 됐어, 됐어. 우리의 착안은 곧 실천이야. 핫하하!"

총독은 비대한 몸을 뒤뚱거리고 일어서며 학무국장에게 지시했다.

"어서 내무국장을 부르게. 충남 옥천이라고 했것다. 군수에게 긴급 전화를 걸어, 그 에미 애비를 곧 상경시키도록 지시하게나."

다음날부터 각 신문과 방송, 그리고 가두의 선전판들은 일제히 지원

병 전사자 제 1호인 이인석 상등병의 조작된 무용담과 칭송으로 떠들썩
했다. 그리고 지원병 모집은 좀더 규모가 불어났다. 처음에는 1기에 3
천 명만을 뽑던 것을 6천 명씩으로 늘렸다. 조선 천지는 지원병 붐으로
술렁거렸다.

지원병 모집에서 재미를 붙인 총독부는 이번엔 청년훈련소 제도를
마련하여 전국의 청년들을 강제로 몰아다가 군사훈련을 시켰다. 중학
교는 물론 전문대학엔 현역 교관이 파견됐다. 그러는 동안 민심은 날로
어수선해져 갔다.

거리에 나붙은 전단과 일본군 대본영大本營에서 발표하는 전황 보도
는 일본군은 불사신으로서 중국 전선에서 일방적인 대승리를 거두고
있는 것으로만 나타나 있었다.

5월로 접어들었다. 국가총동원법國家總動員法을 공포한 일본정부는
중국과의 더욱 치열한 전면전에 들어갔다. 하순에는 서주에서의 대격
전이 보도됐고, 쉽게 그곳이 점령됐다. 중국 국민당 정부는 패주 끝에
중경으로 천도해서 장기 항전태세를 세웠다.

일본군은 사실상 승승장구였다. 10월에는 광동廣東을 점령했고, 이
내 무한삼진武漢三鎭도 일본군 수중에 들어갔다. 12월에는 왕조명을 중
경으로부터 탈출시키는 유인공작에 성공했다.

다음해 2월에는 해남도海南島를 점령했다. 북쪽은 장가구張家口로부
터 남쪽은 광동, 해남도에 이르기까지 일본군은 황해 바다에 연한 중국
전역의 중요 도시와 평야를 모조리 석권해 버렸다. 일본 대본영이 발표
한 전과만 본다면 일본의 승리는 결정적이었다.

"무서운 놈들이다. 지독한 독종들이다!"

조선사람들은 누구나 혀를 찼다.

국제정세도 미묘하게 돌아갔다. 미국은 방관하는 태도를 취했다. 그러나 유럽의 정세는 오히려 일본에게 유리한 조짐을 보였다.

나치 히틀러의 군대는 오스트리아를 삽시간에 합방해 버렸다. 뮌헨회담에서는 영국 수상 체임벌린이 히틀러에게 조롱받는 실정이었다. 위세등등한 독일은 일본과 군사동맹을 맺었다. 따라서 일본으로서는 국제연맹 탈퇴 이후 처음으로 국제적 고립을 면했을 뿐 아니라 강력한 동맹국을 얻었다는 점에서 더욱 기세가 등등했다. 그들은 이탈리아의 무솔리니한테도 온갖 추파를 보냈다. 일본, 독일, 이탈리아 3국 동맹을 맺는 게 그들의 목표였다.

그러나 이 무렵 뜻하지 않은 치명적인 사건이 돌발했다.

이른바 '장고봉張鼓峰 사건'이 터진 것이다. 장고봉은 두만강 바로 북쪽에 있는 소만蘇滿국경 근처의 산악이었다. 이곳을 둘러싸고 일본군과 소련군의 충돌한 것이다. 혈전이었다. 오래 끌지는 않았다. 뚜렷한 결말이 가려진 것도 아니다. 그러나 손해는 일본군이 거의 일방적으로 컸다는 점에서 충격적인 사건이었다.

이 장고봉 사건의 내막은 만주는 물론 조선 천지에도 파다해졌다. 중국 전선에선 승승장구, 천하무적이라고 떵떵 울려대던 일본군이 조선과 만주와 소련의 영토가 인접한 그 삼각지대에서의 전투에선 여지없이 패했다니까 화제는 많고 복잡해졌다.

재수가 없으면 엎친 데 덮친다는 말이 있다. 일본에서는 새로운 재수없는 사건이 발발했다. 이른바 '신국神國일본'의 신화가 산산조각이 나버린 사건이 터졌다. 북만주 노몬한(Nomohan)에서 또 전투가 벌어졌는데 일본군이 참담한 패전을 했다는 것이었다.

1939년 5월이었다.

괴뢰 만주국과 역시 소련의 괴뢰국인 외몽골과의 국경을 잇는 노몬한 부근에서 군마에 목초를 먹이러 나온 외몽골 기병대를 만주군이 돌연 공격했다. 월경越境했다는 구실이었다.

이 사소한 충돌이 노몬한 대전투의 직접 원인이 됐지만 실은 복잡한 내막이 있다. 만주의 관동군은 대소對蘇작전을 마련해서 예하부대에게 시달해 두었다.

이 밀계는 참모본부의 데라다 대좌, 핫토리 중좌 등이 관동군 작전참모로 진출하자, 현지의 쓰지 소좌 등 관동군 작전참모들과 합세해서 만든 것으로서 후룬베이얼 대초원으로부터 멀리 바이칼호湖까지 관동군 주력부대를 진공進攻시켜 소련의 극동지구인 시베리아를 단숨에 제압해 버리자는 너무도 야욕적인 계획이었다.

노몬한에서 조그마한 충돌이 생기자 일본군은 그 계획에 따라서 즉각 공격을 개시했다가 소련군에게 여지없이 참패당한 것이다. 이 소식을 들은 관동군 막료들 사이에는 대규모의 전투는 저들에게 불리하다는 결론을 내렸다. 그러나 작전참모는 이 기회에 소련한테 철저한 타격을 가해야만 일본의 국위가 세계에 선양될 뿐 아니라, 마침 영국과 일본 사이에 벌어지고 있는 국력탐색 회담에도 유리한 영향을 줄 것이라고 강조했다.

그들은 분명히 경솔한 짓을 저질렀다. 관동군은 육군참모본부의 승낙도 없이 또 새로운 대부대를 노몬한에 투입했다. 이 전투도, 반드시 이겨야 할 그 전투도 일본군의 완전한 패배로 끝났다. 그들은 자그마치

1만 9천 명의 전사자와 약 3만 명의 부상자를 냈는 데 비해 소련군은 전사 부상자 모두 합해서 1만 명 내외였다.

노몬한에서의 참패 소식은 숨기고 싶었지만 숨길 길이 없었다. 특히 조선에서는 그 소문이 퍼지지 않기를 바랐다. 경무국은 철저한 보도관제를 실시했다. 그러나 헛일이었다. 조선의 민족지들은 숫자의 비교는 못하는 대신 소련군이 의외로 강적이었다는 필치로 일본군의 패전을 암시했다. 따라서 조선의 식자들은 북만주 노몬한에서 무슨 일이 벌어지고 있는지를 어렴풋이나마 짐작하게 됐다.

감추려는 것은 튀어나온다던가. 마침 그 노몬한 전투에 직접 나갔던 포병중대장이 쓴 수기 《노로 고지高地》가 베스트셀러가 되자 총독부의 은폐정책은 수포로 돌아갔다. 처절한 전투상황을 사실적으로 묘사함으로써 저들의 완패를 암시한 기록이었기 때문이다.

＊＊＊

겉보기에 일본은 신바람이 나는 듯했으나 정세는 날로 심각해졌다. 본시가 일본으로서는 무리한 전쟁을 벌인 것 같았다.

싸움터가 중국의 그 넓은 지역으로 한정 없이 번져 나가자 일본은 전방에서 싸워야 할 인적 자원 확보에 고심하는 모양이었지만 우선 조선반도에 나타난 현상은 물적 자원의 고갈이었다.

금값 따위가 날로 폭등하는 거야 금 자체를 물자로 볼 때 서민들에겐 아프지도 가렵지도 않았다. 그러나 일본의 경제체계는 금을 기본 단위로 한 것이기 때문에 일반 소비물자가 금값 등귀騰貴에 정비례해서 자고 깨면 날마다 다락같이 오르기만 했다.

생활필수품이 달리기 시작했다. 물가가 오른다는 것은 품귀를 뜻하는 게 아닌가. 모두 귀해졌다. 쌀은 군량미니까 대용식을 하라고 했다. 좁쌀은 쌀이 아니냐, 보리쌀은 쌀이 아니냐, 밀도 먹을 수도 있고 강냉이나 감자도 주식이 되지 않겠느냐, 그것도 모자라면 만주에서 콩기름을 짠 찌꺼기가 있다. 콩깻묵 말이다.

전쟁은 초반기인데 너무나 여러 가지가 모자란다고 했다. 고무제품, 가죽제품이 통제되고 보니 고무신이 자취를 감추고 구두값이 올랐다. 학교 아이들이나 농민들에게는 맨발이 아니면 짚신을 신으라고 권장하기에 이르렀다.

당국은 쇠붙이를 긁어 가기 시작했다. 이른바 공출供出제도가 생겨났다. 농산물도 공출이고 집안에 있는 무쇠조각 유기그릇도 공출이라고 했다.

"쇠붙이가 어디 있습니까? 주발대접 다 바쳤는데."

"가마솥이 있잖소? 솥은 하나면 되니까 말이야…."

동회나 면사무소 직원의 호통이 경향 각지에서 터지기 시작했다.

물물교환物物交換이 관청 몰래 성행했다.

양복감은 모직물, 모직물은 군복용이니까 또 꼬리를 감춰 갔다. 광목도 명주 섬유도 시장에서 자취를 숨기기 시작했다.

휘발유는 물론 석유도 꼴을 볼 수 없게 됐다. 민간용 자동차란 모두 기어가는 경주를 시작했다. 버스도 트럭도 숯으로 움직여야 했다. 목탄차가 거리에 등장했다. 아세틸렌이 휘발유 대신 총아寵兒가 되었다.

— 모두 다 성전을 위해서다. 참아라.

당국의 외침은 차츰 극성으로 변해갔다.

— 사치품을 내놔라! 성전을 승리하기 위한 군자금으로 희사하라.

아낙네들은 금붙이와 보석반지를 손가락에서 뺐다.

소나 돼지도 내놓으라고 했다. 전선에서 싸우는 '용사'들에게 고기를 먹여야 하지 않겠느냐는 것이다. 술도 물론 배급제가 됐다. 시량柴糧을 비롯한 모든 생활필수품을 배급제로 만들었다. '야미'라는 말이 각광을 받고 등장했다. 암거래暗去來라는 말이다.

전쟁은 인간의 생활수준을 끌어내릴 수 있는 한도까지 끌어내리는 것이다.

— 무슨 짓을 하든지 전쟁은 이겨야 한다.

이것이 그들의 구호였다. 그것은 진리였다.

— 그러나 왜 전쟁을 일으켰느냐?

여기에 대한 해답은 그들이 백천 가지를 늘어놔도 진실이 아님을 사람들은 알고 있었다.

도시에는 새로운 부대명이 생겨났다. 매출부대가 시골길을 주름잡는 광경을 봐야 했다. 도시의 생활필수품과 시골의 식량을 물물교환하려고 대처大處사람들이 연줄을 찾아 시골길에 널리기 시작한 것이다.

당국은 침이 마르게 강조했다.

— 총후銃後의 국민은 전방군대를 위해서 존재하는 거다.

이것이 군국주의의 도착倒錯된 가치기준이었다. 국민은 전방에서 총 쏘는 군인을 위해서 존재하고, 총 쏘는 군인들은 오직 천황 폐하를 위해서 존재한다는 것이다. 그리고 천황 폐하는 만세일계萬世一系의 현인신現人神이니만큼 신성불가침의 존재라는 것이다. 따라서 이번 전쟁은 동양의 평화를 위한 성전이라고 입에 침이 마르도록 강조했다. 침략전쟁이 성전으로 둔갑했다.

가가호호에는 아마테라스 오미카미天照大神를 모신 이른바 가미다나神柵를 벽이나 벽장에 안치하라고 했다.

"제 놈들 귀신을 왜 우리가 모셔?"

사람들은 빈정댔으나 당국의 극성은 날로 심해갔다.

동방요배東方遙拜라는 것을 장려했다. 천황 폐하가 있는 동쪽을 향해서 조선의 모든 신민은 매일 아침 경건히 절을 하라는 것이다.

하여간 전쟁은 점점 치열해지고 전선은 날이 갈수록 확대되어 갔다. 매일 중국의 도시 몇 개씩이 함락됐다고 떠드는 반면에 '총후銃後의 국민'은 말할 수 없이 쪼들려 가고 있었다.

———•<•———

조선총독부 안에서도 특히 시오하라 학무국장은 보배로운 아이디어 뱅크였다. 창씨개명創氏改名의 제령이 드디어 발표됐다.

— 명실상부한 제국의 신민이 되려면 성명을 일본식으로 고쳐라.

4천 년의 역사를 가진 조선인의 성명을 바꿔야 한다는 창씨개명제도가 총독부에 의해서 공포되자 삼천리강토는 어안이 벙벙해서 오히려 침묵했다.

— 강제는 아니다. 그러나 전 반도인이 이 제도에 혼연 호응하기를 바란다.

총독의 유고諭告는 그 어조가 부드러웠다. 그러나 이 은근한 협박은 무엇을 뜻하는가? 성명을 바꾸지 않는 사람들은 불온한 분자로 간주하겠다는 뜻이 내포돼 있음을 모를 리 없다.

"이제 우린 개자식이 되는구나! 예로부터 성명을 가는 놈은 개자식이라고 했잖으냐."

"이건 기미년 독립만세운동보다도 더 큰 난릴세. 그때야 대처나 큰 마을의 어른들이 외치고 당한 난리였지만 이번 창씨개명 소동은 삼천리강토에 해당되지 않는 백성이 하나도 없잖나 말이야."

사랑방에서 주고받는 촌로들의 이러한 푸념과 분노는 2천 3백만 조선인민의 한결같은 분노이고 푸념이었다.

사랑방에서, 안방에서, 저잣거리에서, 두메산골 호롱불 밑에서, 입을 가진 모든 남녀가 수군대는 이러한 소리들은 수표동水標洞 장택상張澤相의 집 사랑에서 대변됐다. 답답한 일이 생기면 모여들어 울분을 터뜨리는 곳, 아마도 종횡무진한 장택상의 해학諧謔이 사람들을 꼬이게 하는지도 모른다.

이날도 화제는 풍부했다. 주인은 먼저 조선 총독 미나미 지로의 이름부터 시빗거리로 삼았다.

"총독 그자의 성은 남가가 아닌가? 그자를 일본식으로 읽으면 미나미 지로가 되고 우리 식으로면 '남차랑'이 되지. 조선사람이 성을 새로 고쳐달라 하지 말고 일본식으로 읽으면 될 것 아니냐 말이야. 수풀 림 자 임林가는 하야시, 오吳가는 '구레', 유柳가는 '야나기' 하는 식으로 말이야."

마침 와 있던 최규설이 말을 받았다.

"아하, 그거 됐군. 원元가는 '모도'라고 읽고 고高가는 '다카'라 하면 되겠는걸."

"그래요. 장張가는 '하리', 백白가는 '시로'라 부르라고 통고하면 돼요. 그런데 최崔가나 박朴가는 말썽인걸. 이李가는 '스모모'라고도 부를 수 있지만."

"그런 것 신경 쓸 필요 있나? 저네들이 안타까우면 사이崔상, 복朴상, 리李상 하면 되는 게지."

여기서 장택상은 별안간 좌중의 여러 손님들을 둘러봤다.

"하여간 저놈들이 이제 망할 땐 됐는데 말이야. 최후의 발악으로 저 짓인데. 그건 그렇고. 내 일본사람들이 어떻게 성을 가지게 됐나 그 내력이나 얘기할까?"

그는 안경을 벗어서 손수건으로 닦았다. 담배연기가 자욱했다. 방안에 보이는 조도품調度品들은 모조리 이름 있는 귀중한 골동품이다.

"본시 일본사람들은 소위 다이묘나 학자나 그 밖의 유식한 집안이 아니면 성이 없었어요. 도쿠가와, 고노에, 시마쓰 하는 성씨는 막부시대 봉건체제 아래서의 지방군주들의 성이었지, 일반 백성들은 성이라는 걸 안 가지고 있었단 말이야. 말하자면 후레자식들이지."

젊은이 하나가 흥미 있다는 듯이 물었다.

"그러면 그자들은 어떻게 통성명을 했나요?"

"일본놈은 본시 바다 가운데에 외따로 떠 있는 섬 백성이었기 때문에 성도 없는 막종자들이었어. 그저 장남이면 다로太郎, 차남이면 지로次郎, 그리고 사부로三郎, 시로四郎, 고로五郎로 통하면 그만이었단 말이야. 평민 백성이 자기 이름을 갖게 한 것은 불과 백 년도 안돼요. 저들의 소위 메이지유신 직후 씨족과 호족을 정리하면서 성과 이름을 갖도록 만들었지. 그때 별의별 얘기가 다 있어요. 정말 기절초풍할 일화들이 수두룩하단 말이야!"

좌중은 그의 화술에 점점 말려 들어가고 있었다.

"메이지유신으로 소위 '창씨령'이 내리자 무식한 백성들은 성을 어떻게 지어야 할지 몰라 쩔쩔맸거든. 그래서 우리 조선으로 말하면 면사무소에 해당하는 무라야쿠쇼에서 관리들이 성을 지어주려고 촌가를 순방했단 말이야."

"관리들이 남의 성을 지어 준다? 녀석들도 어지간히 무식했군!"

최규설의 말이었다.

"그게 정말이었어요. 마을에 나간 관리들은 동네사람들을 모아 놓고 새로 지은 성명의 등록을 받는 거예요. 그런데 워낙 무식해서 성을 짓지 못한 백성들이 많았거든."

"불가불 지어 줘야겠군."

"그렇죠. 여기서 문제가 생긴 거야. 관리가 백성보고 당신 성은 무엇으로 지었소, 하고 물으면 아직 못 지었다고 대답할 것 아니겠소. 그것도 한두 사람이래야지. 짜증이 난 관리는 너희 집은 어디냐 하고 묻는거지. 백성이 저희 집은 여기서 10리쯤 들어간 산 속에 있다고 대답하면 관리는 서슴지 않고 즉석에서 성을 지어 주었어요. 너희 집이 산 속에 있다니 그럼 야마나카山中다."

그의 해학은 다시 이어진다.

"이건 우스갯소리가 아니라 어느 기록에서 읽은 기억이 있어요. 그러니까 화전민에게 히노다火田, 또는 야마다山田라고 지어 줬을 게 아냐. 밭 가운데 사는 자에겐 다나카田中라 했고, 우물 위쪽에 사는 놈에겐 이노우에井上라고 해줬어. 이런 것은 약과야. 더 걸작이 많지."

이 집 주인의 화제는 무궁무진했다.

"몇 년 전에 도쿄에서는 5·15 사건이 터졌지 않았소? 그때 해군장교들에게 맞아 죽은 사람이 바로 이누가이犬養 수상 아니냐 말이야. 그 이누가이, 견양이란 성이 어떻게 나왔는지 알면 배꼽이 빠질 노릇이지."

와카야마현和歌山縣 어느 마을의 가난한 촌부가 창씨를 못하고 있는데 관리가 호구조사를 나갔다.

"영감 창씨를 하셨소?"

"우리 같은 무식꾼이 무슨 창씨를 하겠습니까."

"그래도 이번 기회에 누구나 성을 가져야죠. 영감네 집에 자랑거리라도 있으면 말해 보소. 아무거나."

"자랑거리가 있을 리 없지요. 이 쓰러져 가는 움막도 남의 땅에 지은 것인뎁쇼."

"가족으론 누가 있소?"

"집에는 늙은 마누라하고 개 한 마리가 있을 뿐입죠."

"개가 한 마리 있다?"

"그 개를 친자식처럼 여기고 삽니다."

관리는 더 긴 말을 아니하고 한 마디로 잘랐다.

"됐소! 집에서 개를 기른다니 '이누가이'라 하면 돼. 이누가이犬養 말이오."

촌부는 이날부터 이누가이 씨가 됐다는 것이다.

"왜놈들의 성씨란 대개 그런 거야. 족보 따위는 애당초부터 없단 말이야. 꽁지가 길다고 오나가尾長이란 성이 있는가 하면, 무시아키蟲明

네코바시猫橋 같은 것도 성씨라고 택한 작자들이 지금은 저토록 날뛰게 됐으니 기가 막힐 노릇이외다."

좌중은 그의 그 말에 침묵해 버렸다. 그들의 그런 침묵은 복잡한 뜻을 내포하고 있었다.

"창씨개명 안 하면 제 놈들이 우릴 잡아다 죽일라고!"

배짱들은 있었다. 그러나 총독이 강요하는 창씨개명령 앞에서 별 도리 없이 스러져 갈 민족혼民族魂을 슬퍼하지 않을 수 없는 심경들이었다. 다시 좌중이 제각기 한마디씩 지껄였다.

"윤치호 씨는 이토伊東라고 했다더니."

"그래도 윤가의 본모습을 유지하자는 것이지. 최린은 가야마佳山라 했답디다요."

"오라 가佳와 산山자를 위아래로 바꾸어 합하면 최崔자가 된다. 그 말씀이군!"

"김해金海김金 씨들이 가네우미金海라 창씨하고, 평산平山신申 씨는 히라야마平山, 전주全州이李 씨들은 구니모도國本니 미야모도宮本니 리노이에李家니 했답니다."

"총독이란 녀석은 학무국장에게 또 지시했다더군요. 김해니 평산이니 백천이니 본을 따져서 창씨하거나 글자를 둘로 쪼개서 최崔가는 가산佳山, 임林가는 이목二木, 이李가는 목자木子가 되는 따위의 창씨를 억제하라구 말이야. 창씨개명은 하고 싶으면 하고 뜻이 없으면 안 해도 좋다고 말해 놓고는 이것은 된다, 저것은 안 된다 하는 수작을 보면 저들의 속셈은 짐작이 돼요."

"그래서 선생은 어떻게 하시려우?"

"나는 이미 정해 놨수다. 이누코 부다오犬子豚男라구. 예로부터 성을 바꾸는 자는 개새끼라 하지 않았소? 그러니까 차라리 나는 개새끼올시 다 해서 이누코로 창씨하는 거지. 거기다가 돼지새끼처럼 아무 생각 없 이 창자나 채워 가며 살겠다는 뜻으로 부다오라고 하면 될게 아냐? 핫 핫핫하."

"나는 '스에오'라고 창씨하겠소. 스에요는 말세末世지 뭐요. 세상이 말세가 돼 가니 스에요라고 하는 게 좋지 않겠소. 아하하하."

공허한 웃음소리가 방 안에 메아리쳤다. 비분강개한 권력 앞에서 무 슨 맥을 쓸 것인가. 민중은 귀찮은 것을 피해야 했고 저들에게 점 찍히 는 것을 원치 않았다.

— 죽으라면 죽는 체하자. 심장까지야 도려 갈 것인가.

황도 조선정책의 결정적 수단이었던 이 창씨개명령의 날벼락은 결국 2천 3백만 조선인의 8할이 일본식 이름으로 둔갑하도록 만드는 데 성 공했다.

일종의 보호색이라고 한다면 욕이 될 수 없다. 사실 저들에게 주목을 받은 사람들일수록 이름을 고치지 않을 수 없었다.

수양동우회 사건으로 곤욕을 치르고 간신히 석방돼 나온 이광수는 가야마 미쓰로香山光郎가 됐다. 문명기는 분메이기 이로文明琦一郎가 됐 다. 문학평론가 박영희는 방촌향도芳村香道로, 주요한은 송촌굉삼松村 紘三, 김용제는 김촌용제金村龍濟, 그러나 그들의 고친 이름은 유명인 이라서 남의 눈에 유난히 띄었고 두드러졌을 뿐이다.

특히 교육자들은 직장을 지키기 위해서도 불가불 개명을 하지 않을 수 없었다. 복택령자福澤玲子, 영하인덕永河仁德, 방촌상명芳村祥明, 천

성활란天城活蘭, 궁촌숙종宮村淑鍾 등 교육계의 여류명사들의 아리송한 이름이 신문 잡지에 자주 오르내렸다.

그러나 그렇다고 그들이, 창씨개명한 모든 사람들이, 그 바꿔버린 성명처럼 일본인으로 둔갑한 것은 아니다.

— 문제는 피다. 마지막 교두보橋頭堡는 그 혈관 속에 흐르고 있는 피다.

고달픈 세월은 간단없이 흐르고 있다.

흐르고 흐르다 보면 윤회의 법칙에 따라 총독 미나미 지로가 나는 '남 차랑' 이올시다 하는 세상이 올는지도 모른다. 그리고 창씨개명을 안 했다고 해서 반드시 민족주의자도 아니었다. 친일의 거두 한상룡은 그대로 한상룡이었다.

지사志士와 범부凡夫

동물 종족의 수효는 많다. 약육강식弱肉强食의 풍속을 본다. 다람쥐는 토끼 앞에서 꼼짝을 못한다. 토끼는 승냥이 앞에서 맥을 못 쓴다. 승냥이는 곰을 보면 피한다. 곰은 호랑이를 무서워한다.

힘의 세계에선 약한 자는 강자에게 굴복하기 마련이다. 힘의 세계에선 말이다. 어쩔 수 없이 굴복하는 자를 미워할 것까지는 없다. 누가 굴복을 좋아하겠는가. 오죽해야 굴복하겠는가. 굴복한 자는 굴복한 자대로의 비애悲哀가 있다. 굴복 안 해도 되는 자들을 부러워할 수도 있다. 그러니까 미움보다는 연민憐憫을 줄 수도 있다.

힘의 세계에선 자기네한테 거슬리는 자를 먼저 꺾어 놓는 습성이 있다. 군중 속에서 두드러진 자를 귀찮게 굴어서 자기 무릎 아래에 굴복시킴으로써 쾌감을 느낀다. 이용가치가 있는 자를 주목한다. 이용가치가 없는 자는 무시해 버린다.

조선총독부가 눈독을 들여 꺾으려고 한 대상자들 중에서 그들에게 꺾이지 않은 사람들은 지사志士, 열사烈士에 속한다. 꺾이고 만 사람들은 지사, 열사가 못된 약한 범상인이다. 주목도 안 받고 시달림도 받지 않은 사람들은 존재가 뚜렷하지 못한 일반 대중이다.

힘 앞에 굽히지 않은 지사, 열사란 그 수효가 많지는 않다. 힘 앞에 시달리다가 굽혀버린 범상인은 지사 열사들보다는 그 수효가 훨씬 많다. 그리고 그 나머지의 절대 다수를 차지하는 대중이란 그 의지보다 입과 눈이 더 발달한다.

변절자變節者는 될 게 아니다. 대중이 믿었다가 실망하기 때문에 미움을 받는다. 처음부터 굽힌 자는 밉기보다 불쌍하다. 대중은 그들을 경원敬遠한다. 왜 변절했는가. 이유가 있게 마련이다. 변절하지 않을 수 없었던 경위에게 당당한 명분도 있을 수가 있다. 그러나 대중은 냉혹하다. 그를 버린다. 아까워도 버리는 게 대중의 생리다.

어느 날 오후였다. 조선총독부 학무국장실은 유난히 한가로웠다.

학무국장은 혼자 응접세트에 앉아 있었다. 눈을 껌벅이며 담배만 피워대고 있었다. 그는 이따금씩 팔목의 시계를 들여다봤다. 3시가 좀 지난 시간이었다. 이때, 청사의 2층 층계를 오르는 사람이 있었다. 한복에, 무명 두루마기에, 흰고무신을 신은 신사였다. 소프트를 썼다. 그는 2층의 긴 복도를 내키지 않는 걸음으로 가고 있었다. 그는 학무국장실로 들어섰다. 비서관의 안내를 받았다.

학무국장은 그를 보자 소파에서 벌떡 일어서며 손을 내밀었다.

"요오, 춘원春園 선생, 어려운 걸음을 하셨습니다. 아하하."

이광수는 가볍게 머리를 숙였을 뿐이다. 말은 하지 않았다. 그러나 악수는 했다.

"춘원 선생을 이렇게 오시라고 해서 미안합니다. 요새 어지간히 바쁘실 텐데, 그래선가요? 신관이 좀 수척하신 것 같습니다."

학무국장은 고관답지 않게 수선을 피웠으나 이광수는 그럴수록 의젓한 태도였다. 정말 그의 얼굴은 수척했다. 마음고생이 심했던 것 같다. 그가 권하는 대로 소파에 앉으면서 덤덤하게 입을 열었다.

"이왕 가야마香山라고 창씨했으니 가야마라고 불러 주시오. 학무국장이 춘원이라고 부르시니까 어울리지가 않소이다."

말하는 이광수의 얼굴엔 애수哀愁가 깃들었다. 자포자기自暴自棄의 심경인 것 같았다. 화제는 이어졌다.

"아참, 가야마 선생. 창씨개명하신 뒤에 여러 가지 잡음이 있겠지요? 나도 그 점에는 선생께 미안한 마음이 없잖아 있습니다. 아하하."

이광수는 한 손으로 얼굴을 문대며 가볍게 고개를 두어 번 끄덕였다.

"왜 부르셨습니까?"

"아하하, 별 용건이 없습니다만 그저 오래간만에 좀 뵙고 싶어서. 이왕 말이 났으니 말씀이지만 반도인의 창씨개명은 지지부진하군요."

이광수의 입가엔 조소 비슷한 웃음이 떠돌았다.

"그럼 다투어 모두 성명을 갈 줄로 아셨습니까?"

"아하하, 그러나 성적이 나쁜 편도 아닙니다요, 가야마 선생. 8할은 들어선 모양이니까요."

"큰일을 하셨습니다. 시오하라 국장께서."

이광수의 말투엔 비꼬는 내색이 보였다.

"가야마 선생! 요샌 글을 통 안 쓰시는 것 같군요?"

"글쎄요, 건강도 좋지 않고 해서."

"가야마 선생! 그렇게 침묵을 지키실 게 아니라 붓을 좀 드시지요!

듣자니 선생이 창씨개명을 하신 데 대해서 여러 가지 잡음이 있는 듯싶은데 선생의 솔직한 심경과 신념을 발표하시는 게 좋잖을까요?"

"내 창씨개명에 대한 변명을 하란 겁니까?"

이광수의 언성은 날카로웠다.

"아하아, 변명이 아니죠. 적어도 춘원 선생이 가야마라고 창씨를 하셨다면 그만한 신념이 있으셔서 취한 행동이 아닙니까. 다른 사람 같으면 변명이 되겠지만 대 춘원 선생이시라면 신념을 토로하셔야 합니다."

"명령이십니까?"

"아하, 천만의 말씀을. 명령이라니 될 말입니까, 대 춘원 선생께. 내 의견입니다. 다른 사람도 아닌 춘원 선생이 이광수라는 이름을 버리셨으면 뭔가 한마디 하시는 게 춘원 선생의 독자들한테 대한 의리가 아니냐 그 말씀이에요. 한마디 하셔야 합니다!"

그의 마지막 어세는 강렬했다.

이광수는 창밖으로 펼쳐진 2월의 하늘을 바라보았다. 그는 한참 동안 침통한 표정으로 푸른 하늘을 바라보다가 혼잣말처럼 뇌까렸다.

"그렇군요. 이광수라는 이름을 죽이고서 한마디 말이 없다는 것도 우습긴 하군요. 그렇죠, 내 신념을 독자들에게 피력해야겠군요. 신념을 말이에요."

그를 꺼칠해진 얼굴을 손바닥으로 거듭해서 문지르며 또 뇌까렸다.

"그렇군요. 대한제국이 조선으로 바뀌고, 한성이 경성으로 바뀐 데 대해선 신념이 아니라 감회겠죠. 허나 이광수가 '가야마 미쓰로'로 바뀐 데 대해선 감회가 아니라 신념이어야 할 겝니다."

두 사람은 한동안 침묵했다.

며칠이 지났던가, 2월 20일 날짜였다. 〈매일신보〉엔 이광수의 글이
실렸다. 제목은 〈창씨創氏와 나〉. 이렇게 서두가 시작된 일종의 수필
체였다. 이광수는 왜 이런 글을 써야 했는지 그 속셈을 알 수가 없다.

— 내가 향산香山이라고 씨를 창설하고 광랑光郎이라고 일본적인 명으
로 고친 동기는 황송한 말씀이나 천황 어명御名과 독법讀法을 같이하
는 씨명을 가지자는 것이다. 나는 깊이깊이 내 자손과 조선민족의 장
래를 고려한 끝에 이리하는 것이 당연하다는 굳은 신념에 도달한 까닭
이다. 나는 천황의 신민이다. 내 자손도 천황의 신민으로 살 것이다.
이광수라는 씨명으로도 천황의 신민이 못될 것은 아니다. 그러나 향산
광랑香山光郎이 좀더 천황의 신민답다고 믿기 때문이다.

전쟁의 양상은 날이 갈수록 치열해지는 것 같았다.

그 넓은 중국 땅의 태반이 일본군의 수중에 들어선 점에선 대단한 승
리였다. 그러나 너무 광대한 지역이었다. 점령지구의 주민들을 먹이고
입히고 다스리고 휘어잡은 뒤에 비로소 그들을 이용하게 되는 것이 현
대전의 생리였다. 너무나 넓은 지역이고 너무나 많은 인민이고 너무나
벅찬 뒷바라지였다.

— 이러다간 전투엔 이기고 전쟁엔 지는 게 아닐까.

승전국의 지도자들은 차츰 불안해지고 초조해지기 시작했다.

— 무슨 수단으로든지 전쟁은 반드시 이겨야 한다.

진리다. 지기 위해서 스스로 전쟁을 일으킨 나라도 있을까.

조선 총독의 전쟁지원 방법도 수단을 가리지 않게 됐다.

어느 날 오후였다. 조선총독부 학무국장실은 유난히 한가로웠다.

학무국장은 눈을 껌벅이며 담배만 피워대고 있었다.

이때, 청사의 2층 층계를 오르는 사람이 또 있었다. 다갈색 양복에 검은 돔비코트(소매가 넓은 일본식 남자 코트)를 걸친 신사였다. 소프트를 썼다. 그도 2층의 긴 복도를 내키지 않는 걸음으로 가고 있었다. 그는 학무국장실로 들어섰다. 비서관의 안내를 받았다.

학무국장은 그를 보자 소파에서 벌떡 일어나 손을 내밀었다.

"요오, 문 선생, 어려운 걸음을 하셨습니다. 하하하."

문명기는 돔비 자락 속에서 손을 내밀어 그와 악수했다.

"아하하하, 마침 혼자 계셨군요. 시간에 맞춰 오느라고 애를 먹었습니다. 오다가 자동차 바퀴가 빵구가 나서요."

"바쁘실 텐데 이렇게 오시라고 해서 미안합니다. 어서 앉으시지요!"

여기까지는 먼젓번 이광수의 경우와 같았다.

그러나 그가 꺼낸 화제는 전혀 달랐다.

"큰일을 하나 해주셔야겠습니다. 지금 내지에선 비행기 헌납운동이 한창이지요. 반도에서도 비행기 헌납에 대한 민간운동을 일으켜야 하겠소이다."

"민간운동으로요?"

"영감 같으신 분이 솔선수범을 하셔야겠소이다. 전투기 한 대쯤 헌납하십시오! 한 대 값이 대략 10만 원 정도입니다. 영감께서야 한 대쯤 자진해서 헌납하셔야죠!"

"나 혼자서요?"

"왜, 안 되겠단 말씀이신가요? 기분 좋게 여기 사인을 하시죠! 비행기 이름도 '문명기 호'라고 명명합시다. 그리고, 반도에서 한 3백 대는 헌납이 돼야겠어요. 그러기 위해선 한 군에 한 대씩 헌납운동을 벌여야겠습니다. 영감께서 앞장을 서 주셔야겠소!"

"내가요?"

"왜 못하시겠단 말씀인가요?"

그들은 한동안 침묵했다.

문명기는 지난겨울에 있었던 일을 생각한다. 그때도 그는 이렇게 지금처럼 강압적이었다. 그날 그는 무슨 기안서 한 통을 책상서랍에서 꺼내가지고 문명기 앞으로 와 앉았다.

"영감! 한 가지 꼭 해 주어야 할 일이 있소이다."

문명기는 조심스럽게 들여다봤다.

── 일한합방공로자 감사위령제 (안)

"윤덕영, 한상룡, 정광조 씨 등은 이미 협력하기로 승낙을 얻었소이다. 장소는 장충단에 있는 박문사로 결정했어요. 몇 사람 더 앞에 나설 사람을 구하시오!"

문명기는 이화사, 이석규, 이현구 등을 충동질하여 발기인으로 규합했다. 누구누구를 제사 지내느냐, 그것은 그가 결정해 줬다.

이토 히로부미, 가쓰라 다로, 데라우치 마사타케, 이용구, 김옥균, 이완용, 박영효, 송병준 등의 위패를 제단에 놓고 불교 예법으로 집전을 하라고 했다.

지난겨울의 일이었는데 지금도 문명기는 학무국장에게 멱살을 잡힌 것이다. 이왕 버린 몸이다. 거역할 수는 없다. 되지도 않는다. 그럴 바엔 차라리 욕된 이름이라도 거물이나 되지.

"그럼 언제까지 10만 원을 내놓아야 되나요?"

"빚을 내야만 될 돈도 아니실 텐데 내일이라도 내놓으시죠. 신문사엔 내가 연락하죠. 아마 영감의 사진이 크게 날 것이외다. 아하하."

문명기가 입맛을 다시며 총독부에서 물러가자 이내 학무국장실엔 또 하나의 내객이 있었다. 이번엔 여자였다. 배정자가 역시 그의 호출을 받고 나타난 것이다.

"무슨 좋은 일이라도 있나요? 국장님."

"황군위문단을 인솔하고 북지北支엘 좀 다녀오셔야겠는데요."

"연예인들입니까? 인솔하라는 게."

"연예인들요? 연기는 못해도 좋소이다. 한토 무쓰메半島處女들이면 됩니다. 황군 장병들을 육체적으로 위문할 수 있는 그런 특수한 연예인들을 한 백여 명 뽑아서 인솔하시오."

"이젠 나더러 뚜쟁이 마누라 노릇을 하라시는군요!"

"아하, 황군의 승리를 위해선 그것 또한 좋지 않겠소?"

"싫어요!"

"오카무라 대장이 북지 방면 총사령관이오. 그는 호남이지요. 배 여사와 어울릴 만한 사나입니다. 아하하."

순 농담 같았으나 역시 명령임에는 다름이 없었다.

꽃샘이 품속으로 스며드는 3월 초순에 배정자는 90명의 젊은 여체를 거느리고 압록강을 건너갔다.

경무국장 미바시도 몹시 바빴다. 기밀실에는 조선인의 사정은 물론 중국 대륙에서 타전돼 오는 각종 정보가 시시각각 쌓였다.

조선에, 만주 중국 일대에서 각종 정보원들은 군부의 강력한 지원 아래 맹렬한 활약을 하고 있다. 기밀실은 정보철이 산더미처럼 쌓여 갈 수밖에 없는 것이다.

보천보를 습격하고 두만강을 건너갔던 동북東北 항일연군抗日聯軍은 일본군의 토벌전으로 지리멸렬했다. 그들은 두목격인 젊은 공산당원 김성주, 김일, 김책, 안길, 최현 등은 소련으로 도망쳐 버렸다.

홍안령 일대에 출몰하던 최용건 일당도 민중의 지지를 얻지 못해 날로 쇠락해서 이제는 한낱 마적단으로 변해 버렸다고 한다. 만주 땅을 발판으로 공산주의자들이 이끌던 독립군은 사실상 일본군에 의해 괴멸됐던 것이다.

그러나 중국 본토의 독립진영은 그렇지 않았다.

중일 전쟁이 일어나자 중국 본토의 독립운동 단체는 하나의 광복진영으로 뭉쳐졌다. 경무국 기밀실에 기록된 광복진영의 리스트는 비교적 소상한 것이다.

한국독립당 - 조소앙, 홍진, 조시지, 문일민.

한국국민당 - 이동녕, 이시영, 김구, 조성환, 조완구, 송병조,
           차이석, 김명준, 엄항섭, 양묵.

조선혁명당 - 양기탁, 김창환, 유동열, 황학수, 이청천, 현익철,

최동오, 조경한, 김학규, 신공제, 이복원, 공진원, 강창제.

이들은 '군사학 편수위원회'를 마련했다. 조성환, 유동열, 이청천, 현익철, 이복원, 김학구 등의 주동된 세력은 장차 조직될 듯싶은 광복군光復軍의 중추라는 정보였다.

어느 날 오후 경무국장이 총독실의 도어를 노크했다.

"각하, 반도인의 반항투쟁에는 공산주의자들이 더 지독한 줄 알았는데 그게 아닙니다. 만주에 있는 김성주, 김일, 안길 같은 공산주의자들은 형세가 불리해지자 모두 소련으로 줄행랑쳤는데, 중국 본토의 소위 민족주의자 놈들은 더욱 기를 쓰고 광복군이라는 걸 창설한다는 정보입니다. 각하."

"악착같은 놈들이야!"

"그러나 희소식이 있습니다, 김구를 잡았답니다."

"김구? 그래? 생포했나?"

총독은 앉은 자리에서 벌떡 일어났다.

"각하, 방금 남경의 우리 공작원 보고에 의하면 장사長沙에서 김구, 현익철, 유동열이 총에 맞아 쓰러졌다는 겁니다. 독립운동 단체도 이젠 와르르 무너질 겁니다. 각하."

"누구의 총에 맞았단 말인가? 우리 고등경찰원이 쐈나?"

그는 총독의 성급한 질문을 받자 갑자기 더듬거리기 시작했다.

"아직 자세히는 모르겠습니다만 아무튼 그자들이 총에 맞은 건 사실입니다."

"김구와 현익철, 유동열은 모두가 소위 폭력적 독립운동가들이지?"

"하와이에 있는 이승만은 입과 외교로 독립운동하는 축이지만, 김구일당은 폭력으로 반항하는 악질적 독립운동가들입니다."

"반가운 소식이군. 계속해서 내막을 알아보도록 하게. 뭣하면 누구든지 한두 놈 중국으로 특파해서라도."

"각하, 명령대로 곧 파견하겠습니다."

경무국장은 자기 집무실로 돌아오자 보안과장을 불렀다.

"보안과장, 출장을 가야겠네."

"평양입니까?"

보안과장은 갑작스런 출장 얘기에 평양 기생이 생각난 모양이다.

"돌아오다 평양에서 하룻밤만 자고 오게. 그러나 육로가 아니라 비행기로 떠나게. 남경南京과 한구漢口야. 임무는 얼마 전에 있었던 장사 사건의 진상 조사다. 김구란 놈의 시체를 확인하고 소위 광복진영의 내막을 직접 탐지해 오란 말일세."

경무국장은 보안과장의 출장 결과를 기다리지 않았다. 신문기자들을 불러 발표해 버렸다.

조선사회는 발칵 뒤집혔다.

― 김구가 죽었다오.

― 김구뿐 아니라 현익철, 유동열도.

― 이제는 독립당도 망했구나.

― 김구를 죽인 놈은 일본놈이 아니라는 말이 있다.

― 독립운동가들끼리 세력다툼을 하다가 서로 총질을 했다더라.

— 그 서러운 처지에서도 서로 싸움질만 하니 망해야지, 이놈의 백성.

— 누가 송병준, 이완용을 욕할 수 있겠어!

— 성명조차 바꿔버린 민족 아닌가.

— 이제 문자 그대로 대일본제국 만세로군.

이러한 자조自嘲, 자학自虐도 저들은 노렸다. 총독부의 황민화 정책과 완전히 일치하는 효력이 있는 것이다. 민중의 자포자기. 그것은 그 민족을 지배하는 데 무엇보다 효력이 큰 술책이다.

그러나 장사 사건의 진상은 이내 판명되고 말았다. 총독부는 아연 맥이 풀렸다. 김구, 유동열, 현익철, 이청천 등이 장사의 남목청楠木廳에서 반역자 이운환의 흉탄을 맞고 쓰러진 건 사실이었다. 그러나 현익철만이 현장에서 숨지고, 김구, 유동열, 이청천은 가벼운 부상을 당했을 뿐 건재하다는 것이었다.

"쌔애끼들, 악운도 세구나!"

경무국장은 이를 갈았다. 죽었다는 현익철은 만주 일대를 넘나드는 독립군의 지도자다. 그가 죽었다는 것은 저들에게 대단한 낭보임엔 틀림없다. 그러나 김구가 건재하고 이청천, 유동열이 살았다는 것은 애석하기 이를 데 없다.

"빌어먹을!"

그는 주먹으로 테이블을 탕 쳤다.

3월이 저물어가자 총독부는 또 새로운 극성을 부렸다. 그리고 활기를 띠었다.

중국 남경에는 왕조명汪兆銘의 일본 괴뢰정부가 수립돼서 현지 정세가 호전되는 듯 보였다. 국내에서는 소방단, 수방단, 방호단을 경방단으로 통합 재편성해서 삼천리 방방곡곡의 유지 청년들을 꽁꽁 묶어 놓았다.

만포선 철도가 완성돼서 조선과 만주와의 거리가 단축됐다. 비행기 헌납운동은 물론 각종 전쟁물자의 공출실적도 소기의 목적을 달성했다. 협력단체는 나날이 늘어가고, 민족주의를 고집하던 지도급 인물들을 무더기로 전향시키는 데도 일단 성공한 셈이다.

어린 학생들은 '국어 상용'이란 명목 아래 조선말을 잊어버리고 있었다. 백제百濟의 얼이 살아 있는 부여에는 일본의 신도를 받드는 종주신사宗主神社의 하나로서 관폐대사官弊大社를 짓기 시작했다.

총독은 이해 안으로는 자기의 총독정치가 소기의 결실을 맺을 것이라고 의기양양하게 장담했다. 미바시 경무국장은 자기야말로 아카시 초대 경무국장 이후의 명관이라고 자처하기를 주저하지 않았다. 새로 부임한 나카무라 조선군사령관 역시 10년 전의 조선에 비하면 지금의 조선은 장족의 발전이라고 총독에게 경의를 표했다.

총독부에 적극 협력하는 사람들은 정세가 이럴 바에야 일찌감치 전향한 것은 오히려 선견지명이었다고 흐뭇해했다. 대세는 총독부가 바라는 대로 척척 맞아 들어가는 듯했다.

그러나 피는 순결을 좋아한다. 이질적인 피가 혼합되면 썩는다. 한 종족의 피는 쉽게 썩지 않는다.

4월이 되자 경무국 간부들은 달갑잖은 정보에 입맛들을 다셨다.

"자식들, 격식들은 잘 찾는다. 건국강령建國綱領이라?"

3월 말경에, 대한민국 임시정부는 건국강령을 발표했다. 중국대륙에는 임시정부가 반포한 이 건국강령이 전단으로 뿌려졌다고 했다.

건국강령, 이것은 1919년 대한민국 임시정부가 내외에 공포한 임시헌장과 선서문, 정강 등의 다음 가는 중요한 뜻을 갖는다.

건국강령은 제1장 총강總綱, 제2장 복국復國, 제3장 건국建國으로 나뉘어져 있었다.

— 제1장 총강.

1. 우리나라는 우리 민족이 반만 년래로 공통된 말과 글과 국토와 주권과 경제와 문화를 가지고 공통된 민족정기를 길러온 우리끼리로서 형성하고 단결한 고정적 집단의 최종적 집단의 최고 조직임.

2. 우리나라의 건국정신은 삼균三均제도에 역사적 근거를 두었으니 신민의 명명한바, '수미균평위首尾均平位하면 홍방보태평興邦保泰平 하리라' 하였다. 이는 사회 각층의 지력과 권력과 부력의 향유를 균평하게 하여 국가를 진흥하며 태평을 보유하라 함이니 홍익인간弘益人間과 이화세계理化世界하자는 우리 민족의 지킬 바 최고공리最高公理임.

제1장 총강은 계속해서 민족정신과 건국이념을 개설한다. 모두 7항으로 돼 있었다. 조선총독부 요인들을 결정적으로 흥분시킨 대목은 제2장 복국과 제3장 건국이었다.

― 제2장 복국.

1. 독립을 선포하고 국호를 일정히 하여 행사하고 임시정부와 임시의정원臨時議政院을 세우고 임시약법臨時約法과 기타 법규를 반포하고 인민의 납세와 병역의 의무를 행하며 군력과 외교와 당무와 인심이 서로 배합하여 적에 대한 혈전을 정부로써 지속하는 과정을 복국復國의 제1기라 할 것임.

2. 일부 국토를 회복하고 당·정·군의 기구가 국내에 전전轉奠하여 국제적 지위를 본질적으로 취득함에 충족한 조건이 성숙할 때를 제2기라 할 것임.

3. 적의 세력에 포위된 국토와 포로된 인민과 침점侵占된 정치 경제와 말살된 교육과 문화 등을 완전히 탈환하고 평등 지위와 자유 의지로써 각국 정부와 조약을 체결할 때를 복국의 완성기라 할 것임.

4. 복국기에서 임시 총헌과 기타 반포한 법규에 의하여 임시의정원의 선거로 조직된 국무위원회로써 복국의 공무를 집행할 것임.

5. 복국의 국가 주권은 광복운동가 전체가 대표할 것임.

6. 삼균제도로써 민족의 혁명의식을 환기하여 해내외 민족역량을 집중하여 광복 운동의 총동원을 실시하며 장교와 무장대오를 통일 훈련하여 상당한 병력의 광복군光復軍을 곳곳마다 편성하여 혈전을 강화할 것임.

7. 적의 침략세력을 박멸撲滅함에 일체 수단을 다 하되 대중적 반항과 무장적 투쟁과 국제 외교와 선전 등의 독립운동을 확대 강화할 것임.

8. 우리 독립운동을 동정하고 원조하는 민족과 국가와 연하여 광복운동의 역량을 확대할 것이며, 적 일본과 항전하는 우방과 긴밀

히 연락하여 항일동맹군抗日同盟軍의 구체적 행동을 취할 것임.

이것이 제2장 복국의 전부였다. 경무국장은 이 복국 제8조 가운데서 특히 광복군의 편성과 항일동맹군의 형성이란 대목에 유난히 신경이 쓰였다. 그는 뇌까렸다.

"자알들 논다. 멋대로 놀아나는구나. 광복군? 항일동맹군? 그것으로 황해와 압록강을 쳐들어온단 말이냐!"

제3장 건국편도 몹시 비위를 건드린다.

1. 적의 일체 통치기구를 국내에서 완전히 박멸하고 국도國都를 정하고 중앙정부와 중앙의회의 정식 활동으로 주권을 행사하여 선거와 입법과 임관과 군사·외교·경제 등에 관한 국가정령國家政令이 자유로 행사되어 삼균제도의 강령과 정책을 국내에 수행하기 시작하는 과정을 건국의 제1기라 함.

2. 삼균제도를 골자로 한 헌법을 시행하여 정치·경제·교육의 민주적 제도로 실제상 균형을 도모하며 전국의 토지와 대大생산기관의 국유가 완성되고, 전국 학령아동의 전수全數가 고급 교육의 면비수학免費修學이 완성되고, 보통선거제도가 구속 없이 완전히 실시되어 전국 각 동·리·촌과 읍·면과 도·군·부와 도의 자치조직과 행정조직과 민중단체 조직이 완비되어 삼균제도가 배합 실시되고, 경향 각층의 극빈계급에 물질과 정신상 생활제도와 문화수준이 제고 보장되는 과정을 건국의 제2기라 함.

3. 건국에 관한 일체의 기초적 시설, 즉 군사·교육·행정·생산·위생·경찰·농·공·상·외교 등 방면의 건설기구와 성적成績

이 예정 계획의 과반이 성취될 때를 건국의 완성기라 함.

4. 건국기의 헌법상 인민의 기본 권리와 의무는 아래와 같은 원칙에 의기하고 법률로 시행함.

① 부녀는 경제와 정치와 문화 사회 생활상 남자와 평등 권리가 있음. ② 신체 자유와 거주·언론·저작·출판·신앙·집회·결사·여행·시위 행동·통신 비밀 등의 자유가 있음. ③ 보통 선거에는 만 18세 이상 남녀로 선거권을 행사하되 신앙·교육·거주 기한·재산 상황과 과거 행동을 분별치 아니하며 선거권을 가진 만 23세 이상의 남녀는 피선거권이 있으되 매개인의 평등과 비밀과 직접으로 함. ④ 인민은 법률을 지키며 세금을 바치며 병역에 응하고 공무에 복服하며 조국을 건설·보위하며 사회를 시설·지지하는 의무가 있음. ⑤ 적에 부화附和한 자와 독립운동을 방해한 자와 건국강령을 반대한 자와 정신이 결여된 자와 범죄 판결을 받은 자는 선거와 피선거권이 없음.

제 3장 '건국'은 전문 7조로 되어 있었다.

경무국장은 정보서류를 캐비닛 속에 꾸려 박으면서 껄껄 웃었다.

"미친놈들! 잠꼬대하고 있구나. 대일본제국은 낮잠 자고 있다더냐! 그 이름 좋다. 대한민국 임시정부라!"

그는 임시정부가 마련한 건국강령을 입수하고도 일소一笑에 부친 나머지 총독에게는 보고조차 하지 않았다.

그러나 정세는 만만치가 않았다. 그해 5월에 한국독립당韓國獨立黨이 창건됐다. 9월에는 기어코 광복군光復軍이 설립됐다. 10월에는 의정원 정기의회에서 헌법 일부를 수정하고 주석과 국무위원을 개편했다. 특히 새로 개편된 국무위원회의 면면의 이름을 보고 경무국장은 심상찮은 불안을 느꼈다.

국무위원회 주석 김 구

국무위원 부주석 김규식

국무위원 이시영재무, 조완구내무, 조소앙외무, 조성환, 박찬익, 송병조, 차이석비서장

검사원장 이상의

참모총장 유동열

호락호락할 인물들이 아님을 그도 알고 있다.

이청천, 이범석, 김학규, 이준식 등은 서안西宂에 광복군 총사령부를 설치하여 독립군 편성과 훈련에 몰두하기 시작했다는 정보도 입수했다. 해외에서의 일이지만 신경에 걸렸다.

경무국장은 이런 정보를 접할 때마다 남달리 심각했다. 그리고 흥분했다. "모르면 부처님이다!" 일본의 속담이다. 같은 총독부의 간부들이라도 다른 국장급들은 그런 사정을 모른다. 해외정보에 어둡다. 관심들도 가지려 하지 않는다. 그들은 오직 일본군의 승승장구하는 승전소식과, 조선 안에서의 자기 치적에 스스로 도취되고만 있으면 된다. 하지만 경무국장이란 직책은 권력을 쥐고 있는 반면에 남이 모르는 불안과 골칫거리도 있어서 항상 신경이 자극된다. 경무국장은 날로 신경질이 늘어났다. 휘하에 있는 경찰관들을 들볶았다.

잔인한 세월

미나미 총독의 조선에서의 황민화 정책은 일단 성공하는 것 같았다. 성공했다고 그들은 믿었다. 그러나 이 무렵 일본 정계는 몹시 흔들리고 있었다. 그들로서는 피할 길 없었던 홍역이었다. 격동하는 세계정세의 영향 때문이었다.

그것은 유럽에서 히틀러의 독일이 거둔 전격적인 침략전에 따른 정세의 변화였다. 히틀러는 전 해에 폴란드를 무조건 삼켜 버린 다음 조용히 지내는 듯하더니 봄이 되기 무섭게 돌연 노르웨이 침공작전을 개시해서 한 달 만에 완전히 석권해 버렸다.

대단했다. 5월에는 네덜란드, 벨기에, 룩셈부르크로 노도처럼 쳐들어가 단숨에 짓밟아 버리는 데 성공했다. 숨 돌릴 사이도 없었다. 난공불락이라던 마지노 선線도 어렵잖게 문질러 버리고는 프랑스 영토로 깊숙이 진공했다. 프랑스군은 너무나 약했다. 도처에서 패주했다.

영국군 20만은 됭케르크로 쫓겨가서 비극의 철수작전을 감행하고 말았다. 영국의 체임벌린 내각은 총사직하고 대신 윈스턴 처칠이 전시 정

358

권을 맡았다. 그러는 사이에 프랑스는 독일한테 어이없게 항복했다. 세계의 예도藝都 파리는 독일 나치군의 군화에 여지없이 짓밟혔다. 페탱은 독일의 괴뢰정부를 수립하여 적국과의 단독강화를 맺는 추태를 부렸다. 프랑스 육군차관 드골은 간신히 영국으로 탈출했지만 그의 국제적 명성은 미미했다.

처칠이 이끄는 영국은 도버해협 건너 섬나라에 완전히 고립되고 말았다. 유럽은 히틀러의 독무대가 됐다.

유럽의 정세와 판도가 이렇게 돌변하자, 일본 육군의 참모본부는 요나이 미쓰마사 수상에게 압력을 가하기 시작했다. 정면으로 공격했다.

─수상은 친영파親英派다. 영국은 멸망 직전에 있다. 유럽의 강자인 독일과 군사동맹을 맺으려면 수상은 물러나야 한다.

노골적으로 잡아먹자는 악의적인 도발이었다. 그러나 수상은 군부 압력에 굽히지 않았다. 참모본부는 육군상을 사임시킴으로써 내각 총사직을 불가피하게 만들었다.

이런 일본 정계의 기상도는 조선에도 영향을 미쳤다. 요나이 내각의 총사직 소식을 들은 조선 총독은 온갖 신경을 본국 정계에 쏟았다.

이미 4년이 됐다. 그가 총독으로 부임한 지가 말이다. 그동안 그는 역대의 어느 총독보다도 극성스럽게 조선을 '황국화'하는 데 성공했다. '이젠 나도 중앙정계로 복귀해야 한다!'

그는 본국 정정政情에 지대한 관심을 쏟기 시작했다. 처음부터 조선 총독 자리를 발판삼아 중앙 정계의 실권을 잡을 날을 꿈꾸던 그다.

전해지는 소식은 고노에 후미마로는 미나미 조선 총독을 외면해 버렸다. 문제의 육군대신에는 도조 히데키가 발탁됐다. 해군대신에는 오이가와 해군대장이라 했다. 외무대신에는 말 많은 마쓰오카 요스케가 앉았다고 했다.

조각 발표가 있던 날, 조선군사령관 나카무라 대장이 총독실로 미나미 총독을 찾아왔다. 그들은 본국 정부의 개편에 관해서 오래도록 퍽 심각하게 이야기했다.

"도조 군이 기어코 입각했군요. 그는 헌병사령관으로 만주에 있을 때는 물론 육군항공총감이 된 후에도 과격파 장교들을 곧잘 주물렀습죠."

조선군사령관의 이 한마디는 도조를 좋아하지 않는다는 암시가 아닐 수 없다. 총독도 동감이었다.

"고노에 수상의 운명도 풍전등화風前燈火야. 도조 등쌀에 견디어 날라고."

도조가 육군대신으로 실권을 쥔 이상 고노에 수상은 육군 과격파의 포로가 될 것이 자명한 노릇이었다.

"오이가와 해군대신은 어떤 성분이오?"

총독은 본국에서 나온 지 얼마 안 되는 군사령관에게 물었다.

"그는 요나이 제독과는 정반대입니다. 그의 주장은 인도차이나 침공입니다. 네덜란드가 독일군에게 항복했으니 지금 인도차이나의 방비는 허술하다는 것입니다. 이 틈을 타서 남쪽으로 진군해서 석유 자원을 차지하자는 주장이지요."

"우리 일본도 적극적으로 대전에 가담하자는 거군. 히틀러는 유럽에서, 일본은 동남아에서 거치는 것 없도록 장대질을 하자는 거군."

"그렇습니다. 외무대신으로 취임한 마쓰오카 역시 그런 사상일 겝니다."

"마쓰오카는 나도 좀 알고 있소. 말 많기로 유명한 사람이죠. 그런데 그의 외상 취임은 아무래도 벼락출세 같은걸. 외무성의 구렁이들이 그의 말을 잘 들을지 몰라?"

"아무튼 이번 제 3차 고노에 내각 명단을 보니 독일과의 군사동맹은 불가피해질 것 같습니다. 그러니 우리 조선에서도 독일 히틀러에 대한 친근감을 불러일으키는 사전 선전공작이 필요할 줄 압니다."

"학무국장이 또 바빠지겠군. 내 지시하리다."

그러나 총독은 그가 돌아가자 학무국장을 부르지 않고 먼저 경무국장을 불렀다.

그는 조심스럽게 총독 앞에 섰다. 그는 눈치가 몹시 빠르다. 요즈음 본국 정계의 정변 때문에 총독의 신경이 지나치게 날카로워졌다는 것을 알고 있었다. 총독은 그가 예상했던 대로 냉랭한 음성이었다.

"경무국장, 그 일은 어떻게 됐나? 벌써 몇 달째 질질 끌고 있나?"

"각하, 무슨 말씀이신지…."

"신문쟁이들과의 담판 말이다."

그는 다소 안심이 되는 눈치였다. 총독은 서성거리며 말했다.

"전시엔 신문이 많이 필요 없어. 경성엔 하나면 돼!"

〈동아일보〉와 〈조선일보〉를 없앨 방침이었다.

그는 여유 있게 대답했다.

"그 문제에 관해선 쓰쓰이 도서과장이 예의 추진 중입니다."

총독은 버럭 역정을 냈다.

"자넨 뭘하고? 왜 도서과장에게만 맡기느냐 말이야. 내가 알기로는 〈동아〉의 송진우宋鎭禹란 자가 지금 도쿄에 가서 공작을 벌이고 있다네. 경무국장은 그걸 알고 있나?"

"송진우가요? 처음 듣는 소식입니다, 각하!"

"이 멍청아! 경무국장이 그런 정보를 모르고 있단 말이야! 앞으로 한 달 여유를 준다. 경무국장이 책임지고 해내!"

"각하! 사실은 그동안 저도 놀지 않았습니다. 〈동아일보〉 사장을 만났습니다. 방응모 〈조선일보〉 사장과도 접촉을 해 봤습니다만 쉽게 굴복하지 않습니다."

"말로 해서 굴복하지 않으면 다른 힘이 있지 않나! 지금이 어느 땐가? 전시야. 남의 나라도 하루아침에 뺏어버려야 하는 전시야. 신문사 하나둘쯤 못 없애?"

⟞⟞⟞

이날부터 경무국장과 도서과장은 혈안이 돼서 서둘렀다.

〈동아일보〉와 〈조선일보〉를 말아먹기 위해서 말이다. 먼저 두 신문사의 사장들을 불러서 자진 폐간하라고 강력하게 종용했다.

동아의 백관수白寬洙와 조선의 방응모方應謨는 대답했다.

"못하겠소이다."

"대답들을 공모共謀하셨소?"

경무국장은 두 신문을 없애야겠다는 이유를 설명하고 결론을 내렸다.

"한 도에 한 가지 신문만을 허용하기로 했어요. 이유는 전시니까."

경기도에서는 어용지인 〈매일신보〉 하나면 된다는 것이었다.

일도一道일신문一新聞주의를 고수해야 할 이유는 용지 사정이라고 했다. 전시체제하에선 모든 산업이 군수산업으로 전환해야 하니까 신문용지를 많이 생산할 수 없다는 것이었다.

백관수 〈동아일보〉 사장은 말했다.

"신문용지는 우리가 어디서든지 구해 쓸 때까진 신문을 하겠소."

〈조선일보〉의 방응모 사장도 한마디 했다.

"용지가 부족하면 타블로이드판으로라도 줄이지요. 그래도 안 되겠으면 노트쪽만 하게라도 박겠소!"

그런지 며칠 후였다. 경무국장은 종로경찰서에 지시했다. 두 번째 칼을 뽑은 것이다.

— 동아일보사에 경리부정이 있다는 정보가 있다. 모든 장부를 철저히 수색하라! 조선일보사도 내사하라!

경찰과 세무서의 계리직원들이 돌연 동아일보사에 들이닥쳤다. 장부를 압수했다. 명목은 있었다. 송진우 고문이 잠시 빌려 쓴 5천 원이 배임횡령이라고 했다.

그럴 만했다. 그 5천 원은 송진우가 도쿄로 건너가 총독부의 고관으로 있던 일본 정치가들을 찾아다니며 총독부의 신문폐간 정책을 저지하려고 쓴, 말하자면 공작비였다. 그러나 사주인 김성수는 송진우가 5천 원을 빌려간 것을 알자 불과 며칠 후에 대신 상환해 줬다.

그들의 철저한 수색은 허탕을 쳤다.

"아무리 장부를 조사해 봐도 트집 잡을 데가 없습니다."

보고를 받은 경무국장은 세 번째의 칼을 뽑았다.

— 동아일보에서 신문파지를 부정처분한 혐의가 있다. 용지통제법으로 잡아 족쳐라!

영업국장 임정엽과 업무국장 국태일을 구금했다. 사장 백관수도 종로경찰서에 잡아 가뒀다. 언론인이라고 해서 혹독한 고문은 하지 않았으나 애를 먹였다. 죄목이야 만들면 된다. 재판이야 총독부의 방침대로다. 임정엽, 국태일은 총독부의 신문폐간 정책의 제물祭物로서 말할 수 없는 고초를 겪어야 했다.

사태는 심각했다. 나라마저 빼앗겼다. 신문사 하나 둘쯤 그들이 마음먹으면 못 빼앗을 리가 없다. 절망적이었다.

김성수는 회사의 간부들을 불렀다.

"어떻게 하면 좋겠소?"

이 한마디는 그대로 울음이었다. 아무도 대답을 못했다.

"간부들이 모두 감옥에 가고 신문사는 강제 폐간된다면 어떻게 될 것이오?"

김성수는 한숨을 뿜었다. 고재욱이 침통하게 입을 열었다.

"감옥에 가는 것을 두려워할 사람은 없습니다. 그러나 민족의 눈과 입이 봉쇄됩니다. 그리고 수백 명의 사원과 전국 방방곡곡의 지사 지국에 매달린 수천 명의 사우社友들이 졸지에 생계를 잃을 것이니 기가 막힙니다."

너나없이 한숨들을 쉬었다.

어차피 총독부가 〈동아〉, 〈조선〉 두 신문을 폐간시키기로 굳게 방침을 세웠다면 맨주먹으로 바위를 쳐서 피를 흘리느니보다는 어떤 타결책을 모색하는 것이 간부들의 취할 태도였다.

"〈조선일보〉와 합동으로 타결책을 모색해 봅시다."

국태일이 제안했다.

즉시 〈동아〉, 〈조선〉 두 신문사의 간부들이 구수회의를 열었다. 총독부에 조건을 제시하기로 했다. 그러나 안 되는 얘기였다. 젊은 축들인 홍익범, 임병철, 양재하 등은 자진 폐간할 바에는 차라리 감옥에 가더라도 끝까지 항거하자고 목소리를 높였다.

송진우와 방응모는 그들을 무마했다.

"냉정해야 합니다. 끓는 피만으로는 해결 안 됩니다."

방응모 조선일보 사장의 타이름이었다.

"일본은 망합니다. 저들이 망할 때까지 기다리기로 합시다."

송진우의 말이었다. 고재욱도 동감이라고 했다.

― 나라는 망했어도 민족은 망하지 않았다. 지금 두 신문사는 깃발을 내리지만 민족혼은 멸망하지 않을 것이다. 시간이 해결해 준다. 그 시간은 급속도로 다가오고 있다. 때를 기다리자. 끝내 민족이 멸망하지 않고 우리의 민족혼이 쇠멸하지 않으면 때는 온다.

합의된 그들의 결론이었다.

1940년 8월 10일 〈동아일보〉는 폐간호를 냈다.

〈조선일보〉도 옥상에서 사기社旗를 내렸다. 〈조선일보〉는 그의 폐간호에서 마지막 울분을 터뜨렸다. '8면봉'八面鋒은 울었다.

― 비바람 겪어서 20춘 20추二十春 二十秋. 일일에 일갈一喝. 이 몸의 사명도 이날로 종언終焉. 두태太는 두드려 황피黃皮를 벗고 산채山菜는 찍어서 신미辛味를 내고 맥입麥粒은 썩고 죽어 토아芽를 하나니 이 몸의 죽음도 또 그러하리라.

두 민족지의 폐간은 이 나라 언론의 장송곡葬送曲이다. 경무국은 두 신문사가 제시한 사후 수습책은 승낙했다. 윤전기 등 시설을 인수한다는 명목으로 〈동아일보〉에는 50만 원을 줬다. 〈조선일보〉에는 80만 원을 내놓았다. 이 달갑잖은 돈은 두 신문사가 다 종업원들의 당장 다급한 생계비로 청산해야 했다.

우는 자와 웃는 자는 같은 땅 위에서 산다. 미나미 총독은 어느 날 정무총감, 경무국장, 학무국장을 관저로 불러 한자리 베풀었다. 그들은 마구 웃어댔다.

"사이토 총독이 뿌려 놓은 악의 종자를 이 미나미 지로가 뽑아 버렸군 그래. 핫하하."

정무총감도 요란하게 웃었다.

"사이토 자작 일생일대의 과오가 바로 〈동아〉와 〈조선〉을 발행시켰던 것이오. 일종의 영웅주의적 치기稚氣지요. 아하하하."

경무국장도 어깨를 들먹이며 웃어 젖혔다.

"아하하, 앓던 이가 빠진 것 같습니다. 각하."

세월은 흘러간다. 인간들이 무슨 짓을 하든, 지구 위에 어떤 일이 벌어지든 세월은 아랑곳없이 흐른다. 세월은 인간에게 기억을 심어 놓으면서 간다. 아프고 쓰라린 기억, 즐겁고 통쾌한 기억, 기억하고 싶지 않은 기억, 기억하고 싶은 기억, 세월은 인간이 임의로 기억할 수 없도록 기억의 습성만을 심어 놓고 흐른다.

조선민족에겐 더할 수 없이 쓰라린 기억을 심어 놓으면서 세월은 흘렀다. 1940년대가 됐다. 더욱 쓰라린 연대였다. 조선땅 삼천리 2천 5백만 민족은 더욱 거센 태풍권으로 들어서야만 했다.

일본정부는 고노에를 수반으로 해서 난국을 타개하려 했지만, 사태는 자꾸 빗나가고 있었다.

마쓰오카 외상의 반영미反英美 친독이親獨伊 외교정책이 독주했다. 도조, 오이가와로 짝을 이룬 군부는 프랑스와 네덜란드가 독일군에 항복한 틈을 타서 불령佛領 인도차이나와 네덜란드, 인도네시아를 삼켜버릴 남진정책을 적극 밀고 나갔다.

수상 고노에는 허수아비였다. 군부와 외무성의 압력을 이겨내지 못한 그는 모든 정당을 대정익찬회大政翼贊會로 규합시켰다. 독일과 이탈리아를 본뜬 1당 정치체제를 획책한 것이다.

본국 정부가 이처럼 전쟁도발 정책으로 줄달음치자, 조선 총독은 군국주의를 조선 천지에 좀더 철저히 심어 놓으려고 날뛰었다.

이미 〈동아일보〉와 〈조선일보〉 두 사옥에다 못질을 했고, 윤전기마저 빼앗아 버렸으니 조선민중의 눈과 입은 얼굴이 갖춰야 할 체모쯤으로 달려 있는 것이나 같았다. 눈과 입의 기능을 잃은 집단민족은 집단으로서의 존재가치가 없다.

그는 총독부 각 국장회의에서 마음 놓고 떠들어댔다.

"모든 시책을 강력히 밀고 나가라. 이제 우리에게 조직적인 저항세력이란 조선 천지엔 없다. 총독부 시책에 반대하는 놈들은 국적國賊으로 다스리라. 협력을 거부하는 놈들은 비국민으로 몰아치면 된다. 경무국장은 특히 기독교인들의 버릇을 고쳐 주라. 학무국장은 협력단체들을 좀더 확대시켜라. 농산국장은 전쟁물자와 군량미의 공출을 한층 더 독려하라. 헌병대장은 경찰과 협력해서 냄새나는 놈들은 모조리 잡아 족쳐라!"

총독의 히스테리는 나날이 광포狂暴해져 갔다. 기독교의 지도자들이 이유 없이 검거되기 시작했다. 교회당의 예배는 엄격히 제한됐고 대신 기독교도들의 신사참배가 극성스럽게 강요됐다.

기독교 신자들에게 미국이나 영국인 선교사들은 정신적인 지주였다. 경무국은 미국과 영국인 선교사 15명을 검거했다. 주기철, 최봉석, 최상림 목사와 박관준 장로, 박의흠 전도사 등도 허무하게 투옥돼서 호된 고문을 받았다.

─여기는 조선 총독의 판도다. 미국놈이라고 못 잡을 게 없다. 영국 선교사라고 손 못 대는 게 아니다. 그들을 믿고 날뛰는 조선놈들은 모조리 돼지우리 신세를 질 것이다. 쳇, 그래도 대원군의 천주교 탄압에 비하면 약과다.

기독교인들에 대한 심리적 협박이었다.

사상범 예방구금령이 공포됐다.

─현행범이 아니라도 좋다. 혐의사실이란 적당히 만들면 된다. 과거에 불온한 독립운동을 해온 자, 총독부에 대한 협력을 거부한 자, 지방에서 명망이 높거나 사람들의 존경을 받는 자, 그들에겐 우리 시책에 무조건 협력하겠다는 서약서를 받으라. 그리고 서약을 망설이는 놈들은 모조리 검거하라.

정치란 한두 사람의 횡포로 해서 이처럼 광란狂亂할 수도 있다.

조선 천지는 검거선풍으로 들끓었다. 자그마치 3천여 명이 관헌에게 체포되어 철창 속에 갇히고 말았다.

그들은 중국에 있는 독립운동가들 때문에 더욱 이를 갈았다.

지난해 9월이었다. 광복군光復軍 총사령부總司令部의 설립식이 중경 重慶에서 거행됐다. 11월에는 사령부를 서안西安으로 옮겨 중국 전선에 끌려 나간 조선청년 지원병들에 대한 귀순공작이 활발히 전개됐다.

이런 사정들은 총독부 관리들의 복수심을 더욱 북돋워줬다.

1940년은 이 땅에 조선총독부가 군림한 지 30주년이 되는 해이다. 그리고 이해는 저네들의 건국 기원으로 2천 6백 년이 되는 역사적인 해 라고 했다. 기원 2천 6백 년이 되는 해에 일본 수도에서 열릴 예정이던 국제올림픽마저 유산시킨 그들은 대신 이 기념식을 거족적으로 벌여서 1억 일본인들을 군국주의 황도사상으로 무장시키는 절호의 기회로 삼 으려 했다.

이 물결은 물론 조선반도도 휩쓸었다. 미나미 조선 총독은 극성스럽 게 외쳐댔다.

"황도사상을 고취하기 위해서 각급 학교, 관공서, 종교 집회, 공공 단체들은 의무적으로 신사참배를 하도록 명령한다!"

이미 고을마다, 마을마다 저들의 개국신을 제사한 신사가 설치됐고 그래도 부족해서 집집마다 가미다나라는 일종의 제단을 마련하도록 했 으면서도, 그래도 부족했던 모양이다. 그뿐만 아니다.

각급 학교의 교과서는 일본말로 통일됐고 나이 어린 소년들에겐 해 군항공대나 소년비행대에 지원하는 것을 큰 자랑으로 알도록 세뇌공작을 하기에 광분했다.

학무국장은 각 도에 마구 지시문을 내려 보냈다.

— 서울뿐이 아니다. 전 조선의 군청 소재지를 단위로 대대적인 경축행사를 벌여라. 예산이 부족하거든 지방유지로부터 기부금을 뜯어내라. 기부금을 거부하거든 비국민으로 몰아세워서라도.

협박으로 시종되는 기부금 갹출醵出 선풍이 전국에 불었다.

총독 미나미는 또 외쳤다.

— 경축행사뿐만 아니라 박람회도 열어라. 본국의 고관들을 데려다가 구경시켜라. 조선은 내지보다도 전쟁태세가 더 완벽하다는 것을 정부 요로에 보여주도록 하라!

서울에서는 유사 이래 가장 규모가 큰 박람회가 열렸다. 그러나 이 박람회는 초가을에 불어닥친 정치 태풍으로 용두사미龍頭蛇尾가 되고 말았다.

해가 바뀌었다. 4월. 외무대신 마쓰오카는 유럽 여행길에 올랐다.

그는 독일 히틀러와의 동맹을 한층 더 굳히고 귀로에는 모스크바에 들렀다. 소련의 독재자 스탈린은 그를 환대했다. 스탈린은 이미 그의 정보망을 통해서 머잖아 히틀러 독일이 소련을 공격하리라는 것을 알고 있었다. 속셈이 있었던 것이다.

— 독일이 공격해 오면 만만치가 않다. 더구나 남쪽의 일본이 독일에 가담해서 배후공격을 하면 낭패다. 마쓰오카를 잘 구슬려야 한다.

마쓰오카는 스탈린의 뱃속을 몰랐다. 그는 히틀러로부터는 소련 공격에 관한 아무런 귀띔도 듣지 못한 만큼 그저 피에로였다.

그는 스탈린의 환대에 우쭐해져서 손쉽게 일·소 중립조약을 맺고 말았다. 일본의 식자들은 그의 광대춤을 빈축했지만, 국민들은 '마쓰오카 외교 만세!'를 외쳤다. 그는 흡사 개선장군이었다. 득의양양해서 돌아왔다. 그가 하네다 비행장에 도착할 때 수상은 직접 마중을 나갔다. 수상은 마쓰오카를 타일렀다고 했다.

"수고가 많았소. 그동안 우리는 미국과의 협상이 잘되고 있소. 머잖아 미국과의 화해 교섭이 시작될 텐데 외상으로서 언동을 신중히 해주시오. 미국을 자극시켜선 안 되겠으니까."

"무슨 말씀인지 모르겠군요. 독일, 소련과 손을 잡은 이상 미국이 뭐가 무섭습니까, 수상 각하."

"그러나 미국과 화평하지 않으면 아무래도 난처해져요. 피로하겠지만 나의 관저로 가서 진지하게 연구해 봅시다."

수상은 마쓰오카 외상의 귀국담화 내용을 견제하느라고 그에게 말했다. 그러나 그는 안하무인眼下無人이었다.

"수상 각하, 나는 지금 시간이 없습니다. 히비야 공원엔 수만 군중이 나를 기다린다지 않습니까. 나를 환영하려고 말입니다."

그들은 동상이몽同床異夢이었다. 정정政情이 어지러울 수밖에 없다.

세계정세는 또 한 번 곤두박질쳤다. 마쓰오카가 모스크바에서 돌아온 지 두 달도 안 된 어느 날이었다. 독일의 히틀러 군대는 동부전선에서 일제히 소련 침공작전을 개시했다. 6월 22일이던가. 독일군 160개 사단이 소련 영토를 향해서 전격적으로 침공을 개시했다.

정세는 얽히고설켰다. 일본 정계는 발칵 뒤집혔다. 고노에 수상은 외교실패를 이유로 자리를 내놓고 말았다. 하루아침에 군부의 독단장獨斷場이 되었다. 천황은 육군대신 도조 히데키에게 조각을 위촉했다.

— 가미소리면도칼 도조에게 대명강하大命降下!

서울의 거리에도 신문 호외가 눈보라처럼 흩날렸다.

— 도조 군부내각이 성립됐으니 전쟁은 또 확대될 것이오.

사람들의 화제는 불안했고 심각했다. 실제로 그런 현상이 이내 나타나기 시작했다. 거리에는 미국과 영국을 증오하는 포스터와 악의적인 만화가 누더기처럼 붙었다. 영어를 배척하는 운동이 벌어졌다. 어떤 소년이 미국인 선교사가 경영하는 과수원엘 들어갔다 붙들려 부젓가락으로 화인火印을 찍혔다는 기사가 요란스럽게 〈매일신보〉의 사회면 톱 기사로 등장했다. 미국인을 악독한 귀축鬼畜으로 몰아붙이는 반미反美 감정의 선동이다.

미션 계통의 학교들이 속속 폐쇄됐다. 아니면 소유권이 강제로 이전됐다. 미국에 대한 증오심은 일본 본토보다도 오히려 조선소년들에게 먼저 심어졌다. 저들은 미·일 전쟁에 2천 5백만 조선민족이 앞장을 서는 듯한 분위기를 조성시켰다.

내각을 조직한 도조는 머리털을 중처럼 박박 깎아버리고는 흡사 야전군 군사령관처럼 날뛰었다. 노무라 대사의 미국과의 교섭이 미온적이라 해서 도조는 구루스란 외교관을 교섭대표로 미국에 추가 파견했다. 그래서 미국 측의 양보를 끈덕지게 강요했다.

그들은 일본의 중국대륙에서의 기득권을 인정하라고 했다. 남방지역에 대한 일본의 요구를 들어달라고 소리쳤다. 중경의 장개석 정부에 대한 미국의 지원을 중지하라고 요구했다. 미국이 일본에 대해서 공급을 중단한 석유류와 철강류를 원상태로 수출하라고 강요했다.

그러나 미국의 루스벨트 대통령은 일본정부의 독선적인 요구를 일축했다. 중국의 합법적 정부는 장개석 국민당 정부뿐이다, 일본군은 모든 해외파견 병력을 철수하라, 이렇게 강경하게 반격했다.

저들은 처음부터 교섭의 성공을 목표로 한 것은 아니었다. 교섭이 진행되는 동안 일본의 군부는 이미 미국에 대해서 포구砲口를 겨누기 시작했다. 육군은 행동 개시와 함께 홍콩, 말레이, 필리핀, 인도차이나 등을 점령해서 전격적으로 전략물자들을 자기네의 손아귀에다 넣을 것을 획책했다.

해군은 연합함대로 하여금 하와이에 있는 진주만眞珠灣을 기습해서 미국의 태평양 함대를 단번에 괴멸시키고, 태평양의 제해권制海權을 일거에 장악한다는 계획을 마련했다.

그들은 미국America, 영국Britain, 중국China, 네덜란드Dutch 등 4개국이 일본을 침공하기 위해서 'ABCD 선'을 형성했다고 떠들어댔다. 국민에게 적개심을 고취시키기 위해서다.

10월 중에는 이미 미국과의 개전을 결심했다. 12월 1일에는 일본 천황 히로히토가 참석한 회의에서 수상 도조가 미국과의 전쟁은 목전에 임박했다고 선언했다. 그의 강경한 발언은 즉각 항간에 새어나왔다.

"우리 측의 요구가 외교수단을 통해서 달성되기는 이미 불가능하다고 봅니다. 따라서 국력으로 보거나 전략상으로 보아 현재의 교착상태를 그대로 지속시킬 수는 없습니다. 이제야말로 국운을 걸고 용감하게 전진할 기회가 성숙됐습니다. 충용한 우리 육·해군은 오로지 폐하에 대한 충성과 군국에 대한 애국 일념으로 불타고 있습니다."

이른바 어전회의는 도조 수상의 개전開戰 주장으로 매듭지어졌다.

일본의 육해군은 그날 전투태세 돌입 명령을 받았다.

— 전투 개시는 일요일인 12월 8일이다. 미명未明이다.

예정대로였다. 12월 8일 날이 밝기 전, 연합함대는 진주만 근처에 접근하는 데 성공했다. 2백여 대의 항공기와 특수 잠함정은 호놀룰루를 벌떼같이 기습했다. 완전한 성공을 거뒀다. 진주만에 정박 중이던 미국 태평양 함대는 전멸상태의 타격을 받고 화염에 휩싸여 태평양의 하늘을 휘황하게 밝혔다.

일본 천황의 선전포고문과 함께 전쟁 총지휘소인 대본영大本營이 발표한 진주만 기습 전과戰果는 일본 국민들을 미친 듯이 들뜨게 했다.

조선에도 그 파풍破風은 날아들었다. 조선 총독은 각 국장들에게 명령했다.

— 진주만 전과를 대대적으로 선전하라. 미국 놈들보다 일본의 군력이 월등함을 강조하라. 귀축鬼畜 미·영을 경멸하고 멸시하는 사상을 고취하라.

철없는 어린 학생들은 일장기를 휘두르며 대일본제국 만세를 외쳤다. 친일 군상들은 여봐란 듯이 어깨를 으쓱대며 진주만 기습에 대한 통쾌한 화제를 뿌리고 다녔다. 숨도 크게 못 쉬고 숨은 민족주의자들은 착잡한 감회로 침묵해 버렸다.

세계대전으로 발전했다. 일본의 참전으로 독일과 이탈리아도 미국에 대해 선전을 포고했다. 지구는 일日·독獨·이伊 3국동맹 진영과 미美·영英·불佛·소蘇의 연합국 진영으로 갈라져 인류사상 최대의 전쟁으로 휘말려 들어갔다.

일본군은 서전緖戰에서 문자 그대로 승승장구였다. 홍콩이 함락되고, 영국 전함 프린스 오브 웰즈와 레파르즈 호가 격침됐다. 말레이 반도에 상륙한 일본군은 이른바 파죽破竹의 세勢로 남진하여 2월에는 싱가포르에 상륙했다.

"예스무조건 항복냐 노냐? 대답만 하라!"

일본군 남양 방면 총사령관 야마시다 중장은 주먹으로 테이블을 치면서 항복조건을 내세우려는 영국군 퍼시벌 사령관에게 고함쳤다.

필리핀에 상륙한 부대들이 수도 마닐라를 점령하자 콜레히둘을 철수하여 호주로 떠나는 맥아더 장군은 침통하게 한마디를 남겼다.

"나는 이제 필리핀을 떠난다. 그러나 나는 곧 돌아올 것이다!"

인도네시아의 자바, 수마트라 등으로 상륙한 일본군 부대들은 석유지대를 모조리 장악해 버렸다.

괌섬과 웨이크섬도 무난히 점령했다. 버마로 진격한 일본군은 양곤을 점령하고 영국군을 인도 국경너머로 격퇴시켜 버렸다. 미상불 눈부신 공격력이었다. 승전에 취한 수상 도조는 연설하려고 의회에 나갈 때 연단으로 오르는 계단에다 미국과 영국의 국기를 주단 대신으로 깔고 그 위를 밟으며 등단했다.

남양지역을 점령한 일본군은 전리품의 의미로 수많은 고무공을 만들어 전국 아동들에게 나눠주며 승전 기쁨을 만끽하도록 했다.

사태가 이쯤 되니 중경에 있던 대한민국 임시정부는 일본과 독일, 이탈리아에 대해서 정식으로 선전宣戰을 포고布告했다. 김구 주석이 영도하는 임시정부는 이미 지난해에 중화민국 중앙의회로부터 정식 승인을 받았던 것이다.

이럴 무렵에 조선총독부에는 또 하나의 이변이 생겼다.

1936년 8월에 조선 총독으로 부임해서 6년 동안 조선을 통치하면서

민족의식에 못질을 하고 신문을 폐간시키고 지원병 제도를 만들어 청
년들을 전쟁터로 끌어내고, 수양동우회, 홍업구락부 등에 관련된 민족
주의자들을 모조리 투옥하고, 친일 세력을 규합해서 민족 분열에 부채
질하고 창씨개명을 강요하여 조선인의 성명마저 말살해 버린 미나미
지로가 갑자기 본국으로 소환되어 군사참의관이라는 한직閑職으로 돌
려진 것은 좀 뜻밖이었다.

후임은 육군대장 고이소 구니아키小磯國昭라고 발표됐다. 그는 조선
총독으로 1942년 6월 15일에 부임했다.

"야아, 그 인상 지독하게 험상궂구나! 불독 그대로다!"

이 땅의 백성들은 너나없이 쑤군대며 암담한 기분으로 내일을 기다
렸다.

인간의 원형

인상은 '불독'이라고들 했다. 고이소 구니아키小磯國昭 육군대장이 제9대 총독으로 부임했다. 아직도 조선에서 그가 할 일이 남았는가. 이토, 데라우치, 사이토, 미나미 등에 의해서 '해동조선국'은 이미 사해死骸가 됐는데 이제 그가 또 무슨 극성을 부리겠다는 것인가. 제2차 세계대전으로 변모한 저들의 침략전은 죽느냐 사느냐의 절정이다. 암흑의 세월은 아직 종말을 예측하기가 어렵다.

여섯 대의 검은빛 자동차가 먼지를 연기처럼 흩날리며 일렬종대로 달리고 있었다. 아침 10시가 좀 지난 시각인데 햇볕은 따가워 한낮의 봄볕을 연상시켰다.

서울에서 신의주로 이어 뻗은 경의京義가도는 벽제 벌판을 관통하면 임진강을 건너 개성으로 접어든다. 고급 승용차의 검은 대열은 서울을 막 벗어나 녹번리 산골 고개를 넘고 있었다. 1942년 6월 25일 아침나절이다. 후미진 연도에는 군데군데 정복 경찰이 외롭게 서 있다가 통과하는 자동차마다에 거수경례를 했다.

연도의 아카시아 녹음은 눈이 아프도록 싱그러웠다. 밭에 논에 엎드렸던 농부들은 허리를 펴고 지나가는 자동차들을 멀거니 바라봤다. 우마차꾼들은 소의 코뚜레를 바짝 쥐고는 길섶으로 비실비실 비켜서곤 했다.

광주리를 머리에 인 아낙네들은 암탉이 놀라 푸드덕거리듯 길 아래로 뛰어내려 서서는 겁에 질린 눈초리로 검고 번쩍거리는 자동차가 한

대 한 대 지나칠 때마다 고개를 까닥거리며 그 수효를 세기도 했다. 마을마다에서 아이들은 달음박질로 뛰쳐나와 이 이례적인 자동차의 행렬을 신기하게 구경했다.

"행주산성幸州山城으로 가나보다!"

자동차군이 경의가도를 왼편으로 벗어나자 구경꾼들은 고개를 끄덕거리며 수군거렸다.

"참 어제 안마을사람들은 갑자기 길닦기를 했대요. 높은 사람들이 나오는 모양이지?"

높은 사람들이었다. 새로 부임한 총독과 그 일행이 행주산성을 향해 6대의 자동차를 몰고 있었다. 둘째 번 자동차는 1937년형 비크였다. 거기에 총독이 탔고, 조선군사령관 이다가키 세이시로가 동승했다. 역시 육군대장이다.

자동차가 경의선 능곡역을 왼편으로 바라보며 나지막한 고개를 넘자, 군사령관이 총독에게 좀 전의 화제를 이었다.

"… 하여간 식민지 종족은 서로 이간질을 붙여가며 이용해야만 백 퍼센트의 효과를 얻을 수 있더군요. 만주에서 철저히 경험한 바 있습니다. 총독 각하."

총독은 그 불독처럼 생긴 얼굴에 가벼운 미소를 흘리면서 고개를 끄덕였다.

"하긴 사람을 부려먹으려면 경우에 따라 그런 수법이 필요하지요. 비등한 인간끼리 서로 시기猜忌를 시켜서 그 경쟁심리를 이용한다는 건 효과적인 방법이외다."

"그런 의미에서 한상룡과 박춘금을 서로 헐뜯게 해서 경쟁적으로 제국에 충성을 바치도록 하셔야 합니다."

"그렇겠죠? 아마."

"그렇습니다. 각하, 한상룡은 총독 각하께서 잘 구슬리십쇼. 박춘금은 내가 적당히 주무르는 중이니까요."

차의 행렬은 논 가운데로 난 길을 느리게 달리고 있었다.

총독부에서 장려한 바둑판과 같이 정조식正條植으로 심어진 볏모는 만경창파萬頃蒼波가 아니라 만경청파萬頃靑波였다.

두 사나이는 유연히 차창 밖에 전개되는 한가로운 전원 풍경을 바라봤다. 총독은 왼편으로 고개를 돌린 채 흔쾌한 표정이었다.

군사령관은 오른편으로 고개를 돌린 채 신경질적으로 눈을 파다닥거렸다. 앞자리 조수석에 앉은 조선군사령부 보도부장은 앞길만 곧장 바라보며 어금니를 주근주근 씹고 있었다.

"아직 멀었나?"

"다 왔습니다. 각하. 저어기 보이는 저 산입니다."

보도부장은 왼편 지평선 끝에 보이는 그다지 높지 않은 산을 손가락질로 가리키며 대답했다.

"산 이름을 뭐랬지?"

"덕양산이라지만, 반도인들은 흔히 행주산성이라고 부릅니다, 각하."

"저 산 너머가 한강이겠군?"

"산 저쪽은 깎아 세운 듯한 절벽이고 그 절벽 밑엔 검푸른 강물이 구비치고 있습지요, 각하."

총독과 보도부장의 대화를 묵묵히 듣고만 있던 군사령관이 한마디 끼어들었다.

"총독께선 부여夫餘엘 가보셨지요? 백제의 삼천궁녀가 몸을 날려 강물에 떨어졌다는 낙화암을 연상하시면 됩니다. 낙화암 북쪽 밑으로는 백마강 푸른 물결이 구비치고 있지만 저 행주산성 서쪽 절벽 아래엔 한강물이 구비치고 있습니다."

"우리 조상의 원혼이 잠들어 있는 고전장古戰場을 보는 것도 의미가 있겠소이다. 350여 년의 세월이 격隔해 있지만."

총독은 벌써 감회 어린 말투였다.

수리조합의 소로제방을 건너 자동차들은 덕양산을 오른쪽으로 돌아 올라가기 시작했다. 중간에서 차를 버린 그들은 잠시 후 산정에 섰다. 행정구역으로는 고양군高陽郡 지도면知道面 행주내리幸州內里다. 고양 군수와 경찰서장과 지도면장 등이 그들을 영접했음은 물론이다.

일행의 면면은 다채로웠다. 다나카 정무총감, 당게 경무국장, 마사키 학무국장, 다카 경기도지사 등의 얼굴들이 보였다. 조선인도 네 사람이 끼어 있었다. 한상룡, 박춘금, 박중양, 이기용이 그들이다.

총독 일행은 산정에 서서 발밑에 굽이치는 검푸른 물결을 바라보다가, 대안對岸의 김포반도에 눈길을 주다가, 동과 북으로 전개된 넓은 들을 더듬어 보다가 하면서 잠시 말들을 잊었다.

일진의 강바람이 휘익 불어와 그들의 머리터럭을 날렸다.

"과연 배수의 진을 칠 만한 지형이오."

총독이 옆에 서 있는 이기용을 돌아보고 말했다.

"영감, 이 행주산성에 얽힌 일화를 자세히 설명해 주시오! 비록 우리 일본인에겐 치욕적인 애기라도 사실대로 설명해 주구려."

이기용은 산 아래 마을을 내려다보며 총독에게 설명했다.

1593년 임진왜란 때라고 했다. 이 나라를 침략한 일본군은 삼천리 전역을 거의 석권하고 있었다. 전라도 광주목사로 있던 권율權慄은 군사를 일으켜 북상했다. 2월 초순, 행주산성을 중심으로 시흥, 강화, 통진 등의 후방거점을 연결해서 1만 명의 권율 부대가 포진했다.

대장 우키다가 이끄는 일본군은 벽제 전투에서 승리한 여세로 3만 병력을 규합해서 행주산성을 3중으로 완전 포위했다.

2월 12일 미명, 3만 일본군의 총공격이 시작됐을 때 덕양산 위에 고립된 권율의 군대는 3천이 채 모자랐다. 일본군은 그날 하루 아홉 차례나 집요한 육탄공격을 했다. 권율은 부하를 독려해 가며 문자 그대로 산정에서 배수의 진을 치고 처절한 혈투를 했는데, 기적적이었다. 굉장한 승리를 거뒀다.

일본군은 산 아래 4개소에다 수천의 시체를 모아 불사르고 패주하다가 또 130명의 목이 땅에 떨어지고, 대장 우키다를 위시해서 이름 있는 장수들이 치명적인 부상을 당하는 참패였다.

"그때 이 고을 부녀자들은 자진 총출동해서 겉치마 폭에 돌을 싸 날라가며 석전石戰을 했답니다. 이른바 행주산성의 유래입지요."

이기용의 이야기가 끝나자 총독을 비롯한 일본인 고관들은 말없이 산 아래를 향해서 발길들을 옮기고 있었다.

천렵놀이들을 왔다. 총독 고이소가 부임한 지 열하루 째가 된 이날, 마침 일요일을 이용해서 신선한 생선회도 먹을 겸 천렵놀이를 하자고 제안한 것은 조선군사령관 이다가키였다.

행주강에선 은어가 잡혔다. 잉어도 쏘가리도 잡혔다.

강변에다 천막을 치고 술타령들이 벌어졌으나 어느 틈에 정치적 모임으로 변해 있었다. 군사령관은 여러 사람 앞에서 유독 박춘금에게만 친밀감을 보였다. 그는 한상룡에게 들으라는 듯이 박춘금에게 큰 소리로 지껄였다.

"박 선생, 참 그 일은 잘 추진되고 있습니까? 내가 알기로는 본국 정계에서도 박 선생 활약에 큰 기대를 가지고 있나봅디다."

"각하 덕분으로 어지간히 돼 갑니다. 그렇지만 상애회를 그대로 이어 가자는 의견도 있어서…."

"상애회도 좋지만 지금은 전시가 아닙니까? 평화시의 조직 가지곤 이 건곤일척乾坤一擲의 전국을 타개하기에 적합하지 않을걸요."

"저 역시 동감입니다. 그렇지만 상애회에 대한 애착도 버릴 수는 없군요."

"일을 하시려거든 냉철한 결단이 필요합니다. 사소한 잡음이나 반대쯤은 도외시해야 돼요.

한상룡은 그들의 대화를 끊게 하고 이다가키에게 술을 권했다. 이다가키는 한상룡을 무시하는 태도로 술잔을 받았다.

박춘금은 못마땅한 표정으로 한상룡을 흘겨봤다. 이다가키 사령관의 권고는 일리가 있었다. 박춘금이 종전에 조직했던 상애회라는 친일적 단체는 일단 해체하고 전쟁 완수에 편리한 새로운 총독부 협력단체를 만들라는 것이었다.

    총독부는 이미 약칭 '국민총력연맹'이라는 총독부 어용단체를 만들어 조선사람들을 언제 어디서든지 즉각적으로 동원할 수 있는 체제를 마련했다. 그러나 국민총력연맹은 총독부의 행정을 뒷받침하는 하나의 외곽적인 기구였다. 경무국장이 당연직인 회장이었다. 한상룡은 그 이사장이었다.

    이다가키는 그 점에 착안하여 박춘금을 충동질하고 있는 것이다. 그는 한상룡에게 들어보라는 듯이 또 지껄였다.

    "내가 알기로는 박춘금 씨야말로 내선일체 운동의 절대적인 공로자외다. 뿐만 아니라 박춘금 씨는 조직의 명수란 말이오. 국민총력연맹도 물론 좋지만 조선의 지도급 인사들을 총망라해서 이젠 반도인 전체 의사를 대변할 정당 비슷한 것이 필요하지 않을까요?"

    "옳게 보셨습니다. 사령관 각하. 대일본제국은 지금 2천 6백 년의 유구한 국가 전통을 건 전쟁을 하고 있습니다. 이 마당에 미온적인 협력 단체 가지고서야…."

    만주사변의 도발 계획자다. 일본의 괴뢰인 만주국을 세우는 데 산파역을 했다. 일본 육군의 모략가로는 대표적 존재가 이다가키 육군대장이다. 지금의 경우도 군사령관인 그가 그런 언동을 해서는 안 되지만 미나미 전임 총독의 외골수 통치에 싫증이 났기 때문에 그는 신임 총독 앞에서 박춘금을 놀리고 있는 것이다.

    그는 얼마 전에 직접 고이소 총독에게 귀띔한 바 있다.

    "한상룡과 박춘금을 교묘하게 조종해서 반도의 민중을 춤추게 해야 합니다."

    그는 총독에게 구체적으로 설명해 줬다. 한상룡과 박춘금을 이간질

시켜야 되겠다는 것이었다. 두 사람이 다 총독정치에 충성을 바치는 데는 다름이 없다. 그러나 위에서 다스리는 위치에 있는 자는 사람을 외곬으로만 이용해서는 손해라는 것이었다.

"서로 공을 다투게 해야 합니다. 서로 시기하게 하고 서로 물고 뜯게 만들어서 잘 이용해야 합니다."

이미 만주사변과 괴뢰 만주국을 세울 때 익혀온 이다가키의 수법이었다. 이다가키는 중국의 한민족과 만주의 군벌들을 서로 싸움질시켜서 손끝에 피 한 방울 묻히지 않고 그 넓은 땅과 그 많은 인총人總을 제압했던 경험이 있다.

별안간 천막 밖 모래밭에서 떠들썩하는 소리가 들렸다.

"무슨 일인가?"

조선군 보도부장이 긴장하며 천막 밖으로 뛰쳐나갔다.

사람들이 몇 명 모여 있었다. 정복 차림의 고양경찰서장이 어떤 영감과 실랑이하는 중이었다.

"아들을 지원병으로 출정시킨 조선영감인데 술이 좀 취했나보군요. 총독 각하를 면회하겠다고 떼를 쓴답니다."

총독이 명령했다.

"그럼 이리로 데려오게나. 만나 보지 뭐."

60이 넘은 노인이었다. 술을 마셨는지 얼굴이 불그레했다. 영감은 누가 총독인지도 모르고 천막 속에다 대고 허리를 연신 굽혔다.

"총독님, 이 사람은 이춘성이라구 부릅죠. 내 자식놈이 지원병으로 출정했습죠, 네. 외아들입니다, 네. 3대 독자입죠, 네. 그런데, 이 행주산성은 임진왜란 때 우리 권율 장군이 일본군을 전멸시킨 고장이 아닙니까. 그래서 이 근처 사는 사람들은 그 이상한 불뚱이가 있어서 이 사람 말고는 아직 한 사람도 자식을 지원병으로 내보내질 않았습죠."

"그래서 어쨌다는 게요? 영감."

보도부장이 성깔 난 음성으로 물었다. 이춘성이란 영감은 그를 흘끔 흘겨보고는, 허리를 또 한 번 굽실 하고는, 또 늘어놓는다.

"참, 어느 어른이 총독님이신지?"

고이소가 손으로 자기 가슴을 가리켰다.

"아 그러십니까. 어쩐지 귀인답게 생기셨습니다. 그런데 마을사람들은 나를 미워한다 그 말씀이에요. 나더러 행주사람이 아니라는 겁죠. 외아들을 지원까지 시켜서 일본 군대로 내보낼 것까진 없잖으냐 그 말씀입죠. 그러나 이제 와서 이 사람인들 어쩝니까. 그놈이 지가 좋아서 나간 것을."

"그러니 어쩌겠단 말이야? 이 영감아!"

보도부장이 또 눈알을 부라리며 소리치자, 이춘성 영감은 또 허리를 굽실 했다.

"댁은 뉘신진 몰라도 가만히 좀 계슈. 난 총독님과 얘기하고 있으니까. 총독님, 이왕 이 고장에 오신 김에 이곳 군수나 서장 나리에게 한마디 영을 내려 줍쇼. 이 사람 이춘성을 행주 땅에서 떠나게 하라고 영을 내려 줍쇼. 8대를 이 고장에서 살았으니 이 사람이 자진해서 떠나기엔 너무나 섭섭해서 강제로 떠나게 해주십사, 그 말씀입죠, 네."

영감은 술이 몹시 취한 척 몸을 가누지 못했으나 안광은 유난히 빛났다.

"어허 미친 영감이군!"

군사령관이 내뱉자 영감은 다시 달려든 경찰서장에게 덜미를 잡힌 채 끌려가고 있었다.

"왓핫하, 그 영감 재미있는 노인이군!"

총독은 너그러운 도량을 보이며 크게 웃었으나 이내 술잔을 들어 단숨에 마셔 버렸다. 그는 카악! 하면서 화제를 바꿨다.

"참 오늘은 감개가 무량하군. 350년 전 우리 조상들의 원혼이 묻힌 고장에 와서 조선 통치에 대해 논의하고 있으니 지하에 계신 고혼孤魂들도 이젠 명복冥福할 수 있겠어, 어허허허."

그는 누구라 지목하지 않고 엉뚱한 말을 물었다.

"조선에선 미나미 총독의 치적을 어떻게들 평가하고 있나?"

마사키 학무국장이 자세를 바로 하며 대답했다.

"미나미 총독 각하의 공과는 후세의 사가가 평가할 일이겠지만, 두 가지 목표를 달성했다고 봅니다. 그 하나는 반도인 2천 3백만을 황국신민으로 정신무장을 시키는 데는 성공한 셈입니다. 둘째는 이 반도의 모든 제도와 기구를 전시체제로 확립시킨 점입죠. 이 두 가지 점에서는 점수를 후하게 드려도 좋다고 생각합니다. 각하."

고이소 총독은 고개를 끄덕였다.

"그래? 하긴 그렇겠군!"

한상룡이 먼저 동조했다.

"옳은 말씀입니다. 학무국장님의 판단은 옳은 것으로 압니다."

그러나 입이 빠른 박춘금은 딴소리를 했다.

"내 의견은 그렇지 않습니다! 미나미 대장이 그런 목표를 향해서 노력한 것만은 틀림없어요. 하지만 그 목표를 달성했다고 단정할 수는 없다고 봅니다. 그분은 일을 하던 도중에 물러났다고 봐야 합니다. 그러니 신임 총독께서야말로 그 일에 대한 본격적인 결실을 거두셔야 할 것입니다."

선수를 빼앗긴 한상룡은 어색하게나마 한마디 하지 않을 수 없었다.

"그 점에 대해선 이 사람도 박춘금 씨와 의견을 같습지요. 사실 총독께서 이번 부임을 계기로 도쿄에서 발표하신 성명서를 보면 그 점이 역력히 명시돼 있더군요."

"그 성명문은 나도 자세히 읽었습니다. 총독께선 원체 정치 단수가 높으셔서⋯."

잉어회, 은어회 접시가 그들 앞에 놓였다. 모두들 젓가락을 들었다.

"350년 전에 우키다 장군은 여기서 이런 생선회도 못 자셔 보고 봉변을 당했것다."

이다가키 대장이 햇빛에 빛나는 은어회를 입 속에 넣었다.

화제에 오른 고이소 총독의 부임 전 일본에서의 메시지는 맹랑하다.

— 조선 총독으로 부임하는 본관으로서 특히 내지에 있는 내지인 일반 국민에게 요망하고자 하는 것은 조선과 조선동포에 대한 바른 인식을 파악해 주기 바란다는 점이다. 많은 내지동포 사이에는 조선을 아직도 이역으로 간주하여 시고쿠四國나 규슈九州와 같이 강력한 황국 일본의 일환으로 삼아야 할 것을 망각하고 혹은 나쁜 사례만을 가지고 전부를 억단하는 경향도 적지 않다.

불령 불신의 도배徒輩에 대해서는 내선관민의 여하를 막론하고 단호히 탄압해야 할 것은 재언할 필요도 없지만 오늘날의 조선인은 '야마도 민족'과 대칭되는 조선민족이 아니고, 똑같은 일본인이란 인식 아래 완전 결합에 애쓰는 과정이니 이와 같은 내면적인 마음의 노력에 대해서 내지인은 따뜻한 이해를 가지고 이들을 우대하고 거울과 같은 넓은 경지에 서서 그들을 포용하는 것이 황도의 본령이요, 공굉위우公紘爲宇라고 믿는 바이다.

고이소 총독의 이 담화형식을 통한 성명문에는 일본인의 조선민족에 대한 불신풍조가 역력히 배어 있음을 반증한다. 문면으로는 일본인 자신들에게 조선반도와 조선민족을 바라보는 눈을 시정하라는 것으로 나타나 있지만, 그것을 뒤집어보면 조선인과 조선인은 예나 지금이나 같은 민족이 아니며, 결코 같은 민족일 수 없다는 점을 은연중에 실토하고 있다.

당연하다. 조선인으로서 조선말은 못 배우게 하고, 현대를 살면서 위정자가 신문을 없애버렸다고 해서 4천 년의 핏줄기가 하루아침에 변색하고 그들의 말과 글이 자취를 감출 수는 없다.

그러자 이때껏 침묵만 지키던 다나카 정무총감이 총독을 은근히 노려보면서 한마디 야무지게 했다.

"제 의견은 좀 다릅니다. 조선 속언에 '명태는 두들겨야 맛이 나고 칡뿌리는 잘근잘근 씹어대야 단물이 난다'고 해요. 제 체험으로는 조선인이란 두들겨 패야 말을 들어 먹습니다. 이 난국에 동화정책도 좋지만 두들겨 패서 연성軟性시키는 방법 이외는 없습니다."

'연성'이란 말은 다나카가 이 땅에서 처음 쓰기 시작한 표어였다.

그는 전쟁이 무제한의 인력과 물력을 요구하는 이때에 동화정책 따위로는 2천 3백만 조선의 노예군을 효과적으로 부려먹을 수 없다는 의견이었다. 그는 첫째도 연성이고 둘째도 연성이라고 외쳤다.

정무총감은 이미 충청북도 경찰부장과 총독부 경무국장 시대에 조선 사람을 부려먹는 가장 효과적인 방법은 설득이 아니라 강제라는 점을 터득한 인물이다. 그는 서슴지 않고 미나미 총독의 통치방법에 반기를 들었고, 그 때문에 재임 6개월 만에 경무국장 자리를 쫓겨났다. 그가 이번에는 고이소 총독에 의해서 정무총감 자리에 오른 것이다.

"총독 각하, 앞으로 각하께서 중임을 다하시려면 신경을 굵게 가지셔야 합니다. 각하, 지금은 전시입니다. 각하께선 본국 정계에 대한 정치적 배려를 생각하시겠지만 조선에서는 정치라는 말이 필요 없습니다. 필요한 건 채찍입니다. 말 안 들으면 무자비하게 후려칠 채찍만이 필요합니다. 각하."

완전히 정책회의가 되고 말았다. 천렵놀이가 아니라 정책을 검토하는 정책회의가 행주 강변에서 지루하게 벌어졌다.

한낮의 태양은 눈이 부셨다.

정무총감은 다시 힘을 주어 중대한 발언을 했다.

"각하, 이젠 조선에도 징병제도를 실시해야 합니다. 내지의 젊은이들은 모조리 전선으로 나가서 귀축鬼畜 미·영과 싸우고 있는데 조선 청년들만 후방에 남아서 안일하게 지내게 할 수는 없잖습니까. 만일 이 전쟁이 오래 계속된다면 우리 일본의 청년들은 모조리 전선의 이슬로 사라질 것이고 결국은 조선의 젊은 놈들만이 우리 대일본제국의 후방에서 판을 칠 게 아니냐 그 말씀입니다."

그의 말은 논리적인 뒷받침을 곁들이고 있었다. 이미 중국대륙에서의 5년 전쟁으로 50만 이상의 일본청년들이 죽거나 다쳐서 돌아왔다.

태평양전쟁이 시작되고서도 말레이시아, 버마, 필리핀, 인도네시아, 그리고 남양군도의 여러 전선에서 이미 20만 이상의 사상자를 냈다. 그런데 전투는 더욱 가열되고 전선은 더욱 확대되고 있다.

며칠 전의 미드웨이 해전에서는 일본 해군의 연합함대가 미국 항공대의 공격으로 치명적인 타격을 받았다. 그뿐인가. 미군의 반격작전도 예상해야 한다. 일본 본토도 싸움터가 되지 말란 법은 없다. 그렇게 되면 조선의 젊은이들만이 편안히 남았다가 결국은 일본 본토의 세력을 장악한다는 추리도 성립될 수 있다.

정무총감의 논리에 총독은 잠자코 고개만 끄덕거렸다. 그러나 골수군인인 조선군사령관과 보도부장은 고개를 가로저었다. 보도부장이 말했다.

"정무총감의 말씀은 분명히 탁견卓見일 수도 있습니다. 아마도 이 전쟁이 앞으로 5년만 더 끈다면 후방에선 조선의 젊은 놈들이 판을 칠 우려도 있습니다. 그렇지만 세계 무비武備를 자랑하는 우리 황군은 곧 승리를 거둘 것입니다. 머잖아 유럽에서 소련과 영국이 항복하면 미국은 완전히 고립될 것이고 그렇게 되면 우리 일본군과 독일군은 연합해서 미국을 굴복시킬 것이니 말입니다."

일본의 필승론必勝論에는 누구도 이의를 붙이지 않았다. 그러나 보도부장의 다음 이야기는 오히려 논리의 자가당착이 되어 정무총감의 반격을 유발하고 말았다.

"그런 문제보다도 나는 대일본제국의 군인으로서 황군의 순수성과 전통성을 지키고 싶습니다. 말로는 동조동근同祖同根이요, 일시동인이라 하지만 조선인이 아마테라스 오미카미의 후손입니까? 제가 듣기로는 조선인은 곰의 후예라고 합니다. 짐승 중에도 하필이면 곰을 조상으로 받드는 미개인을 우리 황군의 일원으로 섞는다면 피의 순결을 모독하는 것이어서 군기가 더럽혀집니다. 말하자면 군대사회의 순수성과 황군의 존엄성이 땅에 떨어져 얻는 것보다 잃는 게 더 많습니다.”

조선군사령관은 손에 든 술잔을 만지작거렸다. 그는 보도부장의 말이 더러는 수긍이 가고 더러는 석연치 않은 듯 고개를 끄덕거렸다.

‘민족의 신화는 대개 짐승으로부턴걸.’

총독은 그 굵게 패인 이맛살을 손끝으로 만지작거리며 보도부장을 바라보다가 아래쪽에 배석한 조선인 네 사람의 기색을 살폈다. 정무총감이 곧 이의를 제기했다.

“황군의 명예와 순수성을 지키자는 보도부장의 말엔 나도 동감입니다. 그렇지만 이번 전쟁은 반드시 이겨야 합니다. 물론 이긴 다음에도 대일본제국의 주인은 우리라야 합니다. 그렇잖습니까. 전쟁엔 이겼으면서 내지인의 젊은 층은 다 죽고 후방에 남아 처진 반도인들이 마치 승리자처럼 거들먹거리는 사태가 온다면 그건 난센스가 아니겠소?”

총독도 군사령관도 함께 고개를 끄덕거렸다. 조선사람 넷은 꿀 먹은 벙어리처럼 무표정한 얼굴로 화제의 귀결을 지켜보고 있었다.

총독이 한마디 했다.

“다 일리 있는 의견이군. 모두 새로 부임한 이 고이소에게 도움이 되라고 하는 소리인 줄로 아오. 정무총감, 우리 딱딱한 얘기는 그만하고 즐겁게 술이나 마십시다.”

좌석은 갑자기 활기를 띠었다. 술잔이 분주하게 오가고 군사령관은 혀 꼬부라진 소리로 시음詩吟을 시도했다.

그러자 학무국장이 일어섰다.

"에에또, 저는 학무국장으로서 이 반도의 지식인들이 얼마나 우리 대일본제국에, 이번 전쟁에 협력하는가를 소개해 드리겠습니다. 시를 한 수 소개하겠는데 이 시는 제가 지은 것이 아니라 조선의 저명한 여류 시인의 최근작입니다."

학무국장은 포켓에서 수첩을 꺼내 들었다. 그는 수첩을 뒤적이다가 목청을 가다듬고 읊기 시작했다.

"시제는 〈부인 근로대〉입니다."

부인 근로대 작업장으로/ 군복을 지으러 나온 여인들
머리엔 흰 수건 이마 숙이고/ 바쁘게 나르는 흰 손길은 나비인가
총알에 맞아 뚫어진 자리/ 손으로 만지며 기우려 하니
탄환을 맞던 광경 머리에 떠올라/ 뜨거운 눈물이 핑 도네
한 땀 두 땀 무운을 빌며/ 바늘을 옮기는 양 든든도 하다
일본의 명예를 걸고 나간 이여/ 훌륭히 싸워주 공을 세워주
나라를 생각하는 누나와 어머니의 아름다운 정성은
오늘도 산만한 군복 위에 꽃으로 피었네

낭송이 끝나자 좌중에서는 요란한 박수 소리가 터졌다. 흡족하게 애국적인 시라는 것이다. 그는 신바람이 나는지 또 수첩을 뒤적이다가 다시 목청을 뽑았다. 누구의 시라고는 말하지 않았다.

아시아의 세기적인 여명은 왔다/ 영미의 독아毒牙에서
일본군은 마침내 신가파싱가포르를 뺏어내고야 말았다

동아 침략의 근거지/ 온갖 죄악이 음모되던 불야의 성
신가파싱가포르가 불의 세례를 받는/ 이 장엄한 최후의 저녁
신가파 구석구석의 작고 큰 사원들이/ 너의 피를 빨아먹고 넘어지
는 영미英美를 조상弔喪하는 만종晩鐘을 울려라

대단한 침략전쟁의 찬송이다. 또 한 번 요란한 박수 소리와 함께 환
성이 일었다.

그때였다. 천막 밖이 다시 소란스럽다. 또 무슨 실랑이가 벌어진 것
같았다. 이번에도 보도부장이 일어났다.

"아까 그 영감이 또 왔습니다. 총독 각하께 한 말씀만 더 여쭙겠다
고요."

"그래? 그러지."

총독은 또 너그러운 도량을 보였다.

다시 나타난 이춘성 영감은 역시 허리를 굽실하고는 말했다.

"총독님, 한 가지만 더 여쭤 봐야겠네요, 대관절 이 전쟁은 언제나
끝장이 나나요? 총독님은 아시겠습죠?"

"곧 끝날 거요!"

경무국장이 대답했다.

"일본이 꼭 이기긴 하겠지요?"

좌중은 모두 긴장했다. 총독이 미소를 흘리며 대답했다.

"그야 이기고말고."

이춘성 영감은 고개를 끄덕거리며 엉뚱한 소리를 했다.

"저도 그렇겐 생각하는데 말씀이야, 그런데 정감록鄭鑑錄엔 그렇게

돼 있지 않다는군입쇼, 네."

좌중의 분위기는 단박 살벌해졌다. 경무국장이 고함을 쳤다.

"저 영감을 끌고 가라! 경찰서장은 뭘 하고 있어!"

그러나 이춘성 영감은 그대로 떠들었다.

"일본은 말씀이야, 언제나 첨엔 이긴다는군입쇼. 임진왜란 때도 첨엔 이겼다더군요. 끝까지 이겨야 할 텐데 말씀이야."

이춘성 영감은 경찰한테 덜미를 잡힌 채 끌려가면서도 지껄여댔다.

"내가 말씀이야. 이 정도의 말은 해야 이 동네에서 눌러 살 수가 있어요, 네. 날 감옥에 넣으슈. 몇 해 징역살이 하고 나와서 떳떳이 살겠으니까, 하하하."

경무국장이 씨부렁거렸다.

"정말 미친놈이군!"

박중양이 일어나서 총독에게 술을 권하며 말했다.

"서장의 모가지를 잘라야겠습니다. 각하, 예가 어디라고 그 따위〉 미친 영감이 발을 들여놓게 했단 말입니다."

한상룡은 소변이라도 보려는지 슬며시 일어나 천막 밖으로 나갔다. 이기용은 처음부터 조는 석불石佛이었고, 박춘금은 성냥개비로 이빨만 쑤셔대고 있었다. 그들의 그런 표정을 재빨리 알아차린 총독이 또 화제를 바꿨다.

"내 본국을 떠날 때 도조 수상과 단둘이 만나 이야기한 것이 있습니다. 그것은 대동아성大東亞省의 설치 문제와 관련되는 일인데, 우리 조선총독부는 앞으로 내무성 산하에 들어가게 됩니다. 척무성拓務省이 없어지니까요."

척무성이 없어진다는 소리는 여기 앉은 사람들로는 처음 듣는 소식이다. 지금까지 일본정부는 조선과 대만 그리고 만주국을 감사하는 중앙정부의 기구로서 척무성을 두었다. 이제 태평양전쟁으로 일본군이 필리핀, 태국, 버마, 말레이시아, 인도네시아 등 이민족의 광범한 판도를 석권했으니, 그 판도를 관장할 새로운 관서가 필요하게 됐다.

수상 도조는 대동아성을 만들어서 그 임무를 감당시킬 계획이다. 그의 구상으로는 조선과 대만은 이미 일본의 영토로 편입됐으니 내무성 산하로 끌어들이고, 형식적이나마 독립을 허용한 만주, 필리핀, 버마, 인도네시아, 태국 등을 대동아성에서 관장하도록 하는 방안을 마련했다는 것이다.

"그런데 도고 외무대신은 대동아성 신설 문제에 반대하더군."

이 역시 새로운 뉴스였다.

"그보다도 나는 도조 수상에게 따져본 일이 있죠. 지금까지는 척무성 산하에 조선총독부와 대만총독부를 두었으니까 우리 일본인들은 조선과 대만을 본국의 식민지로 간주하지 않았는가? 그런데 우리 조선총독부를 내무성 산하로 이관한다면 조선반도와 대만은 마치 일본 본토의 규슈나 홋카이도와 비슷한 행정적 위치에 놓이게 되지."

조선군사령관이 반문했다.

"그렇다면 총독부의 지위가 크게 격하되는 것 아닙니까? 조선군사령관도 한낱 군관구사령관에 지나지 않게 되고요."

그는 먼저 자신의 지위와 위계 문제에 신경이 가는 모양이었다.

총독이 대답했다.

"총독부와 조선군사령부의 지위 문제는 둘째로 치더라도 조선이 내무성 산하에 들어간다는 것은 모든 주민들이 일본 본토의 주민과 동등한 책임을 져야 한다는 결론이 됩니다. 납세, 교육의 의무와 함께 병역의 의무까지도 말이야."

그러자 정무총감이 한마디 끼어들었다.

"그것 보십시오. 반도인도 병역의무를 져야 한다는 저의 주장은 급박한 우리의 현실 문제입니다."

그는 보도부장을 흘끔 바라보면서 득의양양한 표정이었다. 그러나 총독이 또 말했다.

"일은 그렇게 단순찮아. 나는 반도인의 의무만 강조하자는 게 아니오. 의무가 부과되면 그만한 권리가 뒤따라야 명분이 서지 않겠소? 문제는 그거요. 나는 도조 수상에게 말했어요. 수상은 중앙에서 명령만 내리면 그만이겠지만 현지에 나가 있는 조선 총독으로선 의무를 강요하는 한편 적당한 권리도 미끼로 줘야 일을 할 수 있는 게 아니냐고 했지. 도조 수상은 어떤 권리를 조선사람에게 주자는 것이냐 묻더군. 나는 말했소. 조선이 내무성 산하의 지방자치구로 변경될 바에는 조선사람에게도 참정권參政權을 줘야 한다고 말이야."

정무총감이 펄쩍 뛰었다.

"참정권이라뇨? 각하. 그럼 조선사람도 대일본제국의 의정 단상에 진출해야 한단 말씀인가요? 귀족원이나 중의원에 나가 대일본제국의 운명을 요리한단 말씀입니까?"

"왜, 안될 것도 없잖소? 많이는 안 되더라도 몇 사람쯤 귀족원과 중의원에 내보내서 안 될 게 뭐요? 하긴 도조 수상도 난색을 보이긴 하더군. 그렇지만 연구해 볼 만한 문제라고 말했어요. 만일 나의 의견이 현실화된다면 아마도 저기 앉으신 네 분은 틀림없이 제국의회帝國議會로 직행하게 될걸요. 하하하."

장내의 분위기는 착잡 미묘했다. 조선인들 앞에서 조선민족을 지나치게 헐뜯었기 때문에, 그리고 자기네의 속셈을 너무나 솔직히 드러냈기 때문에 총독이 즉흥적으로 꾸며낸 사탕발림일 수도 있다. 아니면 척무성이 없어지고 대동아성이 생겨서 조선총독부가 내무성 산하로 흡수된다면 총독이 말한 의무와 권리의 반대급부 작용으로 조선인의 일본 국회 진출이 불가능한 일도 아니다.

좌중은 모두 심각한 자기 생각에 잠겨 버렸다.

역사의 굴욕

고이소 구니아키小磯國昭가 서울에 발을 붙이기는 2년 만의 일이었다.

조선은, 경성은, 그리고 조선의 실정은 많이 변해 있었다.

2년 전의 고이소는 조선군사령관이었다. 지금은 조선 총독이다. 2년 전의 그의 숙소는 용산에 있는 군사령관 관사였다. 지금은 북악산 아래 자리 잡은 총독 관저의 주인이다.

이제 그는 처음으로 조선에서 절대 권력을 장악한 것이다. 그러나 그는 전임자들보다 관력이 화려하지 못하다. 만회해야 한다. 전임자들은 화려했다. 역대 조선 총독들은 이곳에 부임하기 전에 대개가 육군대신 또는 해군대신의 권좌에 있던 사람들이었다. 그러나 그는 최고 직위가 육군차관이었다.

이러한 그의 전력 때문에 그의 부하들은 그를 존경하지 않았다. 정무 총감, 경무국장, 학무국장도 상사인 그의 역량을 테스트해 보기에 바빴다. 시험 삼아 갖가지 시책과 안건을 뻔질나게 건의했다. 이다가키 군사령관 역시 고이소 총독을 넘봤다.

"총독은 행정능력이 약해서. 자리나 지키라지!"

중평이 그러했으니 그는 결단성 있는 시책을 밀고 나가기에 애로가 많았다.

여름은 여물어 갔다. 태평양 지역에서 승승장구하던 일본군은 어떤 한계점에 도달한 듯한 인상을 풍기면서 전과戰果발표가 맥이 빠져 갔다. 저들의 대본영 발표는 매일 매일 판에 박은 것이었다.

적군은 자꾸 죽어 갔고 적의 항공기와 함정은 연일 격추 격침됐다고 했으나 일본군의 진격은 제자리걸음이었다. 북쪽 알류샨열도의 애투 섬으로부터 웨이크, 마셜군도, 뉴기니 섬, 자바 섬, 싱가포르, 버마의 중동부 지대를 잇는 반원형半圓形의 일본군의 진격 선단先端을 연결하는 지역이었다.

전쟁이란 적의 심장부를 찔러야 한다. 그러나 미국은, 영국은 너무나 멀었다. 대본영 발표로는 당장이라도 미국이 손을 들 것 같았는데 항간에는 풍문이 떠돌았다.

— 이승만 박사가 미국에서 조선동포의 총궐기를 호소하는 방송을 했단다. 미군이 곧 반격을 가할 것이니까 조선청년들은 전쟁에 협력하지 말라는 거야.

사실이었다. 과달카날 섬에 미국군이 상륙했다. 미드웨이 해전에서 일본 해군이 결정적인 타격을 받았다. 솔로몬 해전에서도 일본 해군은 참패했다.

— 미군은 물량의 소모전으로 나오고 있다. 일본이 저들의 물량을 어떻게 당해 내느냐 말이다.

극심한 식량난이 일본 본토는 물론 조선에도 몰아닥쳤다. 모두들

굶고 부황浮黃이 났다. 칡뿌리, 나무뿌리로 연명하는 사람들이 점점
늘어갔다.

수양동우회 사건으로 투옥됐다가 풀려 나온 조병옥趙炳玉도 가족을
굶주리게 하는 사람의 하나였다. 일찍이 가네코란 일본군 퇴역장군이
홍아동맹을 만들어 조선지부를 조직할 목적으로 반도호텔에 머물면서
여운형, 안재홍, 조병옥 등에게 거액의 금품을 미끼로 회유하려 했을
때, 수양산首陽山에 들어가 백이伯夷숙제叔齊가 될망정 '싫소이다!' 한
마디로 거절했던 조병옥은 누더기 같은 가난 속에서 실의의 나날을 보
내고 있었다.

어느 날 학교에서 돌아온 어린애들이 창씨개명을 안 했으니 학교에
오지 말란다고 울먹였다. 그는 아들에게 간단히 대답했다.

"내일부터 학교를 쉬어라!"

학교는 못 다녀도 아이들은 우선 자란다. 그러나 굶어서는 자랄 수가
없다. 조병옥은 날로 영양실조가 돼가는 자녀들의 파리한 몰골이 측은
했다. 그는 그 패기와는 달리 눈물에 어렸다. 창자를 못 채우는 아이들
을 보고 자주 울었다. 그는 쌀자루를 옆구리에 차고 친지를 찾아 나섰
다. 50리 길을 걸어 양주땅 신곡리까지 가서 쌀 두 말을 구해 등에 지고
또 걸어 돌아오는 일도 있었다.

그는 실의를 달래기 위해서 한용운의 시집 《님의 침묵》을 자주 펼쳤
다. 그는 등 뒤엔 진 쌀 두 말이 무거워 걸음을 제대로 걷지 못했다. 허
기가 졌기 때문이다. 조병옥은 창동 안말 창골 산모롱이에서 다리를 쉬
면서 역시 한용운의 시집을 펼쳐 들었다.

한용운은 〈당신을 보았습니다〉라면서 잃어버린 조국의 얼굴을 노래

400

했다. 조병옥은 소리 높여 낭송했다.

당신이 가신 뒤로 나는 당신을/ 잊을 수 없었습니다.
까닭은 당신을 위하느니보다/ 나를 위함이 많습니다.
나는 갈고 싶은 땅이 없으므로/ 추수가 없습니다.
저녁거리가 없어서/ 이웃집으로 조나 감자를/ 꾸러 갔더니,
주인은 거지는 인격이 없다/ 인격이 없는 사람은/ 생명이 없다
너를 도와주는 것은 죄악이다/ 고 말하였습니다.
그 말을 듣고 돌아나올 때에/ 쏟아지는 눈물 속에서
당신을 보았습니다.

나는 집도 없고/ 다른 까닭을 겸하여/ 민적이 없습니다.
민적이 없는 자는/ 인권이 없다
인권이 없는 너에게/ 무슨 정조냐/ 하고 능욕하려는 장군이/ 있었
습니다.
그를 항거한 뒤에 남에게 대한/ 격분이 스스로의 슬픔으로 화하는
찰나에/ 당신을 보았습니다.

아아 온갖 윤리, 도덕, 법률은/ 칼과 황금을 제사 지내는 연기인 줄
을/ 알았습니다.
영원히 사랑을 받을까/ 인간 역사의 첫 페이지에 잉크칠을 할까
술을 마실까/ 망설일 때에 당신을 보았습니다 ―.

가죽구두는 물론 고무신도 구하기 힘든 세태였다. 조병옥은 흰 천막
천으로 대드리를 만든, 자동차의 헌 타이어로 바닥을 댄, 그래도 명색

만 구두인 구두를 벗어서 모래를 털다가 창자를 뒤틀며 울었다.

———

이 무렵 조선을 사랑하는 한 외로운 여인이 기막힌 슬픔을 맞이했다. 윤정덕이 기어코 미와 경부의 손에 체포된 것이다.

윤정덕은 지난봄에 경무국장의 관사에서 이미 탈출했다. 주인도 바뀌었을 뿐 아니라 너무 오래 잠복해 있기엔 경무국장 관사란 지나치게 불안한 곳이었다.

침모가 맡아 기르던 딸이 급성폐렴만 안 걸렸더라도 윤정덕의 신변엔 그런 변화가 있을 수 없었다. 어린 환자를 데리고 세브란스 병원에 진찰받으러 갔다가 불행하게도 현관에서 미와와 딱 마주쳤다.

"너 잘 만났다! 연행하겠다!"

미와의 첫마디였다.

아이는 병원에 맡긴 채 윤정덕은 종로서로 연행됐다. 미와는 서릿발처럼 냉담했다. 윤정덕이 무슨 말을 하든지 전혀 곧이들으려 하지 않고 차근차근 조서를 꾸미기에 골몰하는 그의 이마엔 이미 굵은 주름살이 이랑졌다.

처음부터 끝까지 미와 자신이 직접 취조에 임했다. 닷새가 걸렸다. 그는 기소서류의 작성을 끝내자, 윤정덕을 감회 어린 눈으로 거의 10분 동안이나 묵묵히 바라보더니 말했다.

"이것이 너와 나의 숙명이었다!"

그는 한참 만에 한마디 더 했다.

"네가 나와 그리고 대일본제국을 배반한 것에 비하면 나는 지금 너한테 너무도 신사적이고 너무도 온정적이다."

그는 윤정덕의 손목에서 고랑을 풀어 주었다.

"마지막으로 차나 한잔 들고 이별하지."

급사를 시켜 녹차 두 잔을 가져오래서 테이블 위에 놓았다.

미와는 먼저 차 한 모금을 마시고는 담배를 피워 물고 잠시 동안 창문을 내다봤다. 비가 오고 있었다.

윤정덕도 창밖의 빗발을 바라봤다. 남편 박충권을 생각했다.

생사를 모르고 있다. 언제나 그랬듯이 소리 소문 없이 불쑥 눈앞에 나타날 그였지만 이번엔 예감이 그렇지가 않았다.

'죽었을지도 모른다. 잡혔을지도 모른다.'

불길한 예감은 그가 떠날 때부터 지속됐다.

"얼마나 살까요?"

감옥살이를 얼마나 해야 할 것 같으냐고 윤정덕은 감상에 젖어 있는 듯한 미와에게 물었다.

"10년 이하는 안 될걸!"

윤정덕은 찻잔을 들어 입에 댔다. 조갈燥渴이 심했던 것이다. 마지막 떠나는 길 같았다. 한번쯤은 당연히 가야 할 곳으로 가는 것이라고 생각하면 체념도 됐다.

"어차피 전해야 할 얘기지만 ….."

미와가 그런 아리송한 말을 불쑥 꺼냈다.

윤정덕은 잠자코 그를 쳐다봤다.

"당신 딸이 어젯밤 병원에서 죽었소."

"네?"

놀라 반문하는 윤정덕에게 미와는 다시 설명하지 않고 차를 호록 한 모금 마셨다. 윤정덕은 눈물도 나지 않았다. 한참 만에 싸늘한 한마디를 했다.

"우리 집안은 철저히 기구한 운명이군요."

미와는 윤정덕이 처음으로 자기 집안 이야기를 꺼내는 바람에 긴장했다. 윤정덕은 담담하게 말했다.

"우리 아버지가 의병義兵으로 몰려 일본 헌병한테 개 끌려가듯 끌려가던 날 어머니는 마당에 졸도한 채 숨을 거뒀어요. 나는 그래서 천애天涯의 고아孤兒가 됐죠. 이번엔 내가 감옥으로 끌려가는 날 우리 딸이 죽었군요."

윤정덕은 입술을 깨물었다.

"차라리 잘됐군요. 죽는 게 저한테도 편하고…. 어차피 기구한 숙명을 가진 핏줄기니까요."

그러나 딸을 여읜 어머니의 눈엔 눈물이 수물수물 고이기 시작했다. 기구한 사연을 가진 어미 아비 사이에서 태어난 아이기 때문에 역시 기구한 운명이라는 생각이 든 것은 윤정덕의 차가운 성격 탓인지도 모른다. 그러나 윤정덕은 눈을 감고 입술을 깨물면서 속으로 울었다.

'아빠를 그렇게 보고 싶어하더니….'

낙수落水 소리가 좌악좌악 창 밖에 요란했다.

"에미도 못 보고 혼자 죽어갔군요."

윤정덕은 비로소 볼에 두 줄기 눈물이 주르르 흘러내렸다. 그러나 미와에게는 보이지 않으려고 몸을 옆으로 돌렸다.

앞으로 더욱 심각한 슬픔을 각오해야 한다고 마음속으로 다짐하는 윤정덕은 이를 깨물며 후들대는 다리에 힘을 주었다. 윤정덕은 눈물자국을 닦고 미와에게로 돌아섰다.

"화장火葬은 하지 말구 어디 기억날 만한 곳에다 묻도록 해주세요."

윤정덕은 미와에게 부탁할 수밖에 없었다.

"네가 사랑하는 조선의 흙에다 묻어 주라고 내 병원에 부탁해두지."

미와는 내뱉듯이 그런 말을 하고는 윤정덕의 손목에다 다시 쇠고랑을 철컥 채웠다.

8월 2일에 윤정덕은 언도 공판을 받았다.

미결수들은 죄인으로서의 판결 전이라 그 수치스런 모습을 감춰준다는 뜻에서 용수를 씌운다. 누에고치처럼 원통형의 바구니 같은 용수를 머리에서 목에까지 내려쓴다. 눈, 코, 입, 근처에 구멍이 뚫려 있는 대바구니다.

윤정덕도 그런 용수를 쓰고 여덟 명이나 되는 잡범들과 한 오랏줄에 줄줄이 묶인 채 간수에게 끌려 법정으로 들어섰다. 미결수는 푸른 수의囚衣다. 똑같은 용수와 푸른 옷이기 때문에 처음엔 누가 누군지 구별이 가지 않았다. 남자 여자의 분별도 되지 않았다.

용수를 벗기니까 비로소 개개인이 서로 다른 인물이었다. 모두 얼굴들은 하얗게 시어 있었다. 방청객들이 우르르 일어서면서 제각기 자기네의 친지 피고를 찾느라고 웅성대기 시작했다.

법복을 입은 판검사가, 변호인들이 등장했다. 경성 지방법원 법정이었다. 윤정덕을 먼저 심리하기 시작했다.

미와가 방청석 구석에서 재판의 추이를 지켜보고 있었다.

배정자가 방청석 정면에 나와 앉아 있었다. 피로한 듯한 얼굴에는 화장이 짙었다.

재판은 간단히 끝났다. 윤정덕은 반국가단체에 협력한 죄목으로 6년형의 언도를 받고 간수에게 끌려 조용히 법정을 물러나고 있었다.

배정자가 방청객 틈을 비집고 접근해 가더니 윤정덕의 손을 잡고는 쓸쓸하게 웃었다.

"전쟁에 곧 이기면 감형될 거야. 낙망하지 말아요."

윤정덕은 웃지 않고 대답했다.

"신세 많이 졌어요."

두 여인은 이내 서로 쓸쓸하게 외면을 해버렸다. 두 여인은 길이 같아 보이면서 끝내 달랐다.

미와는 방청석 구석에서 일어나지 않고 있었다.

가을이 되면서부터 총독부 주변에서는 갖가지 정보가 새어 나왔다. 조선청년들에게 징병제도를 실시할 준비가 진행 중이라고 전해졌다. 그 법령은 이미 일본정부의 비밀각의에서 통과되어 의회의 승인을 맡으려고 중의원에 제출됐다는 것이었다.

서울과 인천에는 영국군 포로수용소가 설치됐다. 이것은 총독이 본국에 다니러 갔던 길에 도조 수상에게 청원해서 이루어진 것이었다.

"조선놈들은 영국과 미국의 선교사들을 존경하는 전통이 있죠. 아직도 그들은 서양에 대한 사대사상이 골수에 박혀 있습니다. 수상 각하,

영국과 미국군의 포로들을 조선땅에 갖다 놓고 전시하면 효과적일 겁니다. 아주 효과적일 겁니다."

도조 수상도 일리 있다고 찬동했다.

영국군 포로들을 서울과 인천 시가에 조리를 돌려 일반에게 그 초라한 모습을 구경시켰다.

11월에는 대동아성大東亞省이 설치되어 조선총독부가 내무성 관할로 이관되고 말았다. 아직도 뼈대가 억센 조선인들 몇은 그 대동아성 설치에 관해서 제 나름의 불평을 털어 놓았다.

— 만주도 버마도 필리핀도 형식적이나마 독립을 시켜줬다. 그런데 어째서 우리 조선만은 제외되느냐!

그렇지만 이런 불평에 귀를 기울일 조선총독부는 아니었다. 도리어 그들은 조선인의 민족의식에 대해선 더욱 무자비한 탄압을 감행했다.

이미 아는 사람들은 알고 있었다. 함경남도 홍원경찰서에는 이 땅의 이름 높은 한글학자들이 모조리 끌려가서 곤욕을 겪고 있다고 했다. 언론통제가 심하므로 자세한 내막이 일반 민중에게 알려지지 못했지만 수난자들의 가족들 입을 통해 사건의 줄거리는 그 윤곽을 드러냈다.

사건의 실마리는 함흥학생사건의 증인으로 불려간 정태진丁泰鎭의 수난으로부터 시작됐다.

일본 관헌은 조선어를 연구하는 학자들을 모조리 족칠 목적으로 10월 1일에 검거 선풍을 일으켰다.

이윤재李允宰, 최현배崔鉉培, 이희승李熙昇, 정인승鄭寅承, 김윤경金允經, 권승욱, 장지영張志暎, 한징韓澄, 이중화李重華, 이석린, 이고루 등이 먼저 검거되었고, 며칠 뒤에는 이강래, 김선기, 이병기, 이야자,

정백수, 김법린金法麟, 이우식李祐植, 윤병호, 서승효, 김양수, 장현식, 이인李仁, 이은상李殷相, 정인섭, 안재홍安在鴻 등을 검거했다. 그 후 김도연金度演, 서민호徐珉濠를 추가 검거한 일본 관헌은 정무총감의 특별지령과 총독의 묵인 아래 그들에게 혹독한 고문을 가했다.

한편 총독부 학무국에는 연성과鍊性課를 신설하여 새로 마련된 조선 청년 특별연성의 실천을 관장했다.

교육심의회에서는 징병제도와 징용에 조선청년을 효과적으로 이용할 목적으로 교육 학제를 변경하여 중학과정을 5년에서 4년으로 단축하고 대학 예과와 전문학교 역시 2년으로 줄였다. 짧은 기간에 교육을 마쳐서 한 명이라도 더 많이 써먹어야 되겠다는 절박한 사정에서 취해진 조처였다. 교과과정도 대폭 변경시켰다. 우선 중학교에서 영어 과목을 폐지키로 했다. 군사훈련 과목이 대폭 늘어났다. 중학교마다 배속장교제를 두어 위관급 현역장교를 배치했다. 배속장교는 학교장까지도 코끝으로 움직이는 실정이었다.

어린 중학생들에게 소년항공대, 소년전차병으로 지원하도록 강요하기 시작했다. 마악 돋아난 어린 풀싹을 도려내려는 정책이었다. 학교는 공부하는 곳이 아니라 노역과 군사훈련을 하는 하나의 연병장으로 바뀌어 갔다.

해가 바뀐 1943년 5월에는 해군특별지원병 제도가 실시됐고, 7월에는 학도의 '전시동원체제 확립요강'이 발표됐다.

8월 1일부터는 드디어 조선사람에게도 징병제도가 본격적으로 실시됐고 일반 장정은 징용徵用으로 모조리 잡아가기 시작했다.

어느 날 총독은 정무총감의 정무보고를 받고 만족해했다.

"정무총감이 주장한 그 연성이야말로 반도 통치의 대명제라는 것을 나는 전적으로 실감하게 됐어. 하하하."

정무총감은 득의양양했다. 학무국장 역시 미나미 총독시대의 시오하라 이상의 권력을 휘둘렀다.

그들이 이처럼 강압적인 연성정책을 밀고 나가는 데는 이유가 있었다. 이미 전국은 미묘한 양상을 띠기 시작한 때문이다. 그들의 비극적인 전조前兆는 태평양과 유럽에서 동시에 나타나기 시작했다.

지난해 11월에 미국의 아이젠하워 장군은 북부 아프리카의 카사블랑카에 상륙해서 '사막의 흑표'라는 용맹을 떨치던 독일군 롬멜 부대에게 결정적인 압력을 가하기 시작했다. 같은 시기에 동부전선의 소련군은 스탈린그라드에 깊숙이 쳐들어 온 파울루스 장군 지휘하의 독일군 30만을 완전 포위하고 말았다. 남태평양의 섬에 상륙한 맥아더 장군의 예하부대는 일본군을 바다 기슭으로 차근차근 몰아붙이고 있었다.

해가 바뀐 2월 초순 일본과 독일은 똑같이 결정적인 패전을 맛보았다. 스탈린그라드에서 파울루스 장군의 독일군은 마침내 전멸됐다.

과달카날 섬에서 악전고투하던 일본군은 완전 패배하고 패잔병 몇백 명만이 간신히 도망쳐 나왔다. 그러나 일본 대본영 발표는 어처구니없는 소리를 하고 있었다.

─ 과달카날 섬에서 용전분투하던 일본군은 미국군에게 막대한 타격을 가한 후 그 임무가 완료되었으므로 다른 지역으로 전진하였음.

일본 국민들은 대본영 발표에 처음으로 내비친 '전진'이란 낯선 단어에 대해서 고개를 갸우뚱거렸다. 전진이란 곧 퇴각退却을 의미하는 것이었다. 승승장구로 태평양을 주름잡던 일본군이 마침내 수세에 몰리다가 후퇴하기 시작한 것이다.

4월에는 연합함대사령관인 야마모토 이소로쿠 대장이 미국 항공기의 기습을 받고 태평양의 공중에서 안개같이 사라졌다. 하와이의 진주만을 기습하여 태평양의 제해권을 장악하는 데 성공했다고 영웅처럼 떠받들던 야마모토가 전사했다는 소식은 일본 국민에게 크나큰 충격을 주었다.

조선의 식자들도 전세를 분석 평가했다.

"연합함대 사령관이 죽었다면 일본 함대도 전멸한 게 아닐까?"

"비행기 사고로 죽었다니까 자세한 내막은 알 수 없지."

"지난번 미드웨이 해전海戰이 문제야. 일본 해군은 항공모함을 모조리 잃었다던데?"

"미국의 니미츠 제독이나 헐 장군은 귀신같은 명장이라더군."

"일본군이 수세에 몰렸다면 운명의 날이 가까운 게 아냐?"

"본시 일본군은 서전은 화려해요. 공격 위주의 군대니까 말이야. 그런 군대가 수세에 몰린다면 이미 끝장났다고 봐야 해. 공격도 전투지만 방어는 더 중요한 전투인데 저들은 방어전에 서투르거든."

군사학의 전문가가 아니더라도 그런 평가는 정확했다.

충격적인 뉴스가 계속해서 전해졌다. 대본영은 또 발표했다.

— 북태평양 애투섬에서 용전감투하던 아군부대는 수적으로 우세한 미군의 공격을 받아 20여 일간 이 북방기지를 사수하다가 마침내 전원 옥쇄玉碎하였다. 애투섬의 아군 병력 3천 명과 비전투원 1천 5백은 가와사키 대좌와 함께 미군기지로 백병白兵돌격전을 감행하여 전원 전

사한 것으로 보임.

이것은 일본군이 고스란히 전멸했다는 최초의 공식적인 패전 보도였다. 애투섬의 일본군 전멸과 때를 같이하여 아프리카 대륙의 독일군 20만과 이탈리아군 40만도 아이젠하워 장군과 몽고메리 장군의 미·영연합군 앞에 항복하고 말았다.

7월이 되자 이탈리아에서는 놀랍고 중요한 정변이 일어났다.

20여 년 동안 그 나라를 주름잡고 전 세계에 파시즘 사상을 퍼트려 온 세기의 독재자 무솔리니가 국왕에 의해서 실각되었고 파시스트당은 해체됐다. 두령 무솔리니는 투옥되고, 새로이 바돌리오 원수가 정권을 장악해서 미·영 연합국과의 화평교섭을 비밀리에 진행시켰다.

일본·독일·이탈리아 세 나라에 의한 추축樞軸동맹엔 큰 금이 가기 시작했다. 그래도 총독부는 할 일이 있었다. 이탈리아가 그렇게 되자 조선군 보도부장은 학무국장에게 연락하여 이탈리아 국민을 모욕하는 선전을 강화하라고 요청했다.

굳게 손잡고 있던 동맹국이 적 편으로 가담해 버리면 국민들의 사기가 여지없이 땅에 떨어질 것을 염려해서 미리 선전공작을 해두자는 속셈이었다. 조선땅 방방곡곡에는 출처불명의 조작된 여론이 번졌다.

이탈리아에 대한 모멸적인 사조가 일본 본토는 물론 조선 천지에 풍미했다.

정세가 이렇게 되자 총독부에서는 민심의 방향을 다른 곳으로 전환시켜야 했다. 어느 날 총독은 정무총감과 경무국장을 은밀히 불러 기밀실에서 회합을 가졌다.

"정무총감, 정세가 악화되는 모양이오. 이럴 때일수록 조선인을 꽉 틀어잡고 일사불란하게 채찍질해야 하오."

"옳은 말씀입니다. 각하. 그렇잖아도 민심의 동요를 막기 위한 방안을 연구 중에 있습니다."

경무국장이 말했다.

"정보에 의하면 중경에 있는 김구 일당은 광복군을 이미 버마전선에 내보냈다 합니다."

"정무총감은 알고 있어야 하오. 뭐 광복군 별동부대라고 한다던가. 나동규가 이끄는 불량 도배가 기술부대를 만들어서 영국군과 협동작전을 하고 있다는 정보가 있소. 보안조치를 단단히 하시오. 그건 그렇고 조선 독립운동가들의 준동이 심해지는데 그자들에게 타격을 가할 방략이 섰나? 경무국장!"

"각하, 징병제로 조선의 젊은 놈들은 모조리 끌어내고 있습니다. 그렇지만 교묘히 빠져 나가는 부류들이 있습니다."

"불구자들이야 남겨둔들 괜찮지 않겠나?"

"그런 뜻이 아니옵니다. 몸도 건강하고 머리도 좋고 배운 것도 많은 놈들이 징집을 모면하고 있다면 큰일 아니겠습니까!"

"기피자들은 모조리 검거하면 될 것 아닌가?"

"각하, 우리 본국의 전문대학생들은 모두 전선으로 징발되고 있습니다. 이공계를 제하고는 내지의 지식 청년들은 모조리 전선으로 달려 나간단 말씀입니다. 허지만 조선은 그렇지 않습니다. 전문대학에서 지금 공부하는 조선인 학생들은 이번 징집령에서도 제외되었습니다. 이대로 두었다가는 전쟁이 끝나면 우리나라의 지식계급은 조선인으로 형성

될 염려가 있습니다."

총독은 고개를 끄덕이고 정무총감을 돌아봤다.

"그 점에 대한 대책을 세웠소?"

"각하, 본국 정부에 교섭 중에 있습니다. 조선인 학생들도 전선으로 끌어내자는 안 말입니다."

"병역법을 개정해야 하겠지?"

"뜯어고쳐야 합니다."

"고치도록 하시오!"

"이미 추진 중입니다, 각하."

총독은 정무총감의 기민한 수단에 감탄했다.

시일도 오래 걸리지는 않았다. 10월에는 학병제學兵制가 공포되고 말았다. 일본이나 조선땅 혹은 만주에 있는 모든 대학, 고등, 전문학교에 재학 중인 인문계의 조선인 학생은 11월 20일까지 학병으로 나갈 지원서를 내라는 명령이 내려졌다.

법률 명문에는 이것 역시 지원제였다. 그러나 지원제라는 그 단서는 총독부를 괴롭히지 못했다.

처음에 조선인 학생들은 선뜻 나서지 않았다.

"지원제라니까 가고 싶은 자만 나가면 되겠지."

"우리 아버지는 나더러 변호사가 되라고 학비를 보내줬지, 군인이 되라고 공부시킨 건 아니거든."

"지원을 안 하면 보복이 있지 않을까?"

"법에서 지원제라고 밝혔는데 저들이 어떻게 할 수 있을라고?"

조선인 학생들의 말과는 달리 차츰 사태는 심각해졌다. 말이 지원이지 사실은 강제나 마찬가지이기 때문이다. 그들은 학병學兵制의 굴레에서 벗어나려고 온갖 탈출로脫出路를 찾기에 바빴다. 모두 학교를 쉬기 시작했다.

초조해진 건 총독부 당국이었다. 정무총감은 학무국장과 이마를 맞대고 비상방법을 강구했다. 학무국은 전국 각 도와 군의 시학視學과 중학교 교장들에게 비밀지령을 내렸다.

— 학병제 해당자의 집을 일일이 방문해서 지원서를 받는 데 적극 협력하라. 본인이 없으면 친권자의 승낙도 유효하다.

총독부 협력단체들도 동원됐다. 한상룡이 주도하는 국민총력연맹이 선두에 나섰다. 유치한 문장의 포스터가 전국 방방곡곡에 나붙었다.

— 학도여 나가라! 대호령 학도에게 떨어졌도다. 황은에 보답함은 이게 아니라, 한 사람 빠짐없이 속히 전열로 달려 나가 조선청년 철화鐵火의 의기를 온 세계에 떨쳐라! 일어나라, 그리고 모두 나가라!

총독부는 또 새로운 계획을 세웠다.

이광수, 안재홍, 조만식, 여운형, 송진우, 김준연, 최린, 최남선, 권상로, 윤치호, 유억겸, 장덕수 등 조선의 명망 있는 지도급 인사들을 동원할 계획을 세웠다.

그들을 시켜 서울과 일본 도쿄에서 대대적인 강연회를 열게 해 학생들에게 학도병 출정出征을 종용하도록 하자는 계획이었다. 일본인들 자신의 호령보다도 조선인한테 영향력 있는 조선인들의 입을 빌려서 죽음의 땅으로 젊은 조선의 지성들을 내보내자는 계획이었다.

이광수李光洙는 나섰다. 최남선崔南善도 나섰다. 이성근도 나섰다. 꽤 많은 사람들이 몰이꾼의 역할을 맡고 나섰다. 11월 하순에는 일본에까지 건너가 조선 유학생들의 학병 출정을 권고해야 했다.

메이지대학 강당에서 열린 그들의 권고 강연은 극적이었다.

"일본은 여러분에게 총을 쏴 달랍니다. 거부할 방법은 없습니다. 여러분, 이 기회에 총 쏘는 것도 전쟁하는 것도 배워둬야 합니다. 배워둬서 남 주지 않습니다. 모두 나가서 전쟁을 몸에 익혀둡시다!"

최남선은 외치다가 공교롭게 허리띠가 끊어져 바지가 흘러내렸다. 폭소와 야유가 터졌다. 그러나 그는 한 손으로 바지를 추켜올려 쥔 채 계속해서 외쳤다.

"여러분 부탁합니다. 조선청년도 이번 전쟁만은 방관할 처지가 못돼요. 나가서 총을 쏘아 보시오! 쏘아 봐야 합니다."

이렇게도 저렇게도 생각할 수 있는 알쏭달쏭한 말로 유학생들을 사로잡았다. 그가 연단에서 내려오자, 이광수가 등단했다. 유학생들은 그에게 함성과 야유를 퍼부었다.

"가야마 미쓰로의 이야기는 듣고 싶지 않다. 소설가 이광수라면 이야기하라!"

이광수는 한동안 생각하다가 꼭 한마디를 하고 연단에서 내려왔다.

"이 순간 우리 조선의 찬란한 역사가 한 페이지 만들어졌습니다."

두 연사는 처음부터 도쿄 경시청과 협약이 돼 있었다.

―목적은 조선 유학생의 학도병 지원권고다. 지원을 시키기 위해서 우리는 당신네 귀에 거슬리는 말도 할 테니 일절 간섭 말 것이며 입회 경찰도 보내지 말라.

그러나 조만식, 송진우를 비롯한 많은 인사들은 신병身病을 칭탁稱託
해서 총독부의 요구를 거부했다.

학병제도에 의한 조선청년의 몰이작업이 한창일 무렵 아프리카의 카
이로에서는 연합국의 3거두 회담이 열렸다. 미국의 루스벨트 대통령,
영국의 처칠 수상, 중국의 장개석 총통이 한자리에 모여 이틀간의 회담
을 가진 끝에 전 세계에 선언문을 발표했다. 카이로 선언이다.

카이로 선언에서는 일본의 군사력을 완전히 격파할 때까지 세 나라
의 공동노력을 재확인한 다음 명문으로 선언했다.

> ― 전쟁이 끝난 후에 일본의 영토는 혼슈와 시코쿠, 큐슈, 홋카이도
> 로 국한한다.
> ― 청일 전쟁에서 일본이 빼앗은 대만과 팽호도는 중국으로 귀속시
> 킨다.
> ― 괴뢰 만주국 역시 해체하고 중국의 판도로 돌려보낸다.

끝으로 카이로선언은 명확하게 온 세계에 선언했다.

> ― 조선인민의 노예상태에 유의하여 미·영·중 세 나라는 맹세코
> 적당한 시기에 조선을 독립국으로 부활시킨다.

전쟁의 이니셔티브를 쥐고 있는 미국·영국·중국은 밖에서 조선의
독립을 분명히 약속했다. 그러나 조선땅 안에서는 일반 장정의 징집은
물론 면학의 길에 있는 학도들까지도 죽음의 전선으로 끌어내려고 온
갖 방법이 동원되고 있었다.

아이러니컬한 1943년의 12월이었다.

극성스럽고 캄캄한 세월이지만 세월은 절지 않고 간다.

다시 해가 바뀌었다.

1944년 1월 20일, 총독부 관헌들의 강요에 의해서 지원서에 날인한 4천 5백 명의 조선학도들이 총독부가 마련한 입영절차에 따라서 군문軍門으로 끌려갔다.

장준하張俊河, 김준엽金俊燁, 엄영식, 신상초, 윤재현 등도 그들 속에 섞였다. 그들은 마지막으로 취해서 서울 거리를 헤매다가 끌려갔다. 통곡하며 고함치며 노래하며 서울역을 떠났다. 플랫폼에는 그들이 어버이에게, 애인에게 던져버린 사각모자가 수없이 뒹굴었다.

조선땅에서 징병제가 실시되고 학병제가 강요됐다는 소식은 중경 임시정부엔 슬픈 부음訃音이었다. 애매한 동포청년들이 죽음의 전선으로 끌려 나온다는 사실은 비할 데 없이 슬픈 일이었다.

그러나 광복군의 조직 확대를 추진하는 임시정부로서는 그들 조선청년들이 중국전선에 나오는 것은 반가운 일이기도 했다. 그들이 일본군에서 탈출하도록 적극적으로 도우면 광복군은 튼튼해진다. 박충권이 조선출신 군인들의 탈출을 돕는 총책임자가 돼서 중국 전선에서 활약하기 시작했다.

임시정부 의정원에서는 메시지를 발표했다. 카이로 선언에서 조선의 독립을 약속해 준 국가에 감사의 메시지를 보냈다.

2월에는 의정원에서 헌법을 개정하여 국무위원의 개선을 단행했다. 강력한 전시체제로 말이다. 임시정부의 주석으로는 김구가 선출됐다. 부주석엔 김규식金奎植이 앉았다.

기구를 개편한 임시정부에서는 이청천, 유동열, 이범석, 김학규, 이준식 등이 지휘하는 광복군의 확충을 도모하기에 전념했다.

5월이 되자 중국에 와 있는 미국 공군의 웨드마이어 장군이 광복군에 대해서 낙하산 훈련을 지도하기로 했다. 광복군 제 2지대와 제 3지대는 웨드마이어 장군의 후의로 현대식 군사훈련을 받기에 이르렀다.

전선이 일본과 조선반도 근해로 이동하면 광복군 낙하산 부대를 조선 땅에 투하하여 후방에서의 게릴라 작전과 조선 민주의 봉기를 도모하자는 것이었다. 웨드마이어 장군의 전략이나 임시정부 광복군의 소망은 날로 무르익어 갔다. 전선은 점점 일본 본토를 향해 좁혀 들어갔다.

6월, 유럽에서는 미·영·불 연합군이 노르망디에 상륙하여 나치독일 제국에 대해 연합군은 드디어 최후의 공략전을 개시했다.

같은 달 태평양에서는 사이판 섬에 미군의 대부대가 상륙했다. 동서양에서 피로 피를 씻는 처절한 세기世紀의 작전이 감행됐다. 노르망디에서도 그랬다. 사이판 섬에서도 그런 싸움이 벌어졌다. 제 2차 대전 승패의 판가름이었다. 태평양과 유럽 대륙에서 동시에 벌어진 결정적인 작전이었다.

7월이 되자 사이판 섬의 일본군은 전멸됐다. 유럽 대륙에 상륙한 연합군은 유서 깊은 도시 파리 교외에까지 육박했다. 침략자들의 현관을 부수는 데 맥아더와 아이젠하워 장군은 동서東西에서 동시에 성공했다. 사이판 섬의 전멸은 일본군의 패전을 알리는 장송곡이었다.

일본정부는 자기네 현관에까지 밀어닥친 태평양의 물결을 어떻게 막을 것인가에 당황한 나머지 3년 동안 일본의 국민과 전쟁을 지배해 온 수상 도조를 밀어냈다. 도조 내각이 쓰러지자 그의 바통을 이을 자가 과연 누구일까 하는 데에 세인의 관심이 쏠렸다. 자칫하면 저들의 망국내각亡國內閣이 되겠으니 더욱 관심거리였다.

7월 23일이었다. 총독은 서북지방의 군수공장을 시찰할 목적으로 평양을 지나 진남포로 향하고 있었다. 평남선 열차를 타고 총독이 대동강을 막 건널 무렵이었다. 한 통의 전보가 총독에게 전해졌다.

고이소 총독은 무표정한 얼굴을 하고 그 전보를 받아들었다. 전보문을 펴든 그의 손이 부르르 떨렸다. 안면근육이 씰룩거렸다. 기도 궁내성 대신이 보낸 것이었다.

— 대명大命 고이소 구니아키에게 내려짐. 지체 없이 상경할 것.

총독은 급히 평양으로 돌아가 비행기를 타고 서울로 날아왔다. 그는 간단한 여장을 꾸려서 본국의 수도 도쿄로 날았다.

7월 24일 고이소 구니아키는 짧은 기간의 조선 총독 재임을 거쳐 일본제국의 내각 총리대신이 됐다. 그 개인한테는 영광이었으나 일본의 장래는 암담했다. 전쟁은 일본에게 결정적으로 불리한 채 종국이 다가오고 있었다.

역사는 영광과 굴욕이라는 두 가지의 선물을 가지고 제2차 대전의 종말을 지켜보고 있었다.

"이번엔 또 누가 조선 총독으로 올 것이냐?"

조선총독부는 연일 흥분 속에서 휴무상태였다.

제국의 낙조

대전은 종말이 다가오는데 새로 부임하는 제10대 조선 총독은 전례 없는 거물이다. 아베 노부유키阿部信行 육군대장. 그는 일본의 내각수반을 지낸 정계의 태두泰斗였다. 운명하는 자의 발작현상이 두렵다.

아베 노부유키가 경성에 부임해 온 것은 1944년 8월 8일 하오였다.

서울역에서부터 경무대 총독관저에 이르는 연도에는 헌병과 경찰이 5미터 간격으로 늘어서서 철통같은 경비를 했다.

총독의 부임길은 역대가 다 경부선 열차편이었다. 비행기로도 올 수 있지만 부산에서 서울까지 기차로 오면서 자기가 다스릴 한반도의 풍물을 구경하는 게 하나의 관례였다.

서울역으로 출영出迎나간 총독부의 고관들은 물론 군관민의 수많은 출영객들은 총독을 태운 특별열차가 오후 3시를 지나 30분이나 연착되는 데 대해서 몹시 초조하고 불안해했다.

"원체 거물 총독이라 도착하기도 어렵군!"

"총리대신을 지낸 분이 조선 총독으로 오시다니 조선반도의 비중이 그만큼 커진 거요."

플랫폼에 제1보를 내딛은 신임총독 아베 노부유키는 자기를 마중 나온 사람들에게 처음부터 쌀쌀했다. 그는 미소 한번 짓는 법 없이, 손을 내밀어 악수 한번 청하는 법 없이, 그에 의해서 발탁 승진된 신임 정무총감 엔도 류사쿠의 안내를 받아 가며 곧장 귀빈실로 발길을 옮겼다.

늙어도 얼굴이 둥글면 동안童顔이라 부른다. 총독은 이마며 턱 밑에 주름살이 몹시 굵었으나 얼굴이 둥글어 나이에 비해서는 동안으로 보였다. 그는 귀빈실 소파에 앉자 차 한 잔으로 목을 축이고는 총독부 출입기자들에게 지극히 간단히 부임성명을 발표했다.

— 이제 성전은 마지막 결전단계에 이르렀다. 귀축 미·영은 최후 발악을 하고 있다. 승전의 날은 임박해 왔다. 나는 조선 총독으로서 대일본 제국이 마지막 승리를 거두는 데 조선반도가 무엇을 할 수 있는가를 실천하기 위해서 왔다. 반도의 모든 군관민의 적극적 협조를 바란다.

그러나 그가 부임한 지 사흘째 되던 날 조선반도 상공에는 역사상 처음으로 미국의 중폭격기가 나타나 유유히 서울의 상공을 맴돌았다. 고도가 몇천 피트가 되는 건가, 푸른 하늘 까마득하게 높은 곳에서 은익銀翼을 반짝이는 B29였으나 폭음만은 한반도를 제압하는 듯 은은하게 우렁찼다.

"서울에 폭탄을 떨어뜨렸다!"

모두들 놀라고 긴장했다. 그러나 믿을 수 없는 소문이 퍼졌다.

"폭탄이 아니라 빈 드럼통이란다!"

민심은 혼란을 일으켰다. 여론은 분분했다.

"우리 조선엔 폭격하지 않을지도 모른다. 그러니까 이놈들 꿈쩍 말라고 빈 드럼통을 떨어뜨렸겠지."

왜냐, 미국의 적은 일본이지 조선은 아니니까 조선은 폭격 않을 것이다. 사실 그 후에도 B29는 여러 번 조선 상공에 나타나긴 했으나 한 번도 폭탄을 떨어뜨리지는 않았다.

— 전쟁이 끝나면 연합국은 우리 조선을 독립시켜 준단다.

조선의 지식인들은 가능한 기적이라고 수군거리기 시작했다.

일본이 패전할 경우에 대비할 움직임이 지하에서 활발히 움트기 시작했다. 8월 하순 서울 경운동에 있는 현우현의 집에는 주인과 여운형呂運亨을 중심으로 조동우, 황운, 이석구, 김진우 등이 비밀 회합을 가졌다. 여운형이 전쟁상황에 대해 해설하고 있었다.

"사이판 섬이 미군 수중으로 들어갔으니 그곳을 전진기지로 한 미국 비행기의 일본 본토 공습은 목전目前의 사실이야. 고이소 내각은 수렁에 빠지게 될걸. 물량의 무진장을 자랑하는 미국과 싸우면서 목탄차나 장려하는 '목탄차 내각'의 운명이 패전 아니고 달리 뭐겠소."

그는 자신 있게 말했다.

"일본의 패전은 곧 우리 조선의 해방을 의미합니다. 그러니 우리는 그 극적인 날을 위한 대비책을 서둘러야 해요."

그러자 현우현이 물었다.

"일본이 망하고 우리나라가 해방되면 중경에 있는 우리 임시정부가 들어와서 독립정부로 군림하겠죠?"

그러니 정세가 급박한 이 마당에 섣부른 짓을 하다가 공연히 희생만 당할 필요는 없지 않느냐는 말투였다. 그러나 여운형은 고개를 느릿느릿 가로저었다.

"해방과 독립은 모두 혁명활동이오. 그리고 그러한 혁명운동은 해내와 해외에서 병행돼야 해요. 희생을 두려워해서도 안 되고 혁명운동을 한다고 해서 무슨 영예나 권력을 얻자는 것도 물론 아냐. 우리가 해야 할 일이니까 해야지."

여운형은 그 부리부리한 눈을 굴리며 또 말했다.

"독립운동이고 혁명이고 간에 그것을 하는 사람들은 민족의 비료가 될 각오라야 해요. 다른 목적이 앞서면 불순해집니다. 그러나 방향은 제시해 줘야 해요. 우리는 독립과 혁명을 동시에 이룩해야 한단 말이외다. 다시 구한국과 같은 썩어 빠진 나라로 독립해서야 쓰겠소?"

여운형은 이날 처음으로 자기가 구상하는 '조선건국동맹'朝鮮建國同盟의 비밀결사 조직안을 설명했다. 모두들 여운형의 언변과 정열과 패기에 감동했다.

이날 이후 그들의 활동은 본격화했다. 여운형을 정점으로 그날 모인 사람 이외에 이걸소, 최병철, 김세용, 이여성, 이승환, 이상백, 이만규, 정재철, 김문갑, 허규, 이수목 등이 그 '건국동맹'에 포섭됐다. 그런데 차츰 여기 가담하는 사람들 가운데는 좌경한 사회주의자들이 많아졌고 극력한 공산주의자도 섞였다.

건국동맹은 여름을 넘겨 가을바람이 부는 10월이 되자 그 지하조직을 확대해 가며 정당의 체모를 갖춰 갔다. 여운형이 당수 격이었다. 내무부에 조동우, 외무부에 이걸소, 이석구, 황운, 재무부에 김진우, 이수목을 배치한 건국동맹은 이여성이 초안을 잡고 여운형이 수정 가필한 강령도 채택했다.

첫째, 각인 각파를 대동단결하여 거국일치로 일본제국주의 세력을 구축하고 조선민족의 자유와 독립을 회복할 일이라 했고, 둘째, 반反

추축樞軸제국과 협력하여 대일연합전선을 형성하고 조선의 완전독립을 저해하는 일체 반동세력을 박멸할 일이라, 하여 이미 해방 후의 사상적 분열을 예시했으며, 셋째로는 건설부문에서 일체의 시설을 민주주의적 원칙에 의거하고 특히 노동자 농민 대중의 해방에 치중할 일 — 이라 표방하여 계급적인 투쟁 조직체임을 암시했다.

그들은 매주 토요일에 '정기 중앙위원회'를 열고 경운동 삼광의원의 현우현 집을 중앙연락소로 삼으면서 각 도에 조직연락책을 두어 좌익적인 사회주의 공산주의자들을 규합하는 데 치중했다.

여운형은 태평양 지역에서의 전세가 급속도로 일본에게 불리해지자 유격대遊擊隊 편성을 구상하기로 했고, 한편으로는 중국 땅 연안의 공산계 독립군인 조선의용군 무정武亭과 접선하려고 사람을 파견하기도 했다.

그러나 여운형으로서는 좌익세력의 규합만으로는 조선민중의 대표가 될 수 없음을 알았다. 그는 어느 날 현우현의 집에서 조동우에게 강력히 지시했다.

"조 동지, 우리가 건국동맹을 조직했지만 국내에는 아직도 유력한 지도자들이 많이 있소. 김성수, 송진우, 조만식, 조병옥 씨라든가 안재홍, 허헌, 홍명희 씨 등 손꼽을 수 있는 인물들이 많은데 포섭할 수 없을까."

"선생, 그분들이 우리 건국동맹의 이념과 강령에 따를 성싶습니까?"

여운형은 단호하게 대답했다.

"따르고 안 따르고는 우선 접촉해 봐야 할 게 아니겠소. 우리 민족이 지금 필요한 것은 대동단결이오."

"그렇지만 섣불리 말을 꺼냈다가는 정보만 샐 게 아닙니까. 제 생각으로는 허헌, 안재홍 씨 같은 분으로 압축해서 접선해 보면 좋을 것 같은데요."

여운형은 구태여 고집하지 않았다.

"그것도 좋은 의견이오. 그러면 우선 조 동지가 허헌 씨와 안재홍 씨에 대한 접선 책임을 맡아 주시오."

"맡겠습니다."

"조 동지, 또 한 가지 알아둘 게 있소. 지금 아베 총독은 우리 조선민족을 저들의 전쟁목적에 동원하기 위해 처우개선이라는 사탕발림의 모종의 조치를 준비 중이라 합디다. 그러니 머지않아 일본 귀족원이나 중의원에다 손꼽히는 친일파 몇 명을 갖다 앉힐 것이오. 그렇게 되면 조선의 지식인들이나 지도자들이 더욱 분열돼서 대립하리다."

"예상할 수 있는 사태지요."

"중추원이라는 게 중심이 돼서 놀아나겠지. 중추원 참의가 누구누군지 기억하시오?"

두 사람은 종이를 꺼내서 중추원 참의들의 이름을 적어 나갔다.

한규복, 조병상, 차남진, 진학문, 정연기, 이종덕, 이원보, 이영찬, 이병길, 이기찬, 원덕상, 이승우, 신현구, 서병조, 방의석, 박상준, 박중양, 박용구, 박영철, 민규식, 문명기, 김원근, 김연수, 김신석, 김사연, 김민식, 김명준, 김동준, 김경진, 김갑순, 최린….

여운형은 이 명단을 들여다보면서 침울한 표정으로 뇌까렸다.

"이 사람들이 다 민족의 반역자라곤 할 수 없을지 몰라. 호랑이를 잡기 위해 호랑이 굴에 뛰어든 사람도 있을 게니까."

"허지만 살신殺身의 의인義人들도 아니잖습니까."

조동우가 비위에 안 맞는지 그런 말을 했다.

그날 그들은 하마터면 꼬리를 잡힐 뻔했다. 어떻게 냄새를 맡고 그 자리에 미와 경부가 뛰어들었는지 모른다.

"몽양夢陽 선생 안녕하셨습니까?"

미와는 몽양이라는 여운형의 아호를 썼다.

"오오, 미와 경부 어쩐 일이시오? 이 여운형을 잡으려고 포승이라도 가지고 오셨소? 하하하."

여운형은 미와의 눈빛을 떠보며 여유 있는 농담으로 호탕한 웃음을 터뜨렸다.

"농담이 지나치시군요. 만약 그런 일이 있더라도 내가 존경하는 선생을 직접 잡으러 오겠습니까."

"그럼 놀러 오셨군? 심심해서."

"시국 돌아가는 꼴이 하 수상해서 여 선생의 고담준론高談峻論이나 들어볼까 하고 왔습죠."

"그거 고맙군요. 소주병이나 들고 오셨나?"

여운형은 알고 있었다. 미와의 코는 개처럼 냄새를 맡는지 무슨 회합 때마다 소리 없이 불쑥 나타나서 사람들을 놀라게 하고는 사람들의 표정에서 무엇인가 읽으려고 하는 그의 수법을 너무나도 잘 알고 있다.

그러니 이미 건국동맹을 조직하고 비밀공작을 시작한 여운형으로서는 농담으로 우선 자신들의 당황을 감출 수밖에 없었다.

"귀가 번쩍 뜨일 희소식이라도 있으시오? 일본의 특공대와 연합함대가 미국 태평양함대를 전멸시켰다든가 하는 그런 희소식 말씀이야."

탐색전이었다. 그러나 서로가 만만치 않았다.

"몽양 선생, 감기가 드셨군요? 감기 드신 음성이십니다. 감기엔 휴식이 제일입죠. 피로하시면 안 됩니다."

무슨 일인가 바쁘게 하고 있지 않느냐는 뜻이다.

"고맙소이다. 그렇잖아도 백천온천 같은 데로 휴양이나 떠날까 하고 저 조동우 씨와 얘길 하던 중이외다."

"아, 그러시군요. 분부만 하시면 내가 백천경찰서장에게 연락해서 여 선생께 최대한 편의를 봐 드리라고 부탁할 수도 있는데요."

"그것 참 잘됐군요. 전화라도 걸어 주시면 고맙겠소."

이날, 그들은 다정한 친구처럼 술좌석을 벌이고 잡담의 꽃을 피웠다. 미와가 오히려 비용을 내가면서 취하도록 마셨다.

———◆———

아베 총독에 의해 정무총감으로 발탁된 엔도는 일본의 패전이 임박한 정세 속에서도 의기양양했다. 그는 일찍이 총독부 비서과장을 지내면서부터 20여 년 동안 이곳에서 살아온 사람이었다.

"나는 조선땅 삼천리 구석구석에 어디 무슨 나무가 있는지까지도 알고 있다. 총독부의 역사는 바로 나의 눈에 기록되어 있다."

엔도 정무총감은 모든 일에 자신만만했다. 그는 이제 총독부의 모든 실권을 자기 손아귀에 넣으려고 안간힘을 쓴다. 그러려면 신임총독 아베를 단순한 우상偶像으로 받들어 모셔 놓을 속셈이었다.

"우리 아베 총독 각하로 말씀드리자면 일찍이 본국 정부의 내각 총리대신을 역임한 분으로서…."

그는 모든 연설 식사式辭의 허두虛頭를 이런 식으로 꺼냈다. 거짓말은 아니다. 사실 그가 총독으로 부임하자 일본 자체에서도 여론이 분분했다. 데라우치로부터 우가키의 임시직책까지 따져서 제 10대에 이르는 총독의 면면을 보면 모두가 일본 정계와 군부의 쟁쟁한 인물이긴 했어도 그들은 거개가 육군대신이나 해군대신을 지낸 인물들이었다. 그들은 총독 자리를 거쳐서 좀더 크게 영달했다. 그런데 아베 총독은 그렇지 않았다. 그는 1939년 8월 내각 총리대신이 되어 일본정부의 수반으로서 1940년 1월까지 최고 권좌에 있던 사람이다.

엔도는 그런 아베의 신임으로 정무총감이 됐다. 자연 그를 우상처럼 떠받들게 된다는 것은 일반인의 상식이었다.

"아베 총독 각하는 고이소 총독의 선배이시다. 이런 분이 조선 총독으로 나오셨다는 것은 우리 조선반도의 비중이 그만큼 커졌다는 뚜렷한 증거다. 그런 만큼 총독부의 모든 관리들은 자부심을 가지고 분골쇄신粉骨碎身 총독 각하를 보좌하라!"

정무총감은 이렇게 신임 총독을 추어올리고는 실무적인 행정은 자기혼자 전담하려고 했다.

그는 먼저 고이소 전임 총독이 추진하던 조선인에 대한 '처우개선책'을 적극 밀기로 했다. 본국과의 교섭은 순조로웠다. 전임 총독이 총리대신이 되자, 정무총감으로 있던 다나카가 내각 서기관장으로 들어앉았으니 일은 수월했다. 그는 조선인에 대한 회유책은 정세의 추이로 봐서 하루라도 빨리 시행돼야 한다고 생각했다.

이미 지난 8월에는 연합군이 프랑스의 파리를 해방시켜 드골 장군의 임시정부가 해방된 프랑스의 정통정부로 개선凱旋한 바 있다.

소련군은 폴란드를 거의 해방시켰고, 10월에는 미·영 연합군이 그리스에 상륙하여 발칸반도를 북상하기 시작했다.

11월이 되자 미국 공군은 사이판 섬의 거대한 공군기지를 기점으로 도쿄와 큐슈에 대해 B29가 대대적인 폭격을 감행하기 시작했다

이 무렵 미국의 루스벨트 대통령은 선거전에서 다시 이겨 미국 사상 처음으로 4선 대통령이 됐다.

미 해군의 기동부대는 오키나와를 강습하였고, B29 공중 요새기들은 더욱 자주 조선 하늘에서 그 신비스러운 은빛 날개를 빛내다가 유유히 사라지곤 했다. 다시 오겠다고 필리핀 국민에게 약속하고 호주로 후퇴했던 맥아더 장군 휘하부대는 약속대로 필리핀의 레이테 섬에 상륙하여 일본군을 괴멸시켰고 이어 루손섬에서 야마시다 휘하의 일본군을 패주시키는 중이었다.

그러나 그러한 실정은 조선인에게 은폐돼 있었다. 조선청년들을 징병과 징용으로 끌어내 가기 위해서 그들은 아직도 일본군이 이기고 있다고 했다.

정무총감 엔도는 다나카 내각 서기관장과 배가 맞아서 마침내 하나의 연극을 연출하기에 이르렀다.

1945년 1월 17일이었다. 서울 부민관府民館에서는 해괴망측한 모임이 있었다. 이날 부민관에서는 반도인 처우개선 감사대회라는 굿거리 같은 회합이 무르익었다. 정무총감의 장난이었다.

무엇을 감사한다는 대회인가. 조선인을 일본인과 동일하게 봐 주어 일본군에 입대할 수 있게 해준 징병제도를 감사해라, 조선인도 일본인

과 똑같은 2자성二字姓을 가지게 해준 창씨개명제를 허용해 줬으니 황은이 어찌 망극하지 않느냐, 인가.

또 있다. 이번에는 조선사람에게도 참정권을 주기로 했다.

머지않아 귀족원 의원에 7명의 조선인을 칙임勅任하게 되었고, 다음 번 회기부터는 중의원에도 23명의 대의사代議士를 보내게 해줬으니 감사해야 한다는 것이었다.

사실상 감사 감격하는 사람들이 있었다. 일본 천황에게 감사하고, 총독부 정책에 더욱 협조하고 전쟁을 일본의 승리로 이끌기 위해 2천 4백만 조선인은 한 덩어리가 되고 전선과 후방에서 싸우는 충실한 '황국신민'이 되자고 소리 높여 외쳐대는 조선인들이 있었다.

정무총감은 지극히 만족했다. 박중양, 윤치호, 박상준, 한상룡, 김전명, 송종헌, 이기용 등 7명은 일본 천황이 칙임하는 귀족원 의원이 되게 한 것을 만족해했다.

정무총감은 뒤미처 또 할 일이 있었다. 1월 23일인가, 정무총감실에서는 또 중요한 구수회의가 열렸다. 경무국장 니시히로, 조선은행 총재 다나카, 그리고 세도 경기도 지사 등이 자리를 함께했다.

엔도의 말은 단도직입單刀直入이었다.

"조선인들을 제국의회에 내보내게 됐으니 조선인들의 정치단체를 조직해 줘야 하겠소이다. 말하자면 정당 비슷한 것을 만들어 주자는 것이에요."

"시급한 일인 줄로 압니다. 지금 국민총력연맹이 있지만 그것은 정당이나 사회단체가 아니니까요. 제 생각은 이렇습니다. 박춘금 씨가 이끌어 온 대의당을 확장시키면 어떨까요?"

경무국장의 의견이었다.

"그건 안 됩니다. 박춘금 씨는 열렬한 협력자이지만 조선사회에선 인기가 좋지 않아요. 그리고 그 대의당이란 것은 이념이 낡아서 신선미가 없구요."

다나카 조선은행 총재의 주장이었다.

세도 경기도 지사도 한마디 했다.

"글쎄올시다. 합병 직전의 일진회 같은 단체를 만들어야 할걸요. 각계각층의 협력자를 규합시켜 새로운 추진세력을 만드는 게 좋겠습죠."

갑론을박甲論乙駁 끝에 결국 민간인 신분인 조선은행 총재가 이번 단체 조직의 산파역을 맡기로 낙착됐다. 그날로 윤치호, 손영목, 이광수, 조병상, 김동진 등과 접촉했다. 물론 일은 순조롭게 진행됐다.

1945년 2월 3일 경성은행 집회소에서는 '대화동맹' 발기인회가 열렸다. 준비위원 대표인 손영목이 개회사를 했다. 김동진의 발의로 다나카 조선은행 총재가 의장에 추대되어 결성준비위원회가 조직됐다. 윤치호, 손영목, 조병상, 이광수, 그리고 다나카를 비롯한 8명이 결성위원이 되어 마침내 '대화동맹'은 그해 2월 11일 저들의 기원절을 기해서 정식으로 발족했다.

위원장은 윤치호였다. 이사엔 박춘금, 이성근, 이광수, 강병순, 손영목, 조병상을 비롯한 7명, 심의원엔 노성석 등 29명을 뽑은 대화동맹은 내외에 선언했다.

— 우리는 필승체제 확립과 내선일체 촉진을 목표로 하는 동지적 결맹단체이다.

"불쌍한 자들이군. 전세가 어떻게 돌아가는지도 모르고!"

송진우의 이 말을 전해 들은 윤치호는 하늘을 쳐다보더라는 이야기였다.

대화동맹이 발족한 지 며칠 후의 일이었다. 2월 21일이었던가.

———◆———

회현동에 자리 잡은 대화동맹 사무실에서 이사회를 마치고 진고개쪽으로 걸어가던 이광수는 걸음을 멈추면서 깜짝 놀랐다. 누군가의 지팡이 끝이 앞길을 막았기 때문이다.

"여어, 춘원 아니오? 어딜 가는 거요?"

"아아, 고하古下 선생, 발길 가는 대로 따라 갑니다."

"발길 가는 대로 따라 간다? 그거 춘원다운 표현이시군!"

이광수는 무색해서 빙긋이 웃었다.

송진우는 좀 심술궂은 눈으로 이광수를 쏘아보면서 분명히 가시 돋친 농담을 던졌다.

"발 가는 대로 가신다면 내 단장을 따라서도 갈 수 있겠구려."

송진우는 이광수에게 자기와 동행하기를 청했다.

"하도 심심해서 남산으로 해서 장충단 골짜기나 찾아볼까 했소. 박문사도 그대로 있는지."

지금은 다르지만 같은 길을 걷던 사람들이다. 개인끼리의 우정은 남다른 바 있었으나 만나면 어색했다. 이광수는 묵묵히 송진우와 함께 걷기 시작했다.

기이한 대조가 아닌가. 20여 년 전 3·1만세를 전후해서는 독립운동의 동지들이다. 〈동아일보〉가 창간되자 그들은 사장, 주필 자리에 나란히 앉아 민족의 울분을 붓끝으로 터뜨리고 가야 할 방향을 도도히 외쳐댔다. 그러나 세월은 가고 사람은 변했다. 한 사람은 폐간된 민족진영 신문의 전직 사장으로 낙백처사落魄處士다. 한 사람은 창씨개명과 학병징집에 앞장서서 친일 문인이라는 조소를 받고 있다.

그들은 남산을 한 바퀴 도는 동안에 단 한마디의 말을 하지 않았다. 장충단 고갯마루에 올라서자 비로소 이광수가 입을 뗐다.

"인촌 선생은 안녕하신가요?"

"여일하시지요. 낭산朗山은 시골 농장에 가버렸고."

김준연은 툭하면 서울에서 자취를 감췄다.

장충단 약물터에서 송진우는 지팡이 끝으로 땅을 쿡쿡 찌르며 다정한 음성으로 이광수를 불렀다.

"춘원! 나보다는 춘원이 더 잘 아실 테지만 이번 전쟁에서 일본은 패망해요. 이미 유황도硫黃島에 미군이 상륙했지 않소? 유황도라면 본시가 일본 본토에 속한 섬이 아니오? 일본 본토에 미국군이 발을 붙였다는 건 전쟁의 결말을 암시하는 게 아니고 뭐겠소?"

"나더러 저들에게 대한 협력을 그만두라는 말씀이시죠? 나는 일본이 이기리라는 전제하에서 협력하는 게 아닙니다. 내 변절은 그 이전의 문제였어요."

"춘원의 감춰진 신념을 말해 주시구려!"

이광수는 하늘을 쳐다볼 뿐 말을 하지 않았다.

"우리끼리 못할 말이 어디 있소?"

"변절자의 무슨 말이 올바르게 들릴 수 있습니까."

이광수는 이 말끝에 입을 꽉 다물었다.

송진우는 약물터에서 자리를 뜨며 화제를 바꿨다.

"중경의 소식을 좀 들으셨소?"

"들리는 소식이 있습니까?"

"며칠 전에 우리 임시정부가 일본과 독일에 대해서 정식으로 선전포고를 했다더군. 선전포고할 자격이 없다면 없고 있다면 있죠. 이미 중국 정부는 물론 폴란드와 불란서가 외교상으로 승인했다니까 자격이 있다면 있죠. 미국도 정식 승인은 안 했지만 미군사령관 웨드마이어 중장이 우리 광복군의 훈련을 적극 후원하고 있다는 게요. 춘원! 우리 임시정부가 일본에 선전포고를 했다면 지금 일본인과 우리 조선인은 정식으로 전쟁상태에 들어간 적대국이란 말이외다."

송진우는 임시정부와 광복군에다 '우리' 소리를 꼭꼭 붙였다.

송진우의 정세분석은 계속됐다. 그는 먼저 지난 가을에 일본 나고야에서 병사한 왕정위汪精衛의 비극적인 말로를 설명하고는 방금 고이소 내각이 중국 장개석 정부와 화평교섭을 진행 중이라는 놀라운 사실을 말했다. 이광수는 처음 듣는 말인 모양이다.

"유빈이란 중국인 이름을 들은 적 있으시오?"

이광수는 잠깐 생각하다가 대답했다.

"유빈이라면 지난겨울 남경에서 열린 대동아문학자대회에 갔을 때 이름을 들은 듯합니다."

"그 유빈이 지금 일본에 와 있답디다. 영빈관에 국빈 모시듯 했대요. 왜 그러는지 아시오? 오가다 정보국 총재가 중간에 나서서 그를 중간에 넣어 가지고 장개석 정부와 화평 교섭을 하는 중이랍니다."

송진우는 담배를 이광수에게 권하다가 다시 말을 계속했다.

"지난번에 우가키가 중국에 간 적이 있죠? 그때 그는 서울을 거쳤어요. 그자의 목적도 어떻게 하면 장개석 정부와 화평의 길을 터볼까 하는 탐색 행각이었다는군. 일본이 중국의 판도를 다 먹어 놓고도 그들에게 화평을 교섭하는 것은 더 이상 전쟁을 계속할 수 없다는 증좌가 아니겠소?"

송진우가 알고 있는 정보는 정확했다.

고이소 구니아키는 총리대신으로 취임하자 암담한 전쟁을 계속하기보다는 조금이라도 유리한 조건만 있다면 연합국과 적당한 흥정을 해서 승자도 패자도 없는 화평을 얻어 보려고 했다.

유빈을 도쿄로 데려온 것은 그 때문이었다. 유빈은, 정치도박사로 상해에 있으면서 중경의 장개석 정부와 항시 무전연락을 긴밀하게 취하는 그늘의 괴걸怪傑이었다.

그는 한때 하응흠과 함께 황포군관학교에서 교편을 잡은 적도 있었다. 왕정위汪精衛의 친일 괴뢰정부가 남경에 수립되자 입법원장이라는 감투까지 쓴 인물이었다. 그러나 현지 일본군사령부의 정보망은 그의 동태를 이내 탐지했다. 그가 장개석 정부 측과 비밀연락을 갖고 있다는 사실을 알자 고시원차장으로 좌천시켜 버렸다.

유빈은 그 자리를 박차고 상해로 나와 유유자적한 생활을 하면서 여전히 장개석 정부의 수뇌들과 친교를 유지하고 있었다.

다나카 내각 서기관장과 오가다 정보국 총재는 그러한 유빈의 정체를 이용하기로 했다. 체포가 아니라 도쿄로 모셔다가 장개석 정부와의 화평공작에 앞장서 주기를 간청하기에 이르렀다.

유빈이 제시한 장개석 정부의 기본적인 화평안은 만만찮았다.

— 일본은 중국으로부터 완전 철병하라. 왕정위의 괴뢰정부는 즉시
해체하라. 장개석 국민정부가 그를 인수한다. 만주의 처리 문제도 논
의돼야 한다. 별도로 협정을 체결해야 할 것이다. 그리고 일본은 미국
영국과 즉시 화평한다는 것도 조건이다.

고이소 총리는 유빈이 제시한 조건들이 전혀 수락할 수 없는 것이라
고는 생각지 않았다. 그러나 일은 틀어졌다. 외무대신, 육군대신, 육
군참모총장 등의 맹렬한 반대로 수포가 되었다.

송진우는 지팡이로 허공에다 원을 그리며 자기가 아는 사실을 더 자
세히 털어 놓는다. 이광수의 마음을 돌려놓기 위한 우정일까.

"미국에 있는 이승만 씨도 맹렬한 활동을 하고 있는 듯해요. 참, 중
경의 우리 임시정부가 개편됐다는 소식 들으셨죠?"

"김구 선생이 주석이 되셨다죠?"

이번엔 이광수가 계속해서 말했다.

"중국 땅에 있는 혁명지사들이 파당싸움을 중지하고 광복전선으로
뭉쳤다는 소식도 들었습니다. 이럴 때 우리 국내에 안창호 선생 같은
분이라도 살아 계셨더라면."

이광수는 말끝을 맺지 못했다. 안창호가 생존해 있었더라면 자기는
오늘처럼 지조를 꺾지 않아도 됐다는 뜻인지, 아니면 송진우더러 안창
호를 대신해서 국내 운동의 지도자가 되라는 뜻인지 확실치가 않았다.

"없는 분을 아쉬워한들 뭣하겠소. 그런데 요즘 여운형이가 무슨 일

을 시작한 모양이더군. 그 사람은 너무 정열이 앞서서, 내가 보기엔 이 상주의자인데 주위가 모두 좌경한 패들이라 꼭 무슨 일을 저지를 것만 같소!"

송진우는 여운형에 대해서는 여운을 남긴 채 말끝은 맺지 않았다.

그들은 박문사를 옆으로 끼고 공원으로 내려왔다.

"좀 시장하군. 춘원, 막걸리라도 한 사발 마십시다. 자주 만날 기회도 없을 텐데."

두 사람의 길이 다르다는 것인지 송진우는 그런 소리를 하면서 춘원을 돌아봤다. 마주보는 두 사람의 눈에는 우정이 고여 있었다.

옥문이 열리던 날

숨 가쁜 나날이 지나갔다. 조선인에게도 일본인에게도 암흑의 나날
이 하루하루 지루하게 지나갔다.

1945년도 벌써 봄이 무르익었다. 강산에 꽃은 난만하게 피었어도 이
해의 봄은 사뭇 음울했다. 창경원에 벚꽃이 만개했어도 밤꽃놀이는 시
국이 시국이라 하지 않는다 했다.

총독부 관리들은 더욱 우울했다. 초조와 함께 정체를 알 수 없는 공
포를 느끼기 시작했다. 그들은 패전을 피부로 예감하기 시작한 것 같았
다. 아베 총독은 웬만한 일은 모두 엔도 정무총감에게 떠맡기고 자기는
관저 깊숙이 들어앉아 바둑으로 시간을 보내면서 전황의 추이를 지켜
보고 있었다. 전임자들은 새로 부임하기가 무섭게 지방순시란 명목으
로 곧잘 돌아다녔는데 그러지를 않았다.

서울과 주요 도시에는 지난해부터 시민에게 소개령疏開令이 내려 있
었다. 미군 비행기의 공습이 심해질 것을 예상하고 비전투원은 시골로
분산해 가서 살라는 것이었다. 밤마다 전등을 끄고 살라고 했다. 방공

연습과 대피연습이 잦아졌다. 거리에는 방공호防空壕가 패였다. 남의 집 축대에도 굴을 뚫었다. 집집마다 지하실을 파게 했다.

— 미국 놈들은 조선에도 상륙할 것이다. 죽창을 만들어 양키를 찔러 죽이는 연습을 해두라.

사태는 자꾸 험악해지고 거리를 걷는 군인들의 눈엔 살기가 어리기 시작했다. 그들은 이제 불리해진 전국戰局을 숨기려 하지도 않았다.

— 이기긴 이기지만 지금은 어려운 고비다. 움직일 수 있는 모든 남녀는 전쟁의 대열로 나서라. 전쟁은 반드시 이겨야 하니까.

일본 본토는 더욱 술렁거렸다. 유황도硫黃島에 상륙한 미국 해병대는 한 달 동안의 격전 끝에 일본군의 씨를 말리고는 그 섬을 점령했다. 유황도를 잃은 것은 일본으로서는 커다란 정신적인 타격이었다. 과달카날이나 애투섬이나 그리고 필리핀에서 일본군이 전멸한 것은 군사적 패배이긴 했어도 그 섬들은 일본군이 빼앗았던 것으로 도로 뺏겼을 뿐이다. 유황도는 그렇지가 않았다. 일본 역사상에 일본 영토를 외국군에 뺏긴 일은 단 한 번도 없었다는 것이 일본인들 머릿속에 뿌리 깊이 박힌 자긍이다.

— 유황도는 저놈들의 첫 발판이 됐다.

일본의 전 국민이 전쟁에 지쳐 있는 마당이다. 정신적인 타격이 이만저만이 아니었다.

사태는 3월로 접어서자 더욱 참담하게 발전했다. 3월 10일, 일본의 수도 도쿄는 역사상 일찍이 없었던 불벼락을 맞았다. 하늘에서 쏟아진 불의 세례였다. 3월 10일은 육군기념일이다. 러일 전쟁 때 봉천에서 일본 육군이 대승리를 거둔 것을 기리는 육군기념일이다. 미군은 역시 일본의 그 육군기념일을 노렸는지도 모른다.

사이판 섬을 떠난 미국 공군의 B29 150대가 도쿄의 하늘을 벌떼처럼 뒤덮었다. 이날 떨어뜨린 폭탄은 18만 9,586개다. 8만 8,793명의 시민이 폭사했다. 4마 918명이 부상을 입었다. 두 시간 반 동안의 폭격으로 12만 9천여 명이 한꺼번에 살상됐으니 세계 제2의 대도시라던 도쿄는 불의 지옥으로 화했다.

유황도의 함락과 도쿄 대공습 소식으로 조선총독부의 관리들은 넋이 빠져 버렸다. 누구도 일본의 최후 승리를 믿지 않게 됐다. 일본인 자신도 말이다. 그래도 그들은 외쳐댔다. 외쳐대야 하는 것이다.

— 최후의 승리는 우리의 것이다. 결전태세를 철저히 확립하라.

도쿄 공습이 있은 이틀 후인 3월 12일. 일본 대본영에서 열린 각군 작전주임 참모회의에서는 조선반도의 전략적 전술적 문제가 토의됐다.

이 회의에서 전쟁의 지휘본부인 대본영은 8월 이후에 미군 2 내지 5개 사단이 제주도가 아니면 한반도의 남부 어느 곳에 상륙하리라고 상정하고 '결7호작전'을 조선군사령부에 지시했다.

이보다 앞서 2월 11일 대본영은 '본토 작전에 관한 통수조직'이란 것을 마련하여 한반도에 배치된 조선군을 해체하고 '제17방면군'과 '조선군관구'로 나누어 개편했다. 제17방면군은 대본영 직할의 야전부대로 한반도의 방어전을 담당하고, 조선군관구는 보급, 교육, 충원, 경리, 의무를 담당하는 이른바 후방사령부의 임무를 맡았다.

그리고 더 중요한 사실은 제17방면군은 남쪽에서 침공해 올 미군에 대한 방어임무를 띠었으므로 북위 38도 이남지역을 그의 작전 관할구역으로 정했으며, 38도선 이북에 있는 평양, 나남, 신의주, 성진, 영흥남, 청진항 등의 일본군은 관동군사령관 야마다 대장 휘하에 들어가서 북방으로부터 침공해 올 것으로 예상되는 대對소련 작전에 임하도록 한 점이었다. 결국 일본 대본영은 미군과 소련군에 대처할 작전목적으로 한반도에서의 작전권을 38선에서 미리 분할해 놓았던 것이다.

대본영으로부터 '결7호작전' 명령을 받은 한반도의 일본 제17방면군은 제주도에다 즉각 3개 사단을 투입했다. 돌과 바람과 여자가 많다던 평화스러운 제주도는 갑자기 최전방의 요새로 변해 버렸다. 한라산 중턱엔 군용도로가 닦였고 온 섬에는 벌집처럼 토치카의 구멍이 뚫렸다.

그러나 총독 아베 노부유키는 침묵 일관이었다. 그는 고민하고 있었다. 제17방면군의 작전계획의 윤곽이 드러나자 그는 심각하게 고민하지 않을 수 없었다.

"미군이 제주도나 남해안에 상륙한다면 군사령부는 대전으로 진출한다는 거군?"

어느 날 아침 정무총감이 군사령부로부터 입수한 작전계획서를 놓고 총독은 불쾌한 듯이 반문했다.

"결국 대전, 거창, 상주를 연결하는 산간지대에서 미군과 결전을 벌이자는 것이지? 그럼 우리 총독부도 지방으로 소개疏開해야 하겠네. 경성은 도쿄처럼 저놈들의 공습으로 불바다가 될 테니까 말이야."

총독은 총독부의 피란을 주장했다. 정무총감은 즉각 반대했다.

"각하, 총독부를 옮겨서는 안 됩니다. 무엇보다도 치안상태가 나빠집니다. 총독부가 경성을 버리고 지방도시로 옮겼다고 하면 조선놈들이 벌집을 쑤신 것처럼 왕왕거릴 겁니다. 먼저 경성에서 폭동이 일어나기 쉽습니다. 각하, 지금 전쟁이 우리에게 불리하다는 것을 조선인들은 다 알고 있습니다. 그들은 기회만 있으면 소란을 일으킬 것입니다. 이번엔 내란사태로 발전할지도 모르죠."

총독은 안면에 심한 경련을 일으켰다.

"내란 사태라?"

"조선놈들은 미국놈들이 자기네를 독립시켜 줄 줄로 알고 있으니까요. 어리석게도."

"엔도 총감, 그런데 지금 조선의 통치자는 대관절 누구야?"

"통치자가 누구냐고 물으셨습니까, 각하."

"그렇소! 조선을 통치하는 건 누구야?"

"그야 물론 총독 각하가 아니십니까? 각하."

"그렇지만 이 대본영 작전명령을 보면 조선 총독은 단순히 행정면의 책임자로 돼 있지 않은가. 군사권은 군사령관이 가지고 있단 말이야."

"그야 그렇습죠만 역시 총독 각하가 최고책임자가 아닙니까."

"그렇지 않아. 총독은 허수아비야. 임무가 다른 두 사람이 조선을 다스려야 한다면 실권은 총을 가진 자에게로… 가 아닌가."

총독의 주장은 전시에는 행정과 군사를 한 사람이 틀어잡아야 한다는 것이었다.

"각하, 그렇다면 이 조선반도엔 군정軍政을 선포해야 합니다. 각하께서 최고통수자로서 군정 선포를 하시면 그러한 이원 조직의 모순은 소멸될 수 있습니다."

"내 생각과 같군! 총감. 그러나 그것도 불가능해요. 조선땅은 엄연한 일본의 중요한 영토인데 군정을 선포하면 전체 국민에게 주는 자극이 너무 클 것이고 ….."

"하긴 각하, 정부의 승인 없인 될 일도 아닙죠."

"총감! 폐하의 칙어勅語는 곧 내려진다는 겐가?"

"어제 다나카 서기관장한테서 전화가 왔습니다. 그 문제는 기도 궁내대신에게 위임됐다고 말입니다."

"되도록 4월 1일에 내려지도록 채근하시오."

정무총감은 총독실을 물러나오자 도쿄로 지급전화를 걸었다. 다나카 내각서기관장의 대답은 고무적인 것이었다.

4월 1일이 됐다. 천황 히로히토의 메시지가 발표됐다.

— 조선 및 대만 주민을 위해 제국의회의 의원이 될 길을 열고 널리 중서衆庶로 하여금 국정에 참여케 한다. …

그들의 계획은 끝까지 빈틈이 없었다. 이미 일본 중의원에서 통과된 법률이다. 시행 발효일이 4월 1일이니까 그날을 기해서 천황이 직접 이른바 칙서를 내렸으니 연출 효과는 만점이다.

아베 총독은 조선민중에게 담화를 발표했다.

— 황공하옵게도 천황 폐하께오서 조선민중에게 칙서를 내리시기는 지난 35년 동안에 걸쳐 일찍이 두 차례밖에는 없다. 황공하옵게도 금상 천황 폐하께오서는 적자赤子 반도인에 대하여 일시동인의 성려를 베푸셨으니 ….

이 아니 감격할 일이 아니냐고 엄숙한 담화를 발표했다.

사실이다. 일본 천황이 조선인에게 이른바 칙서를 내리기는 한일합방 때 메이지 천황이, 그리고 3·1운동 직후 문화통치를 한다면서 다이쇼 천황이 각기 한 차례씩 내렸다. 지금은 쇼와의 연대다. 현재의 천황 히로히토는 조선민중에 대해서 일언반구도 없었는데 이번에 조선인

중에서 귀족원 의원 7명과 중의원 의원 23명을 뽑았다고 해서 처음으로 입을 연 것이다.

전쟁엔 지고 있어도 봄은 예년과 다름없이 무르익었다.

총독부 뜰 앞에도, 총독 관저의 정원에도 꽃이 피고 지고 피고 있었다. 그러나 아무도 봄과 꽃을 즐길 겨를이 없다.

어린 학생들은 매일같이 강제로 동원됐다. 가솔린이 귀한 나라다. 송탄유松炭油의 원료가 되는 관솔 따기에 학생들은 허구한 날 산으로 헤매야 했다. 농촌에서는 징병과 징용으로 끌려간 장정을 대신해서 아낙네들이 밭을 갈고 씨를 뿌리고 우마차까지 부려야 했다.

서울 거리의 점포들은 빈 진열장에 쌓이는 먼지가 보기 싫어 문을 닫았다. 미나카이, 미쓰코시, 조지아 그리고 화신和信 같은, 저들이 자랑하던 백화점들은 알맹이 없는 빈 껍질로 남아 유령의 집처럼 퇴색해 갔다.

쌀이 없다, 옷감이 없다, 신을 것도 없었다. 그러나 최후의 승리를 위해서 참고 견디고 일을 해야 한다. 사람들은 굶어 부황이 나고 지쳐 쓰러지기 시작했다.

일본의 패색은 완연히 표면에 드러나기 시작했다.

총독 아베는 좀처럼 공식석상에 모습을 나타내지 않았다. 그는 건강조차도 나빠졌다. 협심증으로 고생했다. 그는 정무총감과 경무국장, 학무국장을 뻔질나게 불러서 정세 검토나 하는 정도로 일과를 삼아야 했다. 치정에 대한 새로운 계획은 아예 단념하고 있었다.

그러한 어느 날 아침 그는 도쿄의 정변政變소식을 들었다.

'이 판국에 정변이라니! 이젠 정말 망했구나!'

그는 한탄하면서 소파에 벌렁 누웠다. 얼마나 불리한 전세인가.

이미 4월 1일을 기해 미군은 오키나와에 상륙했다. 우지마 사령관이 지휘하는 제32군은 4개 사단과 5개 여단에 불과하다. 이 병력을 가지고 막강한 화력의 지원을 받는 미군의 공격을 당해 내기란 어려운 일이었다. 더욱이 제공권과 제해권을 완전히 빼앗긴 일본의 입장에서는 눈앞에 보이는 절망의 섬 오키나와에 증원군조차 보낼 수 없었다.

아베 총독은 전세가 앞으로 어떻게 진전될 것인지 뻔하게 짐작이 갔다. 오키나와를 미군이 장악하면 다음에는 큐슈와 제주도에 쳐들어 올 것이다. 제주도는 조선반도의 섬, 그곳은 아베 총독 자신의 통할지역이다. 이제 전쟁의 불똥은 그의 발등에 떨어진 것이다.

대본영 발표는 오키나와 전투에서 미군함선 수십 척을 격침했다고 떠들어대지만 우매한 일반은 몰라도 고급관료들은 그 전과戰果보도가 터무니없는 과장임을 뻔히 알았다.

이런 판국에 설상가상으로 본국에선 정변이 일어났단다. 작년 7월 내각 총리대신으로 등장한 고이소 구니아키 내각은 4월 2일 돌연 총사직을 단행했다는 것이었다.

총독은 이 내각 총사직의 소식을 듣고 즉석에서 정변이라고 단정했다. 그는 조선군참모장을 총독 관저로 불러 자세한 내막을 물었다.

"다카하시 소장! 도쿄의 소식을 자세히 아오?"

"참모본부로부터 연락이 있었습니다. 각하!"

"고이소 총리가 물러난 것은 오키나와 작전의 책임을 진다는 게요?"

"총독, 그런 게 아닙니다. 고이소 총리는 군부와 의견이 맞지 않았습니다. 내쫓긴 거나 마찬가집죠."

"그러면 육군한텐가, 해군한텐가?"

"육해군이 모두 고이소 총리와 보조가 안 맞았습니다. 더 자세히 설명 올리자면… 각하."

다카하시 참모장은 아베 총독에게 그동안의 내막을 털어놨다.

고이소 총리는 정무와 군의 통수를 한손에 틀어잡아야 전쟁을 수행할 수 있다는 생각이었다. 그러자면 수상인 자기가 마땅히 대본영 전략회의에 참석해서 전쟁에 관한 최종적인 결정권을 자신이 행사해야 한다고 주장했다. 그러나 육군성과 육군참모본부는 물론 해군에서도 그것을 반대했다.

레이테 섬의 결전이 태평양 전쟁의 고비라고 총리가 떠드는 동안에 대본영 작전회의에서는 루손의 싸움이 태평양 전쟁의 절정이라고 주장했다. 내각 총리대신은 군부의 전략회의에서 완전히 소외된 채 겉돌고 있었다. 육군대신 스기야마는 총리에게 한마디의 의논도 없이 자신은 동부 군사령관으로 전출하고 그 후임으로 아나미 대장을 앉히자고 천황에게 제청했다. 천황의 부름을 받고 총리는 비로소 육군대신의 경질이 있음을 알고 깜짝 놀랐다.

고이소 총리는 천황 앞을 물러나오자 투덜거렸다.

"총리대신도 모르게 육군대신이 경질되는 내각도 있느냐!"

그는 억지로라도 이 기회에 자기가 육군대신을 겸임하여 행정부의 수반으로 군부의 통솔권을 장악하려 했다.

물론 벽에 부딪쳤다. 육군대신, 참모총장, 교육총감 등 육군의 세 우두머리가 맹렬히 반대하고 나섰다. 패전에 직면한 상황에서도 군부는 권력다툼에 여념이 없었던 것이다.

— 고이소 총리는 물러가라.

고이소 내각 총사직의 소식은 일본국민은 물론 조선총독부한테도 충격적인 뉴스였다. 후임에는 스즈키 간타로라는 79세의 해군대장이 들어앉았다. 그런데 스즈키 내각이 탄생하자 뼈 있는 풍설이 떠돌았다.

— 이번 스즈키 내각은 마지막 전쟁내각이다!

이 말은 본토 결전을 밀고 나갈 '옥쇄玉砕내각'이라는 뜻으로도 해석되지만 전쟁을 종결시키는 항복내각이 되리라는 뜻이 더 유력했다. 설상가상雪上加霜이었다. 스즈키가 외무대신을 겸임하고 육군대신에 아나미, 해군대신에 요나이, 군수대신에 도요다 등을 앉혀 내각을 구성한 바로 그날에 소련은 한 통의 공갈장을 일본에 보내왔다.

— 일·소 중립조약은 독·소 전쟁과 일본의 대對 미·영 전쟁이 발발하기 이전인 1941년 4월 13일 조인된 것이나 그 후 사태는 근본적으로 변화하였고, 일본은 그의 동맹국인 독일의 전쟁수행을 원조했을 뿐 아니라 소련의 동맹국인 미영과 교전 중에 있음. 이와 같은 상태에서는 일·소 중립조약은 그 의의를 상실하였고 그 존속은 불가능하게 되었음. 따라서 동 조약 3조 규정에 의거하여 소련 정부는 이 일·소 중립조약을 명년 4월 기한만료 후에는 연장할 의도가 없음을 이에 천명하는 바임.

소련의 이 통첩은 일본에겐 북방에 대한 새로운 위협으로 나타났다.

4년 전에 마쓰오카 외상이 모스크바에서 소련과 중립조약을 체결함으로써 일본은 북쪽에 대해서는 한시름 놓고 오로지 남방의 미국, 영국과의 전쟁수행에 전념할 수가 있었다. 그런데 이제 소련이 중립조약의

폐기를 통고해 온 것이다.

본국 정부로부터 이 연락을 받은 조선총독부는 긴급간부회의를 소집했다. 총독, 정무총감, 경무국장, 법무국장, 학무국장에 제17군사령관과 참모장 그리고 헌병사령관 등이 일당에 모였다.

이날 아베 총독의 지시사항은 너무도 많았다.

— 전세가 긴박해지자 반도 내에 불온한 움직임이 보이기 시작했다. 사상범 사찰을 더 철저히 하고 우리의 협력자이든 비협력자이든 조선인들이 그들의 지도자로 숭배하는 자를 모조리 미행하라.

— 학병으로 나간 조선청년들이 전선에서 수없이 탈주한다고 한다. 특히 중국전선에 나간 놈들이 중경과 연안 쪽으로 많이 넘어갔다는 것이다. 이 탈주 학병의 가족들을 철저히 감시하라. 그리고 학병으로 나간 자들의 부모를 찾아가서 자식들에게 자주 편지를 쓰라고 종용하라. 가족에게 누를 끼칠 행동을 하지 말라고!

— 북쪽 소련이 중립조약을 기한 전에 파기할지도 모른다. 이 소식이 전해지자 지하에 숨은 공산주의자들이 들먹거리기 시작했다는 정보가 있다. 특히 공장이나 광산에서 파업이 일지 않도록 사찰활동을 강화하라.

— 중경의 저들 임시정부와 하와이의 이승만이 악질적인 활동을 하고 있다는 소식이다. 그들은 조선인의 폭동을 선동하고 있다. 특히 단파 수신기를 설치하고 해외의 뉴스를 엿듣는 자가 있다 한다. 전파관리를 철저히 통제하라.

— 학병과 징병제 실시로 20대의 조선청년은 대부분 전선으로 끌려갔다. 그러나 안심해선 안 된다. 특히 서북지방에서는 나이 어린 중학생들이 수상한 공작들을 하고 있다 한다. 정주의 오산중학, 재령의 명

신중학 등에서는 벌써 학생사건이 일어났다. 경성의 중학생들도 철저
히 감시하라.

　— 유언비어를 단속하라. B29 미군폭격기는 흰옷을 입은 조선인에
게는 폭격하지 않는다는 소리가 퍼지고 있다. 이것은 내지인과 조선인
을 분열시키려는 악질적 유언비어다. 철저히 단속하라.

　— 요즘 절간에는 수상한 놈들이 많이 득실거린다. 징병, 징용을
기피하고 도망친 놈들이다. 그자들은 미군이 조선반도에 상륙하면
게릴라 부대로 변질할는지도 모른다. 산에 숨은 자들을 철저히 색출
하라.

연석회의에서 마련한 지시는 심각했다.

모두 '철저히 단속하라'였다. 경찰과 헌병들은 조선청년과 지도자들
을 감시하고 공갈하고 체포하기에 광분했다.

이러한 관헌의 날뜀은 5월 초순 유럽에서 전쟁이 종식되자 더욱 악랄
해졌다. 4월 30일 독일 나치의 두령 히틀러는 그의 애첩인 에바 브라운
과 자살했고, 전 독일군은 5월 6일에 연합국 측에 무조건 항복했다.

독일의 항복으로 제2차 세계대전에서 일본 하나만이 남게 됐다. 이
제 일본은 운명의 날만을 기다리는 형국이었다.

일본정부의 수뇌부나 조선총독부의 고위관료들은 일본의 패망이 목
첩目睫에 달했음을 알았지만 일반 국민 대중은 대본영 발표에만 의지했
기에 정세가 어떻게 돌아가는지 정확히 판단하기가 어려웠다.

그러나 총독부 관리들은 그럴수록 할 일이 많았다. 연막전술을 펴야
했다. 조선민중을 속일 수 있을 때까지 철저하게 속여야 했다.

그리고 어리석게 날뛰는 패들에게 장단을 쳐줘야 했다. 총독부의 장

단에 끝까지 춤을 추는 대표적 인물은 박춘금이었다. 그는 6월이 되자 대의당이라는 또 새로운 단체를 조직하기에 이르렀다. 그는 학무국장과 손발이 척척 맞았다.

6월 24일, 서울 상공에 나타난 미 공군의 B29기가 역시 아무 짓도 안하고 유유히 사라져 갔다. 공습 해제의 사이렌도 불었다.

그 시각에 서울 부민관에서는 '대의당 결성식'이 벌어지고 있었다. 모인 얼굴들은 박춘금, 이광수, 이성근, 김동진, 김광민 등 총독부에 협력하는 조선인들과 황민화 선무대宣撫隊의 일본인 선봉들이었다. 가슴에 큼직한 꽃을 달았다. 미소가 얼굴에서 사라지지 않았다. 박춘금이 대의당의 강령을 설명했다.

"우리는 먼저 대의를 위한 민중의 덕기德器가 될 것을 맹세하고, 둘째로 황도국민사상을 진작하며, 셋째로 전력증강과 국토방위의 책임을 다하자는 것입니다. 그리고 넷째로는 모든 반도인이 황공하옵게도 천황 폐하에 충성을 다하기 위하여 분골쇄신할 것이며, 다섯째로 우리 반도사회에서 비결전적 사상과 비국민적 나태를 단호히 분쇄하는 운동을 벌이자는 것입니다."

그는 스스로 조선총독부 도륙屠戮정책의 하수인임을 자부했고, 대의당은 총독부의 그런 잔혹한 시책을 강력히 뒷받침하는 외곽단체임을 자랑했다. 당연한 순서였다. 대의당 당수에는 박춘금이 들어앉았다. 의원으로는 이광수, 이성근, 손영목, 김동환, 조병상 등 몇몇 이름을 나열했다.

간판은 돈의동敦義洞 145번지에다 걸었다. 그들은 지체 없이 할 일들이 많았다. '아세아민족 분격대회'와 '남녀청년 분격 웅변대회'를 개최하기로 결정했다.

— 우리 대의당은 조선반도에서 반도인만 상대하는 협의적인 단체가 아니다. 우리의 활동무대는 아세아 전역이며 우리가 하는 일은 아세아 민족을 위한 정치·사회·문화 등 광범한 사업이다.

박춘금의 배짱은 대단했다. 그는 일본의 괴뢰정권하의 '중국 대표' 와, 역시 괴뢰국인 만주의 대표까지 서울로 끌어들였다. 한·중·만의 세 민족대표가 자리를 같이해서 일본의 전쟁목적을 다시 확인하고 최후의 승리를 거둘 때까지 적극 협력하겠다는 전시효과를 노렸다.

그들은 조선의 나이 어린 젊은이들을 선동해서 죽음의 결전장으로 몰아내기 위한 대대적인 웅변대회를 열었다.

7월 24일이었다.

이미 독일, 이탈리아가 패망했고, 미국, 영국, 소련과 프랑스, 중국 은 포츠담회담을 개최하여 일본의 무조건 항복을 강요하고 있는 마당 인데도, 박춘금과 그의 일파는 서울 부민관에서 '아세아민족 궐기대회' 를 성대하게 개최했다.

중국 대표 정원간과 정유분이 탁자를 쳐가며 열띤 연설을 했다. 만주 대표 동춘용이 관동군의 앵무새가 되어 열변을 토했다.

박춘금이 단상에 올라섰다. 그의 연제는 '아세아민족의 해방'이란 다. 그래도 요란하게 박수는 터졌다. 단상에 올라앉은 사람들도 쳤지 만 청중들도 쳤다. 일본의 패망이 눈앞에 다가왔는데 일본군에 의해서 아세아 민족이 모두 해방되었다는 이야기에도 그들은 박수를 쳤다. 박 수는 그저 그렇게 쳐야 하는 것으로 알았다.

저녁 6시부터 시작된 이 '분격대회'의 제1막이 내리자 다음에는 '청년분격 웅변대회'라는 제 2의 희극이 막을 올렸다.

야마다라는 일본 청년이 웅변대회의 첫 테이프를 끊고 테이블을 두 드리며 아우성을 치고 있을 무렵이었다. 연단의 연사가 핏대를 올리며 아우성을 치다가 주먹질을 하다가 다시 조용한 목소리로 가다듬으려 할 무렵, 부민관은 순식간에 지옥과 같은 수라장으로 변해 버렸다.

쾅! 쾅! 사이를 두지 않고 굉음轟音과 함께 두 발의 폭탄이 터진 것이 다. 대회 진행을 맡아보던 대의당원 하나가 앞으로 고꾸라졌다. 장내 를 경비하던 헌병, 경찰도 여러 명 쓰러졌다.

단상에 앉아 있던 박춘금과 중국, 만주, 일본 대표들은 혼비백산을 했다. 쥐구멍을 찾듯이 무대 뒤로 도망쳐 버렸다.

청중은 아우성을 치며 회장 밖으로 나가려고 서로 밀고 짓밟았다. 급 보를 받은 경무국장이 경찰을 몰고 달려왔을 때는 대회장은 이미 파장 이었다. 물론 범인은 자취를 감췄다.

우연한 일치였다면 너무나 운명적이었다. 세계를 요리하는 포츠담 회담에서, 일본에 대하여 무조건 항복을 요구하는 최후의 폭탄선언이 마련되는 시각이었다. 때를 같이해서 한반도의 서울 한복판에서는 침 략자의 말로를 재촉하는 최후통첩이 폭탄으로 터진 것이다.

이 대담한 거사를 한 사람들은 조문기趙文紀, 유만수柳萬秀, 강윤국 康潤國, 우동학禹東學 등 조선의 젊은이였다. 그들은 부민관 폭탄사건 이 성공하자 바람처럼 자취를 감췄다.

— 폭도들을 잡아라.

경찰은 혈안이 돼서 그들의 행방을 찾았다. 그러나 그들을 찾아내는 데 끝내 성공하지 못했다.

부민관 폭탄사건은 기어코 험악한 사태를 야기했다. 경무국과 헌병 사령부는 또 불령선인의 일제 검속을 벌였다.

이 검속의 선풍은 먼저 여운형이 이끄는 건국동맹을 색출해 내는 데 성공했다. 경무국장은 건국동맹에 관한 정보를 듣고 전국 경찰에 엄격히 지시했다.

— 여운형과 그의 일당을 8월 4일 새벽을 기해 일망타진하라.

8월 4일 건국동맹 간부급인 이걸소, 황운, 이석구, 조동우가 경찰에 체포됐다. 지방에서도 수십 명이 용의자로 검속됐다. 그러나 오히려 여운형은 행방을 찾지 못해 검거하지 못했다.

경무국장은 또 특별지시를 했다. 전국 경찰에 엄명을 내린 것이다.

— 다음 명단의 인물들을 철저히 내사해서 범증犯證이 있으면 즉각 구금하라.

송진우, 김준연, 장덕수, 전진한, 조병옥, 장택상, 백남훈, 김병로, 이인, 윤보선, 윤치영, 허정, 백관수, 서상일, 조헌영, 설의식 등의 이름이 별지에 나열된 지령문과 함께 일선 경찰에 배부됐다.

검거선풍이 한창 고비에 이른 8월 6일이었다. 경무국장은 좀더 엄청난 비밀지령문을 각 도 경찰부장에게 발송했다.

— 평상시에 경찰이 주목한 모든 지식층 요시찰 인물의 동태를 파악 감시하라. 경무국이 알기로는 그 숫자는 3만 명이 넘는다. 전원 체포 태세를 취하라.

결국 3만 명이라도 30만 명이라도 조선의 지식인으로서 총독부에 비협조적인 족속은 경우에 따라 모조리 잡아 쥐도 새도 모르게 없애버릴 계획이었다.

대본영 발표는 일본 히로시마에 가공할 신형 폭탄이 떨어졌다고 발표했다.

"신형 폭탄은 또 뭐야?"

그것이 원자탄임을 아는 사람은 별로 없었다.

다음날인 8월 9일 소련은 드디어 일본에 대해서 정식으로 선전포고를 했다. 함경북도 청진에는 소련군이 상륙했다는 미확인 보도가 전해졌다. 만주의 관동군은 소련군의 진격을 막기 위한 방어전투를 전개 중이라 했다.

나가사키에도 또 하나의 원자폭탄이 떨어졌다.

10일, 대본영 명령에 따라 조선에 주둔중인 일본군 제17방면군은 관동군의 전투서열에 편입됐다. 함흥에 있던 제37군은 관동군사령관의 명령에 따라 소련군에 대한 방어전을 위해 산개했다.

조선반도는 삽시간에 살벌한 전쟁터로 변해 버렸다. 조선 총독 아베는 그저 어리둥절해서, 연일 무위한 긴급회의만 소집했다.

오키나와 전투가 끝난 후에는 제주도에 미군이 상륙할 것으로 알고 그 시기를 8월 하순이나 9월 초순쯤으로 추정했는데 갑자기 북방에서 터진 것이다.

11일 오후였다. 아베 총독은 스즈키 내각의 서기관장으로부터 극비 전문을 받았다.

— 방금 본국 정부는 포츠담 선언을 수락할 것이며, 카이로 선언도 추인할 방침으로 연합국과 그 절차를 교섭 중에 있음. 따라서 조선반도에서의 모든 대책을 아베 총독 책임 하에 진행하기 바람.

포츠담 선언 수락이란 한마디로 말해서 일본의 무조건 항복을 의미

한다. 총독은 포츠담 선언의 내용을 익히 알고 있다. 일본 영토는 혼슈本州, 큐슈, 시코쿠, 홋카이도로 제한된다고 돼 있다. 그리고 카이로 선언 내용을 추인한다고 했으니 이 땅 조선은 독립된단 말인가.

총독은 정무총감을 불러, 피로한 듯 맥이 하나도 없이 중얼거렸다.

"우리 일본이 연합국한테 무조건 항복할 모양이오. 조선에서의 우리 생명은 위태롭소. 조선에 있는 우리 백만 동포의 구출계획을 세우시오! 조선은 독립될 모양이야."

비장한 음성이었다. 협심증이 일 것 같은지 얼굴이 노래지며 그는 두 눈을 감았다.

최후의 일인까지 육탄전肉彈戰으로라도 싸우겠다던 일본은 단 두 개의 원자폭탄으로 완전히 혼비백산했다. 히로시마와 나가사키가 각기 한 개씩의 원자폭탄으로 폐허가 돼 버린 것이다.

소련군은 일각의 여유도 주지 않고 두만강을 건너 노도怒濤처럼 밀어닥쳤다. 함경북도 웅기, 나진엔 소련 해군기들의 공습으로 삽시간에 수라장이 됐다. 항만시설과 관동군의 보급기지가 깨끗이 날아갔다.

13일에는 청진에 소련군이 상륙하고 저녁 무렵엔 벌써 천마산이 점령되는 다급한 사태였다. 사태가 이에 이르자 연일 회의만 거듭하던 조선 총독 아베는 자기가 조선에서 해야 할 일이 무엇인가를 알았다.

그는 이미 알고 있었다. 8월 10일 일본은 천황제도의 존속만 허용해 준다면 포츠담 선언을 수락해서 무조건 항복하겠다고 연합국 측에 이미 통고한 사실을 알고 있다.

그는 정무총감에게 명령했다.

"송진우란 자를 만나서 사후 수습책을 상의하시오."

보안과장, 조선관구군 참모가 송진우를 찾아가 정무총감이 긴급히 만나자는 뜻을 전했다.

그들이 자동차를 타고 정무총감실로 가고 있을 때였다. 태평통 거리를 질주하는 두 대의 군 트럭이 있었다. 노소가 한데 섞인 일본인 입대병들이 목이 찢어지라고 군가를 불러댔다.

— 반다노 사쿠라와 에리노 이로/ 하나와 요시노니 아라시 후쿠
 야마도 단시토 우마레테와/ 산페이센노 하나토 지레
 (가지마다 사쿠라는 옷깃의 빛깔/ 요시노 꽃동산엔 폭풍이 분다/
 일본의 남아로 태어났으니/ 산병전의 꽃으로 지라)

이미 전쟁이 끝난 줄도 모르고 그들은 군가가 끝나면 대일본제국 만세를 외쳐댔다. 송진우는 자동차 안에서 그 광경을 보고 미소를 지었다. 동승한 일본인들은 눈을 돌리고선 모르는 체하려고 애를 썼다.

엔도 총감은 송진우에게 솔직히 털어 놓았다.

"송 선생, 대동아전쟁은 곧 끝날 모양입니다. 내가 알기로는 조선반도는 독립될 것이오. 송 선생, 제가 평상시부터 송 선생의 인격을 숭배해 온 터라 솔직히 말씀드리는데, 어떻습니까. 이왕이면 송 선생 같은 분이 주동이 되셔서 조선의 독립준비를 하시는 게. 내 권한으로 가능한 일체의 편의를 봐 드리죠."

송진우는 고개를 끄덕이며 물었다.

"나에게 그런 통고를 하는 귀하의 조건을 먼저 말씀해 보시오."

"종전 후에 일본인의 생명 재산을 보호해 주시면 됩니다. 본국으로 철수할 때까지 당분간만 말입니다. 이제 와서 두 민족이 무의미한 피를 흘릴 필요는 없으니까요."

"나는 귀하의 요청을 사절하겠습니다. 이유는 간단하죠. 귀하가 말씀하신 그런 사태는 오지 않을 테니까요."

"무슨 뜻입니까?"

"일본은 이길 게 아닙니까?"

이날의 회담은 결렬됐다. 연 이틀을 두고 송진우를 졸랐으나 그는 거절했다.

13일 아침에 경질된 이쿠다 경기도 지사의 명령으로 경찰부장 오카가 송진우를 납치하다시피 해서 도지사실로 데려갔다. 이쿠다는 총독의 강력한 명령을 받은 것 같았다. 그는 구체적으로 조건을 제시했다.

"단도직입적으로 말하면 정권을 인수하란 말씀이오. 조선총독부의 권한을 모두 귀하에게 드리겠소. 헌병, 경찰, 사법, 통신, 방송, 신문, 다 귀하에게 인도할 용의가 있으니 응낙하시오!"

송진우는 씁쓸한 표정으로 반문했다.

"일본인의 생명 재산을 보호하기 위해서 내가 그런 큰 권력을 맡아야 하오? 난 그 목적에 수긍할 수 없소이다."

오카 히사오 경찰부장이 나섰다.

"송 선생은 오늘날까지 철저하게 총독부 정책에 협조를 거부했소. 자, 이젠 조선에서 물러갈 우리가 마지막으로 부탁하는 청이니 들어주실 만도 하지 않습니까?"

"나더러 왕정위汪精衛가 되라는 게요? 불란서의 페탱같이 되란 말이오? 당신네 괴뢰가 돼서 내 민족의 지탄을 받으란 말인가요?"

송진우는 이내 빈들빈들 웃으며 또 말했다.

"권력이란 주고받는 게 아니외다. 당신네가 가지고 있는 그 큰 권력은 우리한테서 뺏은 거외다. 뺏은 권력을 아깝게도 주고 가다니 말이안 돼요. 가지고 가시오!"

이 말에 이쿠다 지사와 오카 경찰부장의 눈에는 살기가 감돌았다. 그러나 억지로 눙쳤다.

"그럼 김준연 씨나 여운형 씨에게 협조를 요청할까요?"

송진우는 미련 없이 대답했다.

"여운형 씨는 혹시 승낙할지 모르겠소!"

이튿날엔 김준연이 지사실로 불려갔으나 그도 송진우처럼 거절했다. 15일 새벽에는 여운형이 필동에 있는 정무총감 관저에서 엔도 총감과 심각한 면담을 했다.

엔도는 비교적 허심탄회하게 말했다.

"여 선생, 귀국의 독립을 축하합니다. 사실은 오늘 포츠담 선언을 수락한다는 천황 폐하의 녹음이 방송됩니다."

그는 울상이 된 채 여운형의 반응을 관찰했다.

"짐작하고 있던 사태가 왔군요."

"내가 알기로는 북위 38도 이북에는 소련군이, 이남에는 미군이 각각 진주해서 일본군의 무장을 해제할 것이오. 여 선생, 이 무장해제는 평온하게 끝내야 조선민중이 다치지 않을 것이오. 여 선생, 우리는 내일 아침 형무소에 있는 모든 사상 정치범을 석방합니다. 그렇게 되면 말입니다. 아무래도 몰지각한 젊은이들이 폭동이라도 일으켜서 치안이 극도로 혼란될 것이 예상되는데 그게 염려스럽군요."

엔도는 초췌한 모습으로 간청했다.

"여 선생에게 모든 권한을 드릴 테니 지각없는 민중의 폭동과 일본인에 대한 보복만은 막아 주십시오. 전쟁도 이미 끝나고 우리는 이 땅에서 물러날 텐데 이제 서로 피를 흘리면 서로 손해가 아닙니까. 협력해 주시겠죠? 여 선생."

여운형은 좀 생각하다가 물었다.

"내게 어떤 권한을 주겠다는 게요?"

동석했던 경무국장이 대답했다.

"조선인 경찰관 전원을 여 선생에게 이관시키죠. 그리고 방송국, 신문사, 사법권, 통신시설 일체를 즉각 넘겨드릴 작정입니다."

여운형은 고개를 끄덕거리며 또 물었다.

"식량은 얼마나 여축이 있소?"

"3개월분은 확보돼 있어요."

"집회도 물론 자유겠소 그려?"

"물론입니다. 자유로운 집회와 방송 신문을 통해서 학생 청년 그리고 출감한 자들한테 절대로 경거망동을 말고 건국 준비에 힘쓰자고 설득해 주시오. 그리고 일본군은 아직 무장을 하고 있으니 일본인들의 생명 재산을 건드렸다간 수습할 수 없는 혼란이 올 수도 있음을 강조하시면 좋겠습니다."

여운형은 드디어 승낙했다.

"좋습니다. 당신네의 약속을 믿어 보지요."

엔도가 허리를 펴면서 여운형의 손을 잡았다.

"잘 부탁합니다. 무엇하면 김성수, 안재홍, 송진우, 김준연 같은 분들의 협력을 얻어서 치안유지에 만전을 기해주시면 좋겠습니다."

"나 개인도 그것을 원하지만 뜻대로는 안 될 거외다. 그러나 우리 조선민중은 전쟁에 패해 이 땅에서 물러가는 사람들에게 행패는 안 부릴 것이오."

이날은 1945년 8월 15일, 조선총독부가 이 땅에 군림한 지 36년, 푸른 하늘, 맑은 날씨, 태양은 빛나고, 녹음은 푸르고, 8월 15일, 단군기원 4278년이었다.

정오엔 일본 천왕 히로히토가 떨리는 육성으로 방송을 했다.

— 짐은 깊이 세계의 대세와 제국의 현상에 감하여 비상한 조치로서 시국을 수습하고자 이에 충량한 너희 신민에게 이른다. 짐은 제국정부로 하여금 미·영·중·소 4개국에 대하여 그 공동선언을 수락할 뜻을 통고케 하였다. …

그는 울먹였다. '전국은 반드시 호전되지도 않고'라든지 '세계의 대세 또한 우리에게 이롭지 못하고' 하는 대목에선 분명히 그 음성이 울음으로 변했다.

히로히토의 방송이 끝나자, 거리엔, 조선 천지엔 찬란한 폭풍이 불었다.

— 대한독립 만세!

미친다는 것은 반드시 나쁘게만 해석할 필요는 없다. 모두 미친 것 같았다. 생명 있는 조선의 모든 것이 미친 것 같았다. 초목도 돌도 강산도 미쳐서 춤을 췄다.

이튿날 아침 9시 정각을 기해서는 전국의 옥문들이 활짝 열렸다.

3만 명에 이르는 정치범, 사상범들이 괴롭던 사슬에서 풀려나 해방된 자유의 거리로 쏟아져 나왔다.

윤정덕도 서대문 형무소에서 나왔다. 너무도 밝고 찬란한 8월의 햇빛 때문에 그녀는 눈을 뜨지 못했다. 미친 듯이 태극기와 대한독립 만세의 물결 속으로 휩쓸리면서 그녀는 아무한테나 덥석덥석 안기며 헛소리처럼 물어댔다.

"누가 박충권 씨를 모르시나요? 박충권 씨의 소식을 아는 분은 없나요? 광복군은 언제 금의환향하게 됩니까?"

그러나 아무도 박충권을 안다고 나서는 사람은 없었다. 사람들은 중얼대는 것 같았다.

"미친 여자로군….."

당분간, 흥분이 좀 가라앉을 때까지, 윤정덕은 모르고 지나는 게 좋다.

박충권은 두 달 전 6월 중순의 어느 날 밤, 중국 하남성河南省 중국공산당 팔로군 지역에서 신사군新四軍한테 잡혀, 일본군의 정보원으로 몰리던 끝에 멀리 연안으로 끌려가는 중이었다.

또 한 번 치러야 할 홍역의 전조인가?

두 애인은 지극히 가까운 시일 안에 만날 가망은 없으나, 어느 때고 반드시 서울에서 만날 가망은 남아 있다. 그는 반드시 공산지역에서 탈출해 돌아올 것이니까 말이다.

윤정덕은 사랑하는 사람 박충권의 소식을 찾아 헤매던 어느 날 그 후의 동정이 궁금하던 두 사람에 대해서 충격적인 풍문을 들었다.

미와 경부는 장충동 길거리에서 출옥한 조선청년들한테 맞아 죽었다고 했다.

배정자는 충격이 지나쳐서 머리가 돌았다고 했다. 목격자에 의하면 동소문 아파트 앞길에서 동네 어린이들과 줄넘기를 하며 시시덕거리더라는 것이었다.

"완전히 돌았습니다요, 머리를 풀어 헤친 채 찢어진 항라적삼을 걸치고는 아이들과 줄넘기도 하고 오랴이랴도 하는데 그래도 손에는 어디서 났는지 태극기를 들고선 울 밑에선 봉선화를 뽑는 거야. 늙었더군!"

윤정덕은, 전해 주는 사람의 이야기를 들으면서 가슴이 뭉클했다. 진종일 들뜬 마음으로 거리를 헤매다가 저녁 무렵이 돼서야 자기 집이 있는 가회동 골목으로 들어섰다.

아이들이 길바닥에서 놀고 있었다.

예닐곱 살의 어린 계집아이들이 '오자미'라고 불리는 일본식 공기를 놀고 있다. 헝겊으로 만든 4개의 팥 주머니를 두 손으로 번갈아 허공에 치키면서, 고개를 까딱까딱 하면서, 노래들을 부르고 있다.

—시바키리 나와나이 와라지오 쓰쿠리/ 교다이 나카요쿠, 코도오 츠쿠스/ 데혼와 니혼노 니노미야 긴지로 …
(풀 깎고 새끼 꼬고 짚신도 삼고/ 형제들 의좋게 효도를 다한다. /

본보기는 일본의 니노미야 긴지로 …).

윤정덕은 무심한 어린이들의 노래를 들으면서 한숨을 뽑았다.

일본인 니노미야 긴지로 아니면 이 땅의 어린이들이 본받을 만한 사람이 없단 말인가. 정녕 어린이들의 본보기가 될 만한 사람이 이 땅엔 없단 말인가.

— 방향감각을 잃은 우리 어린 싹들.

윤정덕의 눈에선 까닭 모를 눈물이 주르르 흘러내렸다. 두 눈을 부릅뜨며 이를 악물어 보는 그녀의 입은 마구 씰룩거렸다.

이제, 너무도 괴롭고 지루하던 암흑과 굴욕의 세월은 갔다.

동해엔 아침마다 찬란한 태양이 솟아오를 것이다.

앞으로는 조선이 아니라 대한大韓이다. 병들어 있는 대한사람들은 지금 눈이 부셔서 앞을 못 보고 어리둥절하고 있다. 반세기 동안 어둠에 익혀온 시력은 한동안 찬란한 직사광선 앞에서 그 기능을 발휘 못할 것이다.

할거割據될 군웅群雄, 예견되는 혼란, 극복해야 할 시행착오, 밀어닥칠 데모크라시와 함께 이 땅을 휩쓸 방종의 물결, 당분간 그런 상황과 눈부신 태양빛 아래서 적응하려면, 너나없이 새로운 눈과 의지와 슬기가 배양돼야 할 것이다. 그리고 용기도.

(끝)

464

조선총독부 연표

1904년
2. 8	일본군, 러시아 함대 공격하면서 러일전쟁 개전
2.23	일본군에 협조하도록 하는 한일의정서 강제 체결
3.18	이토 히로부미(伊藤博文), 특파 대사로 고종 알현
11.10	경부선 철도 완공 시운전

1905년
2.22	일본, 독도를 강점해 다케시마(竹島)로 명명
7.29	일본과 미국이 가쓰라 – 태프트 밀약 체결
8.12	제 2차 영일동맹 체결
9. 5	포츠머스조약으로 일본은 랴오둥반도 조차권을 얻음
11.10	이토 히로부미, 고종에게 일왕 친서 봉정
11.17	일본의 무력시위 속에 을사늑약 강제 체결
11.29	민영환, 을사늑약에 반대하며 자결

1906년
2. 1	임시통감 하세가와 요시미치(長谷川好道) 취임 (조선통감부 개청식)
3. 2	초대통감 이토 히로부미(伊藤博文) 취임
9. 1	통감부 기관지 〈경성일보〉(京城日報)창간

1907년
4.20	고종, 이상설과 이준을 헤이그 만국평화회의에 특사로 파견
7.20	헤이그 밀사 사건으로 고종이 압력 받아 순종에게 양위(讓位)
7.24	한일신협약(韓日新協約) 체결
7.27	언론탄압을 위한 신문지법 공포
7.29	집회결사를 금지하는 보안법 공포
7.31	군대 해산 명령
8.27	경운궁에서 순종 황제 즉위식
9. 1	서울에서 최초의 박람회 개최(11월 15일까지)

1908년

3.23	전명운 장인환, 친일 미국인 스티븐스 저격
8.27	동양척식주식회사법 공포, 12월 28일 본사 설립
11. 1	최남선, 최초의 월간지 〈소년〉 창간

1909년

1. 7	순종, 이토 히로부미와 함께 지방 순시(2월 3일까지)
7. 6	일본 각의, 한국병합 방침 결정
8. 1	이토 히로부미, 한국 황태자와 함께 일본 유람
10.26	안중근, 하얼빈에서 이토 히로부미 저격

1910년

3.26	안중근 사형 당함
5.30	데라우치 마사타케, 3대 조선통감 취임
8.22	이완용과 데라우치, 합병조약 조인
8.29	합병조약을 공포한 경술국치(庚戌國恥)
9.30	조선총독부 관제 공포
10. 1	데라우치 마사타케, 조선총독부 초대 총독으로 부임
12.	안명근이 서간도 무관학교 설립자금을 모으다 적발된 안악사건
12.29	회사령(會社令) 공포

1911년

1.	데라우치 암살을 모의했다며 반일인사를 체포한 '105인 사건' 발생
9.	신민회 간부 등을 총독 암살 미수사건으로 몰아 600여 명을 체포
11. 1	압록강 철교 완공돼 부산 ~ 창춘(長春) 열차 운행

1912년

1. 1	한국 표준시, 일본 표준시를 따름
7.30	일본 메이지(明治)왕 사망
8.13	토지조사령 공포, 토지조사사업 본격 개시

1913년

5. 안창호, 샌프란시스코에서 흥사단 조직
10. 105인 사건 피고인 6명, 징역 5~6년 선고됨
12. 경북 풍기에서 독립운동단체 대한광복단 조직

1914년

1.11 호남선 철도 개통
3. 1 지방행정조직을 12부, 218군, 2517면으로 개편
7.28 제1차 세계대전 발발
9.16 경원선(京元線) 개통식
10. 1 최남선, 〈청춘〉(靑春) 창간
10.10 근대식 호텔 조선호텔 설립

1915년

2.12 105인 사건 수감자 6명, 다이쇼 일왕 즉위식을 기념해 특별 사면됨
9.11 경복궁에서 총독부 시정 5주년 기념 조선물산공진회 개최
10.15 풍수해 사상 및 실종 1092명, 주택 2만 2088채 침수

1916년

4.25 세브란스 의학전문학교 개교
6.25 경복궁 터에서 지진제를 열고 조선총독부 신청사 기공식
10.14 제2대 조선 총독으로 하세가와 요시미치(長谷川 好道) 부임
11. 친일단체 대정실업친목회(大正實業親睦會) 결성

1917년

1. 1 이광수, 〈매일신보〉에 최초의 근대 장편 소설 〈무정〉 연재
10.17 한강교 준공

1918년

8. 김구 여운형, 상하이에서 항일 독립운동 단체 신한청년당 조직
10. 조선식산은행(朝鮮殖産銀行) 설립
10.27 인천항 갑문식 선거(船渠) 준공

1919년
1.   파리 강화회의에서 미국 대통령 윌슨, 민족자결주의 제창
1.21 고종 승하, 3·3국장
2. 8 도쿄 유학생 600여 명, 2·8독립선언
3. 1 3·1독립운동 발발
4.13 상하이에서 대한민국 임시정부 수립
4.15 제암리 학살 사건
8.12 3대 총독 사이토 마코토 취임
9. 2 노인동맹단의 강우규, 사이토 총독에게 폭탄 투척
10. 5 김성수 등 경성방직 설립
11.   여운형 일본 방문, 제국호텔 연설
       김원봉 등 만주 지린성에서 의열단 조직

1920년
1.16 〈동아일보〉, 〈조선일보〉, 〈시사신보〉 발행 허가
3. 5 〈조선일보〉 창간
4. 1 〈동아일보〉 창간
4.28 영친왕, 나시모토노미야 마사코(梨本宮方子, 한국 이름 이방자)와 혼인
6. 7 홍범도의 대한독립군, 봉오동 전투 승리
6.25 월간 종합지 〈개벽〉 창간
7.13 고원훈과 김성수, 조선체육회 창립
8.   안경신, 평양 경찰부 폭파
9.14 박재혁, 부산경찰서 폭탄 투척
10.20 유관순, 감옥에서 순국
10.21 김좌진 이범석의 북로군정서, 청산리 대첩
12.27 산미증식 계획 수립

1921년
2.16 친일파 민원식, 도쿄 제국호텔에서 양근환에게 피살
12.   이승만 서재필, 워싱턴군축회의에 독립청원서 제출
       김윤경 등, 조선어학회 조직

1928년
9. 1 철도 함경선 개통
11.10 쇼와(昭和) 왕 즉위 대례 거행

1929년
8.17 야마나시 총독, 독직 관련 파면
9. 8 사이토 마코토, 조선 총독으로 다시 부임
11. 3 광주학생운동 발발, 전국으로 확대
12.13 신간회 44명, 근우회 간부 47명 체포됨

1930년
1.24 김좌진 장군 , 북만주에서 공산주의자에 피살
7. 이청천 등 지린에서 한국독립당과 한국독립군 조직

1931년
7. 2 창춘에서 조선 농민과 중국인 지주 무력충돌하는 '만보산 사건' 발생
9.18 일본 관동군, 만주철도 폭파사건을 빌미로 만주사변 일으킴

1932년
1. 8 이봉창, 일왕 히로히토에게 폭탄 투척 의거
3. 1 일본, 만주국 건국 선언
4.29 윤봉길, 훙커우공원에서 폭탄 투척해 시라가와 대장 등 10명 살상

1933년
1.16 조선~일본 전화 개통
9. 9 정부 알선 첫 만주 이민열차 출발
11. 4 조선어학회, 한글맞춤법 통일안 발표

1934년
5. 7 이병도, 김윤경, 이병기 등 진단학회 창립
7.21 호우로 경부선 여러 날 불통

1935년

9.	총독부, 각 학교에 신사참배 강요
10.	최초의 발성영화 〈춘향전〉, 단성사에서 개봉
11.25	장진강 수력발전소 12만 ㎾ 발전공사 완공

1936년

2.26	도쿄 대규모 쿠데타 2·26 사건 발발
8. 9	손기정, 베를린올림픽 마라톤 우승
8.26	제7대 조선총독으로 미나미 지로 육군대장 부임
8.27	동아일보, 손기정 우승 일장기 말소 사건으로 무기 정간
12.	조선사상범보호관찰령 발동

1937년

6. 6	흥사단 국내조직인 수양동우회 회원 150여명 투옥
7. 7	일본군, 루거오차오(蘆溝橋) 사건을 일으켜 중일전쟁 시작
10.10	미나미 총독, '황국신민의 서사' 암송 강력 시달

1938년

4. 1	조선교육령 개정, 조선어 수업을 사실상 폐지
7. 7	국민정신총동원 조선연맹 발기

1939년

2.20	〈매일신보〉에 이광수의 '창씨(創氏)와 나' 친일 수필 게재
9.30	국민징용령 발동

1940년

2.11	일본식 이름으로 바꾸는 창씨개명 시행
8.10	동아일보, 조선일보 폐간
3.	왕조명(汪兆銘), 난징정부 수립하여 주석에 취임
8.10	〈동아일보〉, 〈조선일보〉 폐간
8.20	쌀 배급제 실시

1941년
3.   대한민국 임시정부 건국강령 발표
       조선사상범 예비구금령
5.   한국독립당 창건

1941년
2.12   조선사상범 예방구금령 공포
9.17   중경에서 광복군 총사령부 설립식
12. 7 일본군, 미국 하와이 진주만 공습으로 태평양전쟁 발발

1942년
6.15   제 8대 총독 고이소 구니아키 부임
10. 1 최현배 등 33명, 조선어학회 사건으로 체포됨
10.14 조선청년 특별연성령(鍊成令) 공포
11. 1 대동아성(大東亞省) 설치, 조선총독부가 내무성 관할로 이관

1943년
6.20   학병제 실시
8. 1   조선인 징병제 시행
11.27 적절한 시기에 한국을 독립시킨다는 카이로 선언 발표

1944년
2. 8   총동원법에 따라 징용 전면 확대
8. 8   제 9대 조선 총독 아베 노부유키, 부임
8.23   여자정신대 근로령 공포, 독신여성들을 종군위안부로 강제징용

1945년
3.10   도쿄 대공습
4. 1   미군, 오키나와 상륙
5. 6   독일군, 연합국 측에 무조건 항복
8. 9   소련, 일본에 정식 선전포고
       미국, 히로시마와 나가사키에 원폭 투하
8.15   해방

나남
nanam

대본영의 참모들

위텐런(俞天任) 지음 / 박윤식(전 LG전자 부사장) 옮김
신국판 / 450쪽 / 18,000원

동북아 일대를
2차 대전의 참화
속으로 몰아넣은
괴물, 대본영 참모의
정체는?

2차 대전 종전
70주년, 여전히
신사참배와 집단적
자위권 행사를
꾀하는 일본
제국주의의 야욕!

지난 세기 동북아 일대를
뒤흔들었으며 여전히 휴화산과 같은
존재인 일본군, 특히 그 핵심인
참모들의 역사와 그들이 일으킨
전쟁에 대해 낱낱이 밝히는 역작!
이토 히로부미가 이끈 청일전쟁,
일본의 최대도박 러일전쟁에서부터
정부를 접수한 참모들이 일으킨
2차 대전 — 상하이 사변, 장구펑
사건, 눠먼한 사건, 태평양전쟁까지를
추적하면서 일본 군국주의의 광기를
조명한다. 대일본제국을 위해,
천황폐하를 위해 일사불란하게
움직이는 제국의 전사들이란 이미지
뒤에 숨은 일본군의 참모습을 볼
수 있다. 광기어린 일본군의 과거
역사를 통해 현재 아베정권의
야욕을 성찰하고 미래의 바람직한
한일관계를 모색한다.

참모 도조 히데키가 정부를 접수하여 수립한 도조 내각.
14명 중 11명이 전후 A급 전범 피의자가 됐다.

일본
군국주의의
광기